ヘレニズムの詩とホメーロス

アポローニオス・ロディオス研究

髙橋通男

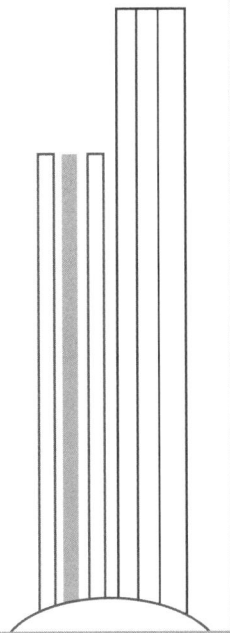

慶應義塾大学言語文化研究所

まえがき

　ヘレニズムの詩は擬古文学という側面をもつ。語彙、モチーフ、形式等、多方面に亘ってギリシアの古典文学を模範とし、そこに素材を求めて詩作する傾向がある。しかし、単純な摸倣の文学と一概に言うことはできない。ヘレニズムの詩人は古典から得た材料を利用し模倣しながら、その独特の技法によって一見したところ模倣とは思えない詩を作り上げるのである。そして更に、彼らは利用する古典の詩句によって学問上の問題を仄めかすというユニークな文学形式を完成させたのである。アリュージョンによるこの特異な技法によってヘレニズムの詩はその独創性を主張したと言えるであろう。このような形式の成立にはやはり歴史的な環境がその背景にある。

　ギリシアの古典時代は前四世紀末のアレクサンドロスによる帝国建設活動の始まりとともに終焉を迎える。アレクサンドロスの帝国は短命に終わった。しかし、後継者たちによって前三世紀初頭には新しい国家群が誕生する。そして、自由な都市国家から独裁制の国家への移行は生活様式だけでなく文化をも大きく変えることになる。このため、都市国家のもとで育まれた文学の諸形式もその活力を失い衰退した。文人たちの活動も一つの断絶を経験せざるを得なかったのである。しかしその反面、古典ギリシアが培った文化はエーゲ海世界から地中海世界というより広い舞台にその活動の場を移すことになる。ここにヘレニズム文化の幕が開くのである。

　この新しい時代の波に活力を得て、文人たちは様々な文学形式を試みて文学再生の道を模索した。そして、彼らが目指すことになったのは、偉大な祖先が残した輝かしい遺産、即ち、古典の継承と再生を伴う文学形式であった。その故に、彼らは過去の作家たちを顧みる必要に迫られた。過去の文学を保存し、これに関する広い知識を身につけ、また研究することが彼らの重要な仕事の一つとなったのである。

　このような経緯は学問的分野としての古典文献学の発達を助成し、これを

前三世紀前半の詩作における新しい文学的価値観と密接に結びつけることになった。ここに、新しい詩人たちによる文学活動が始まる。この新しい詩人の最初の人はコス島出身のピレータースである。彼は前340年頃に生まれた。後に、ストラボーンはコス島出身の著名人リストの中でピレータースを「詩人にして学者」（Str. 14. 657　Φιλητᾶς τε ποιητὴς ἅμα καὶ κριτικός）と呼ぶ。この呼称が使われるのはピレータースが最初である。このことは新しい時代の新しい文学運動におけるピレータースの重要性を物語るものである。この呼称においては「詩人」（ποιητής）に強調点が置かれている。しかし、詩人ピレータースの仕事は「学者」（κριτικός）としての仕事と不可分であった。つまり、新しい詩の技巧は古典の絶えざる助け無くしては成り立たなかったのである。このため、その作品は必然的に学問的な性格を持つことにもなった。この新しい文学の主点は精妙な技巧による詩の彫琢にある。冗長を避け、短い詩によって芸術的な完成を目指したピレータースの作品はヘレニズム文学において最も重要な次世代の二人の詩人、カリマコスとテオクリトスの賞賛の的となった。かくして、ピレータースは新しい詩の先駆者となり、ヘレニズムの詩の性格を決定づけることになったのである。

　ピレータース以降の詩人たちは、少数を除いて、殆どが ποιητὴς ἅμα καὶ κριτικός である。そしてその多くはエジプトのアレクサンドリアに設立されたプトレマイオス王朝の研究機関「ムーセイオン」に付属する図書館において古典文献学の研究に携わったか、或いは何らかの関わりを持った学者である。その研究分野が多岐に亘ったことは言うまでもない。従って、彼ら詩人・学者の全てが専門的にホメーロス研究に取り組んだわけではない。しかし、詩人たちの作品は、彼らがホメーロスの叙事詩「イーリアス」と「オデュッセイア」に非常に精通していることを示している。また、当時のホメーロス研究において議論の対象になっていたと推量される問題への仄めかしが彼らの詩作品の行間に見られるのである。特に、リュコプローン、カリマコス、アラートス、アポローニオス・ロディオス、テオクリトス等々はその詩作品の中でホメーロスに関する該博な知識を示していることから、彼らがホメー

ロス研究に携わっていたと想像されるのである。しかし、ホメーロスとの関連で言えば、アポローニオスの叙事詩「アルゴナウティカ」は群を抜いてホメーロスの語彙、詩句、詩行、韻律、モチーフ、場面等の詳細に亘る模倣によって古代叙事詩の特色を再生していると言えよう。

　アポローニオス・ロディオス（前 300 / 295 – 235 / 230 年頃）の伝記は、この時代の他の詩人たちと同様に、詳らかではない。プトレマイオス三世エウエルゲテース（治世は前 246 – 221 年頃）の教育係を務めたこと、師ゼーノドトスを継いでムーセイオンの図書館長を務めたことなどが断片的に伝わるのみである。研究者としての著作は全て失われ、叙事詩「アルゴナウティカ」四巻と少数の詩の断片が残るのみである。また、「アルゴナウティカ」はヘレニズム初期に作られた叙事詩の中で唯一生き残った作品である。

　前述したように、ヘレニズム期の詩は作者自身が詩人と学者の両面性を持つがゆえに、芸術性だけでなく学問的な性格をも内包している。アポローニオスの「アルゴナウティカ」はトロイア伝説の一世代前の英雄たちの冒険を物語る叙事詩である。しかし、その素材は、語彙からモチーフに至るまで、ホメーロスを初めとする古代叙事詩に依拠している。これを模倣し、利用する中でヘレニズムの詩人特有のテクニックを駆使してホメーロスとは性格の異なる叙事詩を作り上げる。勿論、彼が叙事詩以外の文学作品に多くの語彙を渉猟し、利用したことは言うまでもない。この作品を仔細に分析し観察するとき、そこには当時行われていたであろうと推量されるホメーロスに関する諸議論へのアリュージョンに満ちていることを認めざるを得ないのである。「アルゴナウティカ」はいわば一巻のホメーロス注解とも見えるのである。

　この作品を学問的側面から読み解くことには重要な意義がある。というのは、この問題を解くことがヘレニズムの詩を理解する上で必須の条件であり、またこの点にヘレニズムの詩の本質があると思量されるからである。次に、その読み解きはヘレニズム初期の殆ど失われてしまったホメーロス研究に関する情報の不足を補足するという可能性を秘めている。つまり、ホメーロスの異読を含むテクストの解釈、言葉の解釈等の問題について、言い換えれば、

この時代のホメーロスのテクストに関する多くの情報を提供するものと期待されるのである。

この研究のテーマは、このような観点から、主として叙事詩「アルゴナウティカ」の若干の詩行の分析を通して、ヘレニズムの詩における古典、特にホメーロスの模倣のあり方、詩作の技法、そしてアリュージョンの独特の使い方を解き明かし、これによってヘレニズムの詩の中心的主題である芸術と学問の融合という文学史上ユニークな文学形式がどのようなものであるのかを探究することにある。

本書の構成は次の通りである。Iにおいては、古典の模倣と継承によるヘレニズムの詩人の詩作の技法についてアポローニオスとカリマコスを例に読み解く。IIにおいては、ヘレニズムの詩におけるホメーロスのテクストに関する古代の議論へのアリュージョンについて考える。IIIは、ホメーロスの言葉の中で古代以来難語とされている語彙の解釈へのアリュージョンについて考える。IVにおさめた論文は、ホメーロスの語彙解釈へのアリュージョンにおいて非ホメーロス語彙がどのように利用されているかを調べる。以上の議論によって、ヘレニズムの詩における文学と学問の関係、そしてこの時代の文学的思潮の主要な性格がどのようなものであるか読み取れるものと思量する。最後のVにおさめた論文はテクスト批判に関するものである。

目 次

まえがき
略語表

I. 模倣による古典の継承と詩作の技法　1
　1. 打ち合い岩　3
　　　「アルゴナウティカ」第2歌549–597行
　2. ナウシカアーとメーデイア　46
　　　「アルゴナウティカ」第3歌876–885行
　3. 神の頷き　57
　　　カリマコス「パラスの沐浴」131–136行

II. アリュージョンによるホメーロス・テクストの解釈　65
　1. 人間の食事　67
　　　「イーリアス」第1歌1–5行
　2. 甘美な眠り　74
　　　「アルゴナウティカ」第2歌407行
　3. 消えた蛇　78
　　　「イーリアス」第2歌317–319行
　4. 終わりなき労苦　90
　　　「イーリアス」第2歌420行
　　　「アルゴナウティカ」第2歌649行
　5. オデュッセウスの衣　95
　　　「イーリアス」第4歌173行
　　　カリマコス 「断片」677

　　　　「アルゴナウティカ」　第2歌 1129 行

　6．黒ずむ海　　　　　　　　　　　　　　　　　　　　104

　　　　「イーリアス」　第7歌 64 行

　　　　「アルゴナウティカ」　第4歌 1574 行

　7．アリスタルコスの風　　　　　　　　　　　　　　　111

　　　　「イーリアス」　第15歌 626 行

　　　　「オデュッセイア」　第4歌 567 行

　　　　カリマコス　「断片」110.52 – 53

　8．リノスの歌　　　　　　　　　　　　　　　　　　　118

　　　　「イーリアス」　第18歌 569 – 572 行

　　　　「アルゴナウティカ」　第1歌 536 – 539 行

　　　　カリマコス「アルテミス賛歌」240 – 243 行

　9．ニオベー　　　　　　　　　　　　　　　　　　　　137

　　　　カリマコス「アポローン賛歌」17 – 24 行

　　　　「イーリアス」　第24歌 614 – 617 行

10．コルキスの霧　　　　　　　　　　　　　　　　　　151

　　　　「オデュッセイア」　第8歌 14 – 17・37 – 42・139 – 143 行

　　　　「アルゴナウティカ」　第3歌 210 – 214 行

11．セイレーンと死　　　　　　　　　　　　　　　　　170

　　　　「オデュッセイア」　第12歌 39 – 46 行

　　　　リュコプローン「アレクサンドラ」670 – 672 行

　　　　「アルゴナウティカ」　第4歌 900 – 902 行

12．エウマイオスのアレテー　　　　　　　　　　　　　173

　　　　「オデュッセイア」　第17歌 322 – 323 行

　　　　「アルゴナウティカ」　第3歌 784 – 785 行

13. 恐怖のアイギス　　　　　　　　　　　　　　　　178
　　　　　「オデュッセイア」第 22 歌 297 – 298 行
　　　　　「アルゴナウティカ」第 1 歌 1232 – 1233 行
　　14. ヴェルニケの法則　　　　　　　　　　　　　　　181
　　　　　「オデュッセイア」第 24 歌 239 – 240 行
　　　　　「アルゴナウティカ」第 3 歌 185 – 186 行

III. アリュージョンによるホメーロス語彙の解釈　　　185
　　1. ヘクトールの叱責　　　　　　　　　　　　　　　187
　　　　　「イーリアス」第 3 歌 40 行　ἄγονος
　　2. キマイラ　　　　　　　　　　　　　　　　　　　193
　　　　　「イーリアス」第 6 歌 179 行　ἀμαιμάκετος
　　3. 船陣の戦い　　　　　　　　　　　　　　　　　　200
　　　　　「イーリアス」第 15 歌 653 行　εἰσωπός
　　4. 屠られる牛　　　　　　　　　　　　　　　　　　206
　　　　　「イーリアス」第 23 歌 30 行　ὀρέχθεον
　　5. オイディプースの死　　　　　　　　　　　　　　212
　　　　　「イーリアス」第 23 歌 679 行　δεδουπότος Οἰδιπόδαο
　　6. 滑らかな岩　　　　　　　　　　　　　　　　　　223
　　　　　「オデュッセイア」第 3 歌 293 行　λισσή … πέτρη
　　7. 潮騒の娘たち　　　　　　　　　　　　　　　　　230
　　　　　「オデュッセイア」第 4 歌 404 行　νέποδες

IV. 非ホメーロス語彙による
　　ホメーロス・テクストへのアリュージョン　　237
　　1. ロートスの野　　240
　　　　「アルゴナウティカ」第1歌1282行　δροσόεις
　　2. アキレウスのようなヘクトール　　244
　　　　「アルゴナウティカ」第2歌543行　κατόψιος
　　3. 女神の化粧　　249
　　　　「アルゴナウティカ」第3歌50行　ἀψηκτος
　　4. 黄金の綱　　252
　　　　「アルゴナウティカ」第3歌203行　δέσμιος
　　5. メーデイアの薬草　　255
　　　　「アルゴナウティカ」第4歌52行　δυσπαλής
　　6. 静かなトロイア勢　　258
　　　　「アルゴナウティカ」第4歌152行　βληχρός
　　7. 黒ずむ大地　　261
　　　　「アルゴナウティカ」第4歌927行　ἀχλυόεις

V. 附・テクスト研究　　265
　　1.「アルゴナウティカ」第1歌74-76行　　267
　　2.「アルゴナウティカ」第1歌128行　　271
　　3.「アルゴナウティカ」第1歌332-334行　　275
　　4.「アルゴナウティカ」第1歌689-692行　　285
　　5.「アルゴナウティカ」第1歌755行　　288
　　6.「アルゴナウティカ」第1歌985-987行　　292

7.「アルゴナウティカ」第1歌 1159 – 1161 行　　　298
8.「アルゴナウティカ」第1歌 1187 行　　　302

参考文献　　　306
あとがき　　　312
索引　　　315

略語表

1) ホメーロスの叙事詩の各巻はギリシア語アルファベット24文字で表記する。

「イーリアス」には大文字を、「オデュッセイア」には小文字をあてる。

例：Γ323 =「イーリアス」第3歌323行

ω85 =「オデュッセイア」第24歌85行

2) その他の主な引用文献

A.		Aeschylus
	Ag.	Agamemnon
	Ch.	Choephoroi
	Eu.	Eumenides
	Pers.	Persae
	Supp.	Suppulices
	Th.	Septem contra Thebas.
Alc.		Alcaeus
Alcm.		Alcman
Alex. Aet.		Alexander Aetolus
Anacr.		Anacreon
Anaxag.		Anaxagoras
AP		Anthologia Graeca Palatina
Antim.		Antimachus
Ar.		Aristophanes
	Av.	Aves
	Ec.	Ecclesiazusae
	Eq.	Equites
	Nu.	Nubes

略語表

		Pax	Pax
A.R.			Apollonius Rhodius
Apollon.			Apollonius Sophista
Arat.			Aratus
Archil.			Archilocus
Ath.			Athenaeus
B.			Bacchylides
Batr.			Batrachomyomachia
Call.			Callimachus
		Ap.	Hymnus in Apollinem
		Cer.	Hymnus in Cererem
		Del.	Hymnus in Delum
		Dian.	Hymnus in Dianam
		E	Epigrammata
		Jov.	Hymnus in Jovem
		Lav.Pall.	Lavacrum Palladis
D.			Demosthenes
E.			Euripides
		Alc.	Alcestis
		Andr.	Andromache
		Ba.	Bacchae
		Cyc.	Cyclops
		Hec.	Hecuba
		Hel.	Helena
		HF	Hercules Furens
		Hipp.	Hippolytus
		Ion	Ion
		IA	Iphigenia Aulidensis

	IT	Iphigenia Taurica
	Med.	Medea
	Or.	Orestes
	Ph.	Phoenissae
	Supp.	Supplices
Chantraine, DELG		P. Chantraine, Dictionnaire étymologique de la langue grecque
Coluth.		Coluthus
EM		Etymologicon Magnum
EG		Etymologicum Gudianum
Eust.		Eustathius
FGH		F. Jacoby, Die Fragmente der griechischen Historiker
Fr.		Fragmenta
Frisk, GEW		H. Frisk, Griechiches etymologisches Wörterbuch
Hdt.		Herodotus
Hes.		Hesiodus
	Op.	Opera et Dies
	Sc.	Scutum
	Th.	Theogonia
Hsch.		Hesychius
h. Ap.		hymnus ad Apollinem
h. Cer.		hymnus ad Cererem
h. Hom.		hymnus Homeri
h. Merc.		hymnus ad Mercurium
h. Ven.		hymnus ad Venerem
Hdt.		Herodotus
Hp.		Hippocrates
Ibyc.		Ibycus

LfrgE		Lexikon des frühgriechischen Epos
LSJ		A Greek – English Lexicon
LSJ-Suppl.		A Greek – English Lexicon. Supplement
Lyc.		Lycophron
Nic.		Nicander
	Al.	Alexipharmaca
	Th.	Theriaca
Nonn.D.		Nonni Dionysiaca
Opp.		Oppianus
	C.	Cynegetica
	H.	Halieutica
[Orph.] A.		[Orphica] Argonautica
Oxy. Pap.		The Oxyrhynchus Papyri
Phanocl.		Phanocles
Philet.		Philetas
Pi.		Pindarus
	I.	Isthmia
	O.	Olympia
	Pa.	Paeanes
	P.	Pythia
Pl.		Plato
PMG		Poetae Melici Graeci
Q. S.		Quintus Smyrnaeus
R – E		Pauly & G. Wissowa, Real-Encyclopädie der klassischen Altertumswissenschaft
Sapph.		Sappho
Schol.		Scholia
Simon.		Simonides

S.		Sophocles
	Aj.	Ajax
	Ant.	Antigone
	OC	Oedipus Colonus
	OT.	Oedipus Tyrannus
	Ph.	Philoctetes
Sol.		Solon
Stesich.		Stesichorus
Str.		Strabo
Suet. Aug.		Suetonii Augustus
Tim.		Timotheus
Theoc.		Theocritus
Theogn.		Theognis
TGF		Tragicorum Graecorum Fragmenta
Tryph.		Tryphiodorus
Tyrt.		Tyrtaeus
Verg. A.		Vergilii Aeneis
V. F.		Varelius Flaccus
X. Cyr.		Xenophontis Institutio Cyri

I

模倣による古典の継承と詩作の技法

1. 打ち合い岩

「アルゴナウティカ」第 2 歌 549–597 行

　ヘレニズム期の詩は多くの場合、古典文学に範を仰ぐ擬古文の形をとる。その意味では、模倣の文学と言ってよい。テーマ、モチーフ、語彙、文章表現等の素材は古典文学に求められたのである。この傾向は特に叙事詩において顕著に現れている。ヘレニズムの叙事詩は古代叙事詩の言語、表現を基礎にし、継承して組立てられている。しかし、作者たちは受け継いだ叙事詩の言語表現を忠実に再現するわけではない。むしろ、言語表現を組替えることによって、可能な限り古代叙事詩の模倣ではないことを強調するかのような印象を与える。その点に作者たちの文学上の主張の一つがあるように思われる。それではヘレニズム期の叙事詩作家が古代叙事詩の言語をどのように受け継ぎ、利用したのか。その技法はどのようなものなのか。以下においてはこのことについて、アポローニオス・ロディオス「アルゴナウティカ」第 2 歌 549–597 行、Πληγάδες の一節を例にとり論究する。

　ストラボーンは、ホメーロスの Πλαγκταί の一節（μ 59–72）は Συμπληγάδες と呼ばれている Κυάνεαι（sc. πέτραι）「黒い岩」の伝説をモデルにして作られた、と説明する[1]。ストラボーンの言うモデルとは、今日に伝わっていないホメーロス以前の叙事詩「アルゴナウティカ」の中で語られた伝説のことらしい。Συμπληγάδες、つまり「打ち合い岩」の伝説はピンダロス以来しばしば詩の中で取り上げられ、多くの典拠が残っている。しかし、名称は一定しているわけではない。ピンダロスは συνδρόμοι πέτραι と呼び[2]、シモーニデースは συνορμάδας という一語を残している[3]。Συμπληγάδες という呼称の典拠はエウリーピデース以降のものである。エウリーピデースには用例は多く、πέτραι Συμπληγάδες 或いは κυάνεαι Συμπληγάδες と呼ばれている。これに対して、アポローニオスは Πληγάδες と Κυάνεαι（πέτραι）の二つの名称を使っている。Πληγάδες はアポローニオス固有の言い方である[4]。一方、Κυάνεαι という単独の呼び方は既にヘーロドトスにみえる。しかし、ヘーロドトスの次の記事は少しまぎらわしい。

  Hdt. 4. 85
  ἐνθεῦτεν ἐσβὰς ἐς νέα ἔπλεε ἐπὶ τὰς *Κυανέας* καλουμένας, τὰς πρότερον *πλαγκτὰς* Ἕλληνές φασι εἶναι.
  ここから彼（ダーレイオス）は船に乗り、キュアネアイ（青黒い岩）へ向かって航行した、この岩は嘗て浮遊していたとギリシア人は言っている。

この記事の中の πλαγκτὰς を形容詞と解するなら問題はない。しかし、固有名詞であるなら、Κυανέαι と Πλαγκταί は混同されていることになる[5]。
 エウリーピデースはアルゴーの航路に関して正確を欠いている。例えば、「メーデイア」の冒頭において、

  E. Med. 1 - 2
  εἴθ᾽ ὤφελ᾽ Ἀργοῦς μὴ διαπτάσθαι σκάφος
  Κόλχων ἐς αἶαν *κυανέας Συμπληγάδας*.
  アルゴー船が青黒い打ち合い岩を通り抜けて
  コルキスの人々の地へ来なければよかったものを。

としているが、他の個所では次のようになっている。

  E. Med. 431 - 433
  σὺ δ᾽ ἐκ μὲν οἴκων πατρίων ἔπλευσας
  μαινομένα κραδίᾳ, *διδύμους ὁρίσασα ποντίου πέτρας*.
  あなたは心狂いして、父の家を去り、船に乗ってポントスの二つの岩を押し分けてやって来た。

  E. Med. 1263 - 1264

> κυανεᾶν λιποῦσα Συμπληγάδων
> πετρᾶν ἀξενωτάταν ἐσβολάν.
> 青黒い打ち合い岩の人を寄せつけぬ
> 隘路を後にして。

この三つの個所から判断すると、アルゴーは往路、帰路とも「打ち合い岩」を通過したことになる。では、ホメーロスの場合はどうか。

> μ 59 – 61
> ἔνθεν μὲν γὰρ πέτραι ἐπηρεφέες, προτὶ δ' αὐτὰς
> κῦμα μέγα ῥοχθεῖ κυανώπιδος Ἀμφιτρίτης·
> Πλαγκτὰς δ' ἤ τοι τὰς γε θεοὶ μάκρες καλέουσι.
> というのは、そこから岩々が突き出ていて、これに向かって
> 青黒い眉のアムピトゥリテーの波が打ちつけ轟いています、
> 幸いなる神々はこれをプランクタイ（浮き岩）と呼んでいます。

> μ 69 – 70
> οἴη δὴ κείνη γε παρέπλω ποντοπόρος νηῦς
> Ἀργὼ πασιμέλουσα, παρ' Αἰήταο πλέουσα.
> 海原を渡る船が一艘だけこの傍を通りました、
> 全ての人に歌われるアルゴーが、アイエーテースからの帰路に。

これは明らかに Πλαγκταί についての記述であり、アルゴーは帰路の途上でここを通る。69 行によると、Πλαγκταί は神々がこの難所の岩を呼ぶ場合の名前である。人間たちは何と名付けたのか。この点は不明である。

Κυάνεαι とするのは少し無理があるのではないだろうか[6]。一方、アポローニオスは Πληγάδες を往路の、Πλαγκταί を帰路の難所として、それぞれの特徴を際立たせながら叙述している。つまり、彼は伝承を整理したものと思われる。

1. 構成

アポローニオスの Πληγάδες の一節は厳密に構成されている。F. Vian

に従うと、その構成は次のようになっている[7]。先ず、Πληγάδες（549 – 597）の描写の前後にアテーナーに関する叙述（537 – 548：598 – 606）が配置されている。次に、Πληγάδες の描写（49行）があり、これは前半（24行半）と後半（24行半）の二つの部分に分けられる。

前半部　549 – 573a（24行半）
　　　Πληγάδες の動きに応じて英雄たちは行動する。
　（1）549 – 559a（10行半）
　　　Πληγάδες への接近。Πληγάδες が閉じる。
　　　ティーピュスとエウペーモスの行動。
　（2）559b – 564a（5行）
　　　Πληγάδες が開く。エウペーモスが鳩を放つ。
　（3）564b – 573a（9行）
　　　Πληγάδες が閉じる。鳩が脱出する。

後半部　573b – 597（24行半）
　　　襲いかかる波に応じて英雄たちは行動する。
　（1）573b – 578（5行半）
　　　高波、πλημυρίς。
　（2）579 – 592（14行）
　　　返す大波、μέγα κῦμα。この部分は更に二つに分けられる。
　（a）579 – 585（7行）
　　　ティーピュスの介入。
　（b）586 – 592（7行）
　　　エウペーモスの介入。
　（3）593 – 597（5行）
　　　アーチ状の波、κατηρεφές。

このように分けられる。そして叙述はほぼ ring composition をなす。以下においてはこの分類に従って説明する。

2. 前半部（549 – 573a）

(1) 549 – 559a 行

549　οἱ δ' ὅτε δὴ σκολιοῖο πόρου στεινωπὸν ἵκοντο
550　τρηχείης σπιλάδεσσιν ἐεργμένον ἀμφοτέρωθεν,
551　δινήεις δ' ὑπένερθεν ἀνακλύζεσκεν ἰοῦσαν
552　νῆα ῥόος, πολλὸν δὲ φόβῳ προτέρωσε νέοντο,
553　ἤδη δέ σφισι δοῦπος ἀρασσομένων πετράων
554　νωλεμὲς οὔατ' ἔβαλλε, βόων δ' ἁλιμυρέες ἀκταί·
555　δὴ τότ' ἔπειθ' ὁ μὲν ὦρτο πελειάδα χειρὶ μεμαρπὼς
556　Εὔφημος πρῴρης ἐπιβήμεναι, οἱ δ' ὑπ' ἀνωγῇ
557　Τίφυος Ἁγνιάδαο θελήμονα ποιήσαντο
558　εἰρεσίην, ἵν' ἔπειτα διὲκ πέτρας ἐλάσειαν
559a　κάρτεϊ ᾧ πίσυνοι.

549　そしてまさに彼らが曲がりくねった道の狭い所、
550　でこぼことした岩礁が両側から取り囲む所に来た時、
551　下方から渦巻く水流が進む船にぶつかって砕けた。
552　彼らは非常に恐れながら更に前方へ進み続けた。
553　そして今や烈しくぶつかり合う岩の音が彼らの耳を
554　打った、そして断崖は波に洗われて轟音を発した。
555　まさにそのあと、鳩を手に摑んで立ち上がり
556　エウペーモスは舳先へ登った、他方彼らは
557　ティーピュスの号令で漕ぐ手を弛めた、
558　この後で岩の間を通り抜けるためである
559a　自分の力を頼りにして。

549-550 行

/ οἱ δ' ὅτε δὴ … ἵκοντο / はホメーロスの定型的表現である[8]。σκολιοῖο πόρου という表現は古代叙事詩に類例は残っていない。σκολιός「曲がった」はホメーロスのハパクス・レゴメノン（ἅπαξ λεγόμενον）、つまりホメーロスの用例が1回のみの言葉（以後、ハパクスと呼ぶ）であり、隠喩的に使われている[9]。

Π 387 οἳ βίῃ εἰν ἀγορῇ σκολιὰς κρίνωσι θέμιστας.

本来の意味の用例はピンダロスに残っている（P. 2. 85 ὁδοῖς σκολιαῖς）。アポローニオスはこの形容詞を3回使う。残りの2例は σκολιὴν … οἶμον（4. 1541）と σκολιοῖς … κέντροις（4. 1615）である[10]。

στεινωπός はホメーロスに4例あり、3回は ὁδός のエピセットとして定型句に使われている。

/ στεινωπῷ ἐν ὁδῷ（Η 143, Ψ 416）

/ στεινωπὸς γὰρ ὁδός（Ψ 427）

また、「狭い道」という意味の名詞として1回使われている（μ 234-236）。これがアポローニオスのモデルである。

μ 234-236

ἡμεῖς μὲν στεινωπὸν ἀνεπλέομεν γοόωντες·
ἔνθεν γὰρ Σκύλλη, ἑτέρωθι δὲ δῖα Χάρυβδις
δεινὸν ἀνερροίβδησε θαλάσσης ἁλμυρὸν ὕδωρ.

アポローニオスは στεινωπός によってホメーロスのこの詩行、つまり「オデュッセイア」のスキュレーとカリュブディスの難所を連想させている。また、アポローニオスはこの言葉を3回使うが、いずれも Πληγάδες に接近する海上の隘路についてである[11]。

τρηχείης σπιλάδεσσιν の τρηχύς はホメーロスに11例ある。λίθος（Ε 308, Η 265, Φ 404）, ἀκτή（ε 425）, ἀταρπός（ξ 1）, Ὀλιζών（Β 717）, Αἰγίλιψ（Β 633）, Ἰθάκη（ι 27, κ 417, 463, ν 242）のエピセットとして使

われている[12]。アポローニオスは ἄελλαι（1.1078, 2.1125）, καλαύροψ（2.33）, σπιλάδες（2.550, 568）, γαῖα（2.375）, κῦμα（2.71）, ἔρος（1.613）のエピセットとして使い、ホメーロスの組み合わせを避けている。

この詩行は更に「オデュッセイア」の食人族ライストリューゴネスの国の港の入口を連想させる[13]。

κ 87-90
    ἔνθ' ἐπεὶ ἐς λιμένα κλυτὸν ἤλθομεν, ὃν πέρι πέτρη
    ἠλίβατος τετύχηκε διαμπερὲς ἀμφοτέρωθεν,
    ἀκταὶ δὲ προβλῆτες ἐναντίαι ἀλλήλῃσιν
    ἐν στόματι προὔχουσιν, ἀραιὴ δὲ εἴσοδός ἐστιν.

σπιλάδες はホメーロスに3例ある（γ 298, ε 401, 405）。アポローニオスはこの言葉を多用する（7例）[14]。

551-552 行

  δινήεις … ῥόος における δινήεις はホメーロスでは全て河のエピセットである[15]。アポローニオスは6例中5例をホメーロスに倣って河のエピセットに使う[16]。δινήεις … ῥόος はアポローニオス固有の言い方である。

  ἀνακλύζεσκεν … ῥόος における合成動詞 ἀνακλύζειν の用例は古代叙事詩には残っていない。この表現は ἐκλύσθη δὲ θάλασσα … ὑπὸ πέτρης（ι 484, 541）と κύματ' ἐπ' ἠιόνος κλύζεσκον（Ψ 61）をモデルとするヴァリエーションになっている。

  ἰοῦσαν / νῆα はホメーロスの νηὸς ἰούσης という数少ない表現を利用したものである。しかし語順を逆にして、格を変えて使っている[17]。

  πολλὸν δὲ φόβῳ προτέρωσε νέοντο / における φόβῳ の「恐れつつ」という意味はホメーロスの用法ではない。ホメーロスは通常 φόβος を「恐怖」ではなく、「敗走」（panic flight）の意味で使う[18]。一方、アポローニオス

は「敗走」の意味としては一度も使わない。

προτέρωσε の典拠は古代叙事詩に1例だけ残っている。

 h. Hom. 32. 10
  ἐσσυμένως προτέρωσ᾽ ἐλάσῃ καλλίτριχας ἵππους.

アポローニオスはこれを多用する（14例）。προτέρωσε νέοντο のモデルは定型句 πλέομεν προτέρω であろう [19]。

553–554 行

σφισι δοῦπος ἀρασσομένων πετράων / νωλεμὲς οὔατ᾽ ἔβαλλε という表現は次の二つの詩行がモデルになっている。

 I 573–574
  δοῦπος ὀρώρει / πύργων βαλλομένων.
 K 535
  ἵππων μ᾽ ὠκυπόδων ἀμφὶ κτύπος οὔατα βάλλει.

ἀράσσειν はホメーロスでは合成動詞でのみ使われる。

νωλεμές は「絶え間なく」の意で、ホメーロスでは8例中、6例が νωλεμές αἰεί という定型句で使われる [20]。アポローニオスには6例あるが、3例は「力強く、烈しく」という意味が適切である（2.554, 602, 3.147）。ここでは「岩が烈しく（力強く）ぶつかった」或いは「耳を烈しく打った」という意味である [21]。

ἁλιμυρέες はアポローニオス以前に典拠がない。彼の同時代人パノクレースに同じ「海水に洗われる、打たれる」という意味による用例が一つ残っている。

 Phanocl. 1. 17 Powell
  νήσους τ᾽ αἰγιαλούς θ᾽ ἁλιμυρέας, ἔνθα λίγειαν

その後、［オルフィカ］の「アルゴナウティカ」及びトゥルピオドーロスに使用例があるが、ἁλιμυρήεις「海に流れこむ」の意である [22]。

βοόων … ἀκταί は次の詩句のヴァリエーションである。

P 264 – 265

ἀμφὶ δέ τ' ἄκραι / ἠιόνες βοόωσιν ἐρευγομένης ἁλὸς ἔξω. /

555 – 556a 行

この詩行は「オデュッセイア」において、オデュッセウスがスキュレーとカリュブディスの難所に向かう準備をする場面をモデルにして作られている。

μ 228 – 230

αὐτὰρ ἐγὼ καταδὺς κλυτὰ τεύχεα καὶ *δύο δοῦρε*
μάκρ' ἐν χερσὶν ἑλὼν εἰς ἴκρια νηὸς ἔβαινον
πρῴρης.

δοῦρε … ἐν χερσὶν ἑλὼν は πελειάδα χειρὶ μεμαρπώς に、εἰς … ἔβαινον は ἐπιβήμεναι に、また ἴκρια νηὸς … πρῴρης は πρῴρης という一語に置き換えられている。πρῷρα はホメーロスのハパクスである。これをアポローニオスもここで1回だけ使う。また、ホメーロスの場合は形容詞として使われているが、アポローニオスは名詞として使用している[23]。アポローニオスは μάρπτειν を6回使う。このうち5例が χειρὶ μεμαρπώς / という句である（1.756, 2.535, 555, 4.1663; 3.1388 χερσὶν）。この動詞による「手で摑む」という表現はホメーロスには1例しかない。

Φ 489 – 490 χεῖρας ἔμαρπτε / σκαιῇ.

従って、アポローニオスはこの稀な言い回しを利用していることになる。

冒頭の δὴ τότ' ἔπειθ' はホメーロスの定型句である（Ε 114, κ 531, λ 44, ρ 2）。

556b – 559a 行

ὑπ' ἀνωγῇ / Τίφυος に類似の表現をアポローニオスはもう一度使う（1.1134 Ὀρφῆος ἀνωγῇ /）。ἀνωγή はこの2例以外に韻文には典拠が残っていない。

θελήμων はホメーロスに典拠がない。この意味を LSJ は "voluntary" とする。しかし、この解釈は文脈に適合しない。A.Platt は "paddled gently" と解釈する。その理由は、Πληγάδες に突入する前に英雄たちは一旦手を休める必要があるからである。このことは次行の ἔπειτα「そのあとで」(自分たちの力を頼んで岩を突破するために) という言葉から明白である。そして、この意味の根拠として Photios (θελημός· ἥσυχος) と Suidas (ἐθελημός· ἥσυχος) を引用する[24]。アポローニオスのもう一つの例も同じ意味で使われている (4. 1657 ἀλλ' ἔχετ' αὐτοῦ νῆα θελήμονες)。また、ἐθελημός の用例がヘーシオドスに一つ残っている。

Hes. Op. 118 – 119

οἱ δ' ἐθελημοί / ἥσυχοι ἔργ' ἐνέμοντο σὺν ἐσθλοῖσιν πολέεσσιν.

これは「心のままに」の意らしい[25]。θελήμονα ποιήσαντο / εἰρεσίην はホメーロスの次の詩行の言い換えと考えられる。

μ 224 – 225

μή πώς μοι δείσαντες ἀπολλήξειαν ἑταῖροι / εἰρεσίης.
仲間たちが恐れて漕ぐのをやめないように (スキュレーのことを私は黙っていた)。

この場面でオデュッセウスは、仲間たちが難所のことを知った場合、漕ぐのを止めてしまうのではないかと危惧する。一方、アルゴナウタイは難所に立ち向かう前に、一旦手を弛めて力をためる。アポローニオスはホメーロスと対比的な叙述をしていると言える。

διὲκ πέτρας ἐλάσειαν という表現のモデルは次の二つの詩行である。

μ 108 – 109

ἀλλὰ μάλα Σκύλλης σκοπέλῳ πεπλημένος ὦκα
νῆα παρὲξ ἐλάαν.
スキュレーの岩寄りに、(カリュブディスを) 避けて船を進めること。

μ 276

παρὲξ τὴν νῆσον ἐλαύνετε νῆα μέλαιναν. /
（太陽神の）島を避けて船を進めなさい。

両詩行とも難所を切り抜けるためのキルケーの忠告である。

/ κάρτεϊ ᾧ πίσυνοι はホメーロスの定型句 ἠνορέῃ πίσυνοι καὶ κάρτεϊ χειρῶν /（Θ 226, Λ 9）に基づく。しかし、これを分解して κάρτεϊ を使い、更に / πατρὶ τ' ἐμῷ πίσυνος（σ 140）をモデルとしている。位置も詩行冒頭に移す。残りの ἠνορέῃ については、/ ἠνορέῃ πίσυνος（1. 1198）という句で利用されている[26]。

(2) 559b – 564a 行

559b	τὰς δ' αὐτίκα λοίσθιον ἄλλων
560	οἰγομένας ἀγκῶνα περιγνάμψαντες ἴδοντο·
561	σὺν δέ σφιν χύτο θυμός. ὁ δ' ἀΐξαι πτερύγεσσιν
562	Εὔφημος προέηκε πελειάδα, τοὶ δ' ἅμα πάντες
563	ἤειραν κεφαλὰς ἐσορώμενοι· ἡ δὲ δι' αὐτῶν
564a	ἔπτατο.

559b	そして最後の曲がり角を
560	廻るとすぐに彼らは岩が開くのを見た。
561	彼らの勇気は失われた。しかし、エウペーモスは
562	鳩を前方へと放って飛ばした。同時に彼らは皆
563	頭を上げて見た。鳩は岩の間を通って
564a	飛んだ。

559b – 561a 行

λοίσθιος はピンダロス、アイスキュロス以降に典拠が残っている[27]。古代叙事詩においては λοῖσθος（Ψ 536, Hes. Th. 921）と λοισθήιος（Ψ751, 785）が使われる。しかし、アポローニオスはこれらを避けている[28]。

ἀγκών はホメーロスに 8 例ある（E 582, K 80, Λ 252, Π 702, Υ 479, Ψ 395, ξ485, 494）。通常は「肘」という意味に使われるが、1 回だけ ἐπ' ἀγκῶνος … τείχεος（Π 702）という使い方をする。アポローニオスはこの用例を活用している。彼は 6 例中 1 回だけ本来の「肘」の意味で使うが（1.1239）、残りは全て Π 702 と類似の使い方をする（4.311「島の曲がり角」: 1583, 1625, 1626「陸の角、岬」）。つまり、アポローニオスは使用例の頻度をホメーロスの逆にしていることになる。

οἴγειν はホメーロスに 14 例ある。主として πύλαι 及び θύραι について使う。例外は τὸν（sc. οἶνον）… / ὤιξεν（γ 391 – 2）（つまり、酒瓶を開く）である。アポローニオスには 3 例ある。2 例は Πληγάδες について使い（2.560, 574）、もう 1 例はホメーロスの通常の例に倣っている（3.645 θύρας ὤιξε δόμοιο）。

περιγνάμπτειν はホメーロスのハパクスである。

ι 80

    ἀλλά με κῦμα ῥόος τε *περιγνάμπτοντα Μάλειαν*.

Μάλεια 岬も船乗りの難所の一つになっている。オデュッセウスはこの難所を通過した後、「蓮の実喰い」の国へと流されて災難に遭う。アポローニオスは περιγνάμψαντες をホメーロスと同じ詩行中の位置に置く。アポローニオスにはもう一つ用例がある。

2.364 – 365

    τήνδε（sc. ἄκρην）*περιγνάμψαντι* Πολὺς παρακέκλιται ἤδη /
    Αἰγιαλός.

この場合は「岬を折れて回る」という意味で、ホメーロスの言い回しに倣う。しかし、περιγνάμπτοντα Μάλειαν / の語順を入れ替え、更に詩行冒頭に位置を移して、/ τήνδε περιγνάμψαντι としている。

/ σὺν δὲ σφιν χύτο θυμός のモデルはホメーロスに二度使われる次の定型句である。

I 612

μή μοι σύγχει θυμὸν ὀδυρόμενος καὶ ἀχεύων.
N 808
ἀλλ' οὐ σύγχει θυμὸν ἐνὶ στήθεσσιν Ἀχαιῶν.
詩行中の位置はホメーロスと同じくカエスラの直前に置かれている。アポローニオスはホメーロスの定型句を能動態から受動態に変え、更に tmesis の形にしている。これはホメーロスの次の表現に基づくものである。
Ω 358 / ὣς φάτο· σὺν δὲ γέροντι νόος χύτο.
但し、χύτο θυμὸς という語順は σύγχει θυμὸν に倣っている。

561b – 564a 行

ὁ δ' ἀίξαι πτερύγεσσιν / Εὔφημος προέηκε πελειάδα によってアポローニオスは明らかにホメーロスの次の詩行を連想させようとしている。
β 146 – 147
ὣς φάτο Τηλέμαχος, τῷ δ' αἰετὼ εὐρύοπα Ζεὺς
ὑψόθεν ἐκ κορυφῆς ὄρεος προέηκε πέτεσθαι.
「オデュッセイア」において、ゼウスが放つ鳥は「鷲」である。エウペーモスは「鳩」を放つ。ここに対比がある。このようにホメーロスの詩句、モチーフを利用し、対比的に作り変えるのがヘレニズム叙事詩の特徴の一つである。ここには双数と単数の対比もある。アポローニオスはホメーロスの πέτεσθαι を ἀίξαι に入れ替えている[29]。しかし、三行後に ἔπτατο という形で再利用している。また、αἰετὼ … προέηκε πέτεσθαι という語順は ἀίξαι … προέηκε πελειάδα として反転させている。ἀίξαι πτερύγεσσιν という言い回しは1例だけ賛歌に残っている。
h. Hom. 33. 13
ξουθῇσι πτερύγεσσι δι' αἰθέρος ἀίξαντες (sc. Διοσκούροι).
また、ἀίξαι … πελειάδα という表現はホメーロスに1例ある。
Ψ 868
/ ἡ (sc. ὄρνις = πέλεια) μὲν ἔπειτ' ἤιξε πρὸς οὐρανόν.

τοὶ δ' ἅμα πάντες / はホメーロスの定型句 οἱ δ' ἅμα πάντες / (θ 121)、αἱ δ' ἅμα πᾶσαι / (Ζ 133, Σ 50) のヴァリエーションである。

/ ἤειραν κεφαλάς のホメーロスの類例は κεφαλὴν ἐπαείρας / (Κ 80) が唯一である。アポローニオスは合成動詞を避け、語順を入れ替え、更に、詩行中の位置も詩行末から詩行冒頭に位置を移している。また、単数形 κεφαλήν を複数形 κεφαλάς に入れ替えている[30]。

アルゴナウタイは Πληγάδες に突入する前に、予言者ピーネウスの忠告 (A.R. 2. 324 – 329) に従って、先ず鳩を放って試す。この「鳩」のモチーフの典拠は何か。これは二つ考えられる。第一は、「オデュッセイア」中の Πλαγκταί に関する叙述である (μ 59 – 72)。ゼウスにアンブロシアを運ぶ鳩のうち一羽が必ずプランクタイを通過するときに捉えられてしまう、という一節である。第二は、ソポクレースの失われた劇「ピーネウス」である。トゥラギロスのアスクレーピアデースによるこの劇の要約に拠ると、予言者ピーネウスは、「打ち合い岩」を通過する時に鳩を利用せよ、と指示した[31]。

(3) 564b – 573a

564b	ταὶ δ' ἄμυδις πάλιν ἀντίαι ἀλλήλῃσιν
565	ἄμφω ὁμοῦ ξυνιοῦσαι ἐπέκτυπον. ὦρτο δὲ πολλὴ
566	ἅλμη ἀναβρασθεῖσα, νέφος ὥς· αὖε δὲ πόντος
567	σμερδαλέον· πάντῃ δὲ περὶ μέγας ἔβρεμεν αἰθήρ.
568	κοῖλαι δὲ σπήλυγγες ὑπὸ σπιλάδας τρηχείας
569	κλυζούσης ἁλὸς ἔνδον ἐβόμβεον, ὑψόθι δ' ὄχθης
570	λευκὴ καχλάζοντος ἀνέπτυε κύματος ἄχνη.
571	νῆα δ' ἔπειτα πέριξ εἴλει ῥόος. ἄκρα δ' ἔκοψαν
572	οὐραῖα πτερὰ ταί γε πελειάδος· ἡ δ' ἀπόρουσεν
573a	ἀσκηθής, ἐρέται δὲ μέγ' ἴαχον.

564b　　　二つの岩は同時に再び互いへ向かって

565	ぶつかり合い、轟音を発した。そして、夥しい海水が
566	沸き立って、雲のように立ち昇った。海は凄まじく
567	叫んだ。そして、広大な天空はあたり一帯で反響した。
568	うつろな洞穴は、ごつごつした岩礁の下に海水が流れ込むと、
569	中でうなりを発した。そして、断崖の高さまで
570	波が砕け散って白い泡が吹き上がった。
571	するとその時、海流が船を回りから巻き込んだ。岩は
572	鳩の尾の先端を切り取った。しかし、鳩は無事に
573a	飛び去った。そして漕ぎ手たちは大きく叫んだ。

564b – 565 行

ἀντίαι ἀλλήλῃσιν / はホメーロスの / ἀντίον ἀλλήλων（E 569）のヴァリエーションである。しかし、詩行中の位置からみると、明らかに次の詩行がモデルになっている。

 κ 89 – 90

  ἀκταὶ δὲ προβλῆτες ἐναντίαι ἀλλήλῃσιν

  ἐν στόματι προὔχουσιν.

ホメーロスは静的な文脈の中で使っているが、アポローニオスの場合は動的な文脈の中でこの句を使う。また、この類例がヘーシオドスに一つ残っている（Hes. Th. 646 ἐναντίοι ἀλλήλοισι /）。アポローニオスは他の詩行で、同じく Πληγάδες についてホメーロスのこの定型句を1回使う。

 A. R. 2. 321

  ἀλλὰ θαμὰ ξυνίασιν ἐναντίαι ἀλλήλῃσιν / εἰς ἕν.

/ ἄμφω ὁμοῦ という組み合わせはホメーロスに1例ある。

 μ 424

  τῷ ῥ' ἄμφω συνέεργον ὁμοῦ τρόπιν ἠδὲ καὶ ἱστόν.

ἄμφω はここでは対格であるが、アポローニオスは主格として使う。

 ξυνιέναι はホメーロスでは「イーリアス」においてのみ、主として「戦

闘において激突する」という意味で使われる。つまり、二つの岩のぶつかり合いは戦闘に擬せられている。その意味では、ἄμφω ὁμοῦ ξυνιοῦσαι のモデルは定型句 ἄμ' ἄμφω / σύν ῥ' ἔπεσον（H 255–256, Ψ 686–687）である。また、ἀλλήλῃσιν … ξυνιοῦσαι という表現は ἐπ' ἀλλήλοισιν ἰόντες /（Γ 15, E 14）のヴァリエーションである。

ἐπικτυπεῖν という合成動詞はホメーロスにはない。最初の典拠はアリストファネース（Ec. 483, Av. 780）である。しかし、κτυπεῖν の用例は多い。アポローニオスのモデルは次の詩行と思われる。「木」と「岩」の対比が念頭にあるらしい[32]。

Ψ 119–120
 ταὶ（sc. δρύες）δὲ μεγάλα κτυπέουσαι / πῖπτον.

565–566 行

ὦρτο … ἅλμη は ὦρτο … κῦμα（Ψ 214, cf. B 144–6, Ξ 394–5, ε 366）のヴァリエーションと思われる。πολλὴ ἅλμη という組み合わせはホメーロスに 1 例残っている。

 ψ 237 πολλὴ δὲ περὶ χροΐ τέτροφεν ἅλμη. /

ἅλμη は詩行冒頭（ζ 219, 225）か詩行末（ε 53, 322, ζ 137, ψ 237, h.Hom. 28.12）が定位置である。アポローニオスはこの個所以外では詩行末に置く（1.366, 542, 4.1270, 1367）。詩行位置の頻度に関してはホメーロスに倣っている。

νέφος ὥς というシミリは 1 回だけホメーロスが次のように使っている。

Ψ 365–366
 ὑπὸ δὲ στέρνοισι κονίη
 ἵστατ' ἀειρομένη ὥς τε νέφος ἠὲ θύελλα.

アポローニオスはこれを詩行中の同じ位置に語順を入れ替えて使う。ホメーロスのこの詩行もこの個所のモデルになっている。また、前述の ὦρτο … ἅλμη は ὦρτο κονίη /（Λ 151 : cf. λ 600 κονίη δ' ἐκ κράτος ὀρώρει）のヴァ

I 模倣による古典の継承と詩作の技法

リエーションでもある。アポローニオスには ὥς τε νέφος の類例が他に二つある。καθάπερ νέφος (2. 173) と νεφέλῃ ἐναλίγκιον (4. 125) である。前者は写本伝承の読みの一つである。主要な写本の伝承は ὑπὲρ νέφος である。ここの読み方については幾つかの修正案が出された。その結果、καθάπερ はホメーロスにもアポローニオスにも他例がないので、F.Vian は Ardizzoni の提案を受け入れてこれを ὥς τε νέφος と読む。その根拠は Ψ 366 とアポローニオスのここの詩行のシミリである[33]。

566 – 567 行

αὔειν はホメーロスでは主として「（人が）叫ぶ」、「（人に）呼びかける」の意で使われる。αὖε πόντος のような擬人的用法は 47 例中 2 例のみである（ Ν 409 ἄυσπις … ἄυσεν : Ν 441 ἄυσεν, sc. χιτὼν χάλκεος ）。アポローニオスには 3 例ある。他の 2 例は ἤυσε μάλα μέγα (1. 383 : ティーピュスが叫ぶ) と αὖε δ' ἄνασσαν / (4. 147 : メーデイアが地下の女神に呼びかける) である。アポローニオスはこの 3 例によってホメーロスの αὔειν の三通りの使い方を再現している。しかし、αὖε … σμερδαλέον という表現はホメーロスにはない。σμερδαλέον を伴う動詞はホメーロスでは κοναβεῖν, κοναβίζειν, βοᾶν, κτυπεῖν, ἰάχειν 等である。従って、これらの表現のヴァリエーションである。これは後にクウィントゥスが使うことになる。

 Q. S. 3. 37

  / σμερδαλέον δ' ἤυσε μέγας θεός.

アポローニオスは副詞 σμερδαλέον をもう一度使う (1. 524 – 5 σμερδαλέον … ἴαχεν)。これはホメーロスに倣っている。

μέγας … αἰθήρ という言い方をアポローニオスはもう一度使う (4. 642) が、ホメーロスにはない。この句の残存する最古の典拠はソポクレースにある[34]。ホメーロスにおける類似の表現は μέγας οὐρανός (Α 497, Ε 750, Θ 394, Φ 388) と ἄσπετος αἰθήρ (Θ 558, Π 300) である。

περιβρέμειν という合成語はアポローニオスが初出である。ホメーロスは

βρέμειν を「波」(B 210, Δ 425) と「風」(Ξ 399) について、ἐπιβρέμειν を「火」(P 739) について, ἐμβρέμειν を「風」(O 627) について使う。アポローニオスの περὶ … ἐβρεμεν αἰθήρ はこのような表現のヴァリエーションの一つである[35]。

568 – 569 行

κοῖλαι … σπήλυγγες はホメーロスの κοίλην … πέτρην (Φ 494)、あるいは κοῖλον σπέος (μ 84, 317, cf. μ 93) の言い換えになっている。σπῆλυγξ の最初の典拠はリュコプローンである。アポローニオスの場合はこれが唯一の用例である[36]。

/ κλυζούσης ἀλὸς の κλύζειν はホメーロスに4例あり、定型的表現で使われる。詩行中の位置から判断して、モデルは / ἐκλύσθη δὲ θάλασσα (Ξ 392, ι 484, 541) であるが、能動態は詩行末に置かれている κύματ᾽ … κλύζεσκεν / (Ψ 61) に倣っている。κλύζειν は「海が波立って押し寄せる」の意味である。

σπήλυγγες … ἐβόμβεον は変わった表現である。βομβεῖν はホメーロスに5例あるが、通常は「物が落下して音を発する」という意味で使われる (N 530, Π 118, μ 204, σ 397)。残りの1例は「飛んで行く石がうなりを発する」(θ 190) という意味である。アポローニオスの用例はこれが唯一である。

569 – 570 行

ὑψόθι δ᾽ ὄχθης / のモデルは ὑψόθι ὀρεσφι / (T 376) である。ὄχθης の位置は παρ᾽ ὄχθας / (Δ 487, Z 34, M 313, Σ 533, Φ 337, ι 132) に拠る。ὄχθη はホメーロスに16例あるが、通常は「河の岸」である。「海の岸辺」については1回だけ使われている。

ι 132

ἐν μὲν γὰρ λειμῶνες ἁλὸς πολιοῖο παρ᾽ ὄχθας.

これはキュクロープスの島の海岸のことである。アポローニオスはホメーロ

スのこの珍しい例をここで利用している。但し、複数形ではなく、単数形に変えている。また、彼は ὄχθη を 3 回使うが、他の 2 例はホメーロスの通常の用例と同じ「河岸」について使っている（4. 67, 218）。

/ λευκὴ … ἄχνη / のモデルはヘーシオドスの λευκὸς / ἀφρὸς（Hes. Th. 190 - 191）である。アポローニオス以前も以後も「白い泡」という表現はこれ以外に典拠が残っていない。アポローニオスは語順を変えないが、形容詞を詩行冒頭に、名詞を詩行末に移し替えている。

καχλάζοντος … κύματος「波がはねかえる、泡立つ」の καχλάζειν の用例は、アイスキュロスに κῦμα καχλάζειν という表現がある（A. Se. 114 - 115, 758 - 760）。また、エウリーピデースに次の詩句がある。

    E. Hipp. 1210 - 1211
        πέριξ ἀφρὸν / πολὺν καχλάζον（sc. κῦμα）.

ἀναπτύειν もホメーロスに典拠のない合成動詞であるが、ἀνέπτυε κύματος ἄχνη / は ἀποπτύει δ' ἁλὸς ἄχνην /（sc. κῦμα）（Δ 426）「波が海水の泡を吹き出す」という表現をモデルにしているのは明らかである。アポローニオスは「波が泡だって泡が吹き上がった」として、ホメーロスにおける目的語（ἄχνην）を主語（ἄχνη）に変える。つまり、逆の言い方をしている。

567 - 570 行の全体のモデルは幾つか考えられる。例えば、次の詩行。

    Δ 422 - 426
      κῦμα θαλάσσης / … / … / … βρέμει, ἀμφὶ δὲ ἄκρας /
      / … κορυφοῦται, ἀποπτύει δ' ἁλὸς ἄχνην /

    Λ 307 - 308
      κῦμα κυλίνδεται, ὑψόσε δ' ἄχνη / σκίδναται.

また、アポローニオスは特に「オデュッセイア」のカリュブディスとスキュレーの難所の叙述の次の一節を連想させようとしているようである。

    μ 238 - 239
                          ὑψόσε δ' ἄχνη /

ἄκροισι σκοπέλοισιν ἐπ' ἀμφοτέροισιν ἔπιπτεν.

アポローニオスは ὑψόσε を ὑψόθι に替えている。この二語は同義語である。ホメーロスは ὑψόσε を24回、υψόθι を3回使う。アポローニオスはこの頻度を逆にして ὑψόσε を1回、ὑψόθι を12回使っている。

571-573行

νῆα … πέριξ εἴλει ῥόος は「海流が船の回りを転がる」つまり「海流が渦巻いて船を捉えている」状態をいっている。ここでは「包みこむ」の意らしい。多分、ホメーロスの次の詩行が類例になる[37]。

ε 403

εἴλυτο δὲ πάνθ' ἁλὸς ἄχνῃ /

ἄκρα δ' ἔκοψαν / οὐραῖα πτερά は明らかにホメーロスの次の詩行に基づく。

Ψ 519-520

τοῦ (sc. ἵππου) μέν τε ψαύουσιν ἐπισσώτρου τρίχες ἄκραι / οὐραῖαι.

οὐραῖος「尾の」はホメーロスのハパクスである。アポローニオスの用例もこれが唯一であり、しかもホメーロスと同じ詩行位置で使っている。また、ホメーロスが馬、つまり「獣」の尾としているのを、アポローニオスは「鳥」の尾として使う。更に、複数主格を単数対格に換え、ψαύειν「触れる」をκόπτειν「切断する」という対照的な意味の動詞に置き換える。語順については、τρίχες ἄκραι を ἄκρα … πτερά と逆にしている。全ての点で対比的になるよう心を配っているようにみえる。

μέγ' ἴαχον はホメーロスの定型句である (Β 333, 394, Δ 506, etc.)。

3. 後半部 (573b - 597)

(1) 573b - 578行

573b   ἔβραχε δ' αὐτὸς

574	Τῖφυς ἐρεσσέμεναι κρατερῶς· οἴγοντο γὰρ αὖτις
575	ἄνδιχα. τοὺς δ' ἐλάοντας ἔχεν τρόμος, ὄφρα μιν αὐτὴ
576	πλημυρὶς παλίνορσος ἀνερχομένη κατένεικεν
577	εἴσω πετράων. τότε δ' αἰνότατον δέος εἷλε
578	πάντας· ὑπὲρ κεφαλῆς γὰρ ἀμήχανος ἦεν ὄλεθρος.

573b	ティーピュスが自ら
574	力を込めて漕げと叫んだ。というのは、岩が再び分かれて
575	開き始めたからだ。しかし、漕ぎ進む彼らを震えが襲った、
576	潮流がもり上がりながら戻って来て船を岩の中へと
577	運ぶ間。その時、極度の恐怖が彼ら全てを捉えた。
578	というのも、頭上には避け得ない破滅があったからである。

573b – 575 行

βραχεῖν はホメーロスに 11 例ある。通常は武具（M 396, N 181, Ξ 420）、大地（Φ387）、河（Φ9）、扉（φ49）など、「物が大きな音を発する」の意味に使われる。残り 1 例は「馬のいななき」（Π 468）、2 例は「軍神アレースの叫び声」（E 859, 863）について使われる。アポローニオスはここでは最後の例をモデルにしているらしい。もう一つの用例は青銅の器に「水」を入れる際の音についてである（1. 1235）。βραχεῖν が不定法を伴う用例はユニークである。

575 – 577 行

この詩行はホメーロスの三つの場面を材料にして組み立てられていて、それぞれのイメージが盛り込まれている。第一は「オデュッセイア」において、オデュッセウスたちがキュクロープスの島から脱出する場面の一節である。

ι 484 – 486

ἐκλύσθη δὲ θάλασσα κατερχομένης ὑπὸ πέτρης·

> τὴν δ' αἶψ' ἤπειρόνδε παλιρρόθιον φέρε κῦμα,
> πλημυρὶς ἐκ πόντοιο, θέμωσε δὲ χέρσον ἱκέσθαι.

これは、キュクロープスが投げ込む巨大な岩によって海に大波が立ち上がり、その高波が逆流してオデュッセウスの船を陸へと運んで行く場面である。ここの πλημυρίς はホメーロスのハパクスである。これをアポローニオスは同じ詩行位置で使う。また、ホメーロスの παλιρρόθιον … κῦμα / πλημυρίς を πλημυρὶς παλίνορσος と簡潔に言い直している。これらの言葉遣いによってアポローニオスはホメーロスのこの場面を連想させている[38)]。

　第二は「イーリアス」第3歌の、メネラーオスを見て逃げ出すパリスについてのシミリである。

Γ 33 - 35
> ὡς δ' ὅτε τίς τε δράκοντα ἰδὼν παλίνορσος ἀπέστη
> οὔρεος ἐν βήσσῃς, ὑπό τε τρόμος ἔλλαβε γυῖα,
> ἂψ δ' ἀνεχώρησεν, ὦχρός τέ μιν εἷλε παρειάς.

ここに使われている παλίνορσος もホメーロスのハパクスである。この形容詞と次の行の τρόμος ἔλλαβε を考え合わせると、アポローニオスはこの場面をも同時に連想させようとしているようだ。勿論、文脈は全く異なる。ホメーロスでは、山中で大蛇に遭遇した人が驚いて後ずさりし、震えに捉えられて逃げ帰る、という内容である。しかし、二人の詩人の叙述内容は対照的である。この対照的な点が重要である。アポローニオスはホメーロスの山中の出来事を海上に移し換えているのである。また、ホメーロスでは παλίνορσος は災難に遭う人を修飾し、アポローニオスでは災難の原因のほうを修飾している。これも逆の使い方をしている。また、τρόμος ἔλλαβε という定型句は τοὺς … ἔχεν τρόμος に入れ替えてヴァリエーションとする。ἔχεν τρόμος はホメーロスの定型句 ἔχε τρόμος（K 25, Σ 247）に倣っている[39)]。詩行中の位置もホメーロスに倣う。これらの言葉はホメーロスのシミリとそのイメージを連想させる道具になっているのである[40)]。

第三は κατένεικεν / εἴσω πετράων という表現である。動詞 καταφέ-ρειν もホメーロスのハパクスであり、アポローニオスの用例もこれが唯一である。このことからも次の詩行がモデルであると考えられる。

X 425–426
οὗ μ᾽ ἄχος ὀξὺ κατοίσεται Ἄιδος εἴσω, / Ἕκτορος.
ヘクトールゆえの鋭い悲しみが私をハーデースへ連れてゆくだろう。

κατοίσεται（未来形）は κατένεικεν（過去形）に、詩行末の Ἄιδος εἴσω / は詩行冒頭に語順も入れ替えられて、/ εἴσω πετράων に姿を変えている。この模倣によって、アポローニオスは πέτραι、つまり「打ち合い岩」にハーデースのイメージを重ね合わせている。このことは、この難所の脱出後の、

2. 609–610
δὴ γὰρ φάσαν ἐξ Ἀίδαο / σώεσθαι.
というのも、そのとき彼らはハーデースから救い出されたと思った。

という叙述からも明らかである。以上のように、アポローニオスはホメーロスの三つのハパクス（πλημυρίς, παλίνορσος, καταφέρειν）を使ってそれぞれの場面を連想させ、アルゴナウタイの恐怖のイメージを表現している。

577–578 行
αἰνότατον δέος εἷλε / はホメーロスの定型句 χλωρὸν δέος εἷλε(ν)（ᾕρει, αἱρεῖ）/（Θ 77, χ 42, ω 450, 533, h.Cer. 190 : H 479, λ 43, 633 : P 67）のヴァリエーションである。また、δέος εἷλε / πάντας はホメーロスの定型句 πάντας ὑπὸ χρωρὸν δέος εἷλε(ν) /（Θ 77, χ 42; ω 450 ᾕρει）に基づく。但し、アポローニオスは πάντας の語順を入れ替えて δέος εἷλε / πάντας とする。

αἰνότατον δέος という表現はユニークである。αἰνόν と δέος の組み合わせはホメーロスにはない。アポローニオスの用例もこれが唯一である。おそらく、ホメーロスの定型句 τρόμος αἰνός（H 215, Λ 117, Υ 44）の言い換え

であろう[41]。次の ὑπὲρ κεφαλῆς という句はホメーロスに 10 例あり、全てカエスラの前に置かれている[42]。

ἀμήχανος … ὄλεθρος という言い方はアポローニオス固有のものである。

ἦεν ὄλεθρος / という表現はホメーロスに 1 例ある（Π 800）[43]。

(2) 579 – 592 行

  (a) 579 – 585 行

    579 ἤδη δ' ἔνθα καὶ ἔνθα διὰ πλατὺς εἴδετο Πόντος,
    580 καί σφισιν ἀπροφάτως ἀνέδυ μέγα κῦμα πάροιθεν
    581 κυρτόν, ἀποτμῆγι σκοπιῇ ἶσον. οἱ δ' ἐσιδόντες
    582 ἤμυσαν λοξοῖσι καρήασιν, εἴσατο γάρ ῥα
    583 νηὸς ὑπὲρ πάσης κατεπάλμενον ἀμφικαλύψειν·
    584 ἀλλά μιν ἔφθη Τῖφυς ὑπ' εἰρεσίῃ βαρύθουσαν
    585 ἀγχαλάσας, τὸ δὲ πολλὸν ὑπὸ τρόπιν ἐξεκυλίσθη.

    579 そして今や右にも左にも広々としたポントスが現れた、
    580 すると突然、前方から彼らに向かって波が逆巻き、
    581 切り立った峯のように隆起した。それを見て彼らは
    582 頭を斜めに下げた。というのは、波が落下してきて
    583 船全体を覆い隠すように見えたからである。
    584 しかし、ティーピュスがいち早く櫂の動きで重くなった船足を
    585 ゆるめた、すると波は大量に竜骨の下を転がるように流れた。

579 – 581 行

πλατὺς … Πόντος / はホメーロスの定型句 ἐπὶ πλατὺν Ἑλλήσποντον /（P 432 ; H 86, ω 82 -εῖ -ῳ）をモデルにして作られている。アポローニオスの句はホメーロスの πλατὺν … - πόντον / の部分と同じ詩行中の位置に置かれている。しかしこの表現はアラートスが既に使っている（Arat. 991

πλατέος παρὰ πόντου / ）。ホメーロスは πόντος のエピセットとして、通常は πλατύς ではなく εὐρύς を使う[44]。

ἀπροφάτως はホメーロスに用例がない。この言葉は形容詞 ἀπρόφατος と共に典拠はヘレニズム期以降に限られる[45]。

ἀνέδυ μέγα κῦμα は次の詩行を利用した言い回しである[46]。

 A 359
  καρπαλίμως δ' ἀνέδυ πολιῆς ἁλὸς ἠύτ' ὀμίχλη.
  灰色の海から霧が立ち上るように女神（テティス）は
  すみやかに浮かび上がった。

つまり、ἀνέδυ … κῦμα はホメーロスの ἀνέδυ … ὀμίχλη のヴァリエーションになっている。

μέγα κῦμα はホメーロスの定型句である[47]。κυρτός はホメーロスに3例ある。このうちの2例は κῦμα の形容詞になっている（Δ 426, Ν 799）。また、ホメーロスはこの形容詞を常に詩行冒頭に置く。アポローニオスはここではそれに倣っている[48]。次の ἀποτμής という言葉はこの用例以外に典拠がない[49]。この詩行の κῦμα … / κυρτόν, ἀποτμῆγι σκοπιῇ ἴσον という表現はホメーロスの次の詩行を連想させる。

 λ 243-244
  πορφύρεον δ' ἄρα κῦμα περιστάθη οὔρεϊ ἶσον,
  κυρτωθέν.

581-583 行

/ ἤμυσαν … καρήασιν は次の詩行に基づく。

 T 404-405
  ἵππος / Ξάνθος, ἄφαρ δ' ἤμυσε καρήατι.

ホメーロスでは馬について、また単数で使われている。この点に対比がある。λοξός という形容詞はホメーロスに典拠がない。これをアポローニオスは4回使うが、他の3例は、ὄμματα … / λοξά（2.664-5, 3.444-5）、λοξῷ

… / ὄμματι（4. 475 – 6）である。これは古典期の詩に残っている類似の表現、/ λοξὸν ὀφθαλμοῖς ὁρῶσι（Sol. 34. 5 West）, λοξὸν ὄμμασι βλέπουσα（An. 417. 1 Page）などに基づくものと思われる。λοξοῖσι καρήασιν の古典期の類例としては αὐχένα λοξὸν ἔχει（Theog. 536, Tyr. 11. 2 West）があるが、アポローニオスのモデルはおそらくアラートスの / λοξὸν δ᾽ ἐστὶ κάρη（Arat. 58）であろう。

/ νηὸς ὑπὲρ πάσης はホメーロスの定型句 / νηὸς ὑπὲρ γλαφυρῆς（μ 406, ξ 304）に倣った言い回しである。νηῦς と πᾶσα の組み合わせはホメーロスでは πάσας / … νῆας（Ξ 33 – 34）という複数形の例が唯一である[50]。

κατεπάλμενον はホメーロスのハパクスである。

Λ 94

ἤτοι ὅ γ᾽ ἐξ ἵππων κατεπάλμενος ἀντίος ἔστη.

アポローニオスはホメーロスと同じ詩行位置で使っている[51]。

ἀμφικαλύψειν（sc. μέγα κῦμα）は μέγα κῦμα κάλυψεν /（ε 435）に基づく。

584 – 585 行

βαρύθειν はホメーロスのハパクスである[52]。

Π 519

βαρύθει δέ μοι ὦμος ὑπ᾽ αὐτοῦ（sc. ἕλκου）. /

アポローニオスはこの動詞を 4 回使っている（1. 43, 2. 47, 584, 4. 621）。一方、他動詞 βαρύνειν はホメーロスに 6 例（Ε 664, Θ 308, Λ 584, Τ 165, Υ 480, ε 321）あるが、アポローニオスはこれを 1 回だけ使う（2. 202）。つまり、アポローニオスは自動詞 βαρύθειν と他動詞 βαρύνειν の使用頻度をホメーロスの逆にしていることになる。ὑπ᾽ εἰρεσίῃ は ὑπ᾽ εἰρεσίης（κ 78）のヴァリエーションである。両方ともカエスラの直後に置かれている[53]。

μιν（sc. νῆα）… ἀγχαλάσας についてスコリアは καταπαύσας τὴν εἰρεσίαν と説明する。つまり、「漕ぐ手を止めて、船足をゆるめる」の意と

思われる。ἀναχαλᾶν という合成動詞はこの用例以外に典拠がない。しかし、χαλᾶν はホメーロス賛歌に2例あり、これ以降、古典期に多数の用例がある。

  h. Ap. 6 / ἥ ῥα βιόν τ᾽ ἐχάλασσε.

  h. Hom. 27. 12 χαλάσασ᾽ εὐκαμπέα τόξα. /

船に関する文脈では、エウリーピデースに、次の用例がある。

  E. Or. 707 ἔστη (sc. ναῦς) δ᾽ αὖθις ἢν χαλᾷ πόδα. /

この πόδα は「帆脚綱」と解されている。つまり、「帆脚綱を弛めるなら船は立ち直る」の意である[54]。

τὸ δὲ πολλὸν (sc. κῦμα) … ἐξεκυλίσθη / は次の詩行のヴァリエーションである[55]。

  Λ 307 / πολλὸν δὲ τρόφι κῦμα κυλίνδεται.

ἐκκυλίνδειν は定型文の中でホメーロスに二度使われている。

  Ζ 42 = Ψ 394 / αὐτὸς δ᾽ ἐκ δίφροιο παρὰ τροχὸν ἐξεκυλίσθη. /

アポローニオスはこの ἐξεκυλίσθη という形をここで1回だけ、同じ詩行位置で利用している。しかし、文脈は全く異なる。πολλὸν κῦμα という表現はホメーロスに3例しかない（Λ 307, ε 54, θ 232）。

(b) 586 – 592 行

586 ἐκ δ᾽ αὐτὴν πρύμνηθεν ἀνείρυσε τηλόθι νῆα
587 πετράων, ὑψοῦ δὲ μεταχρονίη πεφόρητο·
588 Εὔφημος δ᾽ ἀνὰ πάντας ἰὼν βοάασκεν ἑταίρους
589 ἐμβαλέειν κώπῃσιν ὅσον σθένος, οἱ δ᾽ ἀλαλητῷ
590 κόπτον ὕδωρ. ὅσσον δ᾽ ἂν ὑπείκαθε νηῦς ἐρέτῃσι,
591 δὶς τόσον ἂψ ἀπόρουσεν· ἐπεγνάμπτοντο δὲ κῶπαι
592 ἠΰτε καμπύλα τόξα, βιαζομένων ἡρώων.

586 そして波は船自体を艫のほうから引っぱって岩から
587 遠くへ引き離し、船は空中に高く浮いて運ばれた。

588　エウペーモスは全ての仲間たちの間を歩き回って
589　力の限り櫂で打てと叫び続け、彼らは掛け声に合わせて
590　水を打った。しかし、船は櫂によって進む距離の
591　二倍も逆戻りしてしまった。勇士たちが力を込めると
592　櫂は曲がった弓のようにしなった。

586-587 行

πρύμνηθεν はホメーロスのハパクスである。

O 716

Ἕκτωρ δὲ πρύμνηθεν ἐπεὶ λάβεν, οὐχὶ μεθίει.

アポローニオスもこの言葉をここで1回だけ、ホメーロスと同じ詩行位置で使う。ホメーロスの用例について LSJ はこれまで "from the stern" と説明してきたが、1968年度版の Suppl. は "by the stern" に変えた[56]。これは文脈に合わせた解釈である。つまり、ホメーロスの πρύμνηθεν の解釈は分かれている。しかし、アポローニオスの用例は、LSJ は説明していないが、"from the stern" の意であることは明白である。というのは、アポローニオスは詩行冒頭の ἐκ によってこの意味を補強しているからである。

ἀνερύειν については、ホメーロスの ἀνά θ' ἱστία λεύκ' ἐρύσαντες /（ι 77 = μ 402）を tmesis と解するなら、これがアポローニオスのモデルである。これは「帆を引き上げる（つまり、張る）」という意味だが、「船を引く」という文脈ではホメーロス賛歌に次の用例がある[57]。

h. Ap. 506

ἐκ δ' ἁλὸς ἤπειρον δὲ θοὴν ἀνὰ νῆ' ἐρύσαντο.

μεταχρόνιος はホメーロスに典拠がない。しかし、ヘーシオドスに用例が残っている。

Hes. Th. 268-269

αἱ (sc. Ἅρπυιαι) ῥ' ἀνέμων πνοιῇσι καὶ οἰωνοῖσι ἅμ' ἕπονται /
ὠκείῃς πτερύγεσσι· μεταχρόνιαι γὰρ ἴαλλον.

アポローニオスはこの言葉を多用する。7例中5例が「アルゴー船」について使われている（2. 587, 4. 952, 1269, 1385, 1568）[58]。πεφόρητο (sc. νηῦς) の類例は次の詩行、カリュブディスの難所の場面である。

μ 67 – 68
πίνακάς τε νεῶν … / κύμαθ' ἁλὸς φορέουσι.

588 – 590 行

この部分は「オデュッセイア」における幾つかの難所の場面を連想させる。特に、βοάασκεν ἑταίρους / ἐμβαλέειν κώπῃσιν は、キュクロプスが海へ投げ込む岩からオデュッセウスたちが逃れる場面を利用している。

ι 488 – 489
ἑτάροισι δ' ἐποτρύνας ἐκέλευσα /
ἐμβαλέειν κώπῃς, ἵν' ὑπὲκ κακότητα φύγοιμεν.

この同じ二詩行はオデュッセウスの一行が食人族ライストリューゴスの国を脱出する場面でも使われている（κ 128 – 129）。いわば定型的な表現である。κώπη はホメーロスに7例あるが、「櫂」の意味に使われるのは3回である。残りの1例はオデュッセウスたちがスキュレーとカリュブディスの難所へ向かう場面にあり、類似の表現になっている。

μ 214 – 215
ὑμεῖς μὲν κώπῃσιν ἁλὸς ῥηγμῖνα βαθεῖαν
τύπτετε κληΐδεσσιν ἐφήμενοι.

アポローニオスの ἐμβαλέειν κώπῃσιν は勿論ホメーロスの ἐμβαλέειν κώπῃς (ι 489) を利用したもので、同じく詩行冒頭に置かれている。しかし、κώπῃσιν という形は、3例目の κώπῃσιν … τύπτετε (μ 214 – 215) から借りて、定型句に僅かであるが、変化が加えられている。また、アポローニオスは κώπη という言葉を3回使うが、全て「櫂」という意味である（1. 1362, 2. 589, 591）。

ἀνὰ … ἰὼν … ἑταίρους という表現の類型には次のような例がある。

M 49　ἀν' ὅμιλον ἰὼν ἐλίσσεθ' ἑταίρους /
μ 206　διὰ νηὸς ἰὼν ὄτρυνον ἑταίρους /

πάντας … ἑταίρους という組み合わせは、ホメーロスでは πάντας ἑταίρους（φ 100）と πάντων … ἑταίρων（Σ 81）の2例のみである。また、βοᾶν が不定法と共に使われる例はホメーロスにはない。最古の典拠はソポクレースにある（S.OT 1287）。ὅσον σθένος という表現はアイスキュロスに残っている（A. Pe. 167, Eu. 619）。ホメーロスにおける類似の表現は、次の詩句である[59]。

ψ 128　ὅση δύναμίς γε πάρεστιν. /

次の οἱ δ' ἀλαλητῷ / はホメーロスの定型句である（Π 78, Φ 10, [Hes.] Sc. 382：Β 149 τοὶ δ' ἀλαλητῷ /）。/ κόπτον ὕδωρ はホメーロスの定型句、/ ἑξῆς δ' ἑζόμενοι πολιὴν ἅλα τύπτον ἐρετμοῖς /（δ 580, ι 104, 180, 472, 564, μ 147, 180）の ἅλα τύπτον ヴァリエーションであるが、カリマコスの断片に、

Call. Fr. 18.11 Pf.　　]πικρὸν ἔκοψαν ὕδωρ. /

という詩句が残っている。Pfeiffer の考えでは、アポローニオスの詩句はこれに由来する[60]。

590－591行

この詩行のモデルはホメーロスの次の詩句であろう。しかし、文脈は異なる。

μ 180－181　αὐτοὶ δ' ἑζόμενοι πολιὴν ἅλα τύπτον ἐρετμοῖς.
　　　　　　ἀλλ' ὅτε τόσσον ἀπῆν ὅσσον τε γέγωνε βοήσας,

ὑπείκαθε … ἐρέτῃσι / のモデルが εἴκοι δ' ὑπὸ βῶλος ἀρότρῳ /（σ 374）であるとすると、アポローニオスはこれを tmesis と解している。彼は「陸」から「海」へ文脈を移し、「鋤」を「櫂」に入れ替えてホメーロスの詩句を利用している[61]。

次の δίς はホメーロスのハパクスである。これによって、アポローニオスは「オデュッセイア」の次の場面を連想させようとしているらしい。

ι 491－492

> ἀλλ' ὅτε δὴ δὶς τόσσον ἅλα πρήσσοντες ἀπῆμεν,
> καὶ τότ' ἐγὼ Κύκλωπα προσηύδων.

アポローニオスは δὶς τόσσον を δὶς τόσον へと僅かだけ変えている。これらの言葉は、ホメーロスでは、船が危険から脱出する場面で、アポローニオスの場合は船が危険の中に突入する場面で使われている。つまり、両者の間には文脈上の対比がある。

ἂψ ἀπόρουσεν は定型句 / αὐτὰρ ὁ ἂψ ἐπόρουσε（Γ 379, Φ 33）をモデルにして作られている。ἀπορούειν はホメーロスに 7 例ある。このうち 6 例（Ε 20, 297, Λ 145, Ρ 483, Φ 251, χ 95）はカエスラの直前に、1 例（Ε 836）は詩行末に置かれる。アポローニオスはここでは前者に従い、もう 1 例（2.572）では後者に倣っている。

591–592 行

ἐπιγνάμπτειν はホメーロスに 6 例ある。このうち本来の意味「（物を）曲げる」に使われるのは次の 1 例のみである[62]。

> Φ 177–178
> τὸ δὲ τέτρατον ἤθελε θυμῷ
> ἆξαι ἐπιγνάμψας δόρυ μείλινον Αἰακίδαο.

アポローニオスはこの用例に倣っている。但し、ホメーロスとは逆に受動態を使っている。アポローニオスのこの動詞の用例はこれが唯一である。

καμπύλα τόξα はホメーロスの定型句である[63]。

(3) 593–597 行

593　ἔνθεν δ' αὐτίκ' ἔπειτα κατηρεφὲς ἔσσυτο κῦμα·
594　ἡ δ' ἄφαρ ὥς τε κύλινδρος ἐπέτρεχε κύματι λάβρῳ
595　προπροκαταΐγδην κοίλης ἁλός. ἐν δ' ἄρα μέσσαις
596　Πληγάσι δινήεις εἶχεν ῥόος· αἱ δ' ἑκάτερθεν
597　σειόμεναι βρόμεον, πεπέδητο δὲ νήια δοῦρα.

593	その時すぐに後ろからアーチ状の波が襲ってきた、
594	船はたちまち丸太のように荒波の上を転がった、
595	窪んだ海へ真っ逆さまに。そのとき打ち合い岩の
596	真ん中に渦巻く海流が船を留めた。岩は両側から
597	揺れながら轟音を発し、舟板は挟まれた。

593 行

　すべての中世写本は κατηρεφές を伝える。しかし、この読み方に異論が唱えられた。というのは、Etymologici Graeci Parisienses の中に、καταρρεπές という一項があり、ἔνθα δ' αὐτίκ' ἔπειτα καταρρεπὲς ἔσσυτο κῦμα という詩行が引用されているからである[64]。これはアポローニオスのこの詩行の引用であると判断される。このことから、R. Merkel がこれを真正の読みであると主張し、A. Platt が支持した。その理由は次の通りである。καταρρεπές は非常に稀な言葉であり、他に典拠がない。これに加えて、κατηρεφές への corruption は極めて容易である。また、「波」が κατηρεφές, "overhanging" であるなら、アルゴーは確実に沈むであろう。これに対し、καταρρεπές, "pressing down" はより適切な意味を与える。これが理由である[65]。その後、H. Fränkel、続いて F. Vian がこの読みを採用した[66]。LSJ-Suppl. は 1968 年度版において、καταρρεπές を異読として収録し、更に改訂版（1996）においてこれを正規の読み方として登録するに至った。一方、中世写本が伝える κατηρεφής はホメーロス以来ノンノスに至るまで典拠が見られる形容詞である。これは動詞 ἐρέφειν「屋根で覆う」の派生語の一つである。「上から（何かで）覆われた、張り出した、上から垂れ下がった」等の意味で、洞穴、岩、屋根、家などのエピセットとして使われる[67]。この言葉の使い方として一つだけ他とは異質な用例がホメーロスにある。

ε 366-367

ὦρσε δ' ἐπὶ μέγα κῦμα Ποσειδάων ἐνοσίχθων,
δεινόν τ' ἀργαλέον τε, κατηρεφές, ἤλασε δ' αὐτόν.

ここで κατηρεφής は「波」のエピセットとして使われている。これは非常にユニークな用例である。アポローニオスはこの形容詞をここで1回だけ使うが、ホメーロスのこの用例を利用したということは充分に考えられる。また、これがアポローニオスの作詩法でもある。詩行中の位置はホメーロス、ヘーシオドスの用例共全て同じである。二つの岩が閉じた時に押し出されて逆流して来る波と、その前に押し出され再び戻って来る波がぶつかり合って巨大なアーチ状の波となり、岩へ向かって流れる。その波に乗ってアルゴーは開き始めた岩へ突進したのである。非常に劇的で絵画的な叙述になっている。A. Platt の反対理由も κατηρεφές という言葉のこの場面での劇的効果の前では空しい。おそらく写本の伝承は正しいのではないだろうか。

ἔσσυτο κῦμα / という表現のモデルはホメーロスの次の詩行である。

ε 313 – 314

ὣς ἄρα μιν εἰπόντ' ἔλασεν μέγα κῦμα κατ' ἄκρης,
δεινὸν ἐπεσσύμενον, περὶ δὲ σχεδίην ἐλέλιξε.

但し、アポローニオスは同じ合成動詞（ἐπισεύεσθαι）の使用を避けている[68]。

αὐτίκ' ἔπειτα は定型句で賛歌を含めるとホメーロスに16例ある。通常は詩行冒頭に置かれるが、カエスラの直前の例が4回ある（Β 322, Γ 267, μ 394, ρ 120）。アポローニオスはこれに倣う[69]。

594 – 595 行

κύλινδρος という言葉はこの個所以外には叙事詩には典拠がない。ἣ … ἐπέτρεχε のホメーロスにおける類例は、次の詩行が唯一である。

γ 176 – 178

αἳ (sc. νῆες) δὲ μάλ' ὦκα /
ἰχθυόεντα κέλευθα διέδραμον.

次の κύματι λάβρῳ / という表現のモデルは次の詩句である。

Ο 624 – 625

κῦμα θοῇ ἐν νηΐ πέσῃσι / λάβρον.

προπροκαταΐγδην はこの例以外には全く典拠のない言葉である[70]。
κοίλης ἁλός も類例のない言い方である。トゥーキューディデースが殆ど干あがった川について、ἐν κοίλῳ ὄντι τῷ ποταμῷ (Th. 7. 84) と表現している[71]。

595 – 597 行

ἐν δ᾽ ἄρα μέσσαις / の類型は ἐν δ᾽ ἄρα μέσσῃ / (h. Hom. 7. 45 : cf. [Hes.] Sc. 201 ἐν δ᾽ ἄρα μέσσῳ /) である。εἶχεν ῥόος (sc. νῆα) という表現は次の詩句に基づくもの思われる。

μ 203 – 205

τῶν δ᾽ ἄρα δεισάντων ἐκ χειρῶν ἔπτατ᾽ ἐρετμά,
βόμβησεν δ᾽ ἄρα πάντα κατὰ ῥόον· ἔσχετο δ᾽ αὐτοῦ
νηῦς.

βρομεῖν はホメーロスのハパクスである[72]。

Π 641 – 642

ὡς ὅτε μυῖαι / σταθμῷ ἔνι βρομέωσι

πεπέδητο δὲ νήια δοῦρα / は次の詩行がモデルになっている。

ν 168 – 169

τίς δὴ νῆα θοὴν ἐπέδησε ἐνὶ πόντῳ / οἴκαδ᾽ ἐλαυνομένην ;

また、νήια δοῦρα / はホメーロスに一つだけ用例が残っている (ι 498)。アポローニオスはこれに倣ってこの詩句を詩行末に置いている[73]。

4. 結び

アポローニオスの叙事詩「アルゴナウティカ」は、殆どホメーロスを主とする古代叙事詩の言葉によって構成されている。このことは、上記の Πληγάδες の叙述の分析からも推測することができる。勿論、全ての言葉の典拠を伝存する古代叙事詩の中に見いだすことはできない。一方、註釈者た

ちが Non-Homeric と呼ぶ言葉が含まれている。ここで取り上げた49行中に、約14語ある。この中には、ホメーロスに典拠のある動詞と前置詞との合成語が4語ある（ἀνακλύζειν, ἀναπτύειν, ἀναχαλᾶν, περιβρέμειν）。この意味で、純然たる Non-Homeric は10語ということができる（ἁλιμυρής, ἀνωγή, ἀπροφάτως, ἀποτμήξ, θελήμων, καχλάζειν, κύλινδρος, λοίσθιος, προπροκαταΐγδην, σπῆλυγξ）。これを除くと49行を構成する言葉は全て伝存の古代叙事詩の中にその典拠を求めることができる。それではアポローニオスはこの古代叙事詩語をどのように使うのか。その使い方には幾つかの特徴的な傾向がみられる。その傾向は、要約すると大体次のようなものである。

　第一は、ホメーロスのいわゆるハパクス（ἅπαξ λεγόμενον）の使用である。この49行中には約9語のハパクスがある。これらの言葉は殆どの場合ホメーロスと同じ詩行中の位置に配されている。そして、アポローニオスはこれによって一つの効果をねらっている。つまり、これらの言葉が使われているホメーロスの詩句の文脈を読者が連想し、そのイメージをこの詩の文脈に重ね合わせることである。この場合、アポローニオスの詩句の文脈はホメーロスの文脈と対比的に作られるのが通常である。また、ハパクスの使用と並んで、ホメーロスにおける唯一の或いは非常に稀な言い回し、意味の用例を好んで使う。

　第二は、ホメーロスの定型句或いは定型的な表現の組み替えである。ホメーロスの定型句がそのまま使用されることは稀である。定型句は分解され、別の類似の言葉によって組み替えられる。また、語順が入れ替えられ、格或いは態が変更され、更にホメーロスにおける言葉の定位置は移し変えられる。但し、このような定型句を変形するに当たっては、そのモデルをホメーロスに求める。

　第三は、ホメーロスの場面へのアリュージョンである。ホメーロス中の稀な言葉、言い回し、定型的表現を使うことによって、それが使われているホメーロスの場面を連想させる。上記の49行においては、特に「オデュッセイア」の中のオデュッセウスが遭遇する難所、キュクロープス、スキュレー、

カリュブディス、ライストリューゴスへのアリュージョンが多い。

　第四は、ホメーロスとの対比性である。アポローニオスは利用する詩句、文脈を盡くホメーロスと逆にする。これは人称、数、語順、詩行中の位置、時制、文脈の内容に至るまで様々な点に及んでいる。

　第五は、言葉の使用頻度の反転である。例えば、二つの同義語を使用するにあたって、ホメーロスが多用する言葉を1回だけ使い、ホメーロスが1回しか使わない言葉を多用するというような傾向がみられる。

　アポローニオスがホメーロスの言葉を利用する際にみられる主な特徴は以上のように要約できるであろう。上で説明した Πληγάδες の叙述は1例にすぎないが、「アルゴナウティカ」は全編にわたってこのように作られている。アポローニオスは主としてホメーロスの叙事詩言語を使用するが、可能な限りホメーロスの言語表現を避けてホメーロスとは異なる表現を模索しているように見える。従って、全てがホメーロスのヴァリエーションになっているのである。また、これが同じくヘレニズム期の叙事詩におけるホメーロスを主とする古代叙事詩言語の継承の仕方であり、また模倣のあり方でもあった。アポローニオスの場合は特にこの傾向が極端な形で現れているように思われる。そして、この傾向はその後の叙事詩においても支配的になり、またその後のラテン叙事詩に引き継がれることになる。

注

1) Str. 3. 2. 12.
　　cf. id. 1. 2. 10
2) Pi. P. 4. 208 – 209
　　συνδρόμων κινηθμὸν ἀμαιμάκετον /
　　ἐκφυγεῖν πετρᾶν.
　　この詩句をアポローニオスが次のように利用している。
　　　A. R. 2. 345 - 346
　　　　ἢν δὲ φύγητε / σύνδρομα πετράων.

3) Simon. Fr. 546 Page（PMG）。この呼称はその後、エウリーピデース、テオクリトスが使う。
E. IT 422　πῶς τὰς συνδρομάδας πέτρας
Theoc. 13. 22　ἅτις κυανεᾶν οὐχ ἅψατο συνδρομάδων ναῦς.
4) この呼称はアポローニオスに3例ある：2. 596, 645 ; Fr. 5. 4（Powell）。彼がこの名称を使う根拠は不明であるが、パピルス断片に次の記事がある。
πληγάδα παρ πέτρην· τὴν συμ[πληγάδα λεγο-
μένην ὑπὸ τ[ῶν] νεωτέρων.
（ *Oxy. Pap.*, vol. 37, L.Lobel, 1971 London.
No. 2819 Commentary on Hexameter Poem, p. 93, 5 – 6）
但し、ここでは単数形になっている。また、エウリーピデースの中世写本は単数形を2例伝える。
E. Andr. 795
ποντιᾶν Ξυμπληγάδα
E. IT 241
κυανέαν Συμπληγάδα
［オルフィカ］の「アルゴナウティカ」は Κυάνεαι πέτραι または πέτραι Κυάνεαι を使う（682, 709, 1160）。
5) 類似の記事はアリアーノスにも見られる。
αὗται δὲ αἱ Κυάνεαί εἰσιν, ἅς λέγουσιν οἱ ποιηταὶ πλαγκτὰς πάλαι εἶναι, καὶ διὰ τούτων πρώτην ναῦν περᾶσαι τὴν Ἀργώ, ἥτις ἐς Κόλχους Ἰάσονα ἤγαγον.
（ Arr. Peripl. M. Eux. 25. 3 ）
これに依ると、アルゴーは往路で Κυάνεαι を通過した。
6) D. L. Page はホメーロスの記述を「打ち合い岩」のことと解釈し、ここに既に伝承の混乱が始まっているとする（ *Euripides Medea*, 1938 Oxford, 61f.）。しかし、ホメーロスは注意深く言葉を選んでいるように見受けられる：παρέρχεται（62）, παρέπλω（69）, παρέπεμψεν（72）。
これらの言葉遣いは「二つの岩の間を通過する」というイメージからは遠い。
7) F. Vian の分割に従う。但し、多少の変更を加えた。
F. Vian, *Apolloios de Rhodes Argonautiques*, Tome I, 1976 Paris , 153.
8) Α 432, Δ 446, Θ 60, π 324
9) ヘーシオドスにはこの類例は多い。
ἰθύνει σκολιὸν（Op.7）, μύθοισι σκολιοῖσι（Op. 194）, σκολιαὶ δίκαι（Op. 219, 221, 250, 264）.
10) その他の類例。
Nic. Th. 267　οἶμον … σκολιήν
ib. 478　σκολίην … ἀτραπόν
11) 2. 333 τέμνεθ᾽ ἁλὸς στεινωπόν.（名詞）
2. 1190 – 1 ἐνὶ Πόντῳ / στεινωπῷ.（形容詞：「狭い黒海」つまり「黒海の入口の隘路」

のこと)

アポローニオスは名詞として2回、形容詞として1回この言葉を使い、使用頻度をホメーロスとは逆にしている。

12) cf. βῆσσα (h. Ap. 285), χθών (h. Merc. 273), οἶμος (Hes. Op. 291), ὑσμίνη ([Hes.] Sc. 119).

13) ἐέργειν の使い方の用例としては、cf. ἐντὸς ἐέργει / (B 617, 845, Ω 544)。

14) 7例 (2. 550, 568, 3. 1294, 1371, 4. 788, 932, 941)。第4歌の用例は Πλαγκταί に関するものである。

15) ποταμός (Θ 490, ζ 89, λ 242), Σκάμανδρος (Φ 125, X 148), Ξάνθος (B 877, E 479, Ξ 434, Φ 2, 332, Ω 693), Ἕρμος (Y 392)。

16) この中の一つは Βόσπορος (2. 168) を形容する。
Cf. E. Cyc. 46 δινᾶέν θ᾽ ὕδωρ ποταμῶν.

17) この句はホメーロスに2回だけ、次の定型文に現れる。
A 481 – 482 = β 427 – 428

ἀμφὶ δὲ κῦμα /
στείρη πορφύρεον μεγάλ᾽ ἴαχε νηὸς ἰούσης.

18) これはアリスタルコスの定義である。
Schol. A ad Λ 71.
μνώοντ᾽ ὀλοοῖο φόβοιο: ὅτι φόβον τὴν φυγήν. ὃν δὲ ἡμεῖς φόβον, δέος λέγει.
しかし、「恐怖」と解釈することのできる用例もある (O 327)。Δ 456 において中世写本は πόνος ではなく φόβος を読む。これは明らかに「恐怖」の意である。

19) ι 62, 105, 565, κ 77, 133
ἔνθεν δὲ προτέρω πλέομεν ἀκαχήμενοι ἦτορ.

20) I 317, P 148, 385, T 232, π 191, χ 228.
単独では Ξ 58, P 413.

21) Schol. L^g P ad A.R. 2. 554a. νωλεμές· συχνῶς.
(Schol. ad A.R. 2.598-602b. νωλεμὲς ἐμπλήξα<σαι>· βιαίως συμπεσοῦσαι τὰ ἀκροστόλια ἀπέκοψαν.
554行の註釈は不適切である。602行の νωμελές を βιαίως と解釈することはヘーシュキオス (ἰσχυρόν, βίαιον, καρτερόν) によって保証される。

22) [Orph.] A. 344 ποταμῶν θ᾽ ἁλιμυρέα ῥεῖθρα.
        462 ῥεῖθρόν τ᾽ Ἀμύρου ἁλιμυρές.
        737 δίνας ἁλιμυρέας.
Tryph. 684 Ξάνθος ἰδὼν ἔκλαυσε γόων ἁλιμυρέι πηγῇ.
アポローニオスには更に2例ある：πέτρης ἁ. (1. 913), ἀκτὰς ἁ. (4. 645).

23) A. R. 1. 372 において中世写本は πρῶραν を伝える。これが πρώραν の誤りであることはパピルスの伝承によって確認されている。しかし、この形は韻律上不適切なので、他の典拠 (EG) に基づいて校訂者たちは一般に πρώειραν と読む。これが正しいとすれば、πρῷρα の約音前の形が πρώειρα か *πρώαιρα かという古代における議論に

ついて（cf. LSJ, v. πρῷρα）、アポローニオスは πρώειραν を使うことによって一方の説を示唆しているとも考えられる。
24) A. Platt, *Apollonius III*, JPh 35, 1920, 77.
25) M. L. West, *Hesiod Works and Days*, 1978 Oxford , 180.
ヘーシオドスのこの詩行を利用してアポローニオスも ἐθελημός を1回だけ使う。
    2. 656 – 657
        ἀλλ᾽ ἐθελημὸς ἐφ᾽ ὕδασι πατρὸς ἑοῖο
        μητέρι συνναίεσκεν ἐπάκτια πώεα φέρβων.
この例においてはどちらの意味であるのか決定できない。
26) cf. Q.S. 5.284 ἠνορέῃ πίσυνος.
27) Pi. P. 4. 266 ; A. Ag. 120, Ch. 500, Eu. 734.
28) λοῖσθος の用例は古典作家では非常に少ない（S. Fr.698 Pearson : E. Hel. 1597 ）。
これ以降の λοῖσθος の用例はリュコプローン（163, 279, 789, 999, 1362）、エウポリオーン（51. 13 Powell.）及びノンノス（D. 37. 350）にあるが、ヘレニズム以降の詩人たちはむしろ λοίσθιος を好む。
    Lyc. 81, 246, 441, 1463 ; Theoc. 5. 13, 23. 16, 21 ; [Opp.]H. 3. 114, 5. 306 ; Nonn. D. 4. 21, 10. 430, 11. 241, 13. 253, 23. 104, 37. 651.
29) προιέναι が不定詞をともなう例はホメーロスにもう1例だけある。
    Ο 254 – 255
                ἀοσσητῆρα Κρονίων /
        ἐξ Ἴδης *προέηκε* παρεστάμενα καὶ ἀμύνειν.
30) アポローニオスには次のヴァリエーションもある。
    4. 154 κεφαλὴν … ἀείρας /
    1. 1312 κάρη … ἀείρας /
31) Asclep. Tragil. FGH, I A, 12,32, p.175 Jacoby（ = Schol. ad μ 69 ）
    ὁ (sc. Φινεύς) δὲ λέγει αὐτοῖς πόσον δύναται ἔχειν τάχος ἡ Ἀργώ ; φάντων δὲ πελειάδος ἐκέλευσεν ἀφεῖναι περιστερὰν κατὰ τὴν συμβολὴν τῶν πετρῶν.
［オルフィカ］では「鳩」ではなく「アオサギ」になっている。
    [Orph.] A. 694 – 696
              ἀλλὰ γλαυκῶπις Ἀθήνη
        Ἥρης ἐννεσίῃσιν *ἐρωδιὸν ἧκε* φέρεσθαι
        ἄκρην ἀντιπέραιαν.
アオサギは女神アテーネーの鳥である。［オルフィカ］はホメーロスの次の詩行をモデルにしてこの詩行を作っている。
    Κ 274 – 275
        τοῖσι δὲ δεξιὸν *ἧκεν ἐρωδιὸν* ἐγγὺς ὁδοῖο
        Παλλὰς Ἀθηναίη.
32) 11例。他の例は「雷鳴」（H 479, Θ 75, 170, O 377, P 595, φ 413 ; [Hes.] Sc. 383),「足音」(h. Merc. 149, [Hes.] Sc. 61)、そして「森」（ Ν 140 ）について使われる。

ἐπικτυπεῖν はアポローニオスが更に 2 回（1. 1136, 2. 1081）、その後クウィントス・
　　　スミュルナイオスが使う（1. 698, 2. 383, 7. 119, 8. 179, 9. 296, 14. 510）。
33) καθάπερ の典拠は主として古典散文作家であり、韻文ではアリストファネースであ
　　　る（Ar. Av. 1042, Eq. 8, Ec. 61, 75）。このシミリはデーモステネースが ὥσπερ νέφος
　　　という形で使っている（D.18. 188：これについての論評は、cf. Longinus 39. 4）。
34) S. OC. 1471　ὦ μέγας αἰθήρ
　　　Ant. 420 – 421　μέγας / αἰθήρ
　　　Ai. 1193 – 1194　αἰθέρα … / … μέγαν
　　　アポローニオス以後クウィントゥスが 1 回使う。
　　　　Q. S. 4. 351 μέγας δ' ὀροθύνεται αἰθήρ ./
35) 後に περιβρέμειν を［オルフィカ］は Κυάνεαι の叙述の中で 1 回使う。
　　　[Orph.] A. 689
　　　κύματι παφλάζοντι περιβρέμει ἄσπετος ἅλμη.
36) Lyc. 46.
　　　テオクリトスに 1 例ある
　　　Theoc. 16.53 σπήλυγγα … ὀλοοῖο Κύκλωπος.
　　　σπῆλυγξ という言葉は後の詩人たちが好んで使った。
　　　[Opp.] C. 1. 130, 2. 35, 3. 173, 324, 4. 80, 160.
　　　[Orph.] A. 379, 437, 450 .
　　　Nonn. D. 2. 451, 6. 264, 8. 179, 32. 245, 42. 364, 43. 311, 48. 910.
37) cf. A. R. 4. 1270 – 1271　ἅλμη / ἁπλοος εἰλεῖται.
　　　　Mosc. 4. 104　περὶ δ' αὐτὸν … εἰλεῖτο φλόξ.
38) アポローニオスは更に 2 回 πλημυρίς を使う（4. 1241, 1269）。いずれも同じ詩行位置
　　　に置かれている。尚、このうち 1 例はホメーロスの表現をそのまま使う。
　　　　A. R. 4. 1268 – 1269
　　　　　　　　　　　　ἀλλά μιν αὐτὴ /
　　　πλημυρὶς ἐκ πόντοιο μεταχρονίην ἐκόμισσε. /
39) アポローニオスの中世写本は ἔχεν と ἔχε に分かれている。校訂者たちは一般に ἔχεν
　　　を有力とする。
40) アポローニオスは παλίνορσος をもう 1 回使う。
　　　　A. R. 1. 415 – 416 νῆα … παλίνορσον.
41) この句は後にクウィントスが使う。
　　　　Q. S. 7. 540 δέος αἰνὸν ἵκηται. /
42) Β 20, 59, Σ 226, Ψ 68, Ω 682, δ 803, θ 68, υ 32, ψ 4.
43) Π 799 – 800
　　　　　　　　　　　τότε δὲ Ζεὺς Ἕκτορι δῶκεν
　　　ᾗ κεφαλῇ φορέειν, σχεδόθεν δέ οἱ ἦεν ὄλεθρος.
　　　この時ゼウスはヘクトールに（アキレウスの兜を）頭に被る
　　　ことを許した。そして、彼の間近に破滅が迫った。

44) εὐρέα πόντον (Z 291, I 72, ω 118), εὐρέϊ πόντῳ (α 197, β 295, δ 498, 552, μ 293, 401, h. Ap. 318) 或いは、εὐρέα νῶτα θαλάσσης (B 159, Θ 511, Υ 228, γ 142, δ 313, 362, 560, ε 17, 142, ρ 146, h. Cer. 123) という言い方をする。

45) ἀπρόφατος : Arat. 424, 768, A. R. 1. 645, 2. 268, Q. S. 3. 437, 12. 509.
ἀπροφάτως : A. R. 1. 1201, 2. 62, 580, 1087, 3. 1117, 4. 1005,
[Opp.] C. 4. 324, [Orph.] A. 623, 665.
意味の分類については、cf. E. Livrea, *Ap. Rhod. Arg. Lib. IV*, 291.

46) ホメーロスのもう一つの類似の個所、
A 496 ἥ γ' ἀνεδύσετο κῦμα θαλάσσης. /
テティスは海の波をくぐって浮かび上がった
をアポローニオスは ἀναδύειν のもう一つの用例において、次のように作り変える。
1. 1228 – 1229
ἡ δὲ νέον κρήνης ἀνεδύετο καλλινάοιο / Νύμφη ἐφυδατίη.

47) Ο 381, Ρ 264, Φ 268, 313, γ 295, 296, ε 313, 327, 366, 402, 425, 429, 435, 461, μ 202, ν 99, ξ 315, h. Ap. 74.

48) ホメーロスのもう1例は τὼ δέ οἱ ὤμω / κυρτώ (B 217 – 218) である。
アポローニオスにはもう1例ある : 2. 984 κυρτὴν … ἄκρην /.

49) この言葉の同義語 ἀπορρώξ「険しい、切り立った、垂直の」による類似の表現はホメーロスにある : ν 98 / ἀκταὶ ἀπορρῶγες.

50) 尚、νηῦς が省略されている場合が3例 (Ο 625, μ 416 = ξ 306) ある。
更に、νῆας ἁπάσας (Ξ 79) という用例がある。

51) Τ 351 において校訂者たちは、ἐκκατέπαλτο かそれとも ἐκ κατεπάλτο か意見が分かれる。また、この動詞の合成についても κατὰ-πάλλω か κατὰ-ἐπὶ- ἄλλομαι かについて議論がある。この詩行の文脈は "leap down" の意味を要求する。κατεφάλλομαι の典拠は少ない (Stesich. 209. i 4 Page : [Opp.] C. 3. 120 : Tryph. 478 : Nonn.D. 18. 13, 48. 614)。
LSJ はステーシコロスとノンノス (Nonm. D. 48. 614) の用例を καταπάλλομαι に分類する。

52) 古代叙事詩では更にヘーシオドスに1例残っている。
Hes. Op. 215 – 216
βαρύθει δέ θ' ὑπ' αὐτῆς (sc. ὕβριος) / ἐγκύρσας ἄτῃσιν.

53) κ 78 τείρετο δ' ἀνδρῶν θυμὸς ὑπ' εἰρεσίης ἀλεγεινῆς.

54) cf. κ 32 / αἰεὶ γὰρ πόδα νηὸς ἐνώμων.
というのは、私はずっと船の脚を取りしきっていた。
この場合の πόδα を、LSJ は「舵」のことらしいと考え、Heubeck は「帆」であるとする。
cf. A. R. 2.1264 / ἱστὸν ἄφαρ χαλάσαντο παρακλιδόν.

55) もう一つの類例は、κύματα μακρὰ κυλινδόμενα (ι 147) である。
アポローニオスはこれも別の詩行で利用している。
2. 732 / κῦμα κυλινδόμενον μεγάλα βρέμει.

4. 152 – 153 κυλινδόμενον πελάγεσσι / κῦμα μέλαν.

56) " from the stern " は D.B.Monro (*A Grammer of the Homeric Dialect*, 1891 Oxford, 151) の解釈であり、W. Leaf (*The Iliad*, 1900 – 1902 London, vol.II, ad loc.) は " by the stern " とする。

Ameis - Hentze - Cauer も「部分の属格」と解する。

ホメーロスには O 716 と類似の表現がもう一つある。

Π 762 Ἕκτωρ μὲν κεφάληφιν ἐπεὶ λάβεν, οὔ τι μεθίει.

この κεφάληφιν は明らかに " by the head " という意味である。

57) ホメーロスにおいては ἐρύειν を「船を引っぱる」という意味に使う例は多い。

νῆα … ἐρύσσομεν εἰς ἅλα (A 141, Ξ 76, β 389, δ 577, 780, θ 34, 51, λ 7, π 343), νῆα … ἐρύσσομεν ἠπειρόνδε (κ 423, cf. A 485, κ 403, π 325, 359) など。

58) ヘーシオドスの用例はむしろアポローニオスの次の詩行で利用されている。

A. R. 2. 299 – 300

ἡ (sc. Ἴλις) δ' ἀνόρουσεν /
Οὔλυμπον δὲ θοῇσι μεταχρονίη πτερύγεσσι.

59) ὅσον σθένος はヘレニズム以降に典拠が多い。

A. R. 2. 1200, 3. 716 : Theoc. 1. 42 : [Opp.] H. 2. 444, 3. 101, 4. 91 : Nonn. D. 31. 87, 227.

60) R.Pfeiffer, *Callimachus, vol.I Fragmenta*, 1949 Oxford, 26.

アポローニオスは同じ詩句をもう一度使う。

A. R. 1. 914 κόπτον ὕδωρ δολιχῇσιν ἐπικρατέως ἐλάτῃσιν.

またオッピアーノスに、/ κοπτομένη … ὑπὸ ῥιπῇσι θάλασσα / ([Opp.] H. 3. 456) という表現が残っている。

61) ὑπείκειν が「物」の与格を支配する例は、ホメーロスではこれが唯一である。

62) A 569 ἐπιγνάμψας φίλον κῆρ.

I 514 ἐπιγνάμπτει νόον.

B 14, 31, 68 ἐπέγναμψεν (sc. Ἥρη) γὰρ ἅπαντας (sc. θεούς).

63) 10 例のうち 7 例は詩行末 (Γ 17, E 97, K 333, M 372, Φ 502, h.Ap. 131, Merc. 515) に、2 例はカエスラの直前 (ι 156, φ 362) に置かれる。アポローニオスの用例はこの 1 例のみである。詩行位置はホメーロスの少数の例に倣い、カエスラの直前に置かれている。

64) J.A.Cramer, *Anecdota Graeca e Codd. Manuscriptis Bibliothecae Regiae Parisiensis*, 1841 Oxford (1967 Olms), vol. IV, 55 el 67.

65) A. Platt, *Apollonius III*, JPh 35, 1920, 77.

66) *Apollonii Rhodii Argonautica*, rec. H. Fränkel, 1961 Oxford.

F. Vian, *Apollonios de Rhodes Argonautiques, Tome I*, 1976 Paris.

67) ι 183, ν 349 σπέος : Σ 589 κλισία : Hes.Th.778 δώματα : Hes. Th. 594 σμῆνος : S. Ph. 272 πέτρος : S. El. 381 στέγη : Lyc. 1064 σῆμα : etc.

68) cf. ε 430 – 431

παλιρρόθιον δέ μιν αὖτις / πλῆξεν ἐπεσσύμενον (sc. κῦμα).

69) アポローニオスはこの定型句を4回使う。詩行冒頭に一回（4.686），カエスラの直前に2回（2.593, 1009），詩行末に1回（2.1044）。
70) cf. καταϊγδην : A. R. 1. 64, [Orph.] A. 1182, [Opp.] H. 3. 574, 4. 252, 568, 5. 260, 389, 575.
71) アポローニオスはもう一度この言い回しを使う。
    1. 1328 κοίλης δὲ διὲξ ἁλὸς ἔκλυσε νῆα. /
    また、アラートスに次の用例がある。
    Arat. 553 κοίλοιο κατ' ὠκεανοῖο.
72) アポローニオスはこの動詞の合成語を作り出して多用している。
    ἐπιβρομεῖν (3. 1371, 4. 240, 908), περιβρομεῖν (1. 879, 4. 17), ὑποβρομεῖν (4. 1340).
73) cf. Ο 410, ι 384 δόρυ νήιον.
    Ρ 744 δόρυ μέγα νήιον.

2. ナウシカアーとメーデイア

「アルゴナウティカ」第3歌 876-885 行

A.R. 3.876-885

876 οἵη δὲ λιαροῖσιν ἐφ' ὕδασι Παρθενίοιο,
877 ἠὲ καὶ Ἀμνισοῖο λοεσσαμένη ποταμοῖο,
878 χρυσείοις Λητωὶς ἐφ' ἅρμασιν ἑστηυῖα
879 ὠκείαις κεμάδεσσι διεξελάῃσι κολώνας,
880 τηλόθεν ἀντιόωσα πολυκνίσου ἑκατόμβης·
881 τῇ δ' ἅμα Νύμφαι ἕπονται ἀμορβάδες, αἱ μὲν ἀπ' αὐτῆς
882 ἀγρόμεναι πηγῆς Ἀμνισίδος, αἱ δὲ λιποῦσαι
883 ἄλσεα καὶ σκοπιὰς πολυπίδακας· ἀμφὶ δὲ θῆρες
884 κνυζηθμῷ σαίνουσιν ὑποτρομέοντες ἰοῦσαν·
885 ὣς κτλ.

876 それはあたかも、パルテニオス河の温かい水の辺で、
877 或いはアムニソスの河で水浴びをしたあと、
878 レートーの娘が黄金造りの戦車の上に立ち
879 若鹿を駆って山々を越え、遠くから
880 香り豊かな百頭の贄を受けに行くと、
881 ニンフたちが、ある者はほかならぬアムニソスの
882 源から集まり、またある者は森と泉の多い頂を
883 後にして付き随う、また獣たちは進み行く女神の回りで
884 畏れながらクンクンと鳴いて尾を振るように、
885 そのように……。

I　模倣による古典の継承と詩作の技法

　これは、アポローニオス・ロディオスの「アルゴナウティカ」第3歌の一節である。王女メーデイアがイアーソーンに会うために、魔法の薬を携えて侍女たちと共に女神へカテーの神殿へと赴く様子を、女神アルテミスとニンフたちに喩えたシミリである。このシミリは、ホメーロスの「オデュッセイア」第6歌の、侍女たちと鞠遊びに興ずる王女ナウシカアーの姿を女神アルテミスとニンフたちに喩えるシミリを手本にして作られている。

ζ 102 – 109
102　οἵη δ' Ἄρτεμις εἶσι κατ' οὔρεα ἰοχέαιρα,
103　ἢ κατὰ Τηΰγετον περιμήκετον ἢ Ἐρύμανθον,
104　τερπομένη κάπροισι καὶ ὠκείης ἐλάφοισι·
105　τῇ δέ θ' ἅμα νύμφαι, κοῦραι Διὸς αἰγιόχοιο,
106　ἀγρονόμοι παίζουσι· γέγηθε δέ τε φρένα Λητώ·
107　πασάων δ' ὑπὲρ ἥ γε κάρη ἔχει ἠδὲ μέτωπα,
108　ῥεῖά τ' ἀριγνώτη πέλεται, καλαὶ δέ τε πᾶσαι·
109　ὣς κτλ.

102　それはあたかも、矢の射手なる女神アルテミスが山々を、
103　或いはとりわけ高いターユゲトス或いはエリュマントスの山を
104　渉り、野猪や敏捷な鹿たちに打ち興ずる。またアイギスを持つ
105　ゼウスの娘たち、野山に住むニンフたちが共に遊び興ずると、
106　女神レートーも心のうちで喜ぶ。そのニンフすべての上に
107　女神が頭と眉を高く上げると、ニンフも皆美しい
108　とはいえ、女神はそれと直ぐに見分けられる。
109　そのように……。

　一見したところ、アポローニオスはホメーロスのシミリの枠組だけを借りて

いるように見える。しかし、仔細に観察すると、その手本を詳細に渉って利用していることが判る。また、メーデイアが神殿へ向かう叙述についても、アポローニオスはナウシカアーが館を出発する場面から既に着想を得ている。例えば、両者には次のような表現上の類似点が見られる。

ζ 78 – 84

78   κούρη δ' ἐπεβήσετ' ἀπήνης.
79   δῶκεν δὲ χρυσέῃ ἐν ληκύθῳ ὑγρὸν ἔλαιον,
80   ἧος χυτλώσαιτο σὺν ἀμφιπόλοισι γυναιξίν.
81   ἡ δ' ἔλαβεν μάστιγα καὶ ἡνία σιγαλόεντα,
82   μάστιξεν δ' ἐλάαν· καναχὴ δ' ἦν ἡμιόνοιϊν·
83   αἱ δ' ἄμοτον τανύοντο, φέρον δ' ἐσθῆτα καὶ αὐτήν,
84   οὐκ οἴην, ἅμα τῇ γε καὶ ἀμφίπολοι κίον ἄλλαι.

78   そして、乙女が車に乗ると、母は黄金の壺にしっとりとした
79   オリーブ油を入れて与えた。侍女たちと共に
80   娘が肌に油を塗るために。彼女は鞭とつやつやと輝く
81   手綱を取り、鞭を打って車を駆ると、騾馬たちの足元から
82   乾いた音が響いた。騾馬たちは休み無く駆けて、
83   衣類と王女自身を運んだ。もとより一人ではなく
84   他の侍女たちも彼女と共に行った。

A.R. 3. 869 – 874

869   ἐκ δὲ θύραζε κιοῦσα θοῆς ἐπεβήσατ' ἀπήνης·
870   σὺν δὲ οἱ ἀμφίπολοι δοιαὶ ἑκάτερθεν ἔβησαν.
871   αὐτὴ δ' ἡνί' ἔδεκτο καὶ εὐποίητον ἱμάσθλην
872   δεξιτερῇ. ἔλαεν δὲ δι' ἄστεος· αἱ δὲ δὴ ἄλλαι
873   ἀμφίπολοι, πείρινθος ἐφαπτόμεναι μετόπισθεν,

874 τρώχων εὑρεῖαν κατ' ἀμαξιτόν.

869 そして彼女は戸口へと行き、速い車に乗った。
870 すると二人の侍女が両側に乗り込んだ。
871 彼女自ら手綱と見事な作りの鞭を右手に受け取り、
872 街を通って車を走らせると、他の侍女たちは
873 後ろから車台の籠を摑み、
874 広い車道を走っていった。

ここにはその他にも類似の表現が見られる。

ζ 80   σὺν ἀμφιπόλοισι ～ 870 σὺν … ἀμφίπολοι

ζ 81   ἔλαβεν ～ 871 ἔδεκτο

ζ 81   μάστιγα ～ 871 ἱμάσθλην

ζ 81   σιγαλόεντα ～ 871 εὐποίητον

ζ 84   καὶ ἀμφίπολοι … ἄλλαι
    ～ 872 - 873 αἱ δὲ δὴ ἄλλαι / ἀμφί-πολοι

ζ 84   κίον ～ 869 κιοῦσα

また、アポローニオスの τρώχων（845）はナウシカアーの一行が館へと帰る場面から採られている（ζ 318 αἱ δ' εὖ μὲν τρώχων）。

　アポローニオスのこのシミリは、枠組、モチーフそして言葉使いの点で主に上記のホメーロスのシミリに依拠しているが、同時に広く古代叙事詩からも材料を得ている。そして同じく、ヘレニズム期の同時代の詩人たち、特にカリマコスの第3賛歌「アルテミス賛歌」に負うところも多い。アポローニオスとカリマコスは同時代にアレクサンドリア図書館にあって古典文献研究に携わった同僚である。従って、アポローニオスとカリマコスの作品の比較年代の決定は殆ど不可能である。しかし、このシミリについてはカリマコスのアポローニオスへの影響が認められるように思われる。また、シミリにおいて女神アルテミスを選択する点については、アルテミスとヘカテーはしば

しば祭祀において同一視されるから、アポローニオスは適切な選択をしていると考えられる。

876行の λιαροῖσιν … ὕδασι はホメーロスの定型句 ὕδατι λιαρῷ（Λ 830, 846, Χ 149）に拠る。アポローニオスは語順を入れ替え、複数形を使う[1]。パルテニオスは黒海に注ぐ河の一つで、アルテミスが好んで沐浴したことになっている[2]。また、οἵη δὲ … ἐφ' ὕδασι Παρθενίοιο という表現はカリマコスの次の詩句を思い起こさせる。

  Call. Fr. 37.1 Pf. οἵη τε Τρίτωνος ἐφ' ὕδασιν Ἀσβύσταο.
  Fr. 75.25 Pf. ἔκλυζεν ποταμῷ λύματα Παρθενίῳ.

877行の Ἀμνισός はクレタ島のクノッソスを流れる河で、出産の女神エイレイトゥイアの聖域である[3]。従って、アルテミスとは関係が深い。また、このことに関連してカリマコスの次の断片が挙げられる。

  Call. Fr. 202. 1 Pf. Ἄρτεμι Κρηταῖον Ἀμνισοῦ πέδον.

次の λοεσσαμένη ποταμοῖο / のホメーロスにおけるパラレルは λοεσσάμενος ποταμοῖο /（Φ 560）である[4]。ところで、アポローニオスがここに女神の沐浴の場面を配置するのは、ナウシカアーのエピソードに乙女たちの沐浴の場面があるからであろう。

 ζ 96 - 97
  αἱ δὲ λοεσσάμεναι καὶ χρισάμεναι λίπ' ἐλαίῳ
  δεῖπνον ἔπειθ' εἵλοντο παρ' ὄχθῃσιν ποταμοῖο.

ホメーロスではこの場面はシミリの外に配置されているが、アポローニオスはこれをシミリの中に入れている。また、沐浴する人物を人間から神に、複数から単数へと移し変えて対比させる。さらに、このシミリの冒頭の二行においてアポローニオスは女神の聖域として河を紹介するが、ホメーロスのシミリでは山が冒頭の二行に置かれている。ここにも手本との対比が意識されている。

878 - 879行については、アポローニオスは多くの点でカリマコスの「アルテミス賛歌」の次の一節に依拠している。

Call. Dian. 110 – 112

    Ἄρτεμι Παρθενίη Τιτυοκτόνε, χρύσεα μέν τοι
    ἔντεα καὶ ζώνη, χρύσεον δ' ἐζεύξαο δίφρον,
    ἐν δ' ἐβάλευ χρύσεια, θεή, κεμάδεσσι χαλινά.

χρυσείοις … ἐφ' ἅρμασιν ἑστηυῖα という表現のホメーロスにおけるパラレルについては次の詩行が挙げられる。

    h. Cer. 431   ἐν ἅρμασι χρυσείοισι / （ハーデースの戦車）
    h. Hom. 9. 4   παγχρύσεον ἅρμα διώκει / （アルテミスの戦車）
    Δ 366, Λ 198   ἑσταότ' ἔν θ' … ἅρμασι

/ ὠκείαις κεμάδεσσι はホメーロスのシミリの ὠκείης ἐλάφοισι / （ζ 104）という詩句のヴァリエーションになっていて、更に詩行末から詩行冒頭に移されている。κέμας はホメーロスのハパクス・レゴメノン（ἅπαξ λεγόμενον）、つまりホメーロスに1回だけ使われている言葉である。ヘレニズムの詩人にはこの種の稀語を好んで使う傾向がある[5]。Λητωίς というアルテミスの呼称は古典期の典拠には残っていない。ヘレニズム期の詩に初めて現れる[6]。κολώνη はホメーロスに3例ある。いずれも単数形で詩行末に置かれている[7]。

  880行はホメーロスの次の三つの言い回しを組み合わせて作られているように見える。というのは、動詞 ἀντιάειν が「贄」との結びつきで使われるのはこの3例のみだからである。

    α 22 – 25   τηλόθ' … / … / … / ἀντιόων … ἑκατόμβης. /
    γ 436   / ἱρῶν ἀντιόωσα
    Α 66 – 67   κνίσης … / … ἀντιάσας

ホメーロスにおける ἑκατόμβη の定位置は詩行末である。但し、例外が1例ある[8]。

  881行の / τῇ δ' ἅμα νύμφαι ἕπονται は手本としているシミリの表現、
    ζ 105   / τῇ δέ θ' ἅμα νύμφαι

と、「イーリアス」第2歌の「船団のカタログ」において特に多く使われる

定型的な言い回し、τῷ δ' ἅμα … ἕπονται との組み合わせである[9]。また、νύμφαι … ἀμορβάδες はカリマコスの「アルテミス賛歌」にある表現のヴァリエーションになっている[10]。ἀμορβάδες はアポローニオスのこの用例が唯一の典拠である。スコリアはこれを「付き従う女たち」と訳す[11]。この言葉の同族語における最古の用例はアンティマコスの断片に残っている動詞である。

  Antim. Fr. 28. 1 Wyss
    ἐν δέ νυ τοῖσι μαλὰ πρόφρων ἐπίκουρος ἀμορβέων.
ここでは戦士の従者について使われている。おそらくカリマコスの次の用例はここから来ている[12]。

  Call. Fr. 271 Pf.
    σὺν δ' ἡμῖν ὁ πελαργὸς ἀμορβεύεσκεν ἀλοίτης.
これらの用例はヘレニズムの詩人の稀語への好みをよく示している。

 882 行における ἀγείρειν のアオリスト中動相分詞複数形の詩行中の位置は、ホメーロスのおいても詩行冒頭である[13]。

 882 – 883 行における πηγῆς, ἄλσεα, σκοπιάς はニンフが棲み、支配する領域である。この部分の言葉使いはホメーロス賛歌に負う部分が多い[14]。

  h. Ven. 97 – 100
    ἤ τις νυμφάων αἵ τ' ἄλσεα καλὰ νέμονται,
    ἢ νυμφῶν αἳ καλὸν ὄρος τόδε ναιετάουσι
    καὶ πηγὰς ποταμῶν καὶ πίσεα ποιήεντα.
    σοὶ δ' ἐγὼ ἐν σκοπιῇ, περιφαινομένῳ ἐνὶ χώρῳ.
πολυπῖδαξ は、ホメーロスにおいては常に Ἴδη という山のエピセットとして使われる[15]。従って、ホメーロスには単数形のみが残っている。これに対し、アポローニオスはここで 1 回だけ、しかも複数形を使う。このような変更もヘレニズムの詩人の特徴的なテクニックである。

 ところで、882 行の λιποῦσαι は近代の修正による読み方である（C. L. Streuve, 1822）。中世写本は全て δὴ ἄλλαι と読む。従って、写本が伝える

この詩行末の読みは αἱ δὲ δὴ ἄλλαι である。これが修正を必要とされる理由は、少し上の 872 行に同じ詩句 αἱ δὲ δὴ ἄλλαι があるからである。このため、写本伝承の過程で 882 行に何らかの欠損が生じ、これを 872 行から借りて補い修復したのではないかと疑われた。λιποῦσαι という修正案はノンノスの「ディオニューソス物語」の中の次の詩行に依拠したものである。

Nonn. D. 14. 210 – 211

αἱ（sc. νύμφαι）δὲ λιποῦσαι
ἄλσεα δενδρήεντα καὶ ἀγριάδος ῥάχιν ὕλης.

つまり、ノンノスはアポローニオスの問題の詩句をここで利用し模倣したと推測されるのである。このことから逆にアポローニオスの修正案が提示されたのである。最近の校訂者は概ねこの案を是として採用する（Vian, Hunter, Glei）。

884 行の κνυζηθμῷ もホメーロスのハパクスである。

π 163 κνυζηθμῷ δ᾽ ἑτέρωσε διὰ σταθμοῖο φόβηθεν.（sc. κύνες）

アポローニオスも κνυζηθμῷ をここで 1 回だけ、しかもホメーロスと同様に詩行冒頭で使っている。彼がこの詩行を利用していることは、φόβηθεν と ὑποτρομέοντες の意味の類似からも明らかである。但し、アポローニオスは「犬」ではなく、「野獣」について使っている。σαίνειν は、ホメーロスでは通常「犬が尾を振る」ことに使われるが（κ 217, ρ 302）、他の動物についての使用例もある（κ 219）。

883 – 884 行の ἀμφὶ δὲ θῆρες /… σαίνουσιν … ἰοῦσαν / は次の詩行のヴァリエーションである[16]。

κ 216 – 217

ὡς δ᾽ ὅτ᾽ ἂν ἀμφὶ ἄνακτα κύνες δαίτηθεν ἰόντα / σαίνωσ᾽.

以上にみるように、アポローニオスはホメーロスのシミリの枠組を利用しているが、個々の語句や表現の点では広くホメーロスの叙事詩、賛歌そしてヘレニズムの詩からも材料を得て、全く異なる作品に仕上げていることが判る。また、ヘレニズムの詩人たちが互いの作品を利用しあうのは極めて日常

的なことでもある。アポローニオスのこのシミリは手本とされているホメーロスのシミリと似ているようで似ていない。この点にヘレニズムの詩人の本領がある。しかし、この二つのシミリには一つだけ酷似している部分がある。それは次の詩句である。

 ζ 105 – 106   τῇ δέ θ' ἅμα νύμφαι … / ἀγρονόμοι …
 A. R. 3. 881 – 882 τῇ δ' ἅμα νύμφαι … / ἀργόμεναι …

この類似性だけでもアポローニオスがホメーロスのこのシミリを模倣し、利用していることが判別できる。実は、この部分には一つの問題が隠されているように思われる。つまり、ホメーロスのスコリアに次のようなメモが残されているからである。

 Schol. H P ad ζ 106
  ἀγρονόμοι] Μεγακλείδης " ἀγρόμεναι παίζουσιν ἀνὰ δρία παιπαλόεντα ".

このメモは、メガクレイデース（前4世紀）がこの詩行において中世写本が伝える ἀγρονόμοι ではなく ἀγρόμεναι と読んだ、と伝えている。この表現と言葉の符合から、アポローニオスはここでこの読み方へのアリュージョンを行っている可能性がある。つまり、メガクレイデースが伝えるこの読みを示すこともこのシミリを作る目的の一つであったとも考えられる。しかし、このことが直ちに、アポローニオスは ἀγρόμεναι を ἀγρονόμοι より優れた読み方とした、と断定することはできない。その証拠は無いのである。

 このように、文献学上の問題を詩の中に埋め込む作法はヘレニズムの詩人たちの最も得意とするところであり、詩作の技法の特徴でもある。そして、この例はアポローニオスの詩作における遊びであり、また当時の文学的傾向の一面を示している。

注

1) この複数形については、cf. Batr. 60 ἐφ᾽ ὕδασι : 71 ἐφ᾽ ὕδασιν.
   詩行中の位置に関しては、アポローニオスはこれに倣っている。
2) cf. A. R. 2. 936 – 939.
   καὶ δὴ Παρθενίοιο ῥοὰς ἁλιμυρήεντος
   πρηυτάτου ποταμοῦ παρεμέτρεον, ᾧ ἔνι κούρη
   Λητωίς, ἀγρηθεν ὅτ᾽ οὐρανὸν εἰσαναβαίνη,
   ὃν δέμας ἱμερτοῖσιν ἀναψύχει ὑδάτεσσι.
   この河の名はホメーロス、ヘーシオドスにも見える（B 854, Hes.Th. 344）。
3) cf. τ 188 στῆσε δ᾽ ἐν Ἀμνισῷ, ὅθι τε σπέος Εἰλειθυίης.
4) cf. Ζ 508, Ο 265
   εἰωθὼς λούεσθαι ἐϋρρεῖος ποταμοῖο.
   Ε 6 λελουμένος Ὠκεανοῖο. /
5) Κ 361 ἢ κεμάδ᾽ ἠὲ λαγωὸν ἐπείγετον ἐμμενὲς αἰεὶ / χῶρον ἀν᾽ ὑλήενθ᾽.
   カリマコスとアポローニオスには更に次の用例がある。
   Call. Dian. 162 – 163 Pf.
   σοὶ δ᾽ Ἀμνισιάδες μὲν ὑπὸ ζεύγληφι λυθείσας
   ψήχουσιν κέμαδας.
   既に引いた例（Call. Dian. 110 – 112）にもあるように、カリマコスにおいても
   κεμάδας が戦車に繋がれている。
   A. R. 2. 696 εἴ κε τιν᾽ ἢ κεμάδων ἢ ἀγροτέρων ἐσίδοιεν.
      4. 12 – 13
         τρέσσεν δ᾽ ἠΰτε τις κούφη κεμὰς ἥν τε βαθείης
         τάρφεσιν ἐν ξυλόχοιο κυνῶν ἐφόβησεν ὁμοκλή.
6) Alex. Aet. Fr. 4. 7 Pow. : Call. Dian. 45 : A. R. 2. 938, 3. 878, 4. 346.
7) Β 811, Λ 711 αἰπεῖα κολώνη /
   Λ 757 Ἀλησίου ἔνθα κολώνη /
   ホメーロス賛歌には男性形が 2 例、定型句として残っている。
     h. Cer. 272 = 298 ἐπὶ προὔχοντι κολωνῷ /
   尚、διεξελαύνειν はヘーロドトスが最古の典拠である（1. 187, 3. 11, etc.）。
     cf. h. Merc. 95 – 96
        πολλὰ δ᾽ ὄρη σκιόεντα καὶ αὐλῶνας κελαδεινοὺς
        καὶ πεδί᾽ ἀνθεμόεντα διήλασε κύδιμος Ἑρμῆς.
8) Α 438 / ἐκ δ᾽ ἑκατόμβην βῆσαν ἑκηβόλῳ Ἀπόλλωνι. /
9) Β 524, 534, 542, 556, etc.
10) Call. Dian. 15 δός δέ μοι ἀμφιπόλους Ἀμνισίδας εἴκοσι νύμφας.
       ib. 45 οὕνεκα θυγατέρας Λητωίδι πέμπον ἀμορβούς.
11) Schol. ad A. R. 3. 881 ἀμορβάδες· αἱ ἀκόλουθοι.

12) この動詞の用例はニーカンドロスにもある。
　　Nic. Th. 349　νωθεῖς γὰρ κάμνοντες ἀμορβεύοντο λεπάργῳ.
　　Nic. Fr. 90　βουκαῖοι ζεύγεσσιν ἀμορβεύουσιν ὀρήων.
　　前者についてスコリアは次のように説明する。
　　Schol. ad Nic. Th. 349 b.
　　　ἀμορβεύοντο· ἀντὶ τοῦ διηκονοῦντο, ἐθεραπεύοντο, ἐφέροντο ἐπὶ ὄνῳ διὰ τὸ ὀκνηρὸν αὐτῶν. ἀμορβεύειν γὰρ τὸ ἀκολουθεῖν καὶ ὑπηρετεῖν. κτλ.
　　cf. EM 85. 25
　　　ἀμορβεύω· ἀμορβεύεσκεν, συνῳδοιπόρει· οἷον,
　　　σὺν δ' ἡμῖν ὁ πελαργὸς ἀμορβεύεσκεν ἀλοίτης.
　　　παρὰ τὸ ἀμορβεύειν· τοῦτο παρὰ τὸ ἅμα ὁρμᾶν καὶ πορεύεσθαι. ἀμορβεύοντο σημαίνει τὸ διεκόμιζον. Νικάνδρος ἐν Θηριακοῖς,
　　　　νωθεῖ γὰρ κάμνοντες ἀμορβεύοντο λεπάργῳ.
　　ἀμορβός のその他の用例は次の通りである。
　　Call. Fr. 301. Pf.
　　　βουσόον ὅν τε μύωπα βοῶν καλέουσιν ἀμορβοί.
　　Nic. Th. 49
　　　ὃν Πόντον καλέουσι, τόθι Θρήικες ἀμορβοί.
13) Η 134, Υ 166, υ 123, h. Cer. 289（例外は Η 332）
14) cf. Υ 8 – 9　οὔτ' ἄρα νυμφάων, αἵ τ' ἄλσεα καλὰ νέμονται
　　　καὶ πηγὰς ποταμῶν καὶ πίσεα ποιήεντα.
　　ζ 123 – 124　νυμφάων, αἳ ἔχουσ' ὀρέων αἰπεινὰ κάρηνα
　　　καὶ πηγὰς ποταμῶν καὶ πίσεα ποιήεντα.
15) 唯一の例外は、Ἀρκαδίην πολυπίδακα（h. Hom. 19.30）である。
16) Cf. h. Ven. 68 – 70
　　　Ἴδην δ' ἵκανεν πολυπίδακα, μητέρα θηρῶν,
　　　βῆ δ' ἰθὺς σταθμοῖο δι' οὔρεος· οἱ δὲ μετ' αὐτὴν
　　　σαίνοντες πολιοί τε λύκοι χαροποί τε λέοντες
　　　κτλ.

3．神の頷き

カリマコス「パラスの沐浴」131–136 行

Call. Lav. Pall. 131 – 136

131　ὡς φαμένα κατένευσε· τὸ δ' ἐντελές, ᾧ κ' ἐπινεύσῃ
132　　Παλλάς, ἐπεὶ μώνᾳ Ζεὺς τόγε θυγατέρων
133　δῶκεν Ἀθαναίᾳ πατρώια πάντα φέρεσθαι.
134　λωτροχόοι, μάτηρ δ' οὔτις ἔτικτε θεάν,
135　　ἀλλὰ Διὸς κορυφά. κορυφὰ Διὸς οὐκ ἐπινεύει
136　ψεύδεα[　　　　　]αι θυγάτηρ.

131　このように言って女神は頷いた。パラスが頷くならばそのことは
132　成就する。何故なら、ゼウスは娘たちの中でアテーナーだけに
133　父の持つものを全て携えることをお許しになられたから。
134　湯を汲む女たちよ、女神を産みなしたのは
135　どの母親でもなくゼウスの頭である。ゼウスの頭は
136　偽りの頷きをすることはない ……　娘は。

　これはカリマコスの第5賛歌「パラスの沐浴」のエピローグの一節である。テイレシアースは女神パラス・アテーネーが沐浴する姿を見たために視力を奪われる。しかし、女神はその代償として予言の術を彼に与えることをその母親に約束し頷く、という場面である。この詩はドーリス方言によるエレゲイア形式の詩である。しかし、言葉や言い回しはホメーロスの叙事詩に負うところが少なくない。
　131 行の、/ ὡς φαμένα はホメーロスの定型句、/ ὡς φαμένη による[1]。

57

τὸ δ' ἐντελές, ᾧ κ' ἐπινεύσῃ という表現のモデルは同じくホメーロスの
A 527 οὐδ' ἀτελεύτητον, ὅ τί κεν κεφαλῇ κατανεύσω
である。ἐντελές（131）という形容詞は古代叙事詩に用例がない。しかし、古典期の劇作品に幾つかの用例が残っている。ヘレニズムの詩ではカリマコスの断片に更に一例が残っているのみである[2]。

132－133行の、

μώνα Ζεὺς τόγε θυγατέρων /
δῶκεν Ἀθαναίᾳ πατρώια φέρεσθαι

という表現のパラレルとしてはヘーシオドスの次の詩行が挙げられる[3]。

Hes. Th. 895－896

πρώτην μὲν κούρην γλαυκώπιδα Τριτογένειαν
ἶσον ἔχουσαν πατρὶ μένος καὶ ἐπίφρονα βουλήν.

133行の πατρώια πάντα はホメーロスの定型句である[4]。但し、ホメーロスは具体的な「財産」について使うが、ここでは抽象的な「力」について使われている。

134行の、μάτηρ δ' οὔτις ἔτικτε θεάν / ἀλλὰ Διὸς κορυφά という表現のパラレルはアイスキュロスにある。

A. Eu. 736－738

μήτηρ γὰρ οὔτις ἐστιν ἥ μ' ἐγείνατο,
τὸ δ' ἄρσεν αἰνῶ πάντα, πλὴν γάμου τυχεῖν,
ἅπαντι θυμῷ, κάρτα δ' εἰμὶ τοῦ πατρός.

女神アテーネーがゼウスの頭から生まれたという神話は古代以来多くの作家が語っている[5]。

135－136行の、κορυφᾷ Διὸς οὐκ ἐπινεύει / ψεύδεα という表現もやはり先に引いた「イーリアス」第1歌 526－527 行がモデルになっている[6]。

A 526－529   οὐδ' ἀπατηλὸν
οὐδ' ἀτελεύτητον, ὅ τί κεν κεφαλῇ κατανεύσω.

そして、κορυφᾷ … ἐπινεύει という言い回しは明らかに κεφαλῇ κατανεύσω を裏返した表現、つまり「頭」を主語にしたヴァリエーションになっている。このタイプのヴァリエーションはヘレニズムの詩人の典型的な技巧である。

これまで見てきたことからも判るように、カリマコスはこの一節の言葉使い、モチーフをホメーロスの叙事詩を主とした古典期の詩から受け継いで作り上げていると言えよう。そして、何よりも「イーリアス」第1歌の次の場面を思い起こさせる。

A 524-528

524 εἰ δ' ἄγε τοι κεφαλῇ κατανεύσομαι, ὄφρα πεποίθῃς·
525 τοῦτο γὰρ ἐξ ἐμέθεν γε μετ' ἀθανάτοισι μέγιστον
526 τέκμωρ· οὐ γὰρ ἐμὸν παλινάγρετον οὐδ' ἀπατηλὸν
527 οὐδ' ἀτελεύτητον, ὅ τί κεν κεφαλῇ κατανεύσω.
528 ἦ καὶ κυανέῃσιν ἐπ' ὀφρύσι νεῦσε Κρονίων.

524 「さあ、私はあなたに頭で頷こう、あなたが信用するように。
525 これは神々の間では私からの最も大きな証拠であるから。
526 つまり、私の言葉は元に戻ることもなく、偽りともならず、
527 また成就しないということもない、私が頭で頷いたからには」
528 こう言ってクロノスの子は黒い眉で頷いた。

この一節は女神テティスの懇願に対してゼウスがアキレウスに誉れを与える約束をする場面の最後の部分である。言葉遣いとモチーフの類似性から見て、この部分は最初に引いたカリマコスの一節の手本であることは明らかである。カリマコスの、κατένευσε, ἐπινεύσῃ (131), ἐπινεύει (135) はホメーロスの κατανεύσομαι (524), κατανεύσω (527), ἐπ'… νεῦσι (528) に、また ἐντελές, ᾧ κ' ἐπινεύσῃ (131) と κορυφὰ Διὸς οὐκ ἐπινεύει / ψεύδεα (135-136) はホメーロスの οὐδ' ἀπατηλὸν / οὐδ' ἀτελεύτητον, ὅ τί κεν κεφαλῇ κατανεύσω（526-527）にそれぞれ基づいている。また、ゼウスの「頭による頷き」からゼウスの頭から生まれたアテーネーの「頷き」というモチーフへの転換、つまりヴァリエーションはヘレニズムの詩人が古典を活用する際の技巧をよく表している。

　ところで、ホメーロスの中世写本のスコリアは524行について次のようなメモを残している。

　　Schol. A ad A 524 c (Did.)

　　　　κεφαλῇ κατανεύσομαι : οὕτως κατανεύσομαι, οὐχὶ ἐπινεύσομαι
　　　　Ἀρίσταρχος ἐν τοῖς Πρὸς Φιλίταν προφέρεται.

このメモによると、アリスタルコスは「ピレータースへの反論」という書の中で、ピレータースの ἐπινεύσομαι という読み方に反対し、κατανεύσομαι と読むべきであると提案した。このことから、逆に詩人ピレータースが何らかの著書の中で524行においてヴルガタの κατανεύσομαι という読み方を排して、ἐπινεύσομαι と読むことを提唱したことが窺える。但し、ピレータースが参照した写本の中に ἐπινεύσομαι という異読があったかどうかは判らない。ピレータースが ἐπινεύσομαι を選択した理由は何であったのか。528行の ἐπ' ὀφρύσι νεῦσι に依拠したか、或いは527行にも κατανεύσω があるためその反復を避けて ἐπινεύσομαι を選んだと推測される。しかし、後者の場合は528行の ἐπ'… νεῦσι によって反復が生ずることになる[7]。一方、「イーリアス」第15歌の次の一節はピレータースのこの読み方を補強するとも考えられる。

　　Ο 75-76

　　　　ὥς οἱ ὑπέστην πρῶτον, ἐμῷ δ' ἐπένευσα κάρητι
　　　　ἤματι τῷ ὅτ' ἐμεῖο θεὰ Θέτις ἥψατο γούνων,
　　　　λισσομένη τιμῆσαι Ἀχιλλῆα πτολίπορθον.
　　　　最初に私が彼女に約束し、私の頭で頷いたように、
　　　　女神テティスが私の膝にすがって、町を攻め落とす
　　　　アキレウスに誉れを授けるよう頼んだ日に。

ἐπινεύειν と κατανεύειν の間には微妙なニュアンスの違いがある。ἐπινεύειν は約束したことを保証するための身振りを伴う。κατανεύειν は同意を示すために頷く[8]。後世、アテーナイオスはこの詩行を引用する時、ἐπινεύσομαι を読み、EM はこれを κατανεύσω と読んでいる[9]。

　ピレータースの読み方 ἐπινεύσομαι がアリスタルコスと中世写本の読み方 κατανεύσομαι に優るのかどうかの判定は難しい。その判定はともかくとして、カリマコスについて考えてみる。彼がホメーロスの 524 – 528 行を手本として 131 – 136 行を作った目的の一つはピレータースの問題の読みを示す点にあるとも考えられる。κορυφὰ Διὸς οὐκ ἐπινεύει（135）は明らかにホメーロスの詩句についてのピレータースの読み方 κεφαλῇ ἐπινεύσομαι（A 524）に対するアリュージョンになっている。ホメーロスの「私（ゼウス）が頭で頷こう」という言い方に対して、カリマコスは「ゼウスの頭は偽って頷くことはない」と表現して、主語を入れ換え、更に肯定文を否定文に変えている。このようにホメーロスの言い回しを逆にして利用する技法はヘレニズムの詩人達の一般的な特徴の一つである。しかし、このことから直ちにカリマコスがピレータースの読み方を推奨したと結論することはできない。この読み方に関するカリマコスの文献学上の意見はどこにも表明されているわけではない。しかし、少なくともカリマコスがピレータースの読み方を知っていたと推測できる。また、131 行の κατένευσε は、彼がヴルガタの読み κατανεύσομαι をも知っていたことを推測させる。それでは、もう一つの ἐπινεύσῃ（131）は何を意味するのか。これもおそらくホメーロスの文を反転させる技法の結果であろう。

κεφαλῇ κατανεύσομαι（A 524）＞ κορυφὰ Διὸς οὐκ ἐπινεύει（135）
ὅ τί κεν κεφαλῇ κατανεύσω（A 527）＞ ᾧ κ' ἐπινεύσῃ（131）
ἦ καὶ … ἐπ' ὀφρύσι νεῦσε（A 528）＞ ὡς φαμένα κατένευσε（131）

このような構図がここには見られる。対応する文の順序を逆にして、更に動詞 κατανεύειν と ἐπινεύειν を差し替えている。一つの遊びである。

注
1) E 835, X 247, 460, λ 150, σ 206, ψ 85 .
2) A. Ag. 105, Cho. 250 : Call. Fr. 203. 48 Pf.
3) cf. A. Eu. 827 καὶ κλῇδας οἶδα δώματος μόνη θεῶν.
4) π 388, ρ 80, υ 336, χ 61.
   テオクリトスにもこの定型句の用例がある。
   Theoc. 17. 104
      ᾧ ἐπίπαγχυ μέλει πατρώια πάντα φυλάσσειν.
   φέρεσθαι の詩行中の位置はホメーロス（14例）と同じ詩行末である。
   例外は1例のみである（h. Hom. 6.20 ）。
5) h. Ap. 308 – 309
      ἡνίκ᾽ ἄρα Κρονίδης ἐρικυδέα γείνατ᾽ Ἀθήνην
      ἐν κορυφῇ.
   h Hom. 28. 4 – 6
      Τριτογενῆ, τὴν αὐτὸς ἐγείνατο μητίετα Ζεὺς
      σεμνῆς ἐκ κεφαλῆς, πολεμήια τεύχ᾽ ἔχουσαν
      χρύσεα παμφανόωντα.
   Hes. Th. 924
      αὐτὸς δ᾽ ἐκ κεφαλῆς γλαυκώπιδα γείνατ᾽ Ἀθήνην.
   Hes. Fr. 343. 10 – 12.
            ἡ δ᾽ αὐτίκα Παλλάδ᾽ Ἀθήνην
      κύσατο· τὴν μὲν ἔτικτε πατὴρ ἀνδρῶν τε θεῶν τε
      πὰρ κορυφήν, Τρίτωνος ἐπ᾽ ὄχθηισιν ποταμοῖο.
   Pi. O. 7. 35 – 37.
      ἀνίχ᾽ Ἀφαίστου τέχναισιν
      χαλκελάτῳ πελέκει πα-
         τέρος Ἀθαναία κορυφὰν κατ᾽ ἄκραν
      ἀνορούσαισ᾽ ἀλάλαξεν ὑπερμάκει βοᾷ.
   A. R. 4. 1309 – 1311
      ἡρῶσσαι Λιβύης τιμήοροι, αἵ ποτ᾽ Ἀθήνην,
      ἦμος ὅτ᾽ ἐκ πατρὸς κεφαλῆς θόρε παμφαίνουσα,
      ἀντόμεναι Τρίτωνος ἐφ᾽ ὕδασι χυτλώσαντο.
   尚、134行の λωτροχόοι はドーリス方言形である。ホメーロスは約音しない形を使う。用例は三つある。そのうち2例は形容詞として、
      θ 435 = Σ 346 λοετροχόον τρίποδ᾽
   他の1例は名詞として「湯を汲む奴隷」について使われている。
      υ 297 ἠὲ λοετροχόῳ δώῃ γέρας ἠέ τῳ ἄλλῳ.

6) その他のパラレルには次のものがある。
   A 514 νημερτὲς ⋯ κατάνευσον.
   A 558 κατανεῦσαι ἐτήτυμον.
   cf. A. Supp. 91 – 92.
   πίπτει δ' ἀσφαλὲς οὐδ' ἐπὶ νώτῳ,
   κορυφᾷ Διὸς εἰ κρανθῇ πρᾶγμα τέλειον.
   E. Alc. 978 – 979.
   καὶ γὰρ Ζεὺς ὅ τι νεύσῃ
   σὺν σοὶ τοῦτο τελευτᾷ.
   また、135 行の、Διὸς κορυφά. κορυφά Διὸς は chiasmus をなし、二つの文は接続詞が省かれていて強い密接性を示している。
7) cf. G. Kuchenmueller, *Philitae Coi Reliquae*, 1928 Berlin, 109.
   K. Spanoudakis, *Philitas of Cos*, 2002 Leiden, 379.
8) cf. LfrgE, s. v. νεύω.
   ホメーロスにおける κατανεύειν の用例は多い。
   当該の詩行にある例を除いた例：A 514, 558, Δ 267, Θ 175, K 393, M 236, N 368, O 374, δ 6, ι 490, ν 133, ο 463, ω 335.
   ἐπινεύειν の例：O 75, X 314.
9) Ath. II 66 c.
   ὡς καὶ ὁ Ὁμηρικὸς Ζεύς φησιν·
   εἰ δ' ἄγε τοι κεφαλῇ ἐπινεύσομαι.
   EM. 536. 1 f. s. v. κραίνω：
   ⋯ καὶ τῇ κεφαλῇ κάτω νεύειν τὸν ὑποσχομένον·
   εἰ δ' ἄγε τοὶ κεφαλῇ κατανεύσω, ὄφρα πεποίθῃς.

II

アリュージョンによるホメーロス・テクストの解釈

1. 人間の食事

「イーリアス」第 1 歌 1-5 行

A 1-5

1 μῆνιν ἄειδε, θεά, Πηληϊάδεω Ἀχιλῆος
2 οὐλομένην, ἣ μυρί' Ἀχαιοῖς ἄλγε' ἔθηκε,
3 πολλὰς δ' ἰφθίμους ψυχὰς Ἄϊδι προΐαψεν
4 ἡρώων, αὐτοὺς δὲ ἑλώρια τεῦχε κύνεσσιν
5 οἰωνοῖσί τε πᾶσι, Διὸς δ' ἐτελείετο βουλή.

1 怒りを歌いたまえ、女神よ、ペーレウスの子アキレウスの
2 呪われた怒りを、それがアカイア人に数知れぬ禍を作り出し、
3 戦士たちの多くの強い魂をハーデースに投げ込み
4 また彼ら自身（体）を全ての鳥や犬どもの餌食としてしまった、
5 かくしてゼウスの計画は成就されていった。

これはホメーロスの叙事詩「イーリアス」の冒頭の一節である。このテクストの第 5 行の πᾶσι は全ての中世写本とプトレマイオス期のパピルス断片が伝える読み方である。しかし、アテーナイオスは、ゼーノドトスが πᾶσι ではなく δαῖτα と読んだ、と証言している[1]。

Ath. I, 12 e – 13 a.

καὶ ἐπὶ μόνων ἀνθρώπων δαῖτα λέγει ὁ ποιητής, ἐπὶ δὲ θηρίων οὐκ ἔτι. ἀγνοῶν δὲ ταύτης φωνῆς τὴν δύναμιν Ζηνόδοτος ἐν τῇ κατ' αὐτὸν ἐκδόσει γράφει·

αὐτοὺς δὲ ἑλώρια τεῦχε κύνεσσιν

> οἰωνοῖσί τε δαῖτα,
>
> τὴν τῶν γυπῶν καὶ τῶν ἄλλων οἰωνῶν τροφὴν οὕτω καλῶν, μόνου ἀνθρώπου χωροῦντος εἰς τὸ ἴσον ἐκ τῆς πρόσθεν βίας. διὸ καὶ μόνου τούτου ἡ τροφὴ δαίς· καὶ μοῖρα τὸ ἑκάστῳ διδόμενον.

つまり、ホメーロスは δαίς という言葉を人間の食事についてのみ使った、そして動物の食事については使わない。しかし、ゼーノドトスはこの言葉の意味を知らないので、校訂本において、αὐτοὺς δὲ ἑλώρια τεῦχε κύνεσσιν / οἰωνοῖσί τε δαῖτα と書いて、鷲や他の鳥たちの食べ物をこのように呼んでいる。けれども、人間だけは昔の野蛮性から公平性へと進歩した。それ故、人間の食べ物だけが δαίς であり、分け前は全ての者に与えられる物である。このようにアテーナイオスは述べている。これは実はアリスタルコスの所見である。というのは、アテーナイオスが用いている資料は主としてアリストニコスである。そして、アリストニコスの所説はアリスタルコスに依拠しているからである[2]。また、A写本の第5行の欄外にあるテクスト批判の印を示す※という記号は、アリスタルコスがゼーノドトスの読み方を批判していることを示す。更に、ἀγνοῶν という言葉で非難する点もアリスタルコス学派の特徴である[3]。このような理由から、πᾶσι はアリスタルコスの読み方とされている。

ホメーロスの現存のテクストでは δαίς はほぼアリスタルコスの所説通りに人間の食事に使われているが、例外が一つある。

Ω 40 – 43

> ᾧ οὔτ' ἄρ φρένες εἰσὶν ἐναίσιμοι οὔτε νόημα
> γναμπτὸν ἐνὶ στήθεσσι, λέων δ' ὡς ἄγρια οἶδεν,
> ὅς τ' ἐπεὶ ἄρ μεγάλῃ τε βίῃ καὶ ἀγήνορι θυμῷ
> εἴξας εἶσ' ἐπὶ μῆλα βροτῶν, ἵνα δαῖτα λάβῃσιν.
>
> 彼（アキレウス）の胸の中には弁えある心も、折れて譲るという考えも無く、心に凶暴を秘めています、獅子のように、
> その獅子は大きな力と猛々しい勢いとに駆られて

II　アリュージョンによるホメーロス・テクストの解釈

食い物を取ろうと、人間たちが飼う羊を襲うのです。

これはアキレウスをライオンに喩えるシミリの一節である。そして、43 行の δαῖτα はライオンの食べ物に使われている。従って、この用例はアリスタルコスの見解と相容れないのである。ところが、彼が 42－43 行を削除しようとしたというような記事をスコリアも他の資料も伝えていない。この矛盾は研究者たちを悩ませてきたのである。これについて K. Lehrs は、おそらくアリスタルコスはこの詩行を

εἴξας εἶσ᾽ ἐπὶ μῆλα, βροτῶν ἵνα δαῖτα λάβῃσιν

と読んだのであろう、と推測し擁護している[4]。

　ところで、ゼーノドトスの読み方 δαῖτα がアリスタルコスの原則に反するが故に間違っているかと言うと、必ずしもそうとは言えない。というのは、古典期の三大悲劇詩人が期せずして次のような類似の詩句を残しているからである。

　A. Supp. 800－801

　　κυσὶν δ᾽ ἔπειθ᾽ ἕλωρα κἀπιχωρίοις
　　ὄρνισι δεῖπνον οὐκ ἀναίνομαι πέλειν.
　　そうしたうえは、犬どもの餌食なり、またこの地に棲む
　　鳥たちの食い物になることも厭いません。

　S. Ant. 29－30

　　ἐᾶν δ᾽ ἄκλαυτον, ἄταφον, οἰωνοῖς γλυκὺν
　　θησαυρὸν εἰσορῶσι πρὸς χάριν βορᾶς.
　　（ポリュネイケースの遺体は）悼みもせず、葬ることなく
　　放置して餌として見つけた鳥どもの旨い蓄えにさせよと……。

　S. Aj. 829－830

　　καὶ μὴ πρὸς ἐχθρῶν του κατοπτευθεὶς πάρος
　　ῥιφθῶ κυσὶν πρόβλητος οἰωνοῖς θ᾽ ἕλωρ.
　　そして私が敵の誰かに先に見つけられて
　　犬や鳥どもに餌として投げ出されることのないように。

E. Hec. 1075 – 1077

　　　τέκν' ἔρημα λιπών
　...
　σφακτά, κυσίν τε φοινίαν δαῖτ'.
　見捨てられ、殺された子供たちを
　犬どもに血まみれの餌食として残して。

E. Ion 503 – 506

　παρθενὸς μελέα βρέφος
　Φοίβῳ πτανοῖς ἐξόρισεν
　θοίναν θηρσί τε φοινίαν
　δαῖτα.
　乙女はあわれにも
　ポイボスのために子を生み
　鳥の餌食に、また獣の血の滴る食べ物として
　曝した。

これらの詩句の手本は明らかにホメーロスの上述の二詩行（Ａ４－５）と推量される。彼らはおそらく、αὐτοὺς δὲ ἑλώρια τεῦχε κύνεσσιν / οἰωνοῖσί τε δαῖτα という言い回しに慣れ親しんでいたものと想像される。そうすると、δαῖτα はゼーノドトス以前から存在した読みであって、真正であるとも考えられる。それにも拘らず、スコリアはゼーノドトスが当該の４－５行を削除したという記録を残している[5]。これは何を意味するのか。ゼーノドトスが手にした写本の中にこの二詩行を欠くものがあったので、これをテクストに保存した上で欄外に削除記号を付したのか、或いは προΐαψεν ἐξ οὗ を続けたほうが文脈の流れが良く、簡潔になると判断したのかも知れない。

　ホメーロスにおける δαίς の用例は非常に多く84例ある。このうち１例（Ω 43）のみがアリスタルコスの主張する原則に関して疑問を残している。他の詩人たちの用法について言えば、「ホメーロス賛歌」、ヘーシオドス、そしてピンダロスその他の抒情詩人にはこの言葉を「動物の食物」に使う用例

は残っていない[6]。しかし、三大悲劇詩人にはこれを「動物の食物」の意味に使う例がある（A. Ag. 731 ; S. Ph. 957 ; E. Hec. 1077, Ion 506）[7]。次に、ヘレニズム期の詩人たちについては、カリマコスとアポローニオス・ロディオスは δαίς を「人間の食事」についてのみ使う[8]。「動物の食物」についての用例はリュコプローンとテオクリトスに1例ずつ、ニーカンドロスに2例ある[9]。

以上の諸例に拠ると、詩人たちの間にアリスタルコスが主張するような δαίς という言葉の使用についての制約が了解されていたとは思えない。しかし、カリマコスとアポローニオスがこの言葉を「動物の食物」に使っていない点は重要である。特に、アポローニオスには11例あるが、全てを「人間の食事」に充てている点は注目すべきである。ホメーロスにおいても δαίς という言葉が「動物の食物」に使われる例を認めていたとするなら、彼は必ずや自分の詩の中でこれを使用したであろう。アポローニオスの固執の仕方はこの時代に既にアリスタルコスと同じ考え方があったということを推測させるのである。

ところで、先に引用した三人の悲劇詩人の詩句は δαῖτα という読みが一般に流布していた写本に明らかに存在したこと、またかなり古い読み方であることを推測させる。そしてゼーノドトスの選択が間違いではないことを証明する証拠でもある。それでは、何故この読み方が拒否されたのか。その事情は、注1に引いたアテーナイオスの一節が物語っている。そこでのアテーナイオスの主題というのは次の点にある。彼はホメーロスの「オデュッセイア」第8歌98行（θ 98）と「イーリアス」第9歌225行（I 225）を引用して、この中の詩句 δαιτὸς ἐίσης についてのゼーノドトスの解釈 δαιτὸς ἀγαθῆς を批判して次のように述べる。その批判の理由は、δαίς という名詞は動詞 δατεῖσθαι の派生語であり、慎重な「分配」という意味を持つ。従って、ホメーロスの δαίς ἐίση の真の意味は「公平に分けられた食事」でなければならない[10]。開化した人間は未開の人間とは対比的に平等に分けられた食事を尊重する。それ故、この言葉は未開の人間にも使うことはできな

い。以上のアテーナイオスの所見には、正確な言葉使いと言葉の持つ真の意味を探り出すことに熱心であったアレクサンドリアの学者たちと古代習俗の発展に関心を傾けた逍遥学派の影響がみられるものと思われる[11]。

注

1) 後の論述と関わりがあるのでこの記述に先行する部分を引用しておく。
 Ath. I, 12 c – e.
  καὶ τῶν κρεῶν δὲ μοῖραι ἐνέμοντο· ὅθεν ἐίσας φησὶ τὰς δαῖτας ἀπὸ τῆς ἰσότητος. τὰ γὰρ δεῖπνα δαίτας ἔλεγον ἀπὸ τοῦ δατεῖσθαι, οὐ μόνον τῶν κρεῶν διανεμομέων ἀλλὰ καὶ τοῦ οἴνου·
  ἤδη μὲν δαιτὸς κεκορήμεθα θυμὸν ἐίσης.
  καί·
  χαῖρ᾿, Ἀχιλεῦ, δαιτὸς μὲν ἐίσης οὐκ ἐπιδευεῖς.
  ἐκ τούτων δ᾿ ἐπείσθη Ζηνόδοτος δαῖτα ἐίσην τὴν ἀγαθὴν λέγεσθαι. ἐπεὶ γὰρ ἡ τροφὴ τῷ ἀνθρώπῳ ἀγαθὸν ἀναγκαῖον ἦν, ἐπεκτείνας, φησίν, εἴρηκεν ἐίσην· ἐπεὶ οἱ πρῶτοι ἄνθρωποι, οἷς δὴ οὐ παρῆν ἄφθονος τροφή, ἄρτι φαινομένης ἀθρόον ἐπ᾿ αὐτὴν ἰόντες βίᾳ ἥρπαζον καὶ ἀφηροῦντο τοὺς ἔχοντας, καὶ μετὰ τῆς ἀκοσμίας ἐγίνοντο καὶ φόνοι. ἐξ ὧν εἰκὸς λεχθῆναι καὶ τὴν ἀτασθαλίαν, ὅτι ἐν ταῖς θαλίαις τὰ πρῶτα ἐξημάρτανον οἱ ἄνθρωποι εἰς ἀλλήλους. ὡς δὲ παρεγένετο αὐτοῖς πολλὴ ἐκ τῆς Δήμητρος, διένεμον ἑκάστῳ ἴσην, καὶ οὕτως εἰς κόσμον ἦλθε τοῖς ἀνθρώποις τὰ δόρπα. διὸ ἄρτου τε ἐπίνοια πέμματός τε εἰς ἴσον διαμεμοιραμένου καὶ τοῖς διαπίνουσιν ἄλεισα· καὶ γὰρ ταῦτα εἰς τὸ ἴσον χωρούντων ἐγίνετο. ὥστε ἡ τροφὴ δαὶς ἐπὶ τῷ δαίεσθαι λέγεται, ὅ ἐστι διαμοιρᾶσθαι ἐπ᾿ ἴσης· καὶ ὁ τὰ κρέα ὀπτῶν δαιτρός, ἐπεὶ ἴσην ἑκάστῳ μοῖραν ἐδίδου.
 ゼーノドトスの読み方についてはエウスタティウスも記録している。
 Eust. 19. 45
  εἰ δὲ Ζηνόδοτος ἀντὶ τοῦ πᾶσι γράφει δαῖτα, σφάλλεταί, φησι· δαῖτα γὰρ ἐπὶ μόνων ἀνθρώπων Ὅμηρος τίθησιν.
  id. 256. 5 – 8.
  καὶ ἐν ἀρχῇ δὲ τοῦ βιβλίου τοὺς Ἀχαιούς, ὅσοι μηνίσαντος Ἀχιλλέως ἔθανον, ἕλωρ προκεῖσθαι εἶπε κύνεσσιν οἰωνοῖσί τε πᾶσιν, οὐ τοῖς κατὰ κόσμον ὅλον δηλαδή, ἀλλὰ τοῖς ἐκεῖ περὶ Τροίαν, εἰ καὶ ὁ Ζηνόδοτος εἰς τοῦτο ἀπορήσας ἐξῶσε μὲν τὸ πᾶσιν, ἀντενέγραψε δὲ τὸ δαῖτα, ἵνα ᾖ, οἰωνοῖσί τε δαῖτα.

2) cf. P. Cauer, *Grundfragen der Homerkritik*, 1921 Leipzig, 53.
  G. S. Kirk, *The Iliad : A Commentary*, vol. I, 1985 Cambridge, 112.

3) R. Pfeiffer, *History of Classical Scholarship*, 1968 Oxford, 112.
4) K. Lehrs, *De Aristarchi Studiis Homericis*, 1881 Leipzig, 87.
   E. Ebeling もこの解釈に従う。
5) Schol. A ad A 4 a : ὅτι Ζηνόδοτος τοὺς δύο (sc. A 4 – 5) ἀθετεῖ.
6) h. Merc. 31, 436, 480.
   Hes. Th. 802 ; Op. 342, 722, 736, 742 ; Fr. 1. 6, 60. 1, 206, 264, 266a8, 274. 1 et 2.
   Pi. O. 9. 112, 14. 9 ; P. 4. 127, 5. 80 ; I. 2. 39, 4. 61 ; Pa. 1. 8, 13a. 21.
   Ba. Fr. 4. 24, 66. 9.
   Sapph. 98a. 7 ; Stesich. 210. 2 ; Archil. 175. 2 ; Theog. 563 ; Sol. 4. 10.
7) 「人間の食事」の用例：A. Ag. 1242, 1593 ; S. El. 284.
   エウリーピデースの場合は断片を含めて29例。また、喜劇作者アリストパネースには「人間の食事」の用例が一つ残るのみである（Ar. Pax 779）。
8) Call. Fr. 43. 82, 57. 3, 194. 32 ; Cer. 54, 63, 69, 115.
   Cer. 63（ναὶ ναί, τεύχεο δῶμα, κύον, ᾧ ἔνι δαῖτας / ποιήσεις）の場合は、女神デーメーテールがエリュシクトーンを侮蔑して「犬」と呼んでいるので、やはり「人間の食事」の意味に解釈される。
   A. R. 1. 354, 458, 979, 1150, 1185 ; 2. 193, 263, 495, 811, 1177 ; 4. 807.
9) 動物の食物の例：Lyc. 837 ; Theoc. 13. 63 ; Nic. Al. 482, 510, Th. 455.
   人間の食事の例：Lyc. 541 ; Theoc. 7. 24, 32, 13. 32 ; Nic. Al. 23, 395, 512, Th. 919.
10) この二つの解釈については、
    cf. Schol. T ad Ω 69a¹. { δαιτὸς } ἔϊης : … ἢ τῆς ἀγαθῆς, ὡς
            " καί σφιν δαῖτ᾽ ἀγαθήν " (Ψ 810).
    Apollon. 64, 31 ἐΐσης· πρὸς ἴσον ἑκάστῳ διδομένης.
11) cf. R. Pfeiffer, a. a. O., 113.

2. 甘美な眠り

「アルゴナウティカ」第 2 歌 407 行

A. R. 2. 406 – 407

οὐδέ οἱ ἦμαρ,
οὐ κνέφας ἥδυμος ὕπνος ἀναιδέα δάμναται ὄσσε.

407 行の ἥδυμος「甘美な」という形容詞をアポローニオスはここで 1 回だけ使う。これは ἡδύς の派生語の一つで、稀語に属する。ホメーロス以降の詩人に少数の用例が残っている[1]。ところで、ἥδυμος ὕπνος からすぐに連想されるホメーロスの定型句は νήδυμος ὕπνος である。意味は ἥδυμος ὕπνος と同じである。この νήδυμος という形容詞は純然たるホメーロスの言葉である。「賛歌」を含めるとホメーロスに 14 例ある[2]。しかし、アポローニオスは νήδυμος を一度も使っていない。ἥδυμος ὕπνος はホメーロスの定型句 νήδυμος ὕπνος のヴァリエーションということになろう。

さて、アポローニオスが νήδυμος の代わりに ἥδυμος を使用した意図は何か。実は、ホメーロスの中世写本の中に νήδυμος の異読として ἥδυμος が 2 回現れるのである[3]。この異読 ἥδυμος が νήδυμος の誤写なのか、それとも νήδυμος の意味解釈として書き込まれた gloss であったのか、或いは古代に遡る読み方であったのか、判然としない。しかし、「イーリアス」第 2 歌第 2 行に付せられているスコリアは重要な情報を提供する[4]。それによると、アリスタルコスは ν と共に νήδυμος と読むべきであると主張した。これは、νήδυμος と並んでアリスタルコスの時代には既に ἥδυμος という読み方も存在した、ということを意味する。つまり、ἥδυμος は古代に遡る νήδυμος の異読なのである。そうすると、アポローニオスの ἥδυμος ὕπνος は

ホメーロスの νήδυμος ὕπνος のヴァリエーションとは言えなくなる。アポローニオスはホメーロスの読み方として νήδυμος ではなく、ἥδυμος を考えていた可能性もある。もしそうなら、これを使う理由は何か。彼は ἥδυμος を真正の読み方と考えたのだろうか。実際のところ、νήδυμος に関しては語源、意味の両方の点で今日に至るまで明確な結論に達していない。

近年の研究では、Buttmann が指摘したように[5]、νήδυμος は ἥδυμος の語頭に ν が付加されてできた形であると説明されている。ホメーロスの 12 例中 5 例において、ν は先行する言葉の末尾音になっている（Β 2, Κ 91, Ξ 242, δ 793, μ 311）。また、アリスタルコスが νήδυμος と読んだのは hiatus を避けるためであったという考え方もある[6]。つまり、彼は ἥδυμος の語頭に本来はディガンマが存在したこと、つまり ἥδυμος は *ϝήδυμος であったということを知らなかったため、という考え方である。しかし、このような考え方では解決できない用例はどう説明すればよいのか。例えば、Ξ 253 の場合、νήδυμος は詩行冒頭にある。しかも、前詩行の末尾の言葉は αἰγιόχοιο である。ここでは先行語の末尾音に ν は無い。従って、説明できないのである。

最近の考え方によると、νήδυμος は人工的な形である。そして ἥδυμος が本来の形であり、hiatus を避けるために導入された先行語の末尾音 ν が誤って後続語に付着して発展したもの、つまり ν ἐφελκυστικόν の結果の産物ということで落着している[7]。この点については、既に Bechtel が次のようにテクストを読むべきであると主張した[8]。

Β 2　Δία δ' οὐκ ἔχεν ἥδυμος ὕπνος.

Κ 91–92　ἐπ' ὄμμασιν ἥδυμος ὕπνος / ἱζάνει.

Ξ 242　προσεφώνεεν ἥδυμος ὕπνος.

δ 793, μ 311　ἐπήλυθεν ἥδυμος ὕπνος.

最近のホメーロスの注釈者は以上のような見解に従って νήδυμος は ἥδυμος の誤りであると明記している[9]。ところで、νήδυμος という語形が現れたのはどの時代まで遡ることができるのか。ホメーロス自身の時代よ

り以前かも知れない。というのは、次の詩行の中で ἥδιστος という言葉は νήδυμος を解釈しているようにも見えるからである。

ν 79 – 80

καὶ τῷ νήδυμος ὕπνος ἐπὶ βλεφάροισιν ἔπιπτε,
νήγερτος ἥδιστος.

これは単なる tautology と考えることもできるが、あるいは既に意味不明になっていた可能性もある。上に引用したスコリアにはアリスタルコスによる語源的解釈が残されている。それによると、νήδυμος は *νη – と δύω より作られた言葉で、ἀνέκδυτος「避けがたい」の意味であるとアリスタルコスは考えた。これは可能である。そうであるなら、ἥδιστος は tautology ではないということになる。

さて、アポローニオスの ἥδυμος ὕπνος は νήδυμος ὕπνος と対立する読み方であったと考えてよいのではないか。ホメーロスにおける νήδυμος ὕπνος の詩行中の位置は12例中2例のみがカエスラの直前に置かれる。アポローニオスは意識してこの少数例と同じ位置に ἥδυμος ὕπνος を置く。また、κνέφας ἥδυμος ὕπνος と書くことによって hiatus を避けている点にも注意すべきである。この詩行は νήδυμος ではなく ἥδυμος と読むべきであるというアポローニオスの考えを暗示していると考えることも可能である。

注

1) h. Merc. 241 φή ρα νεόλλουτος προκαλεύμενος ἥδυμον ὕπνον.
    449 εὐφροσύνην καὶ ἔρωτα καὶ ἥδυμον ὕπνον ἑλέσθαι.
   Alcm. 135 Page ϝαδυμέστατον.
   Simon. 599 Page οὗτος δέ τοι ἥδυμον ὕπνον ἔχων.
   Antim. 94 Wyss ἐπεί ῥά οἱ ἥδυμος ἐλθών.
2) B 2, K 91, 187, Ξ 242, 253, 354, Π 454, Ψ 454, δ 793, μ 311, 366, ν 79, h. Ven. 171, h. Hom. 19. 16.
   最後の1例以外は全て νήδυμος ὕπνος という定型句で使われる。

3) δ 793, μ 311.
4) Schol. A ad B 2 b.
   νήδυμος· ὅτι τὸ νήδυμος μετὰ τοῦ ν̄ , καὶ οὐχὶ " ἥδυμος " (ὡς ἔνιοι) παρὰ τὸ ἡδύς, ὡς δῆλον ἐκ τοῦ " νήδυμος ἀμφιχυθείς " (Ξ 253). οἱ δὲ μεθ᾽ Ὅμηρον καὶ χωρὶς τοῦ ν̄ λέγουσι· καὶ Ἀντίμαχος (Fr.94W)· "ἐπεὶ ῥά οἱ ἥδυμος ἐλθών ", καὶ Σιμωνίδης (Fr.94P.)·" οὗτος δὲ τοι ἥδυμον ὕπνον ἔχων ". ἴσως οὖν ἐνόμισαν ἀπὸ τοῦ ἡδύς εἶναι παράγωγον τὸ ἥδυμος, ὡς ἔτυμος ἐτήτυμος. ὁ δὲ ποιητὴς ἐπὶ τοῦ ἀνεκδύτου τίθησι τὴν λέξιν.
   Schol. ad B 2 c¹.
   νήδυμος· Ἀρίσταρχός φησιν ἐκ τοῦ δύνω δύμος καὶ ἐν ἐπεκτάσει νήδυμος· οὐ γὰρ παρὰ τὸ ἡδύς· λέξει γὰρ δασυνομένη οὐ συνιτίθησι τὸ ν̄η̄. οἱ δέ, ὃν οὐ δυνατὸν ἀποδύσασθαι, ἢ ὁ βαθύς ἢ ὁ ἀνώδυνος.
5) P. Buttmann, Lexilogus oder Beiträge zur Griechischen Wörtererklärung, I, 1824, 169 ff.
6) Π 454, μ 366, ν 79.
7) M. Leumann, *Homerische Wörter*, 1950 Basel, 44.
   Frisk, GEW, II, 313.
   P. Chantraine, *Grammaire Homérique*, I, 1958 Paris, 30 ff.
8) F. Bechtel, *Lexilogus zu Homer*, 1914 Halle, 150 f.
9) G. S. Kirk, *The Iliad : A Commentary*, vol. I, 1985 Oxford, 115.
   A. Heubeck, *A Commentary on Homer's Odyssey*, vol. I, 1988 Cambridge, 242.

3. 消えた蛇

「イーリアス」第 2 歌 317-319 行

　アポローニオスの叙事詩「アルゴナウティカ」にはホメーロスの言葉の使用に際し、その使用頻度を反転して使う例が見られる。例えば、ホメーロスには形容詞 προφερής の比較級 προφερέστερος は 3 回（K 352, θ 221, φ 134）、最上級 προφερέστατος は 1 回（θ 128）使われている。これに対し、アポローニオスは προφερέστερος を 1 回（3. 730）、προφερέστατος を 3 回（1. 113, 2. 209, 3. 465）使う。これはホメーロスの言葉を利用する際に使われる技法の一つである。上記の例は最も単純なものである。非常に多く使われるのは、言葉の意味や用法をその頻度も含めて反転させる方法である。例えば、ἔθειραι という言葉はホメーロスの叙事詩では「馬のたてがみ」（Θ 42, N 24）とヘルメットを飾る「馬の毛」（Π 795, T 382, X 315）の意味で使われる。しかし、アポローニオスはこれを人間の「髪の毛」の意味で使っている（1. 223, 672, 2. 708, 3. 829, 4. 1303）。「動物の毛」を意味する言葉を「人間の髪の毛」の意味に変更して、逆の使い方をしていると考えられる。しかし、アポローニオスが単純にこの言葉の用法を反転させて使用しているとは考えられない問題が一つある。つまり、このように考えると、次の詩行はどうしてもつじつまが合わないのである。

　　A. R. 1. 671-672

　　　　τῇ καὶ παρθενικαὶ πίσυρες σχεδὸν ἑδριόωντο
　　　　ἀδμῆτες, λευκῇσιν ἐπιχνοάουσαι ἐθείραις.
　　　　彼女の傍らに四人の未婚の乙女たちが
　　　　座っていた、白い髪に被われて。

これはレームノス島の女たちの会議の場面の一節である。老女ポリュクソー

が意見を述べるために立ち上がり、その傍らに四人の乙女が座っている。こ
こ の問題は、「白い髪に被われた未婚の乙女たち」とは何を意味しているのか、
ということである。この疑問が注釈者たちを悩ませたのである。Brunk は
λευκῆσιν ξανθῆσιν の誤りであろうと推定し、Gerhard は λευρῆσιν だっ
たのではないかと考えた。H. Fränkel は、ギリシアの乙女たちは驚くほど早
く年を取る、そのことのつまらない誇張にすぎない、と少々乱暴なことを言っ
ている。F. Vian は、「白髪におおわれてはいるが、未だ結婚を知らない乙女
たち」と訳し、その傍証としてエウリーピデースの詩句 πολιὰ παρθενεύ-
εται (E. Hel. 283) を引用する[1]。確かに、レームノス島の男たちは全て殺
されて一人もいないのだから、未婚のまま年取った女がいても不思議はない
と言えよう。この問題について、G. Giangrande は次のように考える。アポロー
ニオスは他の用例においては ἔθειραι を「人間の髪」の意味に使うが、こ の
用例に限ってはホメーロスに倣って「馬の毛」の意味に使っている。その理
由として、第一に次の詩行を挙げる。

1. 635　δήια τεύχεα δῦσαι ἐς αἰγιαλὸν προχέοντο.
　　　　彼女らは戦いの武具を着込んで海岸へと押し寄せた。

つまり、女たちはアルゴー号の到着を知ると武装して海岸に駆けつけ、その
後そのまま町へ行き会議を開いた。従って、彼女たちは武装して会議に臨ん
だことになる。それ故、乙女たちの上を被う λευκῆσιν … ἐθείραις はヘル
メットを飾る「馬の毛」と解釈することができる。第二は、ホメーロスの通
常の用例に反してアポローニオスが「人間の髪」という意味を採用した根拠
は何か。その根拠はホメーロス以外には考えられない。それは「ホメーロス
賛歌」第7歌にある。

h. Hom. 7. 4　καλαὶ δὲ περισσείοντο ἔθειραι. /

これは若い男の姿をしたディオニューソスに関するものである。これが「人
の髪」の意味で賛歌を含めてホメーロスが使用する唯一の用例である。従っ
て、ἔθειραι についてアポローニオスはホメーロスの用法を反転させている。
つまり、ホメーロスの通常の意味で1回使い、稀な用例を自分の詩の通常の

意味に使用していることになる。アポローニオスはこの言葉の用例の頻度を逆にしたのである。このような反転の仕方は珍しくない。これは読者を戸惑わせるアポローニオスが仕掛けたワナなのである。それ故、読者はこのことに気付かねばならない。テクストに何ら問題は無い。これが Giangrande の結論である[2]。この考え方はヘレニズムの詩の、特にアポローニオスの叙事詩に関して正鵠を得ていると言えるであろう。

　上記の ἔθειραι に類似する技巧は αἴδηλος という言葉についても使われているように見える。しかし、この言葉は更にテクスト上の問題にも関係がある。以下においては、αἴδηλος の使い方について検討してみたい。
　この形容詞は語源上、ἀ- priv. + ϝιδεῖν に由来する。LSJ はその意味を二つに分類する。第一は能動的な意味、"making unseen" と定義し、派生的な意味として "anihilating, destructive" を付け加える。第二は受動的な意味で、"unseen, unknown" とし、従ってここから "obscure" という意味にも使われる[3]。この形容詞をホメーロスは主として能動的な意味で使うが、アポローニオスは逆に受動的な意味で使うのである。
　この形容詞の用例はホメーロスに 11 例ある（B 455, E 757, 872, 880, 897, I 436, Λ 155, θ 309, π 29, χ 165, ψ 303）。ホメーロス賛歌には無く、ヘーシオドスに 3 例残っている（Hes. Op. 756, Fr. 30. 17, 60. 2）。ホメーロスの定型句 πῦρ αἴδηλον（B 455, I 436, Λ 155）、αἴδηλον Ἄρηα（θ 309）、αἴδηλον ὅμιλον（π 29, ψ 303）においては「破滅をもたらす、忌むべき」という意味が当てはまる。αἴδηλος ἀνήρ（χ 165）の場合も類似の意味合いに使われている。E 897 における αἴδηλος は、ゼウスがアレースを非難する言葉なので、θ 309 の用例と同じ意味に解釈できる。次に、ἔργ' αἴδηλα（E 757, 872）という定型句は両方ともアレースの所業を指しているので "destructive" という意味に解してよい。但し、これは古代に遡る異読である。中世写本及びアリスタルコスは καρτερὰ ἔργα と読む[4]。そして、近代の校

訂者は通常、後者を採用している。ところで、少し問題があるのは次の例である。

E 880　ἀλλ' ἀνιεῖς, ἐπεὶ αὐτὸς ἐγείναο παῖδ' ἀίδηλον.

これを「あなた自身が密かに産み落とした子だから、(アテーネー) を好き勝手にさせているのだ」と解釈する考え方がある。この場合、「密かに」というのは ἀίδηλον を受動的な意味、つまり「知られずに」(unseen, unknown) と解するということである。一方、文脈から考えると、この ἀίδηλον は E 897 の ἀίδηλος と対応しているので、同じく "destructive" と解釈すべきであるという考え方がある。というのは、アレースはアテーネーを ἀίδηλος であると非難するが、その同じ言葉を使ってゼウスはアレースを非難しているからである。そして、これが一般的な解釈になっている[5]。

次に、アポローニオスの場合は ἀίδηλος をかなり自在に使っているので、個々の意味を決定するのは容易ではないが、語源上の本来の意味に戻して使用していると考えられる。ここでは Mooney による意味の分類を出発点にして考えてみる[6]。

1) unseen or dimly seen

　1. 102

　　Θησέα … / Ταιναρίην ἀίδηλος ὑπὸ χθόνα δεσμὸς ἔρυκε.
　　テーセウスを (目に) 見えない縛めがタイナロスの地の下に
　　引き留めていた。

　4. 47

　　καρπαλίμως δ' ἀίδηλον ἀνὰ στίβον ἔκτοθι πύργων / … ἵκετ'.
　　はっきりと見えない道を通って彼女は速やかに城塔の外に出た。

　4. 865

　　ἦ, καὶ ἔπειτ' ἀίδηλος ἐδύσατο βένθεα πόντου.
　　こう言った、それから彼女は海の深みに沈んで見えなくなった。

2) unforeseen, unsuspected

　1. 298

>   πήματα γάρ τ' ἀίδηλα θεοὶ θνητοῖσι νέμουσι.
>
>   というのは、神々は予知できない禍を人間たちに分け与えるから。

   2. 137 – 138

>   οὐδ' ἐνόησαν ὃ δή σφισιν ἐγγύθεν ἄλλο / πῆμ' ἀίδηλον ἔην.
>
>   彼らは別の予期しない禍が迫っていることを知らなかった。

3) ambiguous

   4. 681

>   τὼς οἵ γε φυὴν ἀίδηλοι εἵποντο. /
>
>   このように、姿が明確ではないもの（獣）たちが随って来た。

4) destructive, baneful

   3. 1132

>   ἔμπης δ' ἔργ' ἀίδηλα κατερρίγησεν ἰδέσθαι.
>
>   けれども、破滅的な出来事を見るのを恐れて彼女は身を震わせた。

   4. 1671 – 1672

>   ἐκ δ' ἀίδηλα / δείκηλα προΐαλλεν.
>
>   そして彼女は（タロスに）有害な幻覚を送った。

Mooneyは以上の8例について意味を分類し解釈している。アポローニオスにはもう1例ある。但し、これは中世写本において読み方が分かれている。

   4. 1156 – 1157   μὴ πρὶν ἐς ἀλκὴν /

>   δυσμενέων ἀίδηλος ἐπιβρίσειεν ὅμιλος.
>
>   敵の軍勢が先に突然（予期していない時に）攻撃して来るのではないかと（恐れて）。

もう一つの読み方は ἀρίδηλος「はっきりとした、顕著な」である。ここの読み方については、ἀίδηλος のほうが文脈上適切であると考えられている。Mooneyもこれを読み、improvisusという訳を付すが、上の分類の2) に入る。さて、1) から3) までは受動的な意味と解することができる。そして、4) はホメーロスの通常の意味、つまり能動的な意味である。しかし、最初の例（3. 1132）については少し問題がある。この詩行はホメーロスの二つの詩行

II　アリュージョンによるホメーロス・テクストの解釈

を手本にして作られている。ἰδὼν ῥίγησε（E 596, Λ 345, M 331）、ῥίγησέν τε ἰδών（Δ 279）という定型句と ὁρῶν τάδε ἔργ' ἀίδηλα（E 872）の二つである。アポローニオスのこの詩行は一種の言葉遊びになっていると考えられる。つまり、ἀίδηλα と ἰδέσθαι の語呂合わせになっている。そうすると、アポローニオスは ἀίδηλα を受動的な意味に使っている可能性がある。つまり、「彼女（メーデイア）は不測の出来事を見るのを恐れて身を震わせた」という解釈である。「見えない」ものを「見る」という語源の言葉遊びである。実際、このように解釈するほうが文脈に適う[7]。というのは、メーデイアを待ち受けている未来の出来事とは、彼女を利用しようとしている女神ヘーレーの胸のうちにあることだからである。このように解釈できるなら、アポローニオスはホメーロスの用法を1回だけ（4.1671）使っていることになる。何れにせよ、アポローニオスには能動的な意味での用例は非常に少ない。そうすると、ἔθειραι の場合のように、ἀίδηλος についてもホメーロスの用法を反転させて使っている可能性がある、と推測し得るのである。

　それでは、アポローニオスは ἀίδηλος の受動的な意味を何処から得たのか。ホメーロスに典拠の無い意味用法はホメーロス以降の作家から借りたという考え方がある。例えば、「アルゴナウティカ」の冒頭の詩句、παλαιγενέων κλέα φωτῶν は「昔の人々の勲」という意味であるが、ホメーロスは παλαιγενής を「昔の、古の」という意味で使うことはない。常に「年をとった」の意味に使う。「昔の」という意味での最も古い典拠は悲劇作品である（A. Ag. 1637）。ἀίδηλος の場合、ホメーロス以外の受動的な意味の典拠をヘーシオドスに求めることもできる（Hes. Op. 756）。但し、この個所については議論があって、LSJ-Suppl.（1966）はこの用例を能動的な意味に分類し直した。或いは、アポローニオスのこの言葉の使い方は、ホメーロスの詩句の解釈の問題へのアリュージョンである可能性もある。そうすると、アリュージョンの対象は何か。三つの可能性が考えられる。

　第一は、「イーリアス」第5歌の ὁρῶν τάδε ἔργ' ἀίδηλα（E 872）である。前に述べたように、この詩句はアポローニオスの ἔργ' ἀίδηλα κατερρίγησεν ἰδέσθαι (3.1132) の手本の一つである。実のところ、ホメーロスの ὁρ-ῶν … ἀίδηλα 自体が一つの言葉遊びになっている。つまり、「見えないものを見て」と解釈できないこともない。アポローニオスはこの ἀίδηλα を ἀίδηλα … ἰδέσθαι によって受動的な意味であると暗示しているのであろうか。しかし、ホメーロスの文脈ではアレースの所業について使われていて、能動的な意味は文脈に適っている。

　第二は、アレースがゼウスに苦情を言う際、アテーネーについて使う ἀίδηλον である（E 880）。これを「密かに、つまり、人に知られずに」と解釈することは大いに可能である。アポローニオスはこの用例に受動的意味を見出したと考えることはできる。そして、ἀίδηλος のホメーロスによる用法を反転させて 1 回だけ能動的意味に使うことによって、ホメーロスにはその逆に 1 回だけ受動的に使われている個所があることを仄めかしていると考えられる。つまり、E 880 がアリュージョンの対象になっている可能性はある。

　第三の可能性は「イーリアス」第 2 歌の次の詩行にあると考えられる。
　B 317-319

　　317　αὐτὰρ ἐπεὶ κατὰ τέκνα φάγε στρουθοῖο καὶ αὐτήν,
　　318　τὸν μὲν ἀρίζηλον θῆκεν θεός, ὅς περ ἔφηνε·
　　319　λᾶαν γάρ μιν ἔθηκε Κρόνου πάϊς ἀγκυλομήτεω.

　　317　更に（大蛇が）雛と（母鳥）自身を喰らい尽くした後で、
　　318　現ぜしめた神がこれ（大蛇）をはっきりと目につく物にした。
　　319　狡知にたけたクロノスの子はこれを石に変えたから。

　これは中世写本が伝えるテクストである。しかし、このテクストは古代以来の難問を抱えている。その問題をスコリアが伝えている[8]。その内容はアリ

II　アリュージョンによるホメーロス・テクストの解釈

スタルコスに由来すると考えられる。それによると、ゼーノドトスは 318 行において ἀρίδηλον と読み、次の詩行（319 行）を付け加えた。しかし、アリスタルコスはこの考えに同意せず、神は何であれ自分が作ったものを取り上げるとして、それ（大蛇）を現した神はそれを見えなくした（ἄδηλον ἐποίησαν）、と解釈する。これがスコリアの内容である。また、蛇が姿を隠したとする解釈は 319 行と矛盾するので、アリスタルコスはこの詩行を削除する。

　現在ではアリスタルコスの解釈はほぼ正しいとされている[9]。その理由は、アリスタルコスの「神が現したものを再び自ら消し去った」という解釈には鋭いコントラストがあり、「神は現したものをさらに顕著なものにした」というゼーノドトスのテクスト、及び伝承写本のテクストより優れているという点にある。また、アリスタルコスのテクストはキケロの翻訳による引用によっても古代において支持されていたことがわかっている。

　　Cic. Div. ii. 30. 64.

　　　　qui luci ediderat, genitor Saturnius idem

　　　　abdidit et duro formavit tegmina saxo.

しかし、このラテン語訳の後半によると、キケロは 319 行に関してはゼーノドトスのテクストを読んでいることになる。この詩行は、オウィディウスも利用しているので、アリスタルコス以降も流布していたと考えられる。

　　Ovid. Met. 12. 23

　　　　fit lapis et signat serpentis imagine saxum.

さて、それではアリスタルコスはこのテクストをどう読んだのか。このスコリアはアリスタルコスの読み方を伝えていないのである。これがこのテクストにおける問題である。多分アリスタルコスは αἴζηλον か αἴδηλον と読んだのであろう、というのが一般の推定である。両方とも "unseen" という意味の同義語である。それでは、二つのうちどちらをアリスタルコスは選択したのか。彼は αἴζηλον と読んだらしい、というのが一般的な考え方である。αἴδηλον を否定する理由としては、第一にこの形容詞の受動的な

85

意味の用例はホメーロスには他にないこと、第二に韻律上少し難点があること、この二つが挙げられるであろう。次に、αἴζηλον を支持する理由は二つの典拠に依っている。第一はアポローニオス・ソピスタのホメーロス辞典の記述、第二は EM の記述である[10]。アポローニオス・ソピスタの場合は αίδηλον の項目であるが、その記述の中に B 318 が引用されているので重要な典拠になっている。つまり、αείζηλον は αἴζηλον のことであり、ἐφημεν は ἔφηνε の誤写と思われる。そうすると、「神はまさに自分が現したものを見えなくした」となり、ここに引用されている詩行はアリスタルコスのテクストに由来すると考えられる。次に、中世期の「語源大辞典」(EM) の記述の重要性は、αἴζηλος という形容詞が古代の作家には全く典拠が無いという点にある。従って、αἴζηλος という言葉の存在の貴重な証拠ということになる。以上の根拠から、アリスタルコスは αἴζηλον と読んだのではないかと研究者たちは推測している。このことから、B 318 のスコリアの欠落部分を "ἔδει δὲ αἴζηλον" と補うべきであるという推定が生まれるのである[11]。

それでは、アリスタルコスの読み方についてのもう一つの推定 αίδηλον には全く可能性は無いのかというと、必ずしもそうとは言い切れないところがある。というのは、αἴδηλος という形容詞が受動的な意味を持つということは、上に挙げたアポローニオス・ソピスタの ἄδηλον という解釈にも見られるように、古代の学者たちには周知のことだったからである。更に、αίδηλον の可能性を支持する典拠が一つ伝わっている。これも EM にある[12]。この語源辞典の αἴδηλος の後半の記述を見ると、先ず語源の説明がある。αἴδηλος の語源として ἴδω, ἴδηλος 及び、αἰδνός (unseen) を挙げる。そして、αἰδνός の場合は、αἰδνόδηλος が形成され、さらに syncope によって αἴδηλος となったと説明する。そして例文が引用される。この引用文、

"τὸν μὲν αἴδηλον θῆκε θεός"

は言うまでもなくホメーロスの問題の詩行の前半部分である。そして、このテクストは αἴζηλον ではなく、αἴδηλον と読んでいる。そうすると、

αἴδηλον という読み方を伝えるテクストも古代には流布していたという推測も成り立つことになるのである。

　それでは、アポローニオスが手にしていたホメーロスのテクストには何があったのか。当然のことだが、彼はゼーノドトスの校訂本については熟知していたはずである。ゼーノドトスは ἀρίδηλον を読み319行即ち「狡知にたけたクロノスの子はそれを石に変えた」という詩行を付け加えた、とスコリアは述べている。しかし、これは逆だったのではないのか。つまり、ゼーノドトスは既にあった319行を生かすために"conspicuous"を意味する言葉を選んだように思える。アリスタルコスの場合はその逆で、「神は創り出した物を自ら消し去る」と解釈すると、319行は都合が悪くなる。従って、これを削除する必要があったのである。このように考えると、ゼーノドトスの時代に既に二つの系統の読み方、"conspicuous"と"unseen"をそれぞれ意味する読み方が存在したとも考えられる。実際のところ、確認されている四つの言葉、ΑΡΙΖΗΛΟΣ, ΑΡΙΔΗΛΟΣ, ΑΙΖΗΛΟΣ, ΑΙΔΗΛΟΣ は互いに形がよく似ているので間違いやすい。一文字の写し誤りで意味合いも変わるのである。ゼーノドトスが ἀρίδηλον を採用するに際して棄てた言葉は何だったのか。ἀρίζηλον ではなかったことだけは確かである。何故なら、この二つは同義語だからである。取り替える事に意味は無い。ἀρίζηλον について言えば、これはホメーロスに数回使われている叙事詩語である。しかし、ἀρίδηλον は叙事詩語ではなく、ホメーロスにも他例はない。韻律上も少し難がある。ゼーノドトスが何故この言葉を選んだのかは謎である。それとも、ゼーノドトス以降、韻律か何かの理由でこの読み方は ἀρίζηλον と修正されたのかも知れない。そうすると、ゼーノドトスが棄てた言葉は αἴζηλον か αἴδηλον ということになる。そして、αἴδηλον の可能性が強いだろう。これはホメーロスに用例は多く、叙事詩語であるからだ。形態上も似ている。一方、αἴζηλον はもともと古典作家の典拠は一つも残っていない言葉である。このように考えられるならば、アポローニオスが αἴδηλος をホメーロスの用法を反転して使う目的は、B 318 の読みの問題へのアリュージョンで

ある可能性がある。当然、アポローニオスはこの問題を知っていたはずである。アポローニオスは αἴδηλος を9回使うが、1回だけホメーロスの通常の意味、つまり能動的意味に使っている。他例は受動的な意味である。このような使い方の意図は、ホメーロスには逆に1回だけ受動的な意味に使われている詩行がある、という謎かけにあるらしい。その答えは「イーリアス」第2歌318行にあるということになる。これが、αἴδηλος によるアリュージョンの目指す第三の可能性である。そして、これが最も有力と思われる。

注

1) cf. G. W. Mooney, *The Argonautica of Apollonius Rhodius*, 1902 Dublin, ad loc.
   H. Fränkel, *Noten zu den Argonautika des Apollonios,* 1968 München, 97 et Anm. 184.
   F. Vian, *Apollonos de Rhodes, Argonautiques*, Tome I, 1976 Paris, ad loc.
2) G. Giangrande, *Aspects of Apollonius Rhodius' Language*, Arca 2, 1976, 298 f.
3) 語源上は本来「人の目に見えない、見ることができない」という意味であるが、ホメーロスにおける個々の用例については正確な意味は把握しがたい。「見ることができない」、「見るに耐えない」から「忌まわしい、恐ろしい」という意味に発展したらしい。語源を Ἅιδης にもとめる俗説的な解釈の影響もあると考えられる。
   cf. P. Chantraine, *DELG*, I, 31.
     LfrgE, 265 ff.
4) Schol. A ad E 757b.
     <τάδε καρτερὰ ἔργα:> οὕτως Ἀρίσταρχος. ἄλλοι δὲ τάδε ἔργ' ἀίδηλα.
   Schol. T ad E 872
     καρτερὰ ἔργα· γράφεται ἔργ' ἀίδηλα.
5) cf. W. Leaf, *The Iliad*, 2 vols., 1900 – 1902 London, ad loc.
6) 1. 102 の註。
7) cf. F. Vian, op. cit., Tome II, ad loc.
8) Schol. A ad B 318.
     { τὸν μὲν } ἀρίζηλον : ὅτι Ζηνόδοτος γράφει " ἀρίδηλον " καὶ τὸν ἐχόμενον προσέθηκεν <***> τὸ γὰρ " ἀρίδηλον " ἄγαν ἐμφανές, ὅπερ ἀπίθανον· ὁ γὰρ † ἐὰν πλάσῃ, τοῦτο ἀναιρεῖ. λέγει μέντοι γε ὅτι ὁ φήνας αὐτὸν θεὸς καὶ ἄδηλον ἐποίησεν.
   Schol. T ad B 319 a[1].
     λᾶαν γάρ μιν ἔθηκε Κρόνου παῖς ἀγκυλομήτεω : ἀθετεῖται· πιθανώτερον

γὰρ αὐτὸν καθάπαξ πεποιηκέναι ἀφανῆ τὸν καὶ φήναντα θεόν.
9) W. Leaf, op. cit., ad loc.
   G. S. Kirk, *The Iliad : A Commentary*, vol. I, 1985 Cambridge, ad loc.
10) Apollon. 16. 28 f.
    ἀίδηλον ὁτὲ μὲν τὸ ἄδηλον, οἷον ἀφανές· ὅπερ καὶ ἀείζηλον λέγει, " τὸν μὲν ἀείζηλον θῆκεν θεὸς ὅπερ ἔφημεν ".
    EM 31. 53 : ἀίζηλον· ἄφαντον.
11) cf. A. Ludwich, *Aristarchs Homerische Textkritik nach den Fragmenten des Didymos*, I, 1884 Leipzig, 213 f.
12) EM 41. 39 – 44.
    καὶ ὁ μὲν Μεθόδιος λέγει εἶναι ἀπὸ τοῦ ἴδω ἴδηλος καὶ ἀίδηλος· ὁ δὲ Χοιροβοσκὸς εἰς τὸ περὶ Ὀρθογραφίας αὐτοῦ λέγει αὐτὸ εἶναι ἀπὸ τοῦ αἰδνόν, τὸ σημαίνει τὸ ἀφανισκόν, διὰ τοῦ Ι, αἰδνόδηλος, καὶ κατὰ συγκοπὴν ἀίδηλος. ὁμοίως καί,
    τὸν μὲν ἀίδηλον θῆκε θεός.

4. 終わりなき労苦

「イーリアス」第 2 歌 420 行
「アルゴナウティカ」第 2 歌 649 行

B 419 – 420

ὣς ἔφατ᾽ οὐδ᾽ ἄρα πώ οἱ ἐπεκραίαινε Κρονίων,
ἀλλ᾽ ὅ γε δέκτο μὲν ἱρά, πόνον δ᾽ ἀμέγαρτον ὄφελλεν.
こう彼（アガメムノーン）は言ったが、クロノスの子は彼のために（祈りを）成就せず、犠牲は受け入れて、悲惨な労苦を増やした。

これはホメーロスの「イーリアス」第 2 歌の一節である。このテクストにおいて多くの議論を呼んだのは 420 行の読みである。中世写本は一致して ἀμέγαρτον「羨まれない、悲しい、悲惨な」と読む。しかし、スコリアはアリスタルコスが ἀλίαστον と読んだと伝える[1]。そして、アリスタルコスはこの形容詞を「避けがたい」（ὃν οὐκ ἂν ἐκκλίνειεν）の意に解する。そして、ディデュモスはこれを「表現が（ἀμέγαρτον より）豊かである（ἐμφατικωτέρα）」とコメントする。近代の校訂者の中では、Ameis - Hentze - Cauer がアリスタルコスの読み方を採用する。しかし、「終わりの無い」という意味も念頭に置いている。これに対し、W. Leaf は中世写本が伝える ἀμέγαρτον を擁護する。彼は「オデュッセイア」第 11 歌の一節を引いて次のように主張する。

λ 399 – 400

ἠέ σέ γ᾽ ἐν νήεσσι Ποσειδάων ἐδάμασσεν
ὄρσας ἀργαλέων ἀνέμων ἀμέγαρτον ἀϋτμήν.

ἀμέγαρτον は litotes という表現法、つまり控えめな言い方で効果を強めて

II アリュージョンによるホメーロス・テクストの解釈

いるのであって、全くホメーロス的な表現である、と[2]。

πόνος を形容するエピセットは多様である。ἀμέτρητος（ψ 249）「果てしない」、ἀπείρητος（P 41）「試みられたことのない」、ἅλιος（Δ 26）「空しい」、ἀτέλεστος（Δ 26, 57）「終わりの無い」、πολύς（Z 525）「沢山の」、ὀλοός（Π 568）「破滅を呼ぶ」、αἰπύς（Λ 601）「厳しい」、πάντες（K 245, 279, ν 301, υ 48）「全ての」などがホメーロスでは使われている。ἀλίαστος という形容詞についてはアリスタルコスの異読の他には用例は無い。一方、ἀμέγαρτος について言えば、πόνος はホメーロスにおいては概して「戦い」のことを意味するので、ヘーシオドスの μάχην δ' ἀμέγαρτον（Th. 666）という詩句が類例となるだろう。

ところで、アリスタルコスの読みの起源は何処にあるのかという問いは絶望的なものであるが、古代の写本には存在したと推測させる証拠が一つある。それはアポローニオス・ロディオスの次の詩行である。

A. R. 2. 648–649

ὣς φάτο· καὶ τοίων μὲν ἐλώφεον αὐτίκα μύθων,
εἰρεσίῃ δ' ἀλίαστον ἔχον πόνον.

このように彼（イアーソーン）は言った。すると彼らは直ちに
そのような話を止めて、櫂によって避けがたい（？）労苦を続けた。

ここの ἀλίαστον … πόνον という表現はアポローニオスが既に B 420 の読み方として πόνον … ἀλίαστον を知っていたことを暗示する。おそらくホメーロスのこの詩句がアポローニオスの手本であろう。語順を意図的に入れ替えている点もホメーロスのヴァリエーションであることを示している。それ故、アポローニオスのこの詩句はホメーロスの異読へのアリュージョンになっていると考えてよさそうである。但し、彼が ἀλίαστον を真正の読み方と考えたのか、或いは写本中の珍しい読み方として使ったのか、この点は判らない。また、アリスタルコスは同じように写本中にこの読み方を発見し、更にアポローニオスに触発されたのかも知れない。いずれにせよ、アリスタルコス以前、つまりアポローニオスの時代に既に ἀμέγαρτον と ἀλίαστον

の二つの読み方についての議論があったと考えられる。

　次に、形容詞 αλίαστος の意味解釈の問題がある。中世資料は古代においてこの言葉に二通りの解釈があったことを伝えている。(一)「避けられない、逃れられない」及び (二)「絶え間ない、終わりの無い、多くの」の二通りである[3]。それでは、上記のアポローニオスの詩句 αλίαστον … πόνον の場合はどちらの意味が適切であるのか。この詩句が現れる文脈は、アルゴナウタイが往路の最大の難所「プレーガデス（打ち合い岩）」を通り抜けた後、イアーソーンが彼らを更なる航海へと励ます場面である。彼らの士気はいっそう高まり、櫂を手にして漕ぎ始める。その情景は 660 – 668 行のシミリによって生き生きと描写される。

　　A. R. 2. 660 – 668

ὁμῶς δ' ἐπὶ ἤματι νύκτα
νήνεμον ἀκαμάτῃσιν ἐπερρώοντ' ἐλάτῃσιν.
οἷοι δὲ πλαδόωσαν ἐπισχίζοντες ἄρουραν
ἐργατίναι μογέουσι βόες, περὶ δ' ἄσπετος ἱδρὼς
εἴβεται ἐκ λαγόνων τε καὶ αὐχένος, ὄμματα δέ σφι
λοξὰ παραστρωφῶνται ὑπὸ ζυγοῦ, αὐτὰρ ἀυτμὴ
αὐαλέη στομάτων ἄμοτον βρέμει, οἱ δ' ἐνὶ γαίῃ
χηλὰς σκηρίπτοντε πανημέριοι πονέονται·
τοῖς ἴκελοι ἥρωες ὑπὲξ ἁλὸς εἷλκον ἐρετμά.

そして昼に続いて凪の夜も同じように彼らは
疲れを知らぬ櫂に力を込め続けた。
あたかも、湿った畑を鋤おこしながら
働き者の二頭の牛が力を振り絞る、すると終わり無く
汗が両脇と首から流れる、そして頸木の下から
視線を斜めに向け、口からは絶え間なく
乾いた息を吐いて唸り声をあげる、そして大地に
蹄を打ち込んで一日中働き続ける。

この牛どものように勇士らは海水から櫂を引き続けた。

この中に使われる表現、ὁμῶς δ' ἐπὶ ἤματι νύκτα（660）、ἀκαμάτῃσιν（661）、ἄσπετος（663）、ἄμοτον（666）、πανημέριοι πονέονται（667）等は ἀλίαστον … πόνον の意味を説明するように思われる。従って、この場合は（二）の意味が適切であろう[4]。また、アポローニオスは B 420 について、「果てしない（戦いの）労苦」と解したのかも知れない。ホメーロスには B 420 の他に ἀλίαστος は 6 例ある。このうち、ὅμαδος δ' ἀλίαστος（M 471, Π 296）、γόον δ' ἀλίαστον（Ω 760）では「終わりのない、果てしない」という意味が適切である。一方、πόλεμος ἀλίαστος（B 797, Υ 31）、μάχην ἀλίαστον（Ξ 57）では両方の意味が可能と思われる。

以上にみたように、アリスタルコスが問題にした「イーリアス」第 2 歌 420 行の問題はアポローニオスの時代には既に議論の対象になっていたと推測される。そして、彼の 649 行はこの問題へのアリュージョンであると考えられる。

注

1) Schol. A ad B 420 a[1]. (Did.)
   ἀλλ' ὅ γε δέκτο μὲν ἱρά, πόνον δ' ἀλίαστον <ὄφελλεν> : τούτῳ καὶ λέξις ὑπόκειται διὰ τοῦ Β τῶν ὑπομνημάτων, καὶ ἔστιν ἐμφατικωτέρα. οὐ χεῖρον δ' ἂν εἴη τὴν ἐκλογὴν ἐκθεῖναι· "ἀλλ' ὅ γε δέκτο μὲν ἱρά, πόνον δ' ἀλίαστον ὄφελλεν, οἷον αἴσια ἐσήμαινε<ν> ὥστε λέγειν τοὺς μάντεις ὅτι δέδεκται, τοιοῦτον μέντοι πόνον αὐτὸς ηὖξεν, ὃν οὐκ ἂν † ἐκκλίνειεν †· γελοῖον γὰρ ἂν ἦν, εἰ μὴ ἐποίει τοῦτο."

2) Ameis - Hentze - Cauer, *Homers Ilias*, 1913 Leipzig, ad loc.
   H. Erbse も、ἀλίαστον が適切である、とする（LfgrE, s. v. ἀλίαστος）。
   W. Leaf, *The Iliad*, 1900 – 1902 London, ad loc.
   Ludwich, van Thiel, West も ἀμέγαρτον と読む。

3) Schol. D ad B 797（πόλεμος ἀλίαστος）ἀνέκκλιτος, πολύς.
   Schol. D ad M 471（ὅμαδος ἀλίαστος）ἀμετάτρεπτος, ἄπαυτος.
   Schol. D ad Ξ 57（μάχην ἀλίαστον ἔχουσι νωλεμές）ἀδιάλειπτος.

Schol. D ad Y 31 (πόλεμον ἀλίαστον) χαλεπόν, ἄφυκτον.
EM 63. 24 – 34. ἀλίαστος :
    μάχην ἀλίαστον ἔχουσι.
καὶ,
    ὅμαδος δ' ἀλίαστος ἐτύχθη.
σημαίνει δὲ τὸν ἀκατάπαυστον. παρὰ τὸ λιάζω τὸ σημαῖνον τὸ ἐκκλίνω· οἷον,
    ἀμφὶ δ' ἄρά σφι λιάζετο κῦμα θαλάσσης.
ὁ μέλλων λιάσω· γίνεται ῥηματικὸν ὄνομα λιαστός· καὶ μετὰ τοῦ στερητικοῦ Α, ἀλίαστος, ὃν οὐκ ἄν τις ἐκκλίνοι. ἢ παρὰ τὸ ἀλῶ ῥῆμα (ἀφ' οὗ τὸ, Ἀλεύατο νίφα πολλὴν) γίνεται ἀλίζω, ὡς φοιτῶ φοιτιζῶ· Καλλίμακος,
    φοιτίζειν ἀγαθοὶ πολλάκις (ἠΐ) θεοί.
ἀλίζω οὖν, καὶ καθ' ὑπέρθεσιν λιάζω, λιαστός, καὶ ἀλίαστος· πολύ, ἄτρεπτον.
4) もう一つの例も第二の意味のほうが理解しやすい。
    A. R. 1. 1326
    ἦ καὶ κῦμ' *ἀλίαστον* ἐφέσσατο νειόθι δύψας.

5．オデュッセウスの衣

「イーリアス」第4歌 173 行
カリマコス「断片」677
「アルゴナウティカ」第2歌 1129 行

Call. Fr. 677 Pf.

  τὸ δὲ σκῦλος ἀνδρὶ καλύπτρη
γιγνόμενον, νιφετοῦ καὶ βελέων ἔρυμα.
その毛皮は男の外套、
雪と矢玉の防護になった。

この詩行はカリマコスの詩「アイティアー」(縁起物語) の断片の一つである。これが「アイティアー」のどの部分に属するのかは特定できないが、ヘーラクレースが纏っているライオンの毛皮について述べているものと考えられている。この断片の第2行の ἔρυμα という言葉はホメーロスのハパクスの一つである。ホメーロスの次の詩行にその用例がある。

Δ 134–138

  ἐν δ' ἔπεσε ζωστῆρι ἀρηρότι πικρὸς ὀϊστός·
διὰ μὲν ἂρ ζωστῆρος ἐλήλατο δαιδαλέοιο,
καὶ διὰ θώρηκος πολυδαιδάλου ἠρήρειστο
μίτρης θ', ἣν ἐφόρει ἔρυμα χροός, ἕρκος ἀκόντων,
ἥ οἱ πλεῖστον ἔρυτο· διαπρὸ δὲ εἴσατο καὶ τῆς.
ぴったりと合わさったベルトに鋭い矢が命中した。
矢はそのまま巧みを凝らしたベルトを貫き、
その様々な巧みを凝らした鎧と腹巻を突き通した、

これを彼が肌の防護として、投げやりの守りに着ていた。

これは何よりも彼を守っていたが、それをも刺し貫いてしまった。
最初に引いたカリマコスの断片中の νιφετοῦ καὶ βελέων ἔρυμα という詩句は古代叙事詩の二つの言い回しを手本にして作られている。一つはホメーロスの ἕρκος … βελέων（E 316）である。これは上に引用したホメーロスの一節に現れる ἕρκος ἀκόντων（Δ 137）のヴァリエーションでもある[1]。もう一つの手本はヘーシオドスの次の詩行にある。

Hes. Op. 535 – 536

τῷ ἴκελοι φοιτῶσιν, ἀλευόμενοι νίφα λευκήν.
καὶ τότε ἕσσασθαι ἔρυμα χροός, ὥς σε κελεύω.

彼らはそれ（老人）に似た姿で徘徊する、白い雪を避けながら。
その時節には肌を守るものを身に着けよ、私が勧めるように。

このことは、逆に言えば、カリマコスが νιφετοῦ καὶ βελέων ἔρυμα という詩句によって、ホメーロスとヘーシオドスの詩行を読者に想起させようとするアリュージョンであるとも考えられる。そのアリュージョンの事実上の対象は何かと言うと、ホメーロスのテクストに関する問題である。上記「イーリアス」第4歌137行について中世写本のスコリアは、ゼーノドトスとアリストファネースは ἔλυμα と読んだ、そしてこの ἔλυμα は εἴλυμα の意に等しい（或いは、のつもりで）、と伝える[2]。一方、ἔρυμα はアリスタルコスの読み方である。また、スコリアがここで ἔλυμα を言い換えている εἴλυμα は「被う物、着衣、上着」を意味する。従って、ゼーノドトスとアリストファネースの読み方によると、137行は次のようになる。

ἣν ἐφόρει ἔλυμα χροός, ἕρκος ἀκόντων.

これを彼は肌の被い、矢玉の防御として着ていた。

しかし、ἔλυμα という言葉は稀語の一つであって、この異読を除くとヘーシオドスに二つの用例が残っているのみである。

Hes. Op. 429 – 431.

ὃς γὰρ βουσὶν ἀροῦν ὀχυρώτατός ἐστιν,

> εὖτ' ἂν Ἀθηναίης δμῶος ἐν ἐλύματι πήξας
> γόμφοισιν πελάσας προσαρήρεται ἱστοβοῇ.
> それ（ヒイラギ樫）は牛を駆って耕作するには一番頑丈だから、
> アテーナーの僕がこれを（犂の）台木に嵌め込み
> 釘で犂の棒に当てて打ち込む場合は[3)]。

ここに見られるようにヘーシオドスは ἔλυμα を「犂の台木」の意味に使っている。

カリマコスの νιφετοῦ καὶ βελέων ἔρυμα がホメーロスの ἔρυμα χροὸς ἀκόντων へのアリュージョンであるとすると、カリマコスはホメーロスの詩句においてゼーノドトスの読み方ではなくヴルガタの読み ἔρυμα に従っていると推測される。ἔρυμα と ἔλυμα のどちらがホメーロスの真正の読み方なのか。ἔλυμα はゼーノドトスが何らかの写本の中で発見した異読であるのか、それとも彼の推定による読み方なのか。これは判らない。現行のテクストは全てアリスタルコスの読み方として ἔρυμα を採用する。ἔλυμα は非常に珍しい言葉であり、上に見たようにホメーロスの異読としてスコリアが記録している外にはヘーシオドスによる「犂の台木」という意味の二つの用例が残るのみである。一方、ἔρυμα に関しては、ホメーロスは一つの用例を残すのみであるが、それ以降は韻文、散文を問わず極めて一般的な言葉として多くの用例を残している。例えば、カリマコスには断片にもう一つの用例が残っている。

Call. Fr. 260. 24 – 27 Pf.（= 70. 9 f. Hollis）

> τουτάκι δ' ἡ μὲν ἑῆς ἔρυμα χθόνος ὄφρα βάλοιτο,
> τήν ῥα νέον ψήφῳ τε Διὸς δυ[ο]καίδεκά τ' ἄλλων
> ἀθανάτων ὄφιός τε κατέλλαβε μαρτυρίῃσιν,
> Πελλήνην ἐφίκανεν Ἀχαιΐδα.
> それから彼女（アテーナー）は自分の土地の防壁を築くために、
> その土地はゼウスと 12 人の不死なる神々の投票によって、
> また蛇の立会いのもとに新たに獲得したのだが、

アカイアのペレーネーへとやって来た。

ここの ἔρυμα χθόνος のモデルはアイスキュロスの詩句 ἔρυμά τε χώρας (Eu. 701) であろうと推測される。これと類似の言い回しは悲劇作品に多く残っている[4]。また、身体を守る胴衣については散文に用例が残っている[5]。以上のことを考慮に入れると、ἔλυμα のほうが ἔρυμα よりホメーロスの読みとしては difficilior である。つまり、テクストの伝承の過程で、見慣れない言葉 ἔλυμα がより一般的な言葉 ἔρυμα に入れ替わる可能性はあったと推測されるが、ἔρυμα が ἔλυμα に替えられた可能性はずっと少ないだろう。従って、ゼーノドトスの読み方が真正である可能性は高い。この観点に立ってホメーロスのテクストを ἔλυμα χροὸς と読む場合、これはホメーロスの中の非常に類似した表現と語彙を想起させるのである。それは「オデュッセイア」第6歌のナウシカアーの物語の一節にある。

ζ 178-179

ἄστυ δέ μοι δεῖξον, δὸς δὲ ῥάκος ἀμφιβαλέσθαι,
εἴ τί που εἴλυμα σπείρων ἔχες ἐνθάδ' ἰοῦσα.
町への道を私に教えてください、そして身にまとう布切れをください、
もしここへ来る時に何か衣類を包む物でもお持ちでしたら。

これは王女ナウシカアーに町への案内と衣服を乞うオデュッセウスの言葉である。ここに使われている語彙 εἴλυμα は「包むもの、被うもの」を意味する。これもホメーロスのハパクスの一つである。また、ホメーロス以降の用例が非常に少ない言葉でもある。

ところで、現代の語源学はこの εἴλυμα と ἔλυμα の密接な関係を認めている。それに依ると、この二つの名詞は共に動詞 εἰλύειν の派生語とされる[6]。そして、その派生語は二つの語幹によって分類される。第一の語幹は ἐλυ- である。ここから ἔλυτρον「容器、包むもの」という名詞が派生する。この名詞から更に名詞派生動詞 ἐλυτροῦν「覆う」が作られている。問題の ἔλυμα もこの語幹より派生する。第二の語幹は εἰλυ- である。ここから εἴλυμα が派生するとされる。ところで、この動詞の時制の諸形態のうち

II　アリュージョンによるホメーロス・テクストの解釈

ἐλυ－語幹に基づく形は、受動態アオリスト形の用例のみが残っている。ホメーロスには用例が三つ残っている[7]。意味は「転がる、這う」である。ここに現れる意味の相違から、LSJ 等の辞典はこれを動詞 εἰλύειν のアオリスト分詞として別項目に分類する。最近の、「古代ギリシア叙事詩辞典」は εἰλύειν と ἐλύειν を並列して一項目に含めている[8]。この二つの動詞はホメーロス以降には混同される例がある。例えば、ソポクレースは εἰλύειν を、身を捩りながら這うピロクテーテースの動作について使う。また、テオクリトスには、εἰλυσθείς をホメーロスの ἐλυσθείς の意味で使う例がある[9]。逆に、アポローニオス及びオッピアーノスには ἐλύειν を εἰλύειν の意味に使う例が見られる[10]。このような混同はヘレニズム期のホメーロス解釈にも現れる。次の例は特に興味を引くものである。

A 46 – 47

ἔκλαγξαν δ' ἄρ' ὀϊστοὶ ἐπ' ὤμων χωομένοιο,
αὐτοῦ κινηθέντος· ὁ δ' ἤϊε *νυκτὶ ἐοικώς*.

そして怒る神（アポローン）の肩の上で矢がガタガタと
音をたてた、神自ら動くと。そして神は夜の如くやって来た。

M 462 – 463

ὁ δ' ἄρ' ἔσθορε φαίδιμος Ἕκτωρ / *νυκτὶ θοῇ ἀτάλαντος* ὑπώπια.
そして誉れに輝くヘクトールは
速やかな夜にも等しい顔つきで（門の中へ）躍り込んだ。

スコリアは、ここに引いた二つの詩行においてゼーノドトスは νυκτὶ ἐλυσθείς と読んだ、と伝えている[11]。ゼーノドトスの読み方によると、この詩句の意味は明らかに「夜に包まれて」である。従って、ゼーノドトスは ἐλυσθείς を εἰλυσθείς の意味に解釈していることになる。そして、この例は問題の読み ἔλυμα についてゼーノドトスが「肌を包むもの」という意味に解釈した証拠にもなる。また、ヘレニズム期の学者たちはホメーロスの ἐλυσθείς について、二つの解釈、「転がる、這う」と「包まれる」のどちらが正解であるかを決定し得なかったか、或いは両方の意味を共に可能である

と考えていたかは判らない。この点に関して興味深いのはアポローニオスの使い方である。彼は ἐλυσθείς を4回だけ使っている（1. 254, 1034 ; 3. 281, 1313）。この中の2例（1. 254, 3. 1313）は既に説明したように「包まれる」という意味で使う。これに対し、残りの2例（1. 1034, 3. 281）は「転がる、這う」の意味で使うのである[12]。つまり、アポローニオスは二つの意味を公平に使っているように見えるのである。アポローニオスは、ある言葉の意味解釈に異論がある場合、提起されている全ての意味でその言葉を使ってみせるという手法をしばしば採る。この場合もその一例であると言ってよい。ところで、ヘーシオドスの ἔλυμα の「犂の台木（つまり、犂の刃を装着する部分）」という意味であるが、これは台木の部分が地を這うからか、或いは、土がこれによって掘り返される、つまり回転することに由来すると思われる。また、εἰλύειν の語根 *wel- は「回転する」という意味であったらしい[13]。

さて、εἴλυμα という形の用例はホメーロス以降の詩に二つ残っている。一つはアナクレオーンにある[14]。もう一つはアポローニオスにある。

    A. R. 2. 1128 – 1130

        τοὔνεκα νῦν ὑμέας γουναζόμεθ', αἴ κε πίθησθε
        δοῦναι ὅσον τ' εἴλυμα περὶ χροὸς ἠδὲ κομίσσαι,
        ἀνέρας οἰκτείραντες ὁμήλικας ἐν κακότητι.

    それ故、あなた方の膝に縋ってお願いします、もしや
    身を被う物だけでも恵み、同行することをお許し願えないものかと、
    苦境にある同年輩の私たちを憐れんで。

これは、アレースの島に上陸したイアーソーンの一行が、既に嵐で難破してこの島に避難しているプリクソスの子たちに出会う場面の一節である。彼らはイアーソーンに衣類を請い、故郷へ同行してくれるよう頼む。この場面は明らかに「オデュッセイア」第6歌のオデュッセウスと王女ナウシカアーの出会いをモデルに作られている。但し、難船した者が陸にいて、助ける者が後から上陸するというホメーロスとは逆の場面設定に作り変えられている。これはホメーロスを模倣する場合にヘレニズムの詩人たちが使う一般的な手

II アリュージョンによるホメーロス・テクストの解釈

法の一つである。そして、上に引いた詩行中、特に1129行は「オデュッセイア」の178-179行の言い換えになっている。

A. R. 2. 1129

δοῦναι ὅσον τ᾽ εἴλυμα περὶ χροὸς ἠδὲ κομίσσαι

ζ 178-179

ἄστυ δέ μοι δεῖξον, δὸς δὲ ῥάκος ἀμφιβαλέσθαι,
εἴ τί που εἴλυμα σπείρων κτλ.

アポローニオスはこの中でホメーロスの εἴλυμα を使っている。この言葉は既に述べたようにホメーロスのハパクスの一つである。これをアポローニオスもここで1回だけ使って見せている。この言葉は、この場面がホメーロスのナウシカアーの場面を想起させる道具になっていると考えてよい。しかし、ここでホメーロスの εἴλυμα は εἴλυμα περὶ χροὸς という詩句に置き換えられている。ここに加えられている χροός によって我々は更にホメーロスの他の詩句を想起することになる。つまり、「イーリアス」第4歌137行である。

μίτρης θ᾽, ἣν ἐφόρει ἔρυμα χροός, ἕρκος ἀκόντων

アポローニオスの εἴλυμα によるアリュージョンの対象は明らかに「オデュッセイア」のナウシカアーの場面であるが、この言葉に χροός を付け加えることによって、アリュージョンの対象を更に上記の「イーリアス」の詩行に向けている。かなり捻った手法を採っている。このアリュージョンによってアポローニオスは「イーリアス」の詩行の読み方についての答えを出しているものと思われる。ヴルガタの読み ἔρυμα ではなく、ゼーノドトスの読み方 ἔλυμα を読めと言っているのか、或いは、ゼーノドトスの読み方の存在を示唆しているのであろう。或いは、ゼーノドトスの読み方 ἔλυμα の意味を εἴλυμα によって解釈しているのか、或いは ἔλυμα ではなく εἴλυμα と読むべきであると主張しているのかも知れない。ἔλυμα でも εἴλυμα でもこの場合は韻律上の問題はない。

注

1) 定型句 ἕρκος ἀκόντων はホメーロスにもう1例残っている（Ο 646）。
2) Schol. A ad Δ 137 a[1]:
   ἔρυμα· ἡ Ζηνοδότου καὶ Ἀριστοφάνους "ἔλυμα" εἶχον, οἱονεὶ εἴλυμα.
   Schol. T ad Δ 137 a[2]. Ζηνοδότου καὶ Ἀριστοφάνης "ἔλυμα".
   ἔλυμα の「衣類、上着」という意味はヘーシュキオス辞典も伝えている。
   Hsch. ε2225 ἔλυμα· τὸ τοῦ ἀρότρου πέριον. νύσσα. καὶ τὸ ἱμάτιον. καὶ ἡ αἰών.
3) もう一つの用例は次の詩行にある。
   Hes. Op. 435-436.
       δάφνης δ᾽ ἢ πτελέης ἀκιώτατοι ἱστοβοῆες.
       δρυὸς ἔλυμα, πρίνου δὲ γύην.
       犂の棒は月桂樹か楡材が最も虫に喰われない。
       （犂の）台木には樫、轅には常盤樫が最良である。
4) A. Eu. 700-702.
       τουτόνδε τοι ταρβοῦντες ἐνδίκως σέβας
       ἔρυμα τε χώρας καὶ πόλεως σωτήριον
       ἔχοιτ᾽ ἂν οἷον οὔτις ἀνθρώπων ἔχει.
   cf. S. Aj. 466-467 ἀλλὰ δῆτ᾽ ἰὼν / πρὸς ἔρυμα Τρώων.
       E. Ba. 55-56   ἔρυμα Λυδίας / θίασος ἐμός.
       E. IA 189   ἀσπίδος ἔρυμα καὶ κλισίας.
       E. Med. 597   ἔρυμα δώμασιν.
       E. Med. 1322   ἔρυμα πολεμίας χειρός.
       E. Fr. 1132-1133 δόμοι μὲν οἵδ᾽ εὔπυργά τ᾽ ἔρυμα χθόνος οὐκ
                       ἐν πολυχλύσοισιν ἤσκηται χλιδαῖς.
5) X. Cyr. 4. 3. 9 θώρακας … ἐρύματα τῶν σωμάτων.
6) cf. Chantraine, *DELG*, I, 320 f.
   Frisk, *GEW*, I, 320 f.
7) ἐλύσθη (Ψ 393), ἐλυσθείς (Ω 510, ι 433).
8) LfrgE, s. v. εἰλύω, ἐλύω.
9) S. Ph. 290-291
       αὐτὸς ἂν τάλας / εἰλυόμην, δύστηνον ἐξέλκων πόδα.
       ib. 701-703 εἶρπε δ᾽ ἄλλοτ᾽ ἀλλ<αχ>ᾷ / τότ᾽ ἂν εἰλυόμενος.
   Theoc. 25. 246 πάντοθεν εἰλυθέντος ὑπὸ λαγόνας τε καὶ ἰξύν.
10) A. R. 1. 253-255
                                    ἦ τέ οἱ ἦεν
       βέλτερον, εἰ τὸ πάροιθεν ἐνὶ κτερέεσσιν ἐλυσθείς.
       νειόθι γαίης κεῖτο κακῶν ἔτι νῆις ἀέθλων.
    id. 3. 1313 διὰ φλογὸς εἶθαρ ἐλυσθείς.

[Opp.] C. 3. 418, H. 2. 89.
11) Schol. A ad M 463a.
    νυκτὶ θοῇ ἀτάλαντος : ὅτι τὰ φοβερὰ νυκτὶ ὁμοιοῖ. πρὸς τὸ " ὁ δ' ἤιε νυκτὶ ἐοικώς (A 47)", ὅτι Ζηνόδοτος γράφει " νυκτὶ ἐλυσθείς".
    Cf. H. Duentzer, *De Zenodoti studiis Homericiis*, 1848 Göttingen, 129 f.
12) A. R. 1. 1034 – 1035
    ὁ δ' ἐνὶ ψαμάθοισιν *ἐλυσθεὶς* / μοῖραν ἀνέπλησεν.
    id. 3. 281 – 282
    αὐτῷ δ' ὑπὸ βαιὸς *ἐλυσθεὶς*
    Αἰσονίδη γλυφίδας μέσσῃ ἐνικάτθετο νευρῇ.
13) P. Chantraine, *Grammaire Homérique*, I, 1958 Paris, 130.
14) Anacr. 388. 4 Page (PGM)
    νήπλυτον εἴλυμα κακῆς ἀσπίδος.
    邪悪な楯の洗われていない被い。

6. 黒ずむ海

「イーリアス」第 7 歌 64 行
「アルゴナウティカ」第 4 歌 1574 行

A. R. 4. 1573 – 1575
κείνη μὲν πόντοιο διήλυσις, ἔνθα μάλιστα
βένθος ἀκίνητον μελανεῖ· ἑκάτερθε δὲ λευκαὶ
ῥηγμῖνες φρίσσουσι διαυγέες.

あれが海への出口だ、そこではとりわけ
海の深みは静止して黒ずんでいる。そして両側に打ち寄せて
砕ける白い波がきらきらと沸き立っている。

ここに引いた詩行は、アルゴナウタイの一行がリュビアのトリトーン湖に迷い込み、海への脱出口を探している時にトリトーンが現れ、その出口を示す場面の一節である。このテクストの μελανεῖ（1574）は中世写本が伝える読みの一つである。もう一つの読み方は μελάνει である。μελανεῖ（LE）と μελάνει（Aw）は意味も同じであり、写本上での優劣をつけることも難しい。校訂者たちは通常 μελανεῖ を読む[1]。その理由は二つある。第一に、μελανεῖν はホメーロスのハパクスであり（H 64）、ホメーロス以降は上記の異読を除くと用例がまったく無いこと、第二に μελανεῖν はヘレニズム期の詩人のみが使う形であること、この二つの理由に拠っている[2]。しかし、近年のアポローニオスの穏健な校訂者 F. Vian は敢えて μελάνει を読む[3]。この μελάνειν という動詞は「イーリアス」第 7 歌で使われている。

II アリュージョンによるホメーロス・テクストの解釈

H 57 – 66

κὰδ δ' Ἀγαμέμνων εἷσεν ἐυκνήμιδας Ἀχαιούς·
κὰδ δ' ἄρ' Ἀθηναίη τε καὶ ἀργυρότοξος Ἀπόλλων
ἑζέσθην ὄρνισιν ἐοικότες αἰγυπιοῖσι
φηγῷ ἐφ' ὑψηλῇ πατρὸς Διὸς αἰγιόχοιο,
ἀνδράσι τερπόμενοι· τῶν δὲ στίχες ἥατο πυκναί,
ἀσπίσι καὶ κορύθεσσι καὶ ἔγχεσι πεφρικυῖαι.
οἵη δὲ Ζεφύροιο ἐχεύατο πόντον ἔπι φρὶξ
64 ὀρνυμένοιο νέον, μελάνει δέ τε πόντος ὑπ' αὐτῆς,
τοῖαι ἄρα στίχες ἥατ' Ἀχαιῶν τε Τρώων τε
ἐν πεδίῳ. Ἕκτωρ δὲ μετ' ἀμφοτέροισιν ἔειπε.

一方、アガメムノーンは立派に脛当てを着けたアカイア勢を
座らせた。すると、アテーナイエーと銀の弓を持つ
アポローンは鳥の、つまりは鷹の姿を借りて、アイギスを持つ
父神ゼウスの高く聳える樫の木の上に座を占めた、
兵士たちの姿を楽しみながら。さて、両軍の陣列が座り込むと
楯や兜、そして槍先が突き立って波打つ、
その様子はあたかも、ゼピュロス（西風）が吹き起こるや
海面一帯にさざ波が広がり、その下では海が黒ずむ、
そのように、その時アカイア勢とトロイア勢の陣列は大地に
腰を下ろした。すると、両軍の間でヘクトールが言った。

これはトロイアの大将ヘクトールがギリシア軍に一騎打ちを挑むエピソードの冒頭の一節である。このテクストの中の64行については古代に議論があった。この詩行については三通りの読み方が伝わっている[4]。

1. πόντος ὑπ' αὐτῆς
2. πόντος ὑπ' αὐτοῦ
3. πόντον ὑπ' αὐτῇ

105

第一の読み方は中世写本が伝えるものである。上に引いたテクストはこれに拠っている。上に示した訳は「さざ波の下で海は黒ずむ」という意味であるが、「さざ波によって海が黒ずむ」と解することもできる。

　第二の読み方はスコリアとアリストテレースの引用が伝える[5]。これはゼーノドトスの読み方でもあるらしい[6]。これによって読むと、文脈上 αὐτοῦ は Ζέφυρος を指すことになる。従って、スコリアが解釈するように「海はゼピュロスによって黒ずむ」（μελαίνεται ὁ πόντος ὑπὸ Ζεφύρου）という意味になる。

　問題は第三の読み方である。スコリアはこれをアリスタルコスの読み方として伝えている。これによるとテクストは次のようになる。

　　μελάνει δέ τε πόντον ὑπ' αὐτῇ.

この場合、主語は Ζέφυρος ということになる。そして意味は、スコリアが解釈しているように、

「ゼピュロスがさざ波の下の（或いは、さざ波によって）海を黒くする」

　　　（Schol. A : μελαίνει δὲ τὸν πόντον ὁ Ζέφυρος ὑπὸ τῇ φρίκῃ.
　　　 Schol. T : μέλανα ποιεῖ τὸν πόντον ὑπὸ τῇ φρικὶ ὁ Ζέφυρος.）

となる。従って、アリスタルコスは μελάνει を他動詞と解釈していることになる。そして、スコリアTはこの読み方のほうが優れていると評している。一方、第一、第二の読み方はこの動詞を自動詞とする。エウスタティウスもそのように解釈している。

　アリスタルコスが μελάνει を他動詞と解釈する理由は明らかではない。Leaf は次のように言う。-ανω, -αινω による動詞はホメーロスでは殆ど常に他動詞であることがその理由であるらしいが、これは決定的な理由とは言えない。例えば、κυνδάνειν という動詞は両用に使われている（Υ 42 では自動詞として、Ξ 73 においては他動詞として）。また、ἰζάνειν という動詞は 8 例中、1 例（Ψ 258）を除く全ての用例が自動詞として使われているからである、と[7]。

　μελάνειν は形容詞 μέλας「黒い」の派生動詞である。しかし、語形成に

おける正しい形は μελαίνειν であり、μελάνειν という形は変則形とされている[8]。μελαίνειν は「黒くする」という意味の他動詞である。ホメーロスには 2 例残っている（E 354, Σ 548）。何れも受動形である。ホメーロス以降の散文には自動詞で使われる例もある（例えば、Pl. Ti. 83a）。

それではこの μελάνειν はどのように形成されたのか。スコリア A はアリスタルコスの弟子アスカローニテースの説を引用している。それによると、μελάνει は οἰδάνει のように、μελαίνει がイオタを失って（ἐνδείᾳ τοῦ ῑ）生じた、ということである[9]。それでは、何故 μελάνει という別形を作る必要があるのか。それは韻律上の都合であるらしい[10]。この推量が受け入れられるなら、μελάνει は μελαίνει の別形であるから、μελάνει は他動詞ということになる。ホメーロスにおいては、μελαίνειν は他動詞として使われているからである。但し、既に述べたように、ホメーロス以降、散文ではあるが自動詞に使われる例も残っている。

ホメーロスの μελάνει は自動詞なのか他動詞なのか。この問題についての明確な答えは無い[11]。中世写本を信頼すれば自動詞であり、アリスタルコスの権威に従えば他動詞である、ということであろう。近代の全ての校訂者は中世写本に従っている。

さて、最初に示したアポローニオスの三詩行はホメーロスの二つの詩行を材料にして作られている。第一は、μελανεῖ（或いは、μελάνει）からも明らかなように H 63-64 である。第二に、ἑκάτερθε δὲ λευκαὶ（1574）は次の詩行を連想させる。

　　Ψ 329 λᾶε δὲ τοῦ ἑκάτερθεν ἐρηρέδαται δύο λεύκω.

また、φρίσσουσι（1575）は「ホメーロス賛歌」の次の詩行に拠っているらしい。

　　h. Hom. 27.8-9 φρίσσει δέ τε γαῖα / πόντος τ' ἰχθυόεις.

さて、ここで特に注目すべきことは μελανεῖ がホメーロスの μελάνει と同じ詩行位置に置かれているということである。そして、このことは、μελανεῖ が自動詞であることから、アポローニオスはホメーロスの μελάνει

を自動詞と解釈したこと、つまり、彼が πόντος を読んだことを暗示していると推量される。これはアポローニオスの動詞を μελάνει と読んでも同じである。また、アポローニオスが ὑπ' αὐτῆς, ὑπ' αὐτῇ, ὑπ' αὐτοῦ という三つの読み方のどれを読んだのかという問題については、φρίσσουσι「沸き立つ、さざ波が立つ」という動詞が ὑπ' αὐτῆς または ὑπ' αὐτῇ を読んだことを示唆している[12]。

　ここに論じてきたホメーロスのハパクス・レゴメノンの一つ μελάνει の意味解釈は、この半詩行について伝わっている三つの読み方との関連で古代以来の難問の一つになっている。μελάνει を自動詞とする中世写本の読み方と他動詞と解するアリスタルコスの読み方とどちらを真正とするか、判断は困難である。しかし、アポローニオスの詩句はこの問題に対するアリュージョンになっていると考えて間違いないであろう。

注

1) Seaton (1900), Mooney (1912), Fränkel (1961), Livrea (1973), Glei (1996).
2) アラートス、カリマコス、ピロデーモスの用例が残っている。
　Arat. 816 - 817
　　　μείζονα δ' ἂν χειμῶνα φέροι τριέλικτος ἀλωή,
　　　καὶ μᾶλλον μελανεῦσα, καὶ εἰ ῥηγνύατο μᾶλλον.
　　　（月の周りに見える「かさ」について）
　id. 834 - 836
　　　εἴ τί που ἢ οἱ ἔρευθος ἐπιτρέχει, οἷά τε πολλὰ
　　　ἑλκομένων νεφέων ἐρυθαίνεται ἄλλοθεν ἄλλα,
　　　ἢ εἴ που μελανεῖ. （太陽について）
　この詩行には μελάνει という異読も中世写本に伝わっている。
　しかし、近代の校訂者は μελανεῖ を読むことで一致している。
　id. 877 - 879
　　　οὐδὲ μὲν ἠελίου σχεδόθεν μελανεῦσαι ἁλωαὶ
　　　εὔδιοι· ἀσσότεραι δὲ καὶ ἀστεμφὲς μελανεῦσαι
　　　μᾶλλον χειμέριαι, δύο δ' ἂν χαλεπώτεραι εἶεν.
　　　（太陽の周りに見える「かさ」について）

Call. E. 52. 1 Pf.
   τὸν τὸ καλὸν μελανεῦντα Θεόκριτον, εἰ μὲν ἐμ᾽ ἔχθει.
   (人について)
A P 5. 121. 1 – 2 (Phld.)
   μικκὴ καὶ μελανεῦσα Φιλαίνιον, ἀλλὰ σελίνων
   οὐλοτέρη, καὶ μνοῦ χρῶτα τερεινοτέρη.
   (人について)
3) F. Vian, *Apollonios de Rhodes Argonautiques*, Tome. III, 1981 Paris.
4) Schol. A ad H 64 a. (Hrd.)
   μελάνει : ὡς " οἰδάνει" (I 554), ὁ Ἀσχαλωνίτης· ἐκ γὰρ τοῦ μελαίνει,
   φησὶν, ἐνδείᾳ τοῦ ῑ ἐγένετο.
   Schol. A ad H 64 b. (Did.)
   < πόντος ὑπ᾽ αὐτῆς : > Ἀρίσταρχος " πόντον " διὰ τοῦ ν̄, καὶ " ὑπ᾽ αὐτῇ ",
   τῇ φρικί. ἄλλοι δὲ " πόντος ὑπ᾽ αὐτοῦ ".
   Schol. A ad H 64 c. (Ariston.)
   { ὀρνυμένοιο νέον } μελάνει δέ τε πόντος < ὑπ᾽ αὐτῆς > : ὅτι ἐὰν μὲν
   γράφηται " πόντος ὑπ᾽ αὐτοῦ ", ἔσται μελαίνεται ὁ πόντος ὑπὸ
   Ζεφύρου, ἐὰν δὲ " πόντον ὑπ᾽ αὐτῇ ", ἔσται μελαίνει δὲ τὸν πόντον ὁ
   Ζέφυρος ὑπὸ τῇ φρίκῃ.
   Schol. T ad H 64 d¹. (Hrd.)
   μελάνει δέ τε πόντος ὑπ᾽ αὐτῇ : διὰ τοῦ ν̄ " πόντον ", καὶ ἔστι " μέλανα
   ποιεῖ τὸν πόντον ὑπὸ τῇ φρικὶ ὁ Ζέφυρος " · καὶ ἔστι Ὁμηρικὸν τὸ σχῆμα.
   εἰ δὲ † γράφει † " πόντος ὑπ᾽ αὐτῆς ", τὸ μελάνει ἀντὶ τοῦ μελαίνεται
   ὑπὸ τῇ φρικὶ τοῦ Ζεφύρου. ἄμεινον δὲ τὸ πρῶτον. τὸ δὲ μελάνει ὡς
   " οἰδάνει " βαρυτονητέον· ἀπὸ γὰρ τοῦ μελαίνει γέγονεν.
   Schol. b ad H 64 d².
   διὰ τοῦ ν̄ τὸ " πόντον ", " μελάνει δέ τε πόντον ὑπ᾽ αὐτῇ ". καὶ ἔστι
   " μέλανα ποιεῖ τὸν πόντον ὑπὸ τῇ φρικὶ ὁ Ζέφυρος ". ἔστι δὲ Ὁμηρικὸν
   τὸ σχῆμα. εἰ δὲ γράφεται " μελάνει δέ τε πόντος ὑπ᾽ αὐτῇ ", τὸ μελάνει
   ἀντὶ τοῦ μελαίνεται ὑπὸ τῇ φρικὶ τοῦ Ζεφύρου. ἄμεινον δὲ τὸ πρῶτον.
   τὸ δὲ μελάνει ἀπὸ βαρυτόνου ἐνεστῶτος ἀποβολῇ τοῦ ῑ, ὡς τὸ κοιλάνει
   ἀντὶ τοῦ κοιλαίνει.
   cf. Eust. 665. 19 f.
   τὸ δὲ μελάνει παθητικὴν ἑρμηνείαν ἔχει, δηλοῖ γὰρ τὸ μελαίνεται.
   πέπονθε δὲ ἀπέλευσιν τοῦ ῑ, ὡς καὶ τὸ οἰδάνει ἀντὶ τοῦ οἰδαίνει.
5) Arist. Probl. 934 a 23.
   διὰ τί τὸ ὕδωρ ἧττον φαίνεται λευκόν, ἐὰν κινῆται, οἷον καὶ ἡ φρίκη ;
   διὸ καὶ Ὅμηρος ἀρχομένου φησὶ τοῦ πνεύματος
   μελάνει δέ τε πόντος ὑπ᾽ αὐτοῦ.

6) H. Duentzer, *De Zenodoti studiis Homericis*, 1848 Göttingen, 44.
7) W. Leaf, *The Iliad*, I, 1901 London, ad loc.
8) cf. Chantraine, *DELG*, II, 681, s. μέλας.
   G. P. Shipp, *Studies in the language of Homer*, 2nd ed., 1972 Cambridge, 85.
9) ここに引かれている οἰδάνειν「膨らませる、沸きかえらせる」はホメーロスに用例が二つ残っている。
   I 553-554
   　　　　ἀλλ' ὅτε δὴ Μελέαγρον ἔδυ χόλος, ὅς τε καὶ ἄλλων
   　　　　οἰδάνει ἐν στήθεσσι νόον πύκα περ φρονεόντων.
   アポロニオスはこれを模倣してこの動詞を1回だけ使っている。
   A. R. 1. 477-478
   　　　　ἠέ τοι εἰς ἄτην ζωρὸν μέθυ θαρσαλέον κῆρ
   　　　　οἰδάνει ἐν στήθεσσι.
   I 646　　　/ ἀλλά μοι οἰδάνεται κραδίη χόλῳ.
   οἰδαίνειν の用例はホメーロスには無い。しかし、ヘレニズム期には自動詞として使われている（A. R. 3. 383, Arat. 909）。
   類似の説明はスコリアT及びbにもある。また、エウスタティウスも同じ説明をしている。
10) cf. G. P. Shipp, op. cit.
    G. S. Kirk, *The Iliad, A Commentary*, II, 1990 Cambridge, 241.
11) Chantraine（op. cit.）は両方の解釈が等しく可能であるとする。
    Frisk は他動詞の可能性も示唆する。
12) 仮にホメーロスの ὑπ' αὐτοῦ を「海の下」と解釈するとしても、アポローニオスの βένθος は「海への出口」にあって、「海、πόντος」にあるのではないから、ὑπ' αὐτοῦ とは読まなかったと思われる。πόντοιο διήλυσις を πόντος とするなら、この場合 ὑπ' αὐτοῦ も可能性がある。

7. アリスタルコスの風

「イーリアス」第 15 歌 626 行
「オデュッセイア」第 4 歌 567 行
カリマコス「断片」110. 52 – 53

　オクスフォードの「ギリシア語辞典」(LSJ 第 9 版、1940 年) は ἀήτης (ὁ) と ἀήτη (ἡ)、の両語を見出し語として載せ、ἀήτη を ἀήτης の同義語と説明する。そして、ἀήτη の用例として Hes. Op. 645 及び 675 を挙げる。この言葉の意味は、「一陣の風、突風、強風、風」である。1968 年度版の Supplement は ἀήτη の用例として、更に Sapph. 2. 10, 20. 9 L.-P., 及び B. 17. 91 S. を付け加えた。しかし、この Supplement の改訂版 (1996 年) はこの言葉の記述を大幅に改訂した。つまり、ἀήτη (ἡ) を見出し語として統一し、その記述の中で ἀήτης (ὁ) を古典後期に使われる語彙であり、ホメーロスの中世写本において Ο 626 及び δ 567 に現れる異読と説明している [1]。この改訂は、この二つの語彙に関する古代以来の文法上の議論を整理し、一応の決着をつけたことになる。但し、1955 年以来刊行が続いている「古代ギリシア叙事詩辞典」は、既に女性名詞 ἀήτη のみを見出し語としている [2]。

　この語彙に関する問題は上述のホメーロス「イーリアス」第 15 歌 626 行及び「オデュッセイア」第 4 歌 567 行にある。

Ο 623 – 628
　　αὐτὰρ ὁ λαμπόμενος πυρὶ πάντοθεν ἔνθορ' ὁμίλῳ,
　　ἐν δ' ἔπεσ' ὡς ὅτε κῦμα θοῇ ἐν νηῒ πέσῃσι
　　λάβρον ὑπαὶ νεφέων ἀνεμοτρεφές· ἡ δέ τε πᾶσα
626　ἄχνῃ ὑπεκρύφθη, ἀνέμοιο δὲ δεινὸς ἀήτης

ἱστίῳ ἐμβρέμεται, τρομέουσι δέ τε φρένα ναῦται
δειδιότες· τυτθὸν γὰρ ὑπὲκ θανάτοιο φέρονται.
しかし、(ヘクトールは) 全身火の如く輝きながら軍勢の中へ
突入し、襲いかかった。それはあたかも、雲の下に養われて
荒れ狂った波が速い船に襲いかかる時のよう。船全体は
626　泡で覆い隠され、恐ろしい一陣の風が帆の中にこもって
唸り響く。そして船乗りどもは震え、心中に恐れ慄く。
もう少しのところで死を免れているので。(そのように……)

626行の ἀήτης はA写本を除く全ての中世写本が伝える読み方である。これについてスコリアはアリスタルコスが ἀήτη と読んだことを伝えている。その記述によると、κλυτὸς Ἱπποδάμεια (Β 742) のように δεινὸς ἀήτη とすべきである。このことを知らないために、δεινὸς ἀήτης とする人たちがいる。このように書くべきではない、とある[3]。ホメーロスにはこの言葉は更に3回使われている。そのうちの2例については文法上の性は確定できない。

Ξ 253 – 254

σὺ δέ οἱ κακὰ μήσαο θυμῷ,
ὄρσασ' ἀργαλέων ἀνέμων ἐπὶ πόντον ἀήτας.

ここの ἀήτας は男性名詞 ἀήτης の複数・対格形でもあり、また女性名詞 ἀήτη の複数・対格形でもある。両方の解釈が可能である。

ι 138 – 139

ἀλλ' ἐπικέλσαντας μεῖναι χρόνον εἰς ὅ κε ναυτέων
θυμὸς ἐποτρύνῃ καὶ ἐπιπνεύσωσιν ἀῆται.

この場合も ἀῆται の性は確定できない。

δ 567 – 568

ἀλλ' αἰεὶ ζεφύροιο λιγὺ πνείοντας ἀήτας
Ὠκεανὸς ἀνίησιν ἀναψύχειν ἀνθρώπους.

II アリュージョンによるホメーロス・テクストの解釈

　　しかし、常にゼピュロスの音高く吹く息吹を
　　オーケアノスが送って人間たちに生気を取り戻させる。
これは中世写本が伝えるテクストである。これによると、567 行の πνειόντας ἀήτας は男性・複数・対格形である。しかしスコリアは、πνειόντας ではなく、ζεφύροιο に合わせて πνειόντος と読む、とする。そうすると、テクストは次のようになる。

　　ἀλλ' αἰεὶ ζεφύροιο λιγὺ πνειόντος ἀήτας
　　しかし、常に音高く吹くゼピュロスの息吹を
この場合、ἀήτας の文法上の性は確定できなくなる。このスコリアの読み方はアリスタルコスのものとされている[4]。従って、この読み方を採用することによってアリスタルコスは男性名詞 ἀήτης を排除したものと思われる。それでは、アリスタルコスが男性名詞 ἀήτης ではなく女性名詞 ἀήτη をホメーロスのテクストにおいて選択したのは何故か。その理由としては、ヘレニズム期以前の詩においては、文法上の性を確定しうる用例は常に女性形であった、という点が挙げられる。

Hes. Op. 644 – 645
　　μείζων μὲν φόρτος, μεῖζον δ' ἐπὶ κέρδεϊ κέρδος
　　ἔσσεται, εἴ κ' ἄνεμοί γε κακὰς ἀπέχωσιν ἀήτας.
ib. 675
　　καὶ χειμῶν' ἐπιόντα Νότοιό τε δεινὰς ἀήτας.

Sapph. 2. 10 – 11 L.–P.
　　αἰ δ' ἄηται / μέλλιχα πνέοισιν[
ib. 20. 9 L.–P.
　　]μεγάλαις ἀήται[ς

B. 17. 90 – 91 Maehl.
　　ἵετο δ' ὠκύπομπον δόρυ· σόει
　　νιν βορέας ἐξόπιν πνέουσ' ἀήτα.[5]

Ο 626 の読み方について、もしアリスタルコスが正しいとするなら、伝

承の過程で δεινὸς ἀήτη は δεινός という男性形が不快に感じられたため ἀήτης への corruption が起こったと考えられる[6]。δεινὸς ἀήτης から δεινὸς ἀήτη への corruption が起こることは考えにくい。この場合、ἀήτη のほうが difficilior と考えられるからである。また、Leumann はアリスタルコスの考えの出発点はヘーシオドスの次の詩行であろうと推測している。

Hes. Op. 675
    καὶ χειμῶν᾽ ἐπιόντα Νότοιό τε δεινὰς ἀήτας

ここの δεινὰς ἀήτας は叙事詩の定型句を正しく伝えているとアリスタルコスが判断したという意味である。このようなことから現在の考え方は、男性形 ἀήτης はホメーロス以降に至って初めて形容詞の誤解釈のために本来の女性形 ἀήτη の代わりに創作された形である、という Schmitt の意見に集約されていると言えよう[7]。そして、このことが辞典の改訂に反映しているのである。

近年の校訂者は、δ 567 については πνείοντος を読むことで大体一致している。しかし、Ο 626 については未だ ἀήτης と ἀήτη のどちらを読むか意見は一致していない[8]。その理由の一つは、ヘレニズム期以降の詩人たちの文法的性を確定できる用例は全て男性名詞 ἀήτης である、という点にあるだろう。ヘレニズム期の最初の用例はアポローニオスとカリマコスに残っている[9]。

A. R. 1. 423 – 424
    ἐπιπνεύσειε δ᾽ ἀήτης / μείλιχος.

4. 766 – 767
    ὥς κεν ἀήτας / πάντας ἀπολλήξειεν ὑπ᾽ ἠέρι.

4. 1537 – 1538
    πρήσσοντος ἀητέω / ἂμ πέλαγος νότιοιο.

Call. Fr. 110. 52 – 53 Pf.
    καὶ πρόκατε γνωτὸς Μέμνονος Αἰθίοπος
    ἵετο κυκυλώσας βαλιὰ πτερὰ θῆλυς ἀήτης.

Ⅱ　アリュージョンによるホメーロス・テクストの解釈

　　Call. Del. 318 Pf.
　　　　οὐχ οὕτω μεγάλοι μιν ἐπιπνείουσιν ἀῆται.
何故これほど明確に古典期に使われていた女性形が排除されたのか。謎としか言いようがない。カリマコスとアポローニオス以降の詩人たちは多分この二人の語法を踏襲したものと思われる。それでは彼ら二人は、Ο 626 と δ 567 のテクストの問題を知らなかったのかというと、そうではないらしい。カリマコスの次の詩句は明らかに δ 567 を模倣していると考えられるからである。

　　Call. Ap. 82
　　　　ποικίλ᾽ ἀγινεῦσι ζεφύρου πνείοντος ἐέρσην.
　　δ 567
　　　　ἀλλ᾽ αἰεὶ ζεφύροιο λιγὺ πνείοντος (-ας vulg.) ἀήτας.
そして、ἐέρσην によってホメーロスの ἀήτας が女性名詞であることを暗示しているようにも見えるのである。また、アポローニオスの次の詩句も δ 567 に基づいている。

　　A. R. 4. 837
　　　　νῆα σαωσέμεναι, ζεφύρου λίγα κινυμένοιο.
ζέφυρος と λιγύ、或いはその類語 λιγά, λιγέως 等と ζέφυρος が結びつく例はホメーロスでは δ 567 が唯一の例である。アポローニオスがこれを模倣したことは間違いない。それ故、彼ら二人が ἀήτης の問題を知らなかったはずはないと言ってよい。そして、既に引いたカリマコスの θῆλυς ἀήτης (Fr. 110. 53) はヘレニズム期の初頭以来、議論の対象となっていたことを物語っている。というのは、θῆλυς ἀήτης は「優しい息吹（風）」と訳される。しかし、θῆλυς の原意は「女の、女性の」である。従って、θῆλυς ἀήτης は「女の息吹、風」という意味にもなる。これはカリマコス一流のジョークなのである。つまり、ἀήτης は男性の姿をしているが、実は「女性」であるらしいとでも言っているのであろう。それにも拘らずカリマコスとアポローニオスが男性形を採用した要因は何であったのか。彼らが底本として使ったテク

スト、或いは権威あるテクストには女性形が伝承されていなかったのか。また、ホメーロスにおけるこの言葉の女性形はアリスタルコスの発明であるのか。この問題の明確な答えは無い。

注

1) A Greek - English Lexicon, ninth ed., 1940 Oxford.
   Greek - English Lexicon. A Supplement, 1968 Oxford.
   Greek - English Lexicon. Revised Supplement, 1996 Oxford.
2) Lexikon des frühgriechischen Epos, edd, B. Snell et H. Erbse, 1955 – Göttingen.
3) Schol. A ad O 626 b.
   δεινὸς ἀήτη : ὅτι ἀρσενικῶς δεινὸς ἀήτη, ἀλλ᾽ οὐ δεινή, ὡς κλυτὸς ῾Ιπποδάμεια (B 742). ἔνιοι δὲ ἀγνοοῦντες ποιοῦσι " δεινὸς ἀήτης ". ἀλλ᾽ οὐ δεῖ γράφειν οὕτως.
   アポローニオス・ソピスタも同様の記述を残している。
   Apollon., 12. 3 – 4
   ἀνέμοιό τε δεινὸς ἀήτη ἀντὶ τοῦ δεινή, ὡς " κλυτὸς ᾽Αμφιτρίτη " ἀντὶ τοῦ κλυτή.
4) Schol. H P ad δ 567 τὸ πνειόντος διὰ τοῦ ο πρὸς τὸ ζεφύροιο.
   cf. A. Ludwich, *Aristarchs Homerische Textkritik nach den Fragmenten des Didymos*, I, 1889 Leipzig, 546.
   この読み方はストバイオスとストラボンが記録している。
   Stob. I, 1020 .
   Str. I, 2. 39 ; III, 2. 150.
   一方、πνειόντας という読み方はホメーロスの中世写本以外にも引用によって伝わっている。
   Str. I, 1. 3 : schol. ad Pi. O. 2. 128 : Schol. ad E. Ph. 211.
5) 文法的性が確定できない例。
   Hes. Op. 621 δὴ τότε παντοίων ἀνέμων θυίουσιν ἀῆται.
   Alc. 249. 5 L.– P.]ω κατέχην ἀήταις
   Timoth. 791. 107 Page νῦν ἀήταις / φερόμεθ᾽.
   その他に、
   Pl. Crat. 410b οἱ γὰρ ποιηταί που τὰ πνεύματα ἀήτας καλοῦσιν.
6) 形容詞の男性形が女性形の代わりに使われる例は稀ではない。
   B 742　κλυτὸς ῾Ιπποδάμεια
   δ 442　ὀλοώτατος ὀδμή

ε 422　κλυτὸς Ἀμφιτρίτη
ζ 122　θῆλυς ἀϋτμή
μ 369　ἡδὺς ἀϋτμή
h. Merc. 110 = Hes. Th. 696　θερμὸς ἀϋτμή
etc.

7) M. Leumann, *Homerische Wörter*, 1950 Basel, 268.
R. Schmitt, *Die Nominalbildung in den Dichtung des Kallimachos von Kyrene*, 1970 Wiesbaden, 66 f.
cf. E. Schwyzer, *Griech. Gramm.*, I, 1939 München, 501, Anm. 9.（falschlich ἀήτης）
E. Risch, *Wörtbildung der homerischen Sprache*, 1974 Berlin, 34.（unhomerisch ἀήτης）

8) ἀήτης : Monro – Allen（1920）, van Thiel（1996）.
ἀήτη　: Ameis – Hentze（1905）, Ludwich（1907）, Allen（1931）, West（2000）.

9) 性を確定できない例。
A. R. 1. 335　ὅτε μοῦνον ἐπιπνεύσουσιν ἀῆται. /
　　4. 1263　εἰ καὶ ἀῆται / χερσόθεν ἀμπνεύσειαν.
Call. Dian. 230　ὅτε οἱ κατέδησας ἀήτας. /
　　E. 5. 3　εἰ μὲν ἀῆται. /
その他のヘレニズム期における用例。
Theoc. 2. 38　ἠνίδε σιγῇ μὲν πόντος, σιγῶντι δ' ἀῆται.
　　22. 9　ἄστρα βιαζόμεναι χαλεποῖς ἐνέκυρσαν ἀήταις.
Nic. Th. 421　τὸ δ' ἀπὸ χροὸς ἐχθρὸν ἀῆται. /
更に、オッピアーノスに12例、クウィントス・スミルナイオスに20例、ムーサイオスに5例、[オルフィカ]の「アルゴナウティカ」に4例、ノンノスに90例あるが、性の確定できる例は全て男性名詞である。

8. リノスの歌

「イーリアス」第18歌 569 – 572 行
「アルゴナウティカ」第1歌 536 – 539 行
カリマコス「アルテミス賛歌」240 – 243 行

　ホメーロスの「イーリアス」第18歌に「アキレウスの楯」のエクフラシスがある。この中の 569 – 572 行は、歌い舞いつつ葡萄を収穫する村人たちの喜びに満ちた姿を描いている。この四詩行は後世の詩人たちの手本となり、模倣されて受け継がれた。アポローニオス・ロディオスの「アルゴナウティカ」第1歌 536 – 539 行、カリマコスの「アルテミス賛歌」240 – 243 行、ウェルギリウスの「アエネーイス」第6歌 644 – 647 行がそれである。いずれも四詩行からなっている。

　ところで、これらの詩人たちが模倣し利用したホメーロスの四詩行は文献批判上の問題を含んでいる。それらの問題は古代以来、議論の対象となっている。詩人たちは模倣するにあたってこの四詩行にどのような工夫を加え、また議論の対象となった問題をどのように扱ったのか。以下においては、これらの事について考察する。

Σ 569 – 572

569　τοῖσιν δ' ἐν μέσσοισι πάις φόρμιγγι λιγείῃ
570　ἱμερόεν κιθάριζε, λίνον δ' ὑπὸ καλὸν ἄειδε
571　λεπταλέῃ φωνῇ· τοὶ δὲ ῥήσσοντες ἁμαρτῇ
572　μολπῇ τ' ἰυγμῷ τε ποσὶ σκαίροντες ἕποντο.

　　　570　λίνος Zen.

571   ἁμαρτῇ A : ὁμαρτῇ vulg.

569   そして彼らの真ん中で一人の少年がよく響くポルミンクスを
570   楽しげに奏で、リノスを優美な声で美しく歌った、
571   そして他の者たちは一緒に喜びの声に合わせて舞い踊り
572   足でスキップしながら付き随って行った。

このテクストは「アキレウスの楯」に描かれる絵模様の一つ、若者たちが葡萄を摘み、収穫の祭りをしている光景 (561–572 行) の最後の四行にあたる。上に示した訳は今日一般に受け入れられている解釈に基づいている。スコリアはこのテクストの 570 行の後半部分について議論があったことを伝えている。それによると、ゼーノドトスは λίνον ではなく λίνος と読んだ。これに対しアリスタルコスは、λίνος は「弦」のことではなく「パイーアン」のような一種の賛歌であるとして、ゼーノドトスの考えに反対した[1]。これが第一の問題である。ゼーノドトスの読み方 (λίνος δ' ὑπὸ καλὸν ἄειδε) に従うと、文字通りの意味は「弦が美しく歌う」ということになる。この男性名詞 λίνος は中性名詞 λίνον の同義語で「麻」のことである。従って、ゼーノドトスはここでは麻の「弦」のことを言っている。麻が竪琴の弦の材料に使われたことについてはスコリアにも記述が残っている[2]。また、「弦が歌う (つまり、鳴る)」という表現の類例はホメーロスの「オデュッセイア」にあるので、ゼーノドトスの読み方は不可能ではない。但し、この例ではオデュッセウスが弓に弦を張って、その張り具合を試す場面になっている。

φ 410–411
    δεξιτερῇ δ' ἄρα χειρὶ λαβὼν πειρήσατο νευρῆς·
    ἡ δ' ὑπὸ καλὸν ἄεισε, χελιδόνι εἰκέλη αὐδήν.

しかし、この「麻」という男性名詞 λίνος は中世の辞典の項目以外には殆ど典拠が無い[3]。ホメーロスのハパクスの一つである。一方、中性名詞 λίνον はホメーロスに 8 例あるが、「弦」の意味で使われる例はない。しかし、ゼーノドトスの解釈に従うなら、中世写本の伝承通りに λίνον と読んで、これを

中性名詞の主格と解することもできるであろう。

　ゼーノドトスの解釈は今日では殆ど受け入れられていない。男性名詞 λίνος は「麻」ではなく、伝説上の音楽家「リノス」のこととされている。パウサニアースは、リノスは歌でアポローンに挑戦して殺された、と伝える。スコリアは、リノスが弦の材料として麻の代わりに動物の腸を使ったため神の怒りにふれて殺され、テーバイに葬られたとして、その碑文を紹介している。そして、リノスの運命を悼む歌がそのまま「リノス（の歌）」と呼ばれることになったらしい[4]。リノスの歌の起源は哀悼歌である。リノスの伝説に関してはホメーロス以降、パウサニアース以外に、幾つかの典拠が残っている。最も古い記述はヘーシオドスの断片にある。これによると、リノスはウーラニアーの子であり、哀歌を歌う時、歌い手は皆リノスの歌で始めリノスの歌で終える、とある[5]。ヘーロドトスはリノスの起源を東方（エジプト、フェニキア等）としている[6]。そうすると、リノスを悼む歌は葡萄の収穫を祝う祭りの情景にはふさわしくないとゼーノドトスは考えたのかも知れない。

　570 行の λίνον については解釈上もう一つの問題がある。エウスタティウスが指摘しているように、少年は「美しい（歌い手）リノス」のことを歌ったのか、それとも「リノスという歌を美しく歌った」のか、どちらに解釈すべきか[7]。更に付け加えるなら、「美しいリノスという歌を歌った」と解釈すべきなのか、という問題である。καλὸν ἀείδειν は定型句である。これが詩行末に置かれる例は賛歌を含めると、ホメーロスには 6 例ある。詩行冒頭の例は 2 例ある[8]。これらのうちこの定型句が対格の目的語をとる例は Σ 570 を除くと Α 473（καλὸν ἀείδοντες παιήονα）のみである。この例では第二語と第三語の間にカエスラがくるので、καλὸν を副詞と解してよい。そして、定型句 καλὸν ἀείδειν の καλὸν は概ね副詞として使われている。λίνον に関しては、「リノス（のこと）を歌った」とすべきか「リノスという歌を歌った」と解すべきかは明瞭ではない。

　第二の問題は 571 行の ῥήσσοντες の解釈である。ῥήσσειν は ῥάσσειν

のイオニア方言形であり、賛歌を含めるとホメーロスには Σ 571 以外に残っているのは次の用例のみである。この例も Σ 569 – 572 と類似の文脈の中で使われている。

h. Ap. 514 – 517

ἦρχε δ' ἄρα σφιν ἄναξ Διὸς υἱὸς Ἀπόλλων
φόρμιγγ' ἐν χείρεσσιν ἔχων ἐρατὸν κιθαρίζων
καλὰ καὶ ὕψι βιβάς· οἱ δὲ *ῥήσσοντες* ἕποντο
Κρῆτες πρὸς Πυθὼ καὶ ἰηπαιήον' ἄειδον.

ῥήσσειν は語源が明瞭ではない言葉の一つである。一般には ἀράσσειν「打つ」と結びつけられている。しかし、ヘレニズム期には ῥήσσειν は ῥηγνύναι の別形としても使われたので、多少の混同があった[9]。ホメーロスの ῥήσσοντες はアポローニオス・ソピスタのホメーロス辞典に「打つ」と説明があり、またスコリアとエウスタティウスは更に「足で大地を打つ」と説明する[10]。従って、ホメーロスの例はそのように理解されている。しかし、そうすると 572 行の ποσὶ σκαίροντες とはかなり強度の tautology をなし、不調和な感じがする。一方、ῥηγνύναι は古典期において既に「音、声を発する」という意味に使われている。ヘレニズム期においては φωνὴν ῥηγνύναι というような表現は一般的になってくる[11]。このことを考慮に入れると、ホメーロスの二つの詩行は「彼らは声を発しながら付き従って行った」という解釈も成り立つ。

第三の問題は、ὁμαρτῇ か ἀμαρτῇ か、という異読に関するものである。Σ 571 において、中世写本は ὁμαρτῇ と ἀμαρτῇ の両方の読み方を伝える。このうち最も重要な写本 A は ἀμαρτῇ と読む。この問題はホメーロスの他の三つの個所にもおこる（E 656, Φ 162, χ 81）。これについて「イーリアス」第 5 歌 656 行へのスコリアはメモを残している[12]。それによると、アスカローニテースと多くの人は曲アクセントを付す。しかし、アリスタルコスは ἀμαρτήδην の apocope による形と考えて、鋭アクセントを付した。従って、アリスタルコスによればイオタ無しで書くことにな

る（ἁμαρτή）。けれども、曲アクセントのほうが良い、何故ならこの言葉はἅμαとἀρτῶに由来するから（以上、656a）。更にこれを656b² によって補うと、ヘーローディアーノス派の人々はイオータを加えて曲アクセントを付す（ἁμαρτῇ）。この形が一般に受け入れられて流布した。このようになる。主としてスコリアのこの記述が根拠になって、今日ではホメーロスの四つの個所は全てἁμαρτῇと読まれている。一方、ὁμαρτῇについての記述はスコリアには残されていない。エウスタティウスは、写本にはὁμαρτῇを伝えるものもあり、ὁμοῦと同義である、と記している（592.8 & 20）。ὁμαρτῇは動詞ὁμαρτεῖν「出会う、一致する」の名詞形に由来する副詞である。ὁμαρτεῖνは合成動詞を含めるとホメーロスには用例が五つ残っている（Θ 191, M 400, 412, Ψ 414, Ω 438）。更に、副詞ὁμαρτήδην「一緒に」の用例が一つある（N 584）。但し、アリスタルコスはこれをὁμαρτήτηνと読んだ。これらの言葉、ὁμαρτῇ, ὁμαρτεῖν, ὁμαρτήδηνの語頭のοはアッティカ方言形である[13]。つまり、ὁμός, ὁμοῦの語幹を基にして作られた新しい形である。古い形、ἁμαρτῇ, ἁμαρτεῖν, ἁματήδηνの代用語であるらしい[14]。そして、ホメーロスには動詞ἁμαρτεῖνの用例は残っていない。おそらく、ἁμαρτάνεινのアオリスト形との混同を避けるためであったらしい[15]。

アポローニオスは「アルゴナウティカ」第１歌において、上記ホメーロスの「イーリアス」第18歌の四詩行を利用して次のように作る。

A. R. 1. 536 – 541

536 οἱ δ᾽, ὥς τ᾽ ἠΐθεοι Φοίβῳ χορὸν ἢ ἐνὶ Πυθοῖ

537 ἤ που ἐν Ὀρτυγίῃ ἢ ἐφ᾽ ὕδασιν Ἰσμηνοῖο

538 στησάμενοι, φόρμιγγος ὑπαὶ περὶ βωμὸν ὁμαρτῇ

539 ἐμμελέως κραιπνοῖσι πέδον ῥήσσωσι πόδεσσιν·

540　ὡς οἱ ὑπ' Ὀρφῆος κιθάρῃ πέπληγον ἐρετμοῖς
541　πόντου λάβρον ὕδωρ, ἐπὶ δὲ ῥόθια κλύζοντο.

536　そして、若者たちがポイボスのために或いはピュートーで
537　或いはオルテュギエーで或いはイスメーノスの水のほとりで
538　歌舞団を組み、ポルミンクスに合わせ、祭壇の回りで
539　一緒に拍子よく軽やかな足で大地を打つように、
540　そのように彼らは、オルペウスのキタラーに合わせて櫂で
541　海の泡立つ水を打った、すると波しぶきが上がった。

この一節の最初の四行のシミリがホメーロスの四詩行を手本に作られている。しかし、同時に既に引用した「ホメーロス賛歌」の一節（h. Ap. 514-517）も手本になっているのは明らかである。アポローニオスはここでホメーロスのモチーフと言語表現をどのように受け継ぎ、工夫を加えているのか。

　ホメーロスの一節は若者たちが秋の葡萄の収穫を終えつつ、それを祝う祭りの様子を描く。つまり、平和な生活の営みを語っている。これに対して、アポローニオスのシミリは若者たちがアルゴー船に乗り込んで冒険と戦いの旅へと出発する場面に組み込まれている。いわば、この場面は収穫（金の羊皮の獲得）への出発になっていて、ホメーロスの場面とは対比的な設定になっている。ホメーロスにおいて若者たちが歌う「リノス」は哀悼歌であるが、去りゆく夏の季節を惜しむ歌として広まったようである。しかし、この歌がアポローンと密接な関わりを持っていることは確かである[16]。アポローニオスがホメーロスの四詩行を、アポローンを讃えて歌い舞う若者たちの姿に作り変えたのは、この繋がりを念頭に置いてのことであろう。

　536行の ἠίθεοι はホメーロスの四行の直前にある言葉を受けている。

Σ 567-568
　　παρθενικαὶ δὲ καὶ ἠίθεοι ἀταλὰ φρονέοντες
　　πλεκτοῖς ἐν ταλάροισι φέρον μελιηδέα καρπόν.

次の Φοίβῳ という与格形は賛歌を含めると、ホメーロスでは用例は 1 例のみである（A 443）。アポローニオスはここではホメーロスと同じ詩行位置で使っている。χορὸν … στήσασθαι という句はホメーロスにおいては見慣れない組み合わせである。「歌舞団を形成して」という意味に解されるが、ἱστάναι χορόν という成句はホメーロス以後のピンダロスに至って初めて典拠がある[17]。ホメーロスにおける類例としては、χορὸν περιίσταθ'（Σ 603）があるが、これは「（人々が）歌舞団の回りに立つ」ということで、意味合いが異なる。むしろ、「ホメーロス賛歌」の στήσωνται ἀγῶνα（h. Ap. 150）のほうが類例としては近い。次に、詩行末の ἐνὶ Πυθοῖ はホメーロスの定型句 Πυθοῖ ἐνὶ πετρηέσσῃ（Ι 405, h. Ap. 390）、Πυθοῖ ἐν ἠγαθέῃ（θ 80, h. Hom. 24. 2）に基づいている。前者は詩行末に、後者は詩行冒頭に置かれる。アポローニオスはエピセットを外し、語順を入れ替えてヴァリエーションとしている。彼はこの例を含めて Πυθοῖ をホメーロスと同じく 4 回使う（1. 413, 418, 536, 4. 1704）。また、4 例ともエピセットを付けない。そして、前置詞を伴うのはここの 1 例のみである。

　537 行冒頭の ἦ που ἐν Ὀρτυγίῃ は ἦ που ἐν Ὀρχομενῷ（λ 459）のヴァリエーションである。また、ἐν Ὀρτυγίῃ という句はホメーロスに 2 回使われている（ε 123, h. Ap. 16）。詩行位置も同じで、アポローニオスはこれに倣っている。また、オルテュギエーはアルテミスの聖域であるので、ホメーロスの上記 2 例ではこの句はこの女神に関する文脈で使われている。アポローニオスはこれを双生の神アポローンの文脈に組み入れてヴァリエーションとしている。次の ἐφ' ὕδασιν Ἰσμηνοῖο における Ἰσμηνός はテーバイを流れる河の名で、アポローンの聖域とされている。これは古代叙事詩に典拠が残っていない。文献上の最古の用例はピンダロスである（Pi. N. 9. 22, etc.）。ὕδωρ という言葉が河と結び付けられる類例は、ホメーロスでは Στυγὸς ὕδωρ（ε 185, etc.）という定型句が主である。河については僅かに、ὕδωρ μέλαν Αἰσήποιο（B 825）と ὕδωρ ποταμῶν（h. Cer. 381）がある。また、ホメーロスには ἐφ' ὕδασι という句はなく、ὕδωρ の複数形も使

われていない。

　538行の φόφμιγγος ὕπαι「ポルミンクスに合わせて」という表現の類例はヘーシオドスに典拠が残っている。

　　[Hes.] Sc. 280
　　　　　αἳ δ᾽ ὑπὸ φορμίγγων ἄναγον χορὸν ἱμερόεντα.

アポローニオスの φόρμιγγος は勿論 ホメーロスの φόρμιγγι（Σ 569）を受けてここでは使われている。ところで、この φόρμιγγος ὕπαι はホメーロスの λίνον δ᾽ ὑπὸ καλὸν ἄειδε（Σ 570）と関係がある。前に述べたように、スコリアによるとゼーノドトスは λίνον「リノス」ではなく λίνος「麻」の主格形を読み、「弦が美しく歌った」と解釈した。これに対してアリスタルコスは λίνον を「リノスの歌」の意味であるとして、「それに合わせて優美な声で美しく（或いは、美しい）リノスの歌を歌った」と解釈する。この詩句を「弦が美しく歌った」と解釈したとき、ゼーノドトスは ὑπὸ をどのように理解したのか。この点はスコリアからは読み取ることはできない。Leaf は「高い声に合わせて」と解釈する。つまり、ὑπὸ を次の行の λεπταλέῃ φωνῇ（571）に結び付ける。ホメーロス賛歌の次の詩行は、ゼーノドトスが ὑπὸ をどのように理解したかのヒントになるかも知れない。

　　h. Merc. 419–420
　　　　　ἡ（sc. λύρα）δ᾽ ὑπὸ χειρὸς ／ σμερδαλέον κονάβησε.
　　リュラは（弾く）手に合わせて凄まじい響きをあげた。

これを考慮に入れるならば、ゼーノドトスの読み方は「少年は響きのよい琴を楽しげに奏でた、そして弦はそれに（弾く手に）合わせて高い音で美しく歌った」と解釈することもできる。

　それでは、アポローニオスはこの詩行を利用するにあたってこの問題をどのように考えたのか。彼は φόρμιγγος ὕπαι「ポルミンクスに合わせて」とすることによってホメーロスの ὑπὸ の解釈を示していると思われる。但し、ホメーロスの「（ポルミンクスに）合わせて歌った」という表現を文字通りに模倣することなく、「ポルミンクスに合わせて大地を足で打つ」とするヴァ

リエーションである。しかし、「ポルミンクスに合わせて」という表現を入れることによって、アリスタルコスの「少年は（ポルミンクスに）合わせて（ὑπὸ）美しく（或いは、美しい）リノスの歌を歌った」という解釈を既に示していたと考えられる。アポローニオスはここではゼーノドトスの解釈を採らなかったのである。

　次の περὶ βωμὸν はホメーロスの定型的な表現

　　Α 448　ἔστησαν εὔδμητον περὶ βωμόν.

　　ν 187　ἑσταότες περὶ βωμόν.

より採られている。περὶ βωμὸν という句は賛歌の1例（h. Ap. 510）を含めてホメーロスには3例しかない。詩行末の ὁμαρτῇ は上述したように、ホメーロスの中世写本に ἀμαρτῇ の異読として伝わる読みである。アポローニオスの場合はこれが唯一の用例である。ἀμαρτῇ は一度も使われていない。これが何を暗示するのかは不明である。あるいは ὁμαρτῇ をホメーロスの真正の読みと判断したことへのアリュージョンかも知れない。

　539行冒頭の ἐμμελέως は古代叙事詩には典拠の無い言葉である[18]。一方、κραιπνοῖσι … πόδεσσιν はホメーロスの定型句 ποσ(σ)ὶ κραιπνοῖσι（Ρ 190, Φ 247, Ψ 749）の語順を入れ替えて利用している。また、アポローニオスはホメーロスの手本の一つ、ἤιξεν πεδίοιο ποσὶ κραιπνοῖσι πέτεσθαι「軽やかな足で大地から飛びたった」（Φ 247）とは対照的な表現をしているように見える。ところで、アポローニオスの詩行、κραιπνοῖσι πέδον ῥήσσωσι πόδεσσιν はホメーロスの詩行の解釈と関わりがある。既に述べたように、ῥήσσοντες（Σ 571）がアポローニオスの手本である。この ῥήσ-σειν については、「打つ」と「声を発する」の二つの解釈がある。アポローニオスはここでは ῥήσσοντες を πέδον ῥήσσωσι πόδεσσιν と書くことによって一方の解釈「打つ」を示しているようである。これはスコリアDの解釈でもある[19]。

　以上に見たように、アポローニオスは古代叙事詩の中の様々な要素を踏まえながら、ホメーロスの四詩行を手本にして詩作している。しかし、同時に

II　アリュージョンによるホメーロス・テクストの解釈

ホメーロスのテクストが内包する幾つかの問題の解釈をも詩の中で示しているようである。

アポローニオス・ロディオスの同時代人カリマコスの「アルテミス賛歌」の中にも Σ 569–572 を手本として作ったと思われる詩行がある。

Call. Dian. 237–243
237　σοὶ καὶ Ἀμαζονίδες πολέμου ἐπιθυμήτειραι
238　ἔν κοτε παρραλίῃ Ἐφέσῳ βρέτας ἱδρύσαντο
239　φηγῷ ὑπὸ πρέμνῳ, τέλεσεν δέ τοι ἱερὸν Ἱππώ·
240　αὐταὶ δ', Οὖπι ἄνασσα, περὶ πρύλιν ὠρχήσαντο
241　πρῶτα μὲν ἐν σακέεσσιν ἐνόπλιον, αὖθι κύκλῳ
242　στησάμεναι χορὸν εὐρύν· ὑπήεισαν δὲ λίγειαι
243　λεπταλέον σύριγγες, ἵνα ῥήσσωσιν ὁμαρτῇ.

237　あなたのために、戦いを熱望するアマゾーンたちは
238　かつてエペソスの海辺に、樫の幹の下に像を立てて祀り、
239　ヒッポーが聖なる祭式を執り行った。
240　彼女らは、女王ウーピスよ、像の周りで
241　先ず楯で武装して（戦いの）舞を踊り、その後で輪になって
242　広やかな歌舞団を整えた。すると、それに合わせて鋭い音の
243　ラッパが高く鳴り響いた、彼女らが一緒に足拍子を打つために。

この部分はエペソスに伝わる女神アルテミスの祭祀の故事を歌ったものである。そして、この一節の終りの四行はその言語表現から判断すると、明らかに上掲のホメーロスの「イーリアス」第18歌の四詩行を手本にして作られている。また同時に上述したアポローニオスの四詩行とも密接な関わりがあ

127

ると考えられる。カリマコスとアポローニオスのどちらかが他方を手本にしていることは間違いない。しかし、それぞれの詩の時間上の制作順は確定できないので、どちらが手本としたかは判明ではない。ただ両者の共通の手本がホメーロスであることは確かである。

　ホメーロスは、収穫の秋を迎えて村人たちが楽しげにリノスを歌い舞う平和な光景を描く。これとは対照的にアポローニオスもカリマコスも戦いという文脈にこれを移し替えている。また、前者はアポローンを讃える詩に作り変え、後者はアルテミスを讃える詩にする。つまり、両者のテーマも対照的になっている。これが暗示するように、両者は互いを意識して詩作しているように見える。アポローニオスの περὶ βωμὸν（1. 538）に対して、カリマコスは περὶ πρύλιν（240）とする。しかし、「デーロス賛歌」においては、カリマコスは περὶ βωμὸν … / … ὠρχήσαντο（Call. Del. 312 – 313）という表現も使っている。その一方で、カリマコスの ὠρχήσαντο / … ἐν σακέεσσιν ἐνόπλιον（240 – 241）はアポローニオスの βηταρμὸν ἐνόπλιον εἱλίσσαντο（1. 1135）という表現を連想させる。ところで、カリマコスの σακέεσσιν という複数与格形はホメーロスでは一度しか使われない形である（ξ 477）。カリマコスの場合はこの1例だけが残っているが、アポローニオスもテオクリトスも複数与格はこの形のみを使う[20]。アレクサンドリアの詩人たちがホメーロスの稀な形を好む傾向がここには現れている。

　次に、242行の στησάμεναι χορὸν εὐρὺν はホメーロスには典拠の無い言い回しである。χορὸν εὐρὺν という組み合わせもホメーロスは知らない。στησάμεναι χορὸν という表現の類例は、既に述べたように、最古のものはピンダロスに残っている。そして、この言い回しは既に見たアポローニオスの詩句、χορὸν … / … / στησάμενοι（A. R. 1. 536 – 538）のヴァリエーションにすぎない。つまり、両者は動詞と名詞の順序が入れ替わり、分詞の性が男性が女性に代わっているだけである。おそらくどちらかが他方を手本にしたのであろう。

II アリュージョンによるホメーロス・テクストの解釈

さて、カリマコスの次の詩行はホメーロスの問題に関係する。

242-243 ὑπήεισαν δὲ λίγειαι / λεπταλέον σύριγγες.

これは勿論ホメーロスの次の詩行に基づいている。

Σ 569-571

φόρμιγγι λιγείῃ
ἱμερόεν κιθάριζε, λίνον δ' ὑπὸ καλὸν ἄειδε
λεπταλέῃ φωνῇ.

冒頭の ὑπήεισαν はホメーロスの ὑπὸ … ἄειδε を受けたものであるが、tmesis を避け、更に詩形 ὑπαείδειν を使ってヴァリエーションの効果をねらっている。次の λίγειαι … σύριγγες はホメーロスの φόρμιγγι λιγείῃ のヴァリエーションになっている。語順は入れ替えている。アポローニオスがホメーロスの言葉をそのまま受けて φόρμιγγος を使うのとは対照的である。λίγειαι … σύριγγες という組み合わせは古代叙事詩には典拠が残っていない。あるいはヘーシオドスの次の詩句が類例になる。

[Hes.] Sc. 278

τοὶ μὲν ὑπὸ λιγυρῶν συρίγγων ἵεσαν αὐδήν.

243 行の形容詞 λεπταλέος はホメーロスでは一度しか使われていない言葉（ハパクス・レゴメノン）の一つである。カリマコスはこれを手本にしているホメーロスの詩句（Σ 571）から借りている。この言葉はアレクサンドリアの詩人たちが好んで再利用した稀語の一つでもある[21]。さて、この詩行によってカリマコスが意図していることはホメーロスの λίνον δ' ὑπὸ καλὸν ἄειδε（Σ 570）の解釈であるらしい。既に述べたように、ゼーノドトスは λίνον を λίνος と読んで「弦が歌う」と解釈し、アリスタルコスは λίνος を「リノスの歌」であるとしてその対格をを読み、「少年はリノスの歌を歌った」と解釈した。これについて、アポローニオスは「ポルミンクスに合わせて」という表現によって「リノスの歌を歌った」という解釈を暗示した。これに対して、カリマコスは「よく響くシュリンクス（ラッパ）が甲高く歌った（鳴り響いた）」という表現によってゼーノドトスの解釈を示しているら

しい。つまり、この詩行はアポローニオスと同様にホメーロスの問題へのアリュージョンになっていると考えられる。従って、両詩人は同じ手本によって詩作するが、この問題に関しては互いに反対の意見を示していることになる。但し、彼らがそれぞれの解釈を真正と考えていたかどうかは明らかではない[22]。

最後の詩句 ἵνα ῥήσσωσιν ὁμαρτῇ はホメーロスの τοὶ δὲ ῥήσσοντες ἁμαρτῇ (Σ571) に基づく。カリマコスはここではアポローニオスと同様に読み方の選択の問題ではアッティカ方言形 ὁμαρτῇ を採っている。ところで、カリマコスのテクストには一つ問題が残っている。ῥήσσωσιν は実は de Jan の修正による読み方である。中世写本は全て πλήσσωσιν と読む。この修正の根拠は、前述の τοὶ δὲ ῥήσσοντες ἁμαρτῇ (Σ 571) と更にホメーロス賛歌の ῥήσσοντες ἕποντο (h. Ap. 516) である。πλήσσειν はやはり「打つ」という意味の動詞で、ホメーロスにおいても用例は非常に多い。これに対し、ῥήσσειν は古代叙事詩には上記の2例しか典拠の無いいわば稀語に属する。アレクサンドリアの詩人たちの稀語への嗜好と、ホメーロスの成句、更にはアポローニオスの例を考慮に入れて、今日では de Jan の修正が正しいとして受け入れられている。しかし、πλήσσωσιν をそのまま読むならば、この動詞によってカリマコスはホメーロスの ῥήσσοντες は「声を発する」ではなく「打つ」の意味である、という解釈を仄めかしたという可能性は残っている。

ホメーロスの四詩行はアポローニオス、カリマコスを経て更にウェルギリウスも手本として利用している。次の詩行は「アエネーイス」の冥界訪問の中の一節である。

Verg. Aen. 6. 642 – 647
642　　pars in gramineis exercent membra palaestris,

II　アリュージョンによるホメーロス・テクストの解釈

643　contendunt ludo et fulua luctantur harena ;
644　pars pedibus plaudunt choreas et carmina dicunt.
645　nec non Threicius longa cum veste sacerdos
646　obloquitur numeris septem discrimina vocum,
647　iamque eadem digitis, iam pectine pulsat eburno.

642　ある者は草萌える闘技場で手足を訓練し、
643　黄砂の上で技を競い、格闘する。
644　またある者は足で拍子をとって舞いかつ歌う。
645　それに等しくトラーキアの神官は長い衣を着て
646　七つの異なる音色を拍子に合わせて
647　或いは指で、或いは象牙のばちで打つ。

　この一節はシビュルラに導かれて冥界を訪れたアエネーアースが、ようやく「祝福された人々の住む処」にたどりついて最初に目にする光景を描いている。そして、終りの四行がこれまで扱ってきたホメーロスの四詩行を手本にして作られている。場面はヘレニズムの二人の詩人とは異なり、再びホメーロスと同じ平和な文脈の中に組み込まれている。しかし、ホメーロスが此岸の世界を描いているのに対して、ウェルギリウスは彼岸の世界を描く。この点に一つの対比がある。また、他の三人の詩人たちが楽器の演奏よりも歌舞のほうを詳細に語るのに対して、ウェルギリウスは反対に琴の演奏に重点を置き、歌舞については一行で済ませている。この対比も先人たちの詩行を意識した作業のように見える。

　ウェルギリウスの四詩行の最初の詩句、pedibus plaudunt choreas はホメーロスの「オデュッセイア」第8歌の次の詩行を基にしている。

　θ 264 /　πέπληγον δὲ χορὸν θεῖον ποσίν.

しかし、ホメーロスのこの詩句については一つの問題がある。この場合、χορὸν は「舞」のことなのか、それとも「踊りの場所」を指しているの

か。エウスタティウスは「踊りの場所」とする（1595. 60）。Conington – Nettleship と Austin も同じ考えである。その根拠は上記「オデュッセイア」の詩行の少し前に、λείηναν δὲ χορόν「彼らは踊る場所をならした」（θ 260）とあるからである。一方、Ameis - Hentze - Cauer, Heubeck -West - Hainsworth 等は「踊り」であるとして χορὸν を内部目的語と考えている。ウェルギリウスの場合、chorea は「輪舞」のことであるから、「踊り場を足で打つ」ではなく「足で打って舞を舞う」という意味である。choreas も内部目的語であり、Austin もそのように解釈する[23]。ウェルギリウスはホメーロスの詩句を利用するにあたってそのように解釈したと考えられる。

　ところで、ウェルギリウスの pedibus plaudunt choreas という半詩行には先人たちの表現が凝縮されているように見える。ホメーロスは ῥήσσοντες … ποσὶ σκαίροντες（Σ 571 - 572）と簡単に表現したが、アポローニオスは χορὸν … στησάμενοι … κραιπνοῖσι πέδον ῥήσσωσι πόδεσσιν（1.536 - 539）という言い回しによって詳しくその情況を説明している。一方、カリマコスの κύκλῳ στησάμεναι χορόν … ῥήσσωσιν（Dian. 241 - 243）はアポローニオスよりもよく整理されている。しかし、ヴェルギリウスは先人たちが表現しようとしたことを三語で簡潔にまとめている。

　ホメーロスの「イーリアス」第 18 歌 569 - 572 行に描かれる葡萄の収穫祭りの歌と踊りのモチーフは後世の詩人たちの模倣の対象となった。これは僅か四詩行にすぎないのだが、古代から議論されてきたテクストの解釈上の幾つかの問題を含む。中世写本に伝わる読み λίνον をめぐる問題、ῥήσσοντες の解釈、そして ἁμαρτῇ の異読の問題である。このモチーフを再利用する詩人がこれらの問題をどのように考えたのか。このことは、詩人がこのモチーフをどのように作り変えたか、という問題と同様に興味深いことである。

　アポローニオスはリノスという神話上の人物とアポローンとの関わりから、このモチーフを、アポローンを讃える詩に作り変えた。しかも、ホメー

ロスの平和な光景を、戦いへと出発する若者たちを叙述する文脈に組み入れている。そして様々な言葉の組み替えも同時におこなう。ホメーロスの問題については、φόρμιγγος ὕπαι という表現によって後のアリスタルコスの解釈を既に暗示している。ῥήσσοντες に関しては、「足で大地を打つ」とパラフレーズすることで解釈を示す。また、異読に関しては ὁμαρτῇ を採っている。

　カリマコスの場合は、アポローニオスよりも更にホメーロスとの対比を明確にして詩が組み立てられている。ここではアポローンの双生の女神アルテミスを讃える詩になっている。しかも、歌い舞うのは戦いを熱望するアマゾーンたちであり、彼女らの場合は戦いの踊りである。この中で詩人は ὑπήεισαν … σύριγγες という表現によってゼーノドトスの解釈を暗示していると考えられる。しかし、他の詩の中では後のアリスタルコスの解釈も暗示する。ῥήσσοντες の解釈と ἁμαρτῇ の異読に関してはアポローニオスと同意見であるらしい。カリマコスとアポローニオスの詩は互いを意識して作られたものと思われる。

　ウェルギリウスの場合は、先の二人の詩人とは少し趣が異なる。ホメーロス問題へのアリュージョンは希薄である。詩人は平和な光景を描く。再びホメーロスに戻ったのである。しかし、ホメーロスとは異なり、冥界の叙述の中にこのモチーフを組み込む。ここに他の詩人たちとの違いがある。また、詩の構成の仕方も異なる。先の三人の場合は、歌舞の叙述に重点を置くが、ウェルギリウスはこれを逆転する。歌と舞については一行で済ませ琴の演奏に三行を充てている。しかも、この一行によって先人たちの歌と舞の部分を簡潔にまとめる。そして、オルペウスが琴を奏でる姿を描くことに重点を移している。ウェルギリウスの詩行はホメーロスだけでなく、カリマコスとアポローニオスの詩行をも前提にして考えるべきであろう。

注

1) Schol. A ad Σ 570 a.
   λίνον δ' ὑπὸ καλὸν ἄειδε : παρὰ Ζηνοδότῳ " λίνος δ' ὑπὸ καλὸν ἄειδε ". ὁ δὲ Ἀρίσταρχος βούλεται μὴ τὴν χορδὴν λέγεσθαι, ἀλλὰ γένος τι ὕμνου τὸν λίνον. ὥσπερ εἰ ἔλεγεν παιᾶνα ᾖδεν ἤ τι τοιοῦτον.

2) Schol. ad Σ 570 d[1]. λίνον:
   οἱ μὲν ὅτι τὸ πρῶτον ἀντὶ χορδῶν λίνῳ ἐχρῶντο πρὸς τὴν κιθάραν ἀπομείναντος τοῦ ὀνόματος.
   cf. Eust. 1164.1 ff.
   φασὶ δέ οἱ παλαιοὶ καὶ ὅτι λίνῳ ἀντὶ χορδῆς τῶν παλαιῶν χρωμένων πρὸς τὴν κιθάραν, ὕστερον μείναντος τοῦ ὀνόματος, ἡ χορδὴ λίνον καλεῖται.

3) Suid. λίνος· τὸ δίκτυον.
   Et. Gud. λίνος· τὸ λινάριον.

4) Paus. 9. 29. 6 – 9
   パウサニアースはこの中でリノスの物語について詳細に語る。
   Schol. T ad Σ 570 c[1].
   ὁ δὲ Φιλόχορος ὑπ' Ἀπόλλωνός φησιν αὐτὸν ἀναιρεθῆναι, ὅτι τὸν λίνον καταλύσας πρῶτος χορδαῖς ἐχρήσατο εἰς τὰ ὄργανα. φασὶ δὲ αὐτὸν ἐν Θήβαις ταφῆναι καὶ τιμᾶσθαι ὑπὸ ποιητῶν ἐν θρηνώδεσιν ἀπαρχαῖς. ἐπιγραφή ἐστιν ἐν Θήβαις·

   ὦ Λίνε πᾶσι θεοῖσι τετιμένε, σοὶ γὰρ ἔδωκαν
   ἀθάνατοι πρώτῳ μέλος ἀνθρώποισιν ἀεῖσαι
   ἐν ποδὶ δεξιτερῷ. Μοῦσαι δέ σε θρήνεον αὐταὶ
   μυρόμεναι μολπῇσιν, ἐπεὶ λίπες ἡλίου αὐγάς.

5) Hes. Fr. 305. M.–W.
   Οὐρανίη δ' ἄρ' ἔτικτε Λίνον πολυήρατον υἱόν·
   ὃν δή, ὅσοι βροτοί εἰσιν ἀοιδοὶ καὶ κιθαρισταί,
   πάντες μὲν θρηνεῦσιν ἐν εἰλαπίναις τε χοροῖς τε,
   ἀρχόμενοι δὲ Λίνον καὶ λήγοντες καλέουσιν.

6) Hdt. 2. 79

7) Eust. 1163. 54 f.

8) 詩行冒頭：A 473, τ 519.
   詩行末：Σ 570, α 155, θ 266, h. Merc. 38, 54, 502.
   カエスラの直前：φ 411.

9) Chantraine, *DELG*, II, 967 f.

10) Apollon. 138. 28 : ῥήσσοντες· τύπτοντες.

Schol. D ad Σ 571 - 572 : ῥήσσοντες· ἀντὶ τοῦ κρονοῦντες σὺν ἁρμονίᾳ καὶ τύπῳ τοῖς ποσὶ τὸ ἔδαφος.
Eust. 1164.28 : τὸ ῥήσσοντες ἀντὶ τοῦ σφοδρότερον τὴν γῆν ποσὶ παίοντες.
11) e. g., AP 5. 222. 3 ῥήξαντο φωνήν.
AP 5. 597. 2 θρόον αὐδῆς / … ῥηξαμένη.
12) Schol. A ad E 656 a.
{ καὶ τὸν μὲν } ἁμαρτῇ· τὸ ἁμαρτῇ δασέως. περισπᾷ δὲ καὶ ὁ Ἀσκαλωνίτης καὶ οἱ πλείους. ὀξύνει δὲ ὁ Ἀρίσταρχος βουλόμενος αὐτὸ τοῦ ἁμαρτήδην ἀποκεκόφθαι· διὸ κατ' αὐτὸν χωρὶς τοῦ ῑ γεγράψεται. ἐπικρατεῖ μέντοι τὸ περισπώμενον, γενόμενον παρὰ τὸ ἅμα καὶ τὸ ἀρτῶ.
Schol. b ad E 656 b[2].
ὁ μὲν Ἀρίσταρχος τὸ ἁμαρτῇ χωρὶς τοῦ ῑ γράφει καὶ ὀξύνει, οἱ δὲ περὶ Ἡρωδιανὸν περισπῶσι καὶ προσγράφουσι, παρὰ τὸ ἅμα καὶ τὸ ἀρτῶ περισπώμενον. οὕτως δὲ αὐτὸ καὶ ἡ συνήθεια δέχεται, καὶ τοῦτο ἐπεδράτησεν.
13) cf. P. Chantraine, *Grammaire Homerique*, I, 1958 Paris, 16.
id., *DELG*, I, 70 f.
14) Chantraine, *DELG*, II, 796.
15) W. Leaf, *The Iliad*, vol. II, 1902 London, 312.
16) リノスの歌の詳細については、
cf. M. L. West, *The Orphic Poems*, 1983 Oxford, 56 ff.
17) Pi. P. 9. 114 ἔστασεν γὰρ ἅπαντα χορόν.
Pi. Pa. 2. 63 ἱστάμεναι χορόν.
18) 残存する最も古い典拠は、
Simon. 542. 11 Page (PMG)
οὐδέ μοι ἐμμελέως τὸ Πιττάκειον / νέμεται.
19) Schol. D ad Σ 572
ῥήσσοντες· ἀντὶ τοῦ κροτοῦντες σὺν ἁρμονίᾳ καὶ τύπῳ τοῖς ποσὶ τὸ ἔδαφος.
20) e. g., A. R. 2. 1067, 1081, 3. 1355 : Theoc. 16. 79, 22. 143, 190.
アポローニオスもテオクリトスも σάκεσσι という形は使わない。
21) e. g. Call. Fr. 1. 24, 383. 15 Pf., Dian. 243 : A. R. 2. 31, 3. 709, 875, 4. 169.
22) カリマコスの次の詩行も Σ 570 に基づくものと思われる。
Call. Del. 304 οἱ μὲν ὑπαείδουσιν νόμον Λυκίοιο γέροντος.
これはホメーロスの詩句のもう一方の解釈を採っているらしい。つまり、νόμον はアリスタルコスの解釈における λίνον の代わりになっている。従って、この詩行と Dian. 242 - 243 によって、カリマコスはホメーロスの詩句の両方の解釈を示しているらしい。
23) Conington - Nettleship, *The Works of Virgil*, vol. II, 1884 London, 511.
R. G. Austin, *P. Vergili Maronis Aeneidos Liber Sextus*, 1977 Oxford, 205.
Ameis - Hentze - Cauer, *Homers Odyssee*, I - 2, 1908 Leipzig, 44.

B. Stanford, *The Odyssey of Homer*, vol. I, 1965 London, 338.
Heubeck - West - Hainsworth, *A Commentary on Homer's Odyssey*, I, 1988 Oxford, 363.

9．ニオベー

カリマコス「アポローン賛歌」17-24行
「イーリアス」第24歌614-617行

Call. Ap. 17 – 24

17　εὐφημεῖτ' ἀίοντες ἐπ' Ἀπόλλωνος ἀοιδῇ.
18　εὐφημεῖ καὶ πόντος, ὅτε κλείουσιν ἀοιδοὶ
19　ἢ κίθαριν ἢ τόξα, Λυκωρέος ἔντεα Φοίβου.
20　οὐδὲ Θέτις Ἀχιλῆα κινύρεται αἴλινα μήτηρ,
21　ὁππόθ' ἰὴ παιῆον ἰὴ παιῆον ἀκούσῃ.
22　καὶ μὲν ὁ δακρυόεις ἀναβάλλεται ἄλγεα πέτρος,
23　ὅστις ἐνὶ Φρυγίῃ διερὸς λίθος ἐστήρικται,
24　μάρμαρον ἀντὶ γυναικὸς ὀϊζυρόν τι χανούσης.

17　アポローンへの歌を聞く時、沈黙を守れ。
18　海さえ沈黙を守る、歌人たちがリュコーレイアの
19　アポローンの道具、キタリスや弓を歌い讃える時は。
20　母テティスはアキレウスのことを悲しげに嘆かない、
21　イエー・パイエーオーンを聞くたびに。
22　涙にくれる岩もまた悲痛を滞らせる、
23　プリュギアにあるその濡れた石、
24　口を開けて何か悲しい叫びをあげる女に似た大理石は。

これはカリマコスの「アポローン賛歌」の一節である。この中の最後の三詩

行には二つの問題がある。一つは διερός（23 行）という形容詞の意味の問題である。上記の訳では仮に「濡れた」としてある。LSJ はこの言葉の意味を二つに分類する。1) active, alive 2) wet, liquid の二つである。カリマコスはここではどちらの意味で使用しているのか。これが第一の問題である。第二はこの三詩行のモチーフに関する問題である。この詩行は周知のように、ニオベーの物語へのアリュージョンになっている。ニオベーの物語は詩において好んで取り扱われた題材であるが、その最古のものはホメーロスの「イーリアス」第 24 歌 599－620 行にある。これはヘクトールの遺体を引き取りに来たプリアモスに対してアキレウスが述べる言葉の一節である。スコリアはその中の 614－617 行について古代に議論があったと伝える。つまり、この四詩行は幾つかの理由から真正ではなく、後世に挿入されたものであるとして、アリストファネースとアリスタルコスは削除したとスコリアは記録している。

　以下においては、カリマコスのニオベーに言及する詩行中の διερός という言葉とホメーロスの四詩行の問題との関係について検討する。

　διερός という形容詞の用例は古典期、ヘレニズム期を通してノンノスを除くと多くない。最古の用例はホメーロスにある。2 例残っている。
　　ζ 201－203

　　　οὐκ ἔσθ᾽ οὗτος ἀνὴρ διερὸς βροτὸς οὐδὲ γένηται,
　　　ὅς κεν Φαιήκων ἀνδρῶν ἐς γαῖαν ἵκηται
　　　δηϊοτῆτα φέρων· μάλα γὰρ φίλοι ἀθανάτοισιν.
　　　パイアークス人たちの土地へ戦いを持ってくるような死すべき人間にして生ある者は居ないし、また生まれてくることもないでしょう。
　　　彼らは不死なる神々にとても愛されているのですから。
ここでは、διερός を「生ある、生きている」の意に解すると文脈に合う。これはスコリアが伝える解釈である [1]。

ι 43 – 44

ἔνθ' ἦ τοι μὲν ἐγὼ διερῷ ποδὶ φευγέμεν ἡμέας
ἠνώγεα, τοὶ δὲ μέγα νήπιοι οὐκ ἐπίθοντο.

そこで本当に私は、我々はすばやい足で逃げるべきだと
命じたのですが、とても愚かなことに彼らは従わなかったのです。

ここでは、注釈者たちは概ね「速い、機敏な」と解釈するが[2)]、スコリアは ποδί が何を指すかを含めて様々な解釈を伝えている[3)]。

ヘーシオドスの使用例は一つだけ伝わっている。

Hes. Op. 458 – 461

εὖτ' ἂν δὴ πρώτιστ' ἄροτος θνητοῖσι φανήῃ,
δὴ τότ' ἐφορμηθῆναι, ὁμῶς δμῶές τε καὶ αὐτός,
αὔην καὶ διερὴν ἀρόων ἀρότοιο καθ' ὥρην,
πρωὶ μάλα σπεύδων, ἵνα τοι πλήθωσιν ἄρουραι.

耕作の時期が人間に示されたなら直ちに、
その時に急ぎ仕事にかかれ、おまえ自身も下僕たちも同様に、
耕作の季節に合わせて乾いた畑と湿った畑を耕して、
朝早くから精を出せ、畑が実りで満ちるために[4)]。

ここでは διερός は αὖος「乾いた」と対立する言葉として「濡れた、湿った」の意味に解される。これと類似の対比はアナクサゴラースにも残っている[5)]。

ヘーシオドス以降の διερός の用例は僅かしか残っていないが、その意味は主として「濡れた、湿った」である[6)]。唯一の例外はイービュコスの詩句に残っている。

Ibyc. 282（a）. 25 – 6 Page（PMG）

θνατὸς δ' οὔ κ[ε]ν ἀνὴρ
διερό[ς] τὰ ἕκαστα εἴποι.

ここでは、διερός の意味は「生きている、生き生きした」である。但し、この詩句は上記のホメーロス（ζ 201）の模倣である。

ヘレニズム期においても、ノンノスを別にすれば用例はあまり残っていない。アポローニオスに3例、テオクリトスに1例ある。いずれも ὑγρός "wet" の意である[7]。カリマコスには3例残っている[8]。断片239と「ゼウス賛歌」24行の場合は "wet" と解される。第三の例は既に引いた「アポローン賛歌」23行である。

ὅστις ἐνὶ Φρυγίῃ διερὸς λίθος ἐστήρικται.

ここでも "wet" という意味が当てはまる。これは直前の句 ἐνὶ Φρυγίῃ との言葉遊びになっているらしい。Φρυγίη は φρύγιος ("dry") より派生している地名と考えられるからである[9]。しかし、ここでは "active, alive" という解釈も当てはまる可能性を秘めている。このことについては後で述べる。

更に、「ギリシア詞華集」、コルートス、オッピアーノス、ノンノスの用例も同様に "wet" という意味で使われている[10]。但し、この中の1例については解釈が分かれる。

A P 7. 123. 1–2 (Diog. Laert.)
καὶ σύ ποτ', Ἐμπεδόκλεις, διερῇ φλογὶ σῶμα καθήρας
πῦρ ἀπὸ κρητήρων ἔκπιες ἀθάνατον.

1行目の διερῇ φλογὶ はどう解釈すればよいのか。P. Chantraine は「驚くべき撞着語法」であると言う。「湿った炎」というより「流れる液体のごとき炎」ということであろう。2行目で「あなたは盃から不死なる火を飲んだ」と言っているから、「炎」を「流動物」に喩えていると思われるからである。W. R. Paton はこれを "liquid flame" と訳出する。しかし、ビュデ版は "flamme agile" と訳す[11]。

以上、διερός の用例について概観した。LSJ が分類しているように、この言葉の意味は "active, alive" と "wet, liquid" の二つに分けられる。しかし、語源学はこの意味の相違になんら矛盾を感じていない。διερός を διαίνειν ("to wet, moisten") の派生語とし、むしろここから "alive, active" あるいは "vigorous" という意味に発展したと考える。これは古代人が水は生命と深く関わっていると考えた証拠でもある[12]。

II アリュージョンによるホメーロス・テクストの解釈

　カリマコスが「アポローン賛歌」において触れるニオベーの物語は古来多くの詩人が題材として取り上げた。伝存する最古のものはホメーロスにある。カリマコスの三行がこれを念頭において作られたことは想像に難くない。それでは、カリマコスの詩行はホメーロスのニオベーの扱いに関する何らかの問題へのアリュージョンになっているのか、これが次の問題である。

　「イーリアス」第24歌599-620行において、アキレウスはヘクトールの遺体を引き取りに来たプリアモスを慰めた後、食事を勧める。その中で、12人の子を失ったニオベーでさえも食事を思い出したのだから、と述べてこの物語に言及する（602-617）。この一節の最後の四詩行（614-617）を古代の研究者は問題にした。

Ω 613-617

613　ἡ δ' ἄρα σίτου μνήσατ', ἐπεὶ κάμε δάκρυ χέουσα.
614　νῦν δέ που ἐν πέτρῃσιν, ἐν οὔρεσιν οἰοπόλοισιν,
615　ἐν Σιπύλῳ, ὅθι φασὶ θεάων ἔμμεναι εὐνὰς
616　νυμφάων, αἵ τ' ἀμφ' Ἀχελώϊον ἐρρώσαντο,
617　ἔνθα λίθος περ ἐοῦσα θεῶν ἐκ κήδεα πέσσει.

613　その彼女さえ食事を思い出した、涙を流し疲れた後で。
614　しかし今は人も通わぬ山中の岩の中で、シピュロス山に、
615　そこにはアケローオス河のほとりで舞い踊る女神たちの、
616　ニンフたちの臥所があると言われているところ、
617　そこで彼女は石になっても神々が送った悲嘆を心に抱いている。

　この四詩行をアリストファネースとアリスタルコスは、真正ではなく後世の挿入であると断定して削除したとスコリアは伝えている[13]。これによる

と削除の理由は六点になる。1）この四詩行は ἡ δ' ἄρα σίτου μνήσατ', ἐπεὶ κάμε δάκρυ χέουσα（613）と矛盾する、何故なら、石になったニオベーはどのようにして食事をするのか。2）「食事をしなさい、というのはニオベーも食事をして石になったのだから」という慰め方は馬鹿げている。3）この文体、特に ἀμφ' Ἀχελώιον ἐρρώσαντο（616）はヘーシオドスの語法である。4）ἐν が3回反復して使われるのは異例である。5）石に化したニオベーがどのようにして心に悲嘆を抱けるのか。6）アイトリアにあるアケオーロスを何故シピュロスにあるとするのか。

これらの削除理由を受け入れて古代の学者の意見に従う近代の研究者もいる[14]。また、この四行がアキレウスのスピーチを構成する Ring Composition を壊すということも削除を受け入れる理由になっている[15]。一方、古代のこの削除に対して W. Leaf は厳しく反論する[16]。1）について Leaf は言及していないが、食事を思い出した時点でニオベーが石になっていたということは文脈からは確定できないから、これは問題にならない。2）食事を断つことは哀悼者の義務を軽視することである。落胆する人の典型であるニオベーでさえ食事をした。また、ニオベーは罰によってではなく自身の祈りで石に変えられた。それ故、ニオベーへの言及がプリアモスに食事を勧めることと矛盾することはない。3）ἐρρώσαντο を「踊る」の意味で使うのはヘーシオドスの語法である[17]。しかし、これは ῥώομαι のホメーロスにおける "move nimbly" という意味の極めて自然な分化であって何ら矛盾するものではない[18]。4）ἐν の反復については X 503–504 に類例がある[19]。5）ニオベーが石になったのは悲しみのためである。そのため彼女の悲しみは石の中で不死となり、プリアモスの悲しみのように継続するのである。6）アケオーロスという名は多くの河の名として使われるから矛盾はない。従って、この四行がアキレウスの口から発せられる点に何らの矛盾は無く、むしろ不可欠の要素になっている。というのは、子供たちを失って悲嘆を抱くニオベー（617 θεῶν ἐκ κήδεα πέσσει）の姿は、息子を失って悲しみにくれるプリアモス（639 κήδεα μυρία πέσσω）の姿と呼応しているからである。

II　アリュージョンによるホメーロス・テクストの解釈

以上が古代のこの四詩行の削除理由に対する近代の反論である。しかしながら、この四詩行はアキレウスのスピーチの Ring Composition を崩すという事実が残ることは確かである。

エウスタティウスはホメーロスのこの四詩行について次のような注釈を残している。これは、シピュロス山の或る岩が遠くから見ると涙を流している女に見えることから叙事詩人の誰かがこの岩をニオベーに結びつけて作った話である。しかしこれに近寄って見るなら、単なる岩に水が注いでいるにすぎない。また、旅行家パウサニアースはこの岩を実際に見たと述べ、類似の記述をしている[20]。古典期の詩人たちは好んでこの題材を取り扱ったようであるが、文学的に扱われた詩句はソポクレースの悲劇に二つ残っているのみである[21]。

ホメーロスのこの四詩行に対する古代の学者たちの批判には当を得たとは思えない部分がある。特に第五の非難の理由である。つまり、

Ω 617 ἔνθα λίθος περ ἐοῦσα θεῶν ἐκ κήδεα πέσσει

に関するものである。石になったニオベーがどのようにして悲哀を持ち続けられるのか、つまり石が感情や思考能力を持ちうるのか、という問いは少し的外れであろう。文学的な想像の世界を実証的な見地から問いただすことになるからである。それ故、Leaf の反論も歯切れが悪くならざるを得ないのである。

ところで、これらの問題をカリマコスの時代の学者たちはどのように考えていたのか。というより、彼らはこの問題を知っていたのか。このことに関しては資料が残っていないので明らかではない。しかし、ピレータースに次のような断片が残っている。

Philet. Fr. 2. 1 – 2 Powell

ἀλλ' ὅτ' ἐπὶ χρόνος ἔλθῃ, ὅς ἐκ Διὸς ἄλγεα πέσσειν
ἔλλαχε, καὶ πενθέων φάρμακα μοῦνος ἔχει.

この断片の第1行後半部の ἐκ Διὸς ἄλγεα πέσσειν という言い回しはホメーロスの詩行 θεῶν ἐκ κήδεα πέσσει（Ω 617）に拠って作られていると考えられる。そうすると、ピレータースはホメーロスの問題の四詩行を知っていたと推定される。つまり、彼の時代にはこの四詩行がホメーロスのテクストとして伝わっていたということになる。ピレータースは前340年頃コス島に生まれた詩人・学者であり、プトレマイオス二世の教育係であった。また、ゼーノドトス、テオクリトス等の師でもあった。従って、カリマコスも当然この四行を知っていたはずである。

　カリマコスの時代に既にこの四詩行の問題が議論の対象になっていたかどうかについては確かめる術はない。カリマコスが活動した時期はプトレマイオス二世の治下（前285 – 246）である。後年アリストファネース（前257 – 180）の研究を受け継いでアリスタルコス（前216 – 144）がアレクサンドリアにおける過去のホメーロス研究を集大成したと推測される。ヘレニズム期におけるホメーロス研究の歴史の中でカリマコスも当然重要な役割を担ったことは推測に難くない。そして彼もまたこの四行の問題をよく知っていたことであろう。

　既に述べたように、カリマコスの「アポローン賛歌」22 – 24行はニオベーへの言及であることは明らかである。この中でニオベーは、δακρυόεις … πέτρος「涙に満ちた岩」（22）、διερὸς λίθος「濡れた石」（23）、μάρμαρον ἀντὶ γυναικός「女のような（女に姿の似た）大理石」（24）と三通りに表現されている。これによると、この石は濡れていて、女性の姿に似た大理石であるので、涙を流している女に見える、とカリマコスは述べている。これは後のパウサニアースとクウィントス・スミュルナイオスの叙述に似ている。前にも述べたよう ὅστις ἐνὶ Φρυγίῃ διερὸς λίθος ἐστήρικται（23）の Φρυγίη は φρυγιός（"dry"）の同族語と考えられることから、ここでは反対の意味を持つ言葉が並列されていて、一つの言葉遊びを形作っている。つまり、「その濡れた石は乾いた地方（プリュギエー）にある」ということになる。しかしこの詩行には更にもう一つの言葉遊びが含まれている。ヘーシオ

Ⅱ アリュージョンによるホメーロス・テクストの解釈

ドス以降、διερός は主として "wet" の意味に使われるので、διερὸς λίθος は一般に "wet stone"「濡れた石」と訳される。しかし、この詩句のモデルは明らかにホメーロスの διερὸς βροτός（ζ 201）であると考えられる。両者ともヘクサメトロンの同じ詩行位置に置かれているのである。ホメーロスの詩句は「生きている死すべき者」という意味である。διερός の用例はホメーロスに2例しか残っていない。カリマコスの読者は διερὸς λίθος という言い回しを聞いて直ぐにホメーロスの διερὸς βροτός を思い起こしたことであろう。カリマコスはホメーロスの詩句を模倣することによって「生きている石」という意味をも仄めかしていると考えられるのである。石になったニオベーがどうして食事をし、また感情を持ちうるのかという学者達の議論に対して、カリマコスは「石に姿を変えられたが実はニオベーは生きているのだ」とジョークを飛ばしているらしい。この種のジョークはカリマコスでは珍しいことではない（「アリタルコスの風」を参照」）。こうしてみると、カリマコスのニオベーへの言及は特にニオベーを扱うホメーロスのテクストに関する議論へのアリュージョンであると考えられるのである。

　石に姿を変えた後もなお嘆きつづけるというニオベーの伝説はその後も詩人たちの題材になった。しかし、石がどうして感情を持ちうるのかというようなことに拘泥しながらこの題材を利用する詩人はいない。
　オウィディウスは「変身物語」の中でニオベーが石と化してゆく様子を詳細に叙述する。

Ovid. Met. 6. 303 – 312

>
> deriguitque malis ; nullos mouet aura capillos,
> in uultu color est sine sanguine, lumina maestis
> 305　stant inmota genis, *nihil est in imagine uiuum.*
> ipsa quoque interius cum duro lingua palato
> congelat, et venae desistunt posse moveri ;

> nec flecti ceruix nec bracchia reddere motus
> nec pes ire potest ; intra quoqe viscera saxum est.
> 310 *flet* tamen et ualidi circumdata turbine venti
> in patriam rapta est ; ibi fixa cacumine montis
> liquitur, et lacrimas etiam nunc Marmora manant.
> ニオベーは不幸ゆえにその身は硬直し、そよ風が髪を
> 靡かすこともなくなり、顔も血の気が失せ、頬は悲しげに
> 見えても目は動かず、その姿には生きている印は何もない。
> 顎はこわばり、口の中で舌も硬くなり、
> 血管は血の流れを止めた。
> 首は曲がることなく、腕は再び動くこともなく、
> 歩くこともできない。そして内臓も石と化した。
> けれども彼女は泣き続ける、そして激しいつむじ風に運ばれて
> 故国へと連れ戻された。そこで山の頂に坐って泣いている。
> そして今もなお大理石となって涙を流し続けている。

オウィディウスは305行において、その姿を見る限り生きている部分は何も無いと述べる。そして310行では、しかし彼女は泣きつづけている、と述べる。

　古代末期の叙事詩人ノンノスはその石が感情を持っていることを更に明瞭に描写している。

> Nonn. D. 12. 79 – 81
>
> καὶ Νιόβη Σιπύλοιο παρὰ σφυρὰ πέτρος ἐχέφρων
> δάκρυσι λαϊνέοισιν ὀδυρομένη στίχα παίδων
> στήσεται οἰκτρὸν ἄγαλμα.
> そしてニオベーはシピュロス山の麓で、心を持つ石となって、
> 石の涙で並んでいる子供たちを嘆きつつ
> 悲しみの姿を留めるだろう。
>
> ib. 14. 272 – 273
>
> καὶ λίθος Ἰνδὸν ὅμιλον ἐριδμαίνοντα Λυαίῳ

II アリュージョンによるホメーロス・テクストの解釈

δακρυόεις ὁρόων βροτέην πάλιν ἴαχε φωνήν.
その石はリュアイオスに戦いを挑むインドの軍勢を
見て、涙にくれつつも、再び人間の声を発した。

最初の例における 79 行の πέτρος ἐχέφρων はカリマコスの διερὸς λίθος を言い換えているらしい。そうすると、カリマコスの詩句を解釈している可能性もある。

注

1) Schol. H ad ζ 201.
   οὐκ ἔσθ᾽ οὗτος ἀνήρ διερός] ὁ ζῶν, ὡς ἐκ τοῦ ἐναντίου ἀλίβαντες οἱ νεκροί.
   Schol. B ad ζ 201.
   οὐκ ἔστιν ἄνθρωπος ἐκεῖνος ἄρτι ζῶν, οὐδὲ γεννηθήσεται, ὃς μέλλει τολμῆσαι ἀγαγεῖν εἰς χώραν ἡμῶν πόλεμον.
2) e. g., J. B. Hainsworth.
3) cf. Schol. P Q V ad ι 43.
   διερῷ ποδὶ] μεταφορικῶς τῇ νηΐ. οἱ δὲ διερῷ τῷ ὀξεῖ καὶ ταχεῖ· οἱ δὲ ζῶντι, ἐπεὶ ξηροὶ οἱ ἀποθανόντες. καὶ γὰρ ἑτέρωθι διερὸς βροτός (ζ 201) φησίν.
   schol. Q V ad ι 43 : οἱ δὲ τῇ κώπῃ. οἱ δὲ τῷ διερῷ ἐκ τῆς θαλάσσης πρὶν ξηρανθῆναι τὴν ἐκ τῆς βάσεως ὑγρασίαν. λέγει δὲ τὸν ἱδρῶτα.
   Schol. T ad ι 43 : τῇ νηΐ· καὶ γὰρ ἄλλως ἵππους τὰς ναῦς. οἱ δὲ δι᾽ ὑγροῦ καὶ ζῶν, πρὶν ὑπὸ πολεμίους γενέσθαι· καὶ γὰρ ξηροὶ οἱ νεκροί, καὶ διερὸς βροτός (ζ 201) ὁ ζῶν.
   Schol. B Q ad ι 43.
   ἄλλως. διερῷ ποδί, ἤτοι τῷ πηδαλίῳ, ἵν᾽ ᾖ ἀπὸ μέρους τοῖς πλοίοις.
4) 460 行は M. L. West に従って、αὐην δαὶ διερήν に ἄροσιν 或いは ἄρουραν を補って訳した。
5) Anaxag., D – K II, 34. 19 (ἡ σύμιγγξ) τοῦ τε διεροῦ καὶ τοῦ ξηροῦ.
   D – K II, 39. 1 (ἀποκρίνεται) ἀπὸ τοῦ διεροῦ τὸ ξηρόν.
6) A. Eu. 263 τὸ διερὸν (sc. αἷμα) πέδοι χύμενον οἴχεται.
   Ar. Nu. 337 εἶτ᾽ ἀερίας διεράς, γαμψοὺς οἰωνοὺς ἀερονηχεῖς.
   id. Av. 213 ἐλελιζομένη διεροῖς μέλεσιν γένυος ξουθῆς.
   これらの例には流動の意味が含まれている。

7) A. R. 1. 184   ἴχνεσι τεγγόμενος διερῇ πεφόρητο κελεύθῳ.
   2. 1099   ὕδατι σημαίνων διερὴν ὁδὸν Ἀρκτούροιο.
   4. 1457   καί πού τις διεροῖς ἐπὶ χείλεσιν εἶπεν ἰανθείς.
   cf. Schol. ad A. R. 1. 184.
               διερῇ πεφόρητο : διερὴ κυρίως ἡ ἐκ Διὸς γιγνομένη κάθυγρος γῆ,
               ἐξ οὗ καὶ διαίνω τὸ βρέχω.
   Theoc. 17. 80 Νεῖλος ἀναβλύζων διερὰν ὅτε βώλακα θρύπτει.
8) Call. Fr. 239 Pf. διερὴν δ᾽ ἀπεσείσατο λαίφην.
   cf. A. Hollis, *Callimachus Hecale*, 1990 Oxford, 167.
   Call. Jov. 24 πολλὰ δὲ Καρίωνος ἄνω διεροῦ περ ἐόντος.
9) φρύγιος· ξηρός (Hsch.)
10) AP II 67 ; VI 316. 1 ; VII 123. 1 ; IX 86. 3, 276. 2, 532. 2.
    Coluth. 359 : [Opp.] H. 1. 5, 426 ; 2. 445, 599 ; 3. 375 ; 5. 345, 491 ; C. 2. 566.
    Nonnos には 58 例ある。
11) Chantraine, *DELG*, I, 1968 Paris, 281.
    W. R. Paton, *The Greek Anthology*, II, 1937 London, 73.
    Walz - Desrousseaux - Dain - Camelot - Places, *Anthologie Grecque*, IV, 1960 Paris, 108.
12) cf. Hsch. διερός· λαμπρός, ζῶν, περιφανής.
               διερόν· ὑγρόν, χλωρόν, ζωόν, ἔναιμον· ὑγρὸς γὰρ ὁ ζῶν.
        EM 274 : οἱ γὰρ ζῶντες ὑγροί, αὗοι δ᾽ οἱ τεθνεῶτες. παρὰ τὸ διαίνω, τὸ
        ὑγραίνω, γίνεται διαρός, ὡς μιαίνω μιαρός. καὶ τροπῇ διερός.
        Chantraine, op. cit.
        Schol. ad ζ 201.
        R. B. Onians, *The Origins of European Thought*, 1954 Cambridge, 254 f.
13) Schol. A ad Ω 614 – 617 a . νῦν δέ που ἐν πέτρῃσιν < – πέσσει > · ἀθετοῦνται στιχοὶ
    τέσσαρες, ὅτι οὐκ ἀκόλουθοι τῷ " ἡ δ᾽ ἄρα σίτου μνήσατ᾽, <ἐπεὶ κάμε δάκρυ
    χέουσα> " (Ω 613) · εἰ γὰρ ἀπελιθώθη, πῶς σιτία προ<σ>ηνέγκατο; καὶ ἡ
    παραμυθία γελοία· φάγε, ἐπεὶ καὶ ἡ Νιόβη ἔφαγε καὶ ἀπελιθώθη. ἔστι δὲ καὶ
    Ἡσιόδεια τῷ χαρακτῆρι, καὶ μᾶλλόν γε τὸ ἀμφ᾽ " Ἀχελώιον ἐρρώσαντο "
    (616). καὶ τρὶς κατὰ τὸ συνεχὲς τὸ ἐν (614, 615). πῶς δὲ καὶ λίθος γενομένη
    " θεῶν ἐκ κήδεα πέσσει " (617) ; προηθετοῦντο δὲ καὶ παρ᾽ Ἀριστοφάνει.
    Schol. b T ad Ω 614 – 617 b : νῦν δέ που ἐν πέτρῃσιν < – πέσσει > · ἀθετοῦνται τέσ-
    σαρες. πῶς γὰρ ἡ λίθος τροφῆς ἐγεύσατο (cf. Ω 602, 613) ; b T
    τί δὲ ὁ Αἰτωλῶν ποταμὸς ἐν Σιπύλῳ ποιεῖ (cf. 616) ; T πῶς τε λίθος οὖσα
    " κήδεα πέσσει (617)" ; b T
14) e. g. Ameis - Hentze - Cauer, *Homers Ilias*, ad loc.
    P. Cauer, *Grundfragen der Homerkritik*, 1921 – 1923 Leipzig, 575.
15) 614 – 617 行を除く場合、アキレウスのスピーチの構成は次のようになっている。
    A   あなたの息子は自由である。明朝あなたは息子に会える (599 – 601a)

  B 今は食事を思い起こそう（601）
  C ニオベーさえ食事を思い起こした（602）
  D ニオベーの物語（603 – 612）
  C ニオベーは泣き疲れた後、食事を思い起こした（613）
  B さあ我々も食事を思い起こそう（618 – 619a）
  A その後、あなたは息子を連れ帰り、悼むことができる。彼は沢山の涙に値する
   （619b – 620）
以上のごとく Ring Komposition を形成している。そして、問題の 614 – 617 行は、後半のＣとＢの間に入るので、このバランスを崩すことになる。

16）W. Leaf, *The Iliad*, vol. II, 1902 London, ad loc.
 更に、N. Richardson (*The Iliad : A Commentary*, vol.IV, 1993 Cambridge, ad loc.) はこれを補足する。
17）cf. Hes. Th. 7 – 8
   ἀκροτάτῳ Ἑλικῶνι χοροὺς ἐνεποιήσαντο
   καλοὺς ἱμερόεντας, ἐπερρώσαντο δὲ ποσσίν.
 更に、h. Ven. 261 καί τε μετ' ἀθανάτοισι καλὸν χορὸν ἐρρώσαντο.
18）Α 529, Λ 50, Π 166, Σ 411, Ψ 367, ψ 3, ω 69.
19）Χ 503 – 504 εὕδεσκ' ἐν λέκτροισιν, ἐν ἀγκαλίδεσσι τιθήνης,
      εὐνῇ ἔνι μαλακῇ, θαλέων ἐμπλησάμενος κῆρ.
エウスタティウスはむしろこの四詩行における前置詞を伴う三つの与格の反復、二つの属格によるバランスのよい構成を称賛している。
  Eust. 1367. 18ff.
   ὅρα … ὅτι τὴν μυθικὴν εἴτε ἀφέλειαν, εἴτε γλυκύτητα καλοῖς, ὁ ποιητὴς
   ἐκόσμησε σχήμασιν, ἡγουν παρίσοις, τρισὶ μὲν κατὰ πτῶσιν δοτικήν,
   πέτρῃσιν, οὔρεσιν, οἰοπόλοισιν, δυσὶ δὲ κατὰ γενικήν, θεάων, νυμφάων,
   ἔτι δὲ καὶ ἐπανοφορᾷ τῇ κατὰ πρόθεσιν, ἐν πέτραις, ἐν ὄρεσιν, ἐν
   Σιπύλῳ.
20）Eust. 1368. 11ff.
   ἕτεροι δὲ ἄκρον τι πετρῶδες περὶ τὸ Σίπυλον εἶναι φασίν, ὅ περ ἄκρον
   φαντασίαν τε γυναικὸς πέμπειν τοῖς πόρρω καὶ ὕδωρ καταλείβειν, καὶ
   οὕτω μῦθον διαδοθῆναι, τὴν Νιόβην εἰς ἐκεῖνον τὸν λίθον μεταβεβλῆσθαι,
   καὶ καταστάζειν ἔτι δάκρυον, πενθοῦσαν ἐπὶ τῷ τῶν παίδων ὀλέθρῳ.
   καὶ τοιοῦτον μέν, φασί, τὸ ἀκρωτήριον τοῖς ἕκαθεν βλέπουσιν. εἰ δέ
   τις πελάσει, ἐσκέδασται ἡ φαντάσια, καὶ ὁρᾶται τὸ ἀκριβές, πέτρα
   δηλαδή, ἀφ' ἧς ὕδωρ ἐκπιδύον κάτω φέρεται. οὕτω θεραπεύει τὸν μῦθον
   τῶν τις παλαιῶν ἐποποιῶν, κτλ.
  Paus. 1. 21. 3
   ταύτην τὴν Νιόβην καὶ αὐτὸς εἶδον ἀνελθὼν ἐς τὸν Σίπυλον τὸ ὄρος·
   ἡ δὲ πλησίον μὲν πέτρα καὶ κρημνός ἐστιν οὐδὲν παρόντι σχῆμα

παρεχόμενος γυναικὸς οὔτε ἄλλως οὔτε πενθούσης· εἰ δέ γε πορρωτέρω γένοιο, δεδακρυμένην δόξεις ὁρᾶν καὶ κατηφῆ γυναῖκα.
スミュルナのクウィントゥスも類似の叙述をしている。

Q. S. 1. 293 – 306
    μιχθεῖσ' ἐν λεχέεσσιν ὑπαὶ Σιπύλῳ νιφόεντι,
    ἧχι θεοὶ Νιόβην λᾶαν θέσαν, ἧς ἔτι δάκρυ
295 πουλὺ μάλα στυφελῆς καταλείβεται ὑψόθε πέτρης,
    καί οἱ συστοναχοῦσι ῥοαὶ πολυηχέος Ἕρμου
    καὶ κορυφαὶ Σιπύλου περιμήκεες ὧν καθύπερθεν
    ἐχθρὴ μηλονόμοισιν ἀεὶ περιπέπτατ' ὀμίχλη·
    ἡ δὲ πέλει μέγα θαῦμα παρεσσυμένοισι βροτοῖσιν,
300 οὕνεκ' ἔοικε γυναικὶ πολυστόνῳ ἥ τ' ἐπὶ λυγρῷ
    πένθεϊ μυρομένη μάλα μυρία δάκρυα χεύει·
    καὶ τὸ μὲν ἀτρεκέως φῂς ἔμμεναι, ὁππότ' ἄρ' αὐτὴν
    τηλόθεν ἀθρήσειας· ἐπὴν δέ οἱ ἐγγὺς ἵκηαι,
    φαίνεται αἰπήεσσα πέτρη Σιπύλοιό τ' ἀπορρώξ.
    ἀλλ' ἡ μὲν μακάρων ὀλοὸν χόλον ἐκτελέουσα
    μύρεται ἐν πέτρῃσιν ἔτ' ἀχνυμένη εἰκυῖα.

21) S. El. 150 – 152 ; Ant. 823 – 833.

10. コルキスの霧

「オデュッセイア」第8歌 14 – 17・37 – 42・139 – 143 行
「アルゴナウティカ」第3歌 210 – 214 行

　ホメーロスの叙事詩に、困難な立場に置かれた英雄を神が霧に包み隠して救う、というモチーフがある。次に示す「オデュッセイア」第7歌 14 行以下はその典型的な例である。
　身一つでパイエークス人の島に漂着したオデュッセウスは、王女ナウシカアーの助言に従って、アルキノオス王の館へ向かう。この時、女神アテーネーはオデュッセウスが無事に王宮に辿り着くために、霧を降り注いで人目につかないようにする。その模様は次のように叙述される。

　　η 14 – 17
　　14　καὶ τότ' Ὀδυσσεὺς ὦρτο πόλινδ' ἴμεν· ἀμφὶ δ' Ἀθήνη
　　15　πολλὴν ἠέρα χεῦε φίλα φρονέουσ' Ὀδυσῆϊ,
　　16　μή τις Φαιήκων μεγαθύμων ἀντιβολήσας
　　17　κερτομέοι ἐπέεσσι καὶ ἐξερέοιθ' ὅτις εἴη.

　　14　その時、オデュッセウスは町に向かって出発した。するとアテーネーは
　　15　周りに沢山の霧を注いだ、オデュッセウスに良かれと思って、
　　16　心の大きなパイエークス人の誰かが彼に出会って、
　　17　言葉で咎めて、何者かと問いただすことがないように。

　これに続く 18 – 36 行で、オデュッセウスは町の乙女に姿を変えたアテーネーに出会う。彼はアルキノオス王の館への案内を乞い、彼女は案内役を引き受

けることになる。この出会いに霧は何ら障害にならない。そして次のように叙述が続く。

η 37 – 42

37　ὡς ἄρα φωνήσασ᾽ ἡγήσατο Παλλὰς Ἀθήνη
38　καρπαλίμως· ὁ δ᾽ ἔπειτα μετ᾽ ἴχνια βαῖνε θεοῖο.
39　τὸν δ᾽ ἄρα Φαίηκες ναυσικλυτοὶ οὐκ ἐνόησαν
40　ἐρχόμενον κατὰ ἄστυ διὰ σφέας· οὐ γὰρ Ἀθήνη
41　εἴα ἐϋπλόκαμος, δεινὴ θεός, ἥ ῥά οἱ ἀχλὺν
42　θεσπεσίην κατέχευε φίλα φρονέουσ᾽ ἐνὶ θυμῷ.

37　このように声をかけてパラス・アテーネーはすぐに案内した。
38　それから彼は女神の後を追って歩いて行った。しかしこの時、
39　船で名高いパイエークス人たちは彼に気づかなかった、
40　彼らの中を通って町へ行く間。髪の美しい、恐ろしい女神が
41　それを許さなかったからである、つまり彼に驚くほどの霧を
42　注いだから、心のうちで良かれと思って。

この後、オデュッセウスは町を見物しながら王宮に到着する。そこでアテーネーは王と王妃について長々と説明し、また王妃アレーテーに直接嘆願するよう助言して立ち去る（43 – 138 行）。ここでようやくオデュッセウスは館の中に入る。

η 139 – 143

139　αὐτὰρ ὁ βῆ διὰ δῶμα πολύτλας δῖος Ὀδυσσεύς
140　*πολλὴν ἠέρ᾽ ἔχων, ἥν οἱ περίχευεν Ἀθήνη,*
141　ὄφρ᾽ ἵκετ᾽ Ἀρήτην τε καὶ Ἀλκίνοον βασιλῆα.
142　ἀμφὶ δ᾽ ἄρ᾽ Ἀρήτης βάλε γούνασι χεῖρας Ὀδυσσεύς,

II アリュージョンによるホメーロス・テクストの解釈

143　καὶ τότε δή ῥ' αὐτοῖο πάλιν πάλιν χύτο θέσφατος ἀήρ.

139　一方、辛抱強く貴いオデュッセウスは館の中を通って行った、
140　沢山の霧をおびて、それはアテーネーが彼に注いだものである、
141　彼がアレーテーとアルキノオス王のもとにたどり着くまで。
142　そしてオデュッセウスはアレーテーの膝に両手を投げかけた、
143　まさにその時、不思議な霧は彼自身から消え去ったのである。

　この「霧」のモチーフはホメーロス以降の叙事詩人たちの利用するところとなった。特にアポローニオス・ロディオスは「アルゴナウティカ」第3歌において、上に引用したホメーロスの一節を模倣し、次のように再現する。
　コルキスの国に到着したアルゴナウタイたちは、先ず代表者をアイエーテース王のもとに送って、金の羊皮を獲得すべく交渉をおこなうことにする。

A. R. 3. 196–200

196　καὶ τότ' ἄρ' υἷας Φρίξου Τελαμῶνά θ' ἕπεσθαι
197　ὦρσε καὶ Αὐγείην· αὐτὸς δ' ἕλεν Ἑρμείαο
198　σκῆπτρον. ἄφαρ δ' ἄρα νηὸς ὑπὲρ δόνακάς τε καὶ ὕδωρ
199　χέρσον δ' ἐξαπέβησαν ἐπὶ θρωσμοῦ πεδίοιο.
200　Κίρκαιον τό γε δὴ κικλήσκεται.

196　その時、彼（イアーソーン）はプリクソスの息子たちと
197　テラモーンとアウゲイアースに同伴するよう促した。そして、
198　自らヘルメイアースの杖を手にした。直ちに彼らは船から
199　葦と水（の流れ）を超えて陸地に、小高い野に降り立った。
200　その野はキルカイオンと呼ばれている。

この後、コルキス人のこの野における奇妙な埋葬の風習について説明がある (201 – 209)。そして、次のように叙述が続く。

A. R. 3. 210 – 214

210　τοῖσι δὲ νισομένοις Ἥρη φίλα μητιόωσα
211　ἠέρα πουλὺν ἐφῆκε δι' ἄστεος, ὄφρα λάθοιεν
212　Κόλκων μυρίον ἔθνος ἐς Αἰήταο κιόντες.
213　ὦκα δ' ὅτ' ἐκ πεδίοιο πόλιν καὶ δώμαθ' ἵκοντο
214　Αἰήτεω, τότε δ' αὖτις ἀπεσκέδασεν νέφος Ἥρη.

210　歩み行く彼らに良かれと思いめぐらしてヘーレーは
211　沢山の霧を送った、町じゅうに、アイエーテースの館に向かう
212　彼らが数知れぬコルキスの人々の目につかないように。
213　しかし、彼らが野から町とアイエーテースの館に来るとすぐに
214　ヘーレーは再び雲を散らして消した。

このようにアポローニオスはホメーロスの一節を利用して作る。この後、アイエーテースの壮麗な館についての詳細な叙述があり、一行は王と対面する。

アポローニオスは模倣し、利用するにあたってヘレニズムの詩人特有の工夫とヴァリエーションを加えて詩行を構成する。

210行はホメーロスの φίλα φρονέουσ' Ὀδυσῆι (η 15) のヴァリエーションである。アポローニオスの φίλα μητιόωσα はホメーロスの定型句 κακὰ μητιόωντι (Σ 312：α 234 – τες) を基にした組み替えである。

211行の ἠέρα πουλὺν ἐφῆκε は ἀμφὶ … πολλὴν ἠέρα χεῦε (η 14 – 15) のヴァリエーションになっているが、ἠέρα πουλὺν はホメーロスの次の定型句に由来するものと考えられる。

Ⅱ　アリュージョンによるホメーロス・テクストの解釈

E 776　περὶ δ' ἠέρα πουλὺν ἔχευε. /

Θ 50　κατὰ δ' ἠέρα πουλὺν ἔχευεν. /

前者の文脈は、女神ヘーレーが馬車から馬を解き放してその周りに霧を注ぎかける、というものである。後者はゼウスである。πολλήν を πουλὺν に差し替えた理由はこのヘーレーの文脈を念頭に置いてのことであろう。次に、ἠέρα … ἐφῆκε という言い回しに関してはホメーロスに類例はないが、おそらく次の定型句の応用であろう。

A 445　Ἀργείοισι πολύστονα κήδε' ἐφῆκεν.

Φ 524　πολλοῖσι δὲ κήδε' ἐφῆκεν.

次の ὄφρα λάθοιεν / Κόλχων μυρίον ἔθνος ἐς Αἰήταο κιόντες (211-212) は

η 16-17

　　μή τις Φαιήκων μεγαθύμων ἀντιβολήσας
　　κερτομέοι ἐπέεσσι καὶ ἐξερέοιθ' ὅτις εἴη.

を簡略に言い換えた表現である。ホメーロスの否定構文は肯定の構文になっている。

214 行の τότε δ' αὖτις ἀπεσκέδασεν νέφος Ἥρη は、

η 143　καὶ τότε δή ῥ' αὐτοῖο πάλιν χύτο θέσφατος ἀήρ.

を言い換えたものである。受動態から能動態の構文に代わっている。ホメーロスの場合は少し理解しにくい文章であるが、スコリアの説明に従って、「霧が彼から取り払われた」という意味に解釈されている[1]。アポローニオスは最初に ἠέρα (211) を使い、次に νέφος (214) と言い換えているが、これはホメーロスが最初に ἠέρα (η 15) を使って、次に ἀχλὺν (η 41) と言い換えている点に倣ったのであろう。ἀπεσκέδασιν νέφος のモデルは「イーリアス」第 20 歌の次の詩句と思われる。

Υ 341-342

　　αἶψα δ' ἔπειτ' Ἀχιλῆος ἀπ' ὀφθαλμῶν σκέδασ' ἀχλὺν
　　θεσπεσίην.

そして今度は急いで（神は）アキレウスの目から不思議な霞を散らした。

ここで νέφος を使う理由としては、更に「イーリアス」第15歌の次の詩句からの連想が働いていると考えられる。

O 668-669
τοῖσι δ᾽ ἀπ᾽ ὀφθαλμῶν νέφος ἀχλύος ὦσεν Ἀθήνη θεσπέσιον.
そして彼らの目からアテーネーは霞の不思議な雲を払い除けた。

しかし、実際のところホメーロスは ἀήρ と νέφος を韻律に応じて類似の文脈の中で自由に使っている。以上のようにアポローニオスは「オデュッセイア」第7歌のこのモチーフをモデルにして、言葉使いを組み替えながら、異なる詩を仕立てる。しかし、常にその手本を意識させるように工夫を凝らしている。

ホメーロスのモチーフを利用して作られたこの場面はこれまで多くの研究者を困惑させてきた。先ず、210-211行をどう解釈すべきかという問題である。つまり、この二詩行は意味が曖昧なのである。これを語順に従って解釈すると、τοῖσι δὲ νισομένοις Ἥρη φίλα μητιόωσα (210) は「そして歩み行く者たちのためにヘーレーは利益を計って」、ἠέρα πουλὺν ἐφῆκε δι᾽ ἄστεος (211) は「沢山の霧を町中に送った」、ということになる。これは上に引用した際に付した一つの解釈である。しかしこの解釈は非常に評判が悪い。というのは、モデルになっている「オデュッセイア」の場面では、女神アテーネーはオデュッセウスを霧に包んで人目に付かないようにしている。アポローニオスはこれを模倣しているのだから、女神ヘーレーは当然アイエーテースの町にではなく、イアーソーンたちに霧を送ったに違いない、という考え方が一般的だからである。一方、霧が町に注がれたのではない

II　アリュージョンによるホメーロス・テクストの解釈

とすると、δι' ἄστεος はどのように解すべきか。これは、文頭の τοῖσι δὲ νισσομένοις に結びつけるというのが一般の考え方である。つまり、「ヘーレーは町を通って行く彼らに利を計って霧を送った」となる。この場合、φίλα μητιόωσα は与格を伴わないことになる。このような使い方の類例はホメーロスにある。定型句 κακὰ μητιόωσα (O 27 : – τι Σ 312 : – τες α 234) である。与格を伴う構文の類例としては、νόστον Ὀδυσσῆϊ μεγαλήτορι μητιόωσα (ζ 14, θ 9)、アポローニオスにおいては、σφιν … ἀνάρσια μητιάασκον (4.526) がある。このことは「オデュッセイア」の

η 14 – 15

ἀμφὶ δ' Ἀθήνη
πολλὴν ἠέρα χεῦε φίλα φρονέουσ' Ὀδυσῆϊ.

についても言える。ホメーロスでは、φίλα φρονέειν τινί という構文が普通であるが、与格を伴わない例は珍しくない (Z 162, α 307, etc.)。「オデュッセイア」の場合も φίλα φρονέουσ' Ὀδυσῆι という構文として解釈することは可能であるが、この詩句に関しては、冒頭の ἀμφὶ (η 14)、ἥ ῥά οἱ ἀχλὺν θεσπεσίην / … κατέχευε (η 41 – 42), Ὀδυσσεὺς / πολλὴν ἠέρ' ἔχων (η 139 – 140)、更に αὐτοῖο πάλιν χύτο θέσφατος ἀήρ (η 143) によって補強されているから、「霧」はオデュッセウスを覆っていることは間違いない。従って、φίλα φρονέουσ' と Ὀδυσῆι は切り離されて、ἀμφὶ と Ὀδυσῆϊ を結びつけて理解しなければならない。

さて、η 14 – 15 と A. R. 3. 210 – 211 を比較してみると、文を構成する要素は表現上の言葉の組み替えや語順の変更以外に二つの重要な違いがある。ホメーロスの ἀμφὶ はアポローニオスでは消えていること、文末の Ὀδυσῆϊ の場所にアポローニオスは δι' ἄστεος を置いていること、この二点である。そしてこのことがアポローニオスの二詩行の意味を曖昧にしているのである。従って、ホメーロスの手本に倣ってヘーレーはイアーソーンの一行に「霧」を送ったと解するのが無難になる。そうすると νισομένοις と δι' ἄστεος を結び付けざるを得ない。しかし、この二つは位置があまりに離れ

すぎていて少し無理がある。もう一つ困るのは、イアーソーンたちに「霧」が注がれたことを補強する表現がこの後どこにも無いことである。「霧」が取り払われる場面は、τότε δ' αὖτις ἀπεσκέδασεν νέφος Ἥρη（214）と簡単に片付けられている。

　以上のように見てくると、要するにアポローニオスはこの二詩行をどちらにも解釈できるように作ったとしか言いようがない。それとも彼は二つの解釈のどちらか一つを念頭においてこの詩行を作ったのであろうか。

　アポローニオスの詩行は上述のように始めから曖昧な要素を含んでいる。しかし、このテクストの解釈との関連で研究者たちを更に困惑させていることがある。それはホメーロスのテクストの問題である。実は、中世写本の多くは η 14 – 15 の文頭の ἀμφὶ δ' を αὐτὰρ と読む。この読み方はスコリアの中にも lemma として現れる（Schol. E ad η 14）。もし αὐτὰρ が正しいとすると、この詩行はアポローニオスと同じ曖昧性をはらむことになる。しかし、ホメーロスの場合は後続の詩行からオデュッセウスに「霧」が注がれたことは明らかであるので、校訂者は一般に ἀμφὶ δ' を選択することで一致している。ところが、これよりももっと困った問題がある。それは「オデュッセイア」第7歌15行及び41行のスコリアに由来する[2]。最初のスコリア（P Q T ad η 15）は、ゼーノドトスは後続の詩行（41行を指しているものと思われる）において「闇」はパイエークスの人々に降りかかったとするが、そうではなくオデュッセウスにである、と記す。次のスコリア（H P ad η 41）は、ゼーノドトスは ἥ ῥά οἱ ἀχλὺν を ᾗ σφισιν ἀχλὺν と書くが、これは正しくない、何故なら後続の詩行で καὶ τότε δή ῥ' αὐτοῖο πάλιν χύτο θέσφατος ἀήρ（143行）と（彼は）言っているから、と記している。この反対意見の主はアリスタルコスと考えられている[3]。ゼーノドトスのこの読み方は、スコリアが指摘しているように、文脈と矛盾する。14行においてゼーノドトスが αὐτὰρ を読んだという記録もない。また、41行において、ゼーノド

スが何らかの写本の中に ῥά οἱ と並んで σφισιν という読みを見出して、後者を真正の読みと判断したなら、文脈上の矛盾を解消すべく何らかの手を打ったことであろう。これも今となっては記録が無いから判らない。ただ、σφισιν という読み方が古代において議論の対象となったことは確かである。

しかし、ゼーノドトスのこの読み方はアポローニオスの曖昧な詩行に一つの解釈の根拠を提供することになる。つまり、アポローニオスはゼーノドトスのホメーロス解釈をここに取り入れて、女神ヘーレーはイアーソーンたちにではなく、町中に、つまりコルキス人たちに「霧」を送った、と表現している。そして、このアリュージョンによってアポローニオスはここにゼーノドトスの読み方を再生している。このような解釈も成り立つのである[4)]。

この考え方に対して、H. Erbse 次のように述べる。ゼーノドトスは、女神が「霧」を注いだのはオデュッセウスにではなくパイエークスの人々にである、という身勝手な解釈に固執したために 41 行の ἥ ῥά οἱ ἀχλὺν を ἥ σφισιν と変えざるを得なかった。一方、アポローニオスは、210 - 211 行において

  τοῖσι δὲ νισομένοις Ἥρη φίλα μητιόωσα /
  ἠέρα πουλὺν ἐφῆκε δι' ἄστεος

と書いたために、ここではゼーノドトスの信奉者になるはめになった。この ἠέρα πουλὺν ἐφῆκε はホメーロスの詩句、Ἀργείοισι πολύστονα κήδε' ἐφῆκεν /（A 445）と全く同じ構文になっている。また、アポローニオスはホメーロスにおいて詩行末に置かれるこの種の定型句を好んで詩行途中で利用する。従って、211 行は意味上、ἐφῆκε で分断される。更に、ホメーロスにおいて、ἀήρ, νεφέρη, ἀχλύς, νύξ 等が包み隠して見えなくする対象は「人、動物、物」である。従って、この詩行は、

  τοῖσι δὲ δι' ἄστεος νισομένοις Ἥρη ἠέρα πουλὺν ἐφῆκε

と理解すべきである。この解釈は、213 - 214 行の「彼らが宮殿に来た時、その時再びヘーレーは雲を取り払った」という叙述、及び第 4 歌にある類似の詩行、

A. R. 4. 647 – 648

ἀμφὶ γὰρ αἰνὴν
ἠέρα χεῦε θεὰ πάντ' ἤματα νισομένοισι.
というのは女神が歩み行く彼らの周りに毎日濃い霧を
注いだから。

によって保証される。またこの場合は ἀμφὶ … νισομένοισι と解する。このように述べている[5]。

しかし、第4歌 647 – 648 行は、Gillies に言わせると、アポローニオスはこれによってもう一つのホメーロス解釈を示しているということになる。結局、この Erbse の見解は近年のアポローニオス研究の出発点となった H. Fränkel の採用するところとなった[6]。

一方、E. Livrea は次のように言う。与格（τοῖσι … νισομένοις）を ἠέρα … ἐφῆκε にではなく、φίλα μητιόωσα に結びつけるなら、ゼーノドトスと同じ立場に立つことになる。実際のところ、νισομένοις を δι' ἄστεος に結び付けても ἐφῆκε に結び付けても意味は通る。テクストは故意にどちらにも解釈できるようになっている。アポローニオスはホメーロスに関わる問題の解答をいつもこのような仕方で仄めかすのである、と[7]。

F. Vian は次のように考える。アテーナーの「霧」はオデュッセウスを人目から隠した。しかし、ヘーレーの「霧」は町を覆ったのである。この解釈は、ゼーノドトスがホメーロスの詩行に関して同じように解釈しているから可能である。210 – 211 行は不必要に議論の対象とされた。また、δι' ἄστεος と 213 行との関係について、（多分）書簡によって Livrea に意見を問うたところ、コルキス人は数の多さにも拘らず町に集中していて野には人は居ない、従って町だけが「霧」に覆われたのである。このような回答を得た。この指摘は正しい、と述べている[8]。

Livrea の場合は一つの答えを出していると言えよう。しかし、Vian の場合は論証をもう少し補足する必要がありそうである。ここで話題になった 213 行の問題については後で述べることにする。

Ⅱ　アリュージョンによるホメーロス・テクストの解釈

　ホメーロスの上述の場面はアポローニオス以降の詩人たちにも利用された。第一の例はウェルギリウスの「アエネーイス」第1歌である。次のように作られている。

　アフリカに漂着した後、眠れぬ夜を過ごしたアエネーアースは朝になるとアカーテースを伴ってこの土地の探索に出かける。その途上、森の中でカルタゴの乙女に姿を変えた母ウェヌスに出会い、言葉を交わす。女神は女王ディードーのことを話し、その館へ行くように勧めて立ち去る（305‒410）。そしてアエネーアースが城壁へ向かう時、女神は二人の姿を「霧」で隠す。

　　Verg. A. 1. 411‒414

　　　　　at Venus obscuro gradientis aere saepsit
　　　　　et multo nebulae circum dea fudit amictu,
　　　　　cernere ne quis eos neu quis contingere posset
　　　　　molirive moram aut veniendi poscere causas.
　　　　　しかしウェヌスは歩み行く彼らを暗い霧で包み、
　　　　　また女神は周りに雲の衣を注ぎかけた、
　　　　　誰も彼らを見たり、或いは誰かが出会って遅らせたり、
　　　　　来た理由を問うことができないように。

そして彼らは城壁と町作りに精出す人々の間を通って行く。この間も「霧」は彼らを覆っている。

　　1. 439‒440

　　　　　infert se saeptus nebula (mirabile dictu)
　　　　　per medios miscetque viris neque cernitur ulli.
　　　　　彼は雲に包まれて（言うも不思議なことだが）彼らの中を
　　　　　通って行き、人々に交わるが誰にも見分けられない。

その後、ユーノーの神殿に描かれているトロイアの攻防の模様を眺めている時、ディードーが従者を従えて現れる。そして、海上で行方を見失った仲間

たちが女王に嘆願する姿を見る（441 – 585）。この間も二人は雲に包まれたまま（516 nube cava speclantur amicti）仲間たちを見ている。そして彼らの話題がアエネーアースに及び、一方アカーテースが彼に話しかけると同時に「霧」は晴れる。

    1. 586 – 587

        vix ea fatus erat, cum circumfusa repente

        scindit se nubes et in aethera purgat apertum.

        このように言うや否や、突然回りを覆っていた

        雲は破れて、広い空へ散り去った。

以上のようになっている。ヴァリエーションはあるが、物語の構成と進行はほぼ「オデュッセイア」と同じである。そして、「霧」は一貫してアエネーアースとアカーテースの二人を包んでいる。「霧」については、最初に aer を使い、その後 nebula, nebes に変えているので、この点はアポローニオスが ἀήρ を νέφος と言い換えているのと似ている。

次に、ウァレリウス・フラックスの「アルゴナウティカ」第5歌にこのモチーフが使われている。コルキスに到着した後、イアーソーンは9名の仲間を籤で選び、キルカイオンの野を通ってアイエーテースの都を目指す（326 – 327）。その途中で彼らは侍女の一団を伴った王女メーデイアに出会い、問いかけて町への案内を乞う。この中でイアーソーンはメーデイアと侍女たちを女神アルテミスとニンフたちに喩える。メーデイアは王女であると名のり、侍女の一人を案内に付ける（373 – 398）。そして次の叙述になる。

    V. F. 5. 399 – 402

        ille autem inceptum famula duce protinus urget

        aere saeptus iter, patitur nec regia cerni

        Iuno virum, prior Aeetae ne nuntius adsit.

        iamque inerat populo mediaeque incognitus urbi.

        他方、彼は直ちに侍女の案内で企てた旅を急ぐ、

        霧に包まれて、つまりユーノーはアイエーテース（の耳）に

用件が届くまで、英雄が人に見られるのを許さなかったので。
そして彼は人に知られずに人々と町の真ん中を通って行った。
彼らは町を眺めながら進み、王の前に着いた時、

  5. 465 admonet hic socios neburamque erumpit Iason.

  ここでイアーソーンは仲間たちに合図して雲から姿を現した。
このようになっている。ウァレリウスは先人たちの叙事詩を充分に利用している。aer を二度目に nebula と言い換えているのはアポローニオスに倣っている。しかし、「霧」によって姿を隠すのはイアーソーンの一行である。この詩人もゼーノドトスの解釈には無関心である。だが、これは当然のことであって、神が霧や雲によって見えなくする対象は主として「人」である。これがホメーロス以来の叙事詩の定法なのである。

  話を元に戻す。H. Erbse は「霧」は「町を通って歩み行く彼らに」注がれ、「館に着いた時に」ヘーレーは「雲」を散らし消したと解釈するが、この点について M. Campbell は異議を出している。というのは、テクストは ὦκα δ' ὅτ' ἐκ πεδίοιο πόλιν καὶ δώμαθ' ἵκοντο (213) となっている。「町を通って行くイアーソーンたち」に「霧」が注がれたとする解釈は 213 行とは相容れないのである。つまり、「町 (ἄστυ) を通って行くイアーソーンたちにヘーレーは霧を送った」(210-211)、そして 213 行以下では「野を後にして町 (πόλις) とアイエーテースの館に来た時に、女神は雲を取り払った」とすると、ここに言う ἄστυ と πόλις はそれぞれ別の場所を指しているのか。しかし、この第 3 歌に関する限りアポローニオスはこの二つの言葉の使い分けはしていない。ἄστυ と πόλις はここでは同一である。そうすると、Erbse の解釈では 210-211 行は 213 行と矛盾することになる。213 行は、イアーソーンたちが霧に包まれていたのは「町」を通った時ではなく「野」を通った時である、ということを示唆しているからである。Erbse の解釈には ἐκ πεδίοιο πόλιν は不都合なのである。それ故、彼はこの部分を意図的

に外して論じている。このように Campbell は指摘する[9]。Vian が、「町中にヘーレーが霧を送った」という解釈は 213 行と矛盾しないかどうか Livrea に意見を求めた理由はここにある。

　ἐφῆκε δι' ἄστεος と読むことも、νισομένοις … δι' ἄστεος とすることも困難である。それでは、ἐφῆκε, δι' ἄστεος ὄφρα … 、と句読点を変えてはどうかという考え方もあるが、この読み方はギリシア語として不自然であり、213 行との矛盾は解消されない。結局のところ、この叙述のどこかに伝承の誤りがあるのではないかということになる。こうした考えのもとに、Campbell は一つの修正案を提出する。つまり、δι' ἄστεος をどう扱うか、これがこの詩行の解釈を困難にしているが、実はここに誤りがある。これは δι' ἄργεος だったのではないか。こういう提案である。ἄργος は πέδιον の同義語であり、稀語である。カリマコスの断片に 1 例残っている（Call. Fr. 299. 2 Pf.）。この見慣れない言葉の意味はすぐ後で πέδιον によって説明される。これはアポローニオスのスタイルである。そして、νισομένοις は利害の与格と解する。意味は「歩み行く彼らのために、ヘーレーは利を計って、野を通る間、（彼らに）沢山の霧を送った、彼らが数多いコルキスの人々の目を逃れるために。そして野を後にして町とアイエーテースの館に着くとすぐに、その時ヘーレーは再び雲を消し散らした」となる。これは一つの解決策である。

　アポローニオスは 210－211 行を νισομένοις … δι' ἄστεος にも ἐφῆκε δι' ἄστεος にも解釈できるようにした。そして、ホメーロスの問題のテクストについて二つの解答を同時に仄めかしている。これはアポローニオスの通常のスタイルである。このように Livrea は述べている。果たしてそう言い切れるのか。むしろ曖昧さを装っているが、実は何らかの形で一つの答えを示すのが彼のスタイルではないだろうか。

　ここの解釈を複雑にしている第一の原因は、イアーソーンたちが霧に包ま

II　アリュージョンによるホメーロス・テクストの解釈

れたということに固執する点にある。第二は、アポローニオスはこのモチーフをたった五行（210-214）で済ませていることである。他の詩人たちと比べるとあまりに簡略すぎ、説明が足りない。ウァレリウス・フラックスは同じ場面をホメーロスやウェルギリウスの叙述を彷彿とさせるように仕上げている。しかし、アポローニオスはここでは文学性などには全く関心が無いようである。彼がこのモチーフを使ってここに表現しようとしていることは唯一つである。つまり、詩作におけるホメーロスとの対比である。その一つは場面の設定における対比である。ホメーロスでは、1）町を目指すのはオデュッセウス一人、2）案内人は町の乙女に姿を変えた女神アテーネー一人、3）途中で出会う人物はこの乙女のみである。一方、アポローニオスでは、1）町を目指すのはイアーソーン、テラモーン、アウゲイアース及びプリクソスの息子たち、2）案内人はプリクソスの息子たちで、初めから一行に加わっている、3）途中で彼らが出会うのはキルカイオンの野の木々に吊るされた男たちの屍である。また、オデュッセウスは港や城壁などを見物しながら行くが、イアーソーンたちは索漠とした野原を通過するだけである。ヘーレーとアテーネーは共にアルゴナウタイの守護神であるが、この場面ではヘーレーが「霧」を送る役をする。アテーネーはオデュッセウスのためにこの役を演じているからである。

　次は両者の詩行の対比である。

　　η 14-15

ἀμφὶ δ' Ἀθήνη
πολλὴν ἠέρα χεῦε φίλα φρονέουσ' Ὀδυσῆϊ

A. R. 3. 210-211

τοῖσι δὲ νισομένοις Ἥρη φίλα μητιόωσα
ἠέρα πουλὺν ἐφῆκε δι' ἄστεος

先ず、ホメーロスの文末の Ὀδυσῆϊ はアポローニオスでは τοῖσι … νισομένοις と複数形に入れ替わって文頭に置かれている。次に、アポローニオスでは Ἀθήνη が Ἥρη に入れ替わり、πολλὴν ἠέρα χεῦε と φίλα

165

φρονέουσ᾽ という二つの語群は順序が逆転し、更にヴァリエーションが加えられて φίλα μητιόωσα と ἠέρα πουλὺν ἐφῆκε に入れ替わっている。更に、πολλὴν ἠέρα の語順も ἠέρα πουλὺν と逆になっている。但し、文頭の ἀμφὶ は外されている。その代わりに ᾽Οδυσῆι の位置、つまり文末に δι᾽ ἄστεος が置かれている。

　このように比較してみると、アポローニオスは非常に入念にしかも意図的にこの詩行を作っていることが判る。アポローニオスの意図するところはホメーロスの oppositio そのものである。叙述の全てがホメーロスの逆を目指していると言ってよい。そうすると、アテーネーはオデュッセウスに霧を注いだのであるから、ヘーレーはイアーソーンたちに霧を送るということは考えられない。町に霧が送られたことは必然であろう。また、文の流れから考えると、ἐφῆκε δι᾽ ἄστεος という構文で解釈するのが自然である。ホメーロスの ᾽Οδυσῆι の位置に δι᾽ ἄστεος 配するのはその意図があってのことである。従って、この詩行によってアポローニオスは明らかにゼーノドトスの解釈を仄めかしていると考えてよいだろう。

　それでは、もう一方の解釈はどうなるのか。これは既に Gillies が指摘した通り第4歌にある。

　　　A. R. 4. 647 – 648

　　　　　　　　　ἀμφὶ γὰρ αἰνὴν
　　　ἠέρα χεῦε θεὰ πάντ᾽ ἤματα νισομένοισι.
　　　というのは、女神（ヘーレー）が歩み行く彼らの
　　　まわりに濃い霧を毎日注いだからである。

ここではヘーレーはアルゴナウタイの姿を霧で覆い隠して助ける。この場面では彼らは河口にいる。これは明らかにホメーロスの詩行（η 14 – 15）をほぼそのまま模倣している。これによってアポローニオスはもう一方の解釈を示していると考えられる。従って、Erbse と Fränkel の考え方は当を得ていない。つまり、この詩行はアポローニオスの第3歌210 – 211行の典拠にはなりえない。構文が異なるからである。

II　アリュージョンによるホメーロス・テクストの解釈

　次に、213-214行との関係はどのように考えるべきか。これは「彼らが野から町へ（来た）そしてアイエーテースの館へ来るとすぐに」(213)と解釈すべきであろう。町（πόλις）と館（δώματα）は同一ではない。彼らは町に入って、これを通り抜けて館に着いた、と考えなければ辻褄が合わない。従って、館に到着すると同時に霧が晴れた、ということになる。この点については Erbse の言うとおりである。町に着くと同時に霧が晴れる場合、彼らはやはりコルキス人に姿を見られることになる。町に入ってしまえば構わないというのだろうか。

　Campbell が、霧はイアーソーンたちを包んでいて、その場所は「野」に限定される、と考えざるを得ない理由はもう一つある。それは第2歌の次の詩行に由来する。むしろこれが δι' ἄργεος という修正案を出す本当の動機かもしれない。

A. R. 2. 1204-1205

στεῦται δ' Ἡελίου γόνος ἔμμεναι, ἀμφὶ δὲ Κόλχων
ἔθνεα ναιετάουσιν ἀπείρονα.

彼（アイエーテース）はヘーリオスの息子であることを誇り、
周りには無数のコルキス人の部族が住んでいます。

これは、難破したところをアルゴナウタイに助けられたアイエーテースの甥アルゴスの言葉である。この中の Κόλχων ἔθνεα ἀπείρονα は第3歌で、つまり問題の文脈の中で Κόλχων μυρίον ἔθνος（212）と言い換えられている。これがどうも気になるのである。「周り」というのは何処を指すのか。「町の周り」と考えるのが自然であろう。「王（館の）周り」とするには数が多すぎる。「無数」であるから。第2歌と第3歌との違いは、第3歌では単数形 ἔθνος に替わっている点である。イアーソーンたちが町に到着するまでの間、途中にコルキス人がいなかったのかどうか、これが問題になっている。この事についてアポローニオスは何一つ言わない。簡略そのものである。従って、「野」は無人であったと Livrea は言明し、Vian はこれを正しいとするのである。テクストに書かれていないことは考えようがないというこ

167

とであろう。ここに言う「野」は、ἐπεὶ θρωσμοῦ πεδίοιο（199）、つまり Κίρκαιον（πεδίον）（200）そして ἐκ πεδίου（213）の πεδίον であって、これらは同じものを指している。また、Campbell は次のような指摘をする。第3歌にメーデイアが侍女二人を連れて馬車で町を通り抜ける場面がある。

 A. R. 3. 885–886

  ὡς αἵ γ᾽ ἐσσεύοντ᾽ δι᾽ ἄστεος, ἀμφὶ δὲ λαοὶ
  εἶκον ἀλευάμενοι βασιληίδος ὄμματα κούρης.
  このように彼女らは町を通って急いだ、その回りで人々は
  道を譲り、王女の目を避けて離れた。

町の人々がメーデイアの視線を恐れたのは、太陽神の子孫の目が放射する光に関係がある。イアーソーンが町へ行く時、特にアウゲイアースを選んで連れて行く理由はこの点にある。つまり、アウゲイアースも同じ太陽神の子孫だからである。第1歌には次のような一節がある。

 A. R. 1. 172–173

  βῆ δὲ καὶ Αὐγείης, ὃν δὴ φάτις Ἠελίοιο / ἔμμεναι.
  アウゲイアースも来た、彼はヘーリオスの子孫と言われている。

従って、アウゲイアースにはメーデイアと同じ能力がある。このように指摘している。つまりこれが、彼らが町に入った時に霧が晴れたとしても無事に通れた理由である、と指摘する。

 そうすると、「野」を通る時も霧に守られる必要性は無くなることになる。更に付け加えるなら、イアーソーンは出発に際し使節の守護神の象徴であるヘルメイアースの杖を携えている（157）。これだけでも充分と言えるのではないか。その上、プリクソスの息子たち（つまり、アイエーテース王の甥）もイアーソーンと同行しているのである。それ故、彼らの姿を霧で隠す必要はまったく無いとさえ言えるのである。オデュッセウスの場合はたった一人、無一物で見知らぬ国の王宮へ行こうとしている。それ故、女神が彼の姿を人目から隠すという仕掛けのこの場面への導入は適切であり且つ劇的効果は非常に高い。これに対し、アポローニオスの場合にはこのモチーフをここで使

う必然性も、また効果も無い。従って、彼が「霧のモチーフ」をここに挿入する目的は一つしかない。つまり、アリュージョンによって、このホメーロス問題を取り扱うことである。

注

1) Schol. B ad η 143
    πάλιν χύτο] ἀντὶ τοῦ ἀφηρέθη ἀπ' αὐτοῦ ὁ ἀήρ.
2) Schol. P Q T ad η 15
    πολλὴν ἠέρα χεῦε] ὅτι τῷ Ὀδυσσεῖ περιέθηκε σκότος, οὐ τοῖς Φαίαξιν, ὡς ἐν τοῖς ἐξῆς Ζηνόδοτος.
   Schol. H P ad η 41
    ἥ ῥά οἱ ἀχλὺν] Ζηνόδοτος, ἥ σφισιν ἀχλύν, γράφει, οὐκ εὖ. ἐν γὰρ τοῖς ἐξῆς (143) φησιν " καὶ τότε δή ῥ' αὐτοῖο πάλιν χύτο θέσφατος ἀήρ."
3) H. Duentzer, *De Zenodoti Studiis Homericis*, 1848 Göttingen, 93.
   A. Ludwich, *Aristarchs homerische Textkritik nach den Fragmenten des Didymos*, I, 1884 Leipzig, 565.
4) M. M. Gillies, *The Argonautica of Apollonius Rhodius. Book III*, 1928 Cambridge, 27.
5) H. Erbse, *Homerscholien und hellenistische Glossare bei Apollonios Rhodios*. Hermes 81, 1953, 167 ff.
6) H. Fränkel, *Noten zu den Argonautica des Apollonios*, 1968 München, 341.
7) E. Livrea, *Apollonii Rhodii Argonauticon*. Liber IV, 1973 Firenze, 198.
8) F. Vian, *Apollonios de Rhodes Argonautiques*. Tome II. Chant III, 1980 Paris, 118.
9) M. Campbell, *Three Notes on Alexandrine Poetry*, Hermes 102, 1974, 42 – 44.

11. セイレーンと死

「オデュッセイア」第12歌39–46行
リュコプローン「アレクサンドラ」670–672行
「アルゴナウティカ」第4歌900–902行

次の問題はヘレニズム期のホメーロス研究がいかに細かなことまで追求したかということの1例である。

μ 39–46

Σειρῆνας μὲν πρῶτον ἀφίξεαι, αἵ ῥά τε πάντας
ἀνθρώπους θέλγουσιν, ὅτις σφέας εἰσαφίκηται.
ὅς τις ἀιδρείῃ πελάσῃ καὶ φθόγγον ἀκούσῃ
Σειρήνων, τῷ δ' οὔ τι γυνὴ καὶ νήπια τέκνα
οἴκαδε νοστήσαντι παρίσταται οὐδὲ γάνυνται,
ἀλλά τε Σειρῆνες λιγυρῇ θέλγουσιν ἀοιδῇ,
ἥμεναι ἐν λειμῶνι· πολὺς δ' ἀμφ' ὀστεόφιν θὶς
ἀνδρῶν πυθομένων, περὶ δὲ ῥινοὶ μινύθουσι.

まずあなたはセイレーンたちのところに来るでしょう、
彼女らは自分たちの方へ来る全ての人間に魔法をかけてしまいます。
知らずに近づいてセイレーンたちの声を耳にするなら、
その人が帰国して、その傍らに妻や幼い子供たちが立ち、
喜び合うことは決してなくなります。
それどころか、セイレーンたちは草原に座り、甘美な歌声で
心を虜にするのです。そして彼女らの周りには腐ってゆく人間どもの
骨が大きな山になっています、また骨のまわりの皮は縮んでいます。

ホメーロスは、セイレーンの歌声を聴いた人間がどのようにして死ぬのか、

つまり死因については何も語っていない。しかし学者たちはこの点にこだわって問題にしたらしい。上に引いた詩行についてスコリアは二人の学者の説明を残している。

　アリストファネースは、人間たちは歌声のため身も心もすっかり溶かされて（或いは、消耗しつくして）突然死んだ、と説明する。アリスタルコスはもっと明確に、必需品の欠如のために死んだ、つまり餓死したと説明する[1]。

　ホメーロスの詩についてこのように微細なことまで説明しようとする傾向はこの二人の学者に始まったことではない。リュコプローンとアポローニオスもセイレーンについて次のように歌う。

　　Lyc. 670–672

　　　τίς οὐκ ἀηδὼν στεῖρα Κενταυροκτόνος
　　　Αἰτωλὶς ἢ Κουρῆτις αἰόλῳ μέλει
　　　πείσει τακῆναι σάρκας ἀκμήνους βορᾶς;
　　　ケンタウロス殺しの歌い鳥が、アイトリアか
　　　アカルナニア生まれのどの生まず女が、様々な歌声で
　　　彼らを食べ物に飢えて、身を滅ぼさせないことがあろうか。

　　A. R. 4. 900–902

　　　αἰεὶ δ' εὐόρμου δεδοκημέναι ἐκ περιωπῆς
　　　ἦ θαμὰ δὴ πολέων μελιηδέα νόστον ἕλοντο,
　　　τηκεδόνι φθινύθουσαι.
　　　いつも彼女らは良い港のある眺望のきく場所から
　　　見張り、たびたび多くの者から楽しい帰国を奪った、
　　　憔悴させて滅ぼして。

二人ともセイレーンについてはホメーロスから取材しているわけだが、歌声に魅せられた者たちの死因に踏み込んで語っている。リュコプローンは、セイレーンの歌声に魅せられて聞き入っているうちに餓死するといっているから、アリスタルコスはこの解釈に倣っている。一方、アポローニオスは、歌声に魅せられて憔悴して死ぬ、と述べている。これはあまり判然としない

が、歌声が直接の原因のようである。アリストファネースはアポローニオスに倣っているようにみえる。しかし、いずれにせよ二人の学者が問題にした点は既にリュコプローンとアポローニオスの関心事でもあったのである。

注

1) Schol. Q ad μ 43
   οἴκαδε νοστήσαντι] ὁ μὲν Ἀριστοφάνης φησὶ κατατηκομένους τῇ ᾠδῇ καὶ αἰφνιδίως ἐκλείποντας ἀπολέσθαι, ὁ δὲ Ἀρίσταρχος διὰ τὴν τῶν ἀναγκαίων σπάνιν.
   エウスタティウスはこれをもう少し敷衍して説明している。
   Eust. 1707. 50
   ἅ περ ὀστᾶ ὁ μὲν γραμματικὸς Ἀριστοφάνης νοεῖ ἐπεστοιβάσθαι σωρηδόν, ὡς τῶν ἀκροᾶσθαι παρατυχόντων, τηκομένων τῇ ἐκ τῆς ἀοιδῆς ἡδονῇ, καὶ οὕτω θνησκόντων, ὁ δὲ Ἀρίσταρχος, ὡς ἐκλειπόντων διὰ τὴν τῶν ἀναγκαίων σπάνιν ἣν πάσχουσι προστετηκότες ἐπὶ μακρὸν τῇ ᾠδῇ.

12. エウマイオスのアレテー

「オデュッセイア」第 17 歌 322 – 323 行
「アルゴナウティカ」第 3 歌 784 – 785 行

ρ 322 – 323
ἥμισυ γάρ τ' ἀρετῆς ἀποαίνυται εὐρύοπα Ζεὺς
ἀνέρος, εὖτ' ἄν μιν κατὰ δούλιον ἦμαρ ἕλησιν.

というのは、遥かに轟くゼウスは男の能力の半分を奪ってしまうから、その男を奴隷の日々が取り込めてしまうときには。

これは豚飼いのエウマイオスの言葉である。この詩行は偶然にも古代の二人の作家によって引用されている。第一の引用はプラトーンの「法律」(第6巻19節)にある。
Pl. Lg. 776 e – 777a.
ὁ δὲ σοφώτατος ἡμῖν τῶν ποιητῶν καὶ ἀπεφήνατο, ὑπὲρ τοῦ Διὸς ἀγορεύων, ὡς –
ἥμισυ γάρ τε νόου, φησίν, ἀπαμείρεται εὐρύοπα Ζεὺς
ἀνδρῶν, οὕς ἄν δὴ κατὰ δούλιον ἦμαρ ἕλῃσι.
私たちの詩人たちの中で最も賢い方はゼウスについて語りながら、このように明言しました。
「というのは、遥かに轟くゼウスは男たちの心の半分を奪ってしまうから、もし彼らを奴隷の日々が取り込めてしまうなら」
と彼は言っています。
プラトーンが記憶を頼りにこの詩行を書いたのか、それとも写本テクスト

を参照したのかは知る由もないが、ホメーロスの中世写本とこの引用の間にはかなりの相違が見られる。τ' ἀρετῆς ἀποαίνυται は τε νόου … ἀπαμείρεται に、ἀνέρος は ἀνδρῶν に、そして εὖτ' ἄν μιν は οὓς ἄν δὴ に入れ替わっている。

　第二の引用はアテーナイオスの「食卓の賢人たち」にある。
　　　Ath. VI. 264 e – f.
　　　　ὁ δὲ σοφώτατος τῶν ποιητῶν φησιν·
　　　　ἥμισυ γάρ τε νόου ἀπαμείρεται εὐρύοπα Ζεὺς
　　　　ἀνδρῶν, οὓς ἄν δὴ κατὰ δούλιον ἧμαρ ἕλῃσι.
アテーナイオスの引用はプラトーンが引用している詩句と全く同じになっている。アテーナイオスは後200年頃に活動した人であるから、プラトーンよりずっと後の人である。彼がプラトーンと同じテクストを使ったのか、それともプラトーンの引用をそのまま利用したのか、その辺りの事情は判然としない。

　ホメーロスのこの詩行は更に時代を降って、中世期のエウスタティウスがホメーロス注解の中で、部分的ではあるが引用している[1]。第三の引用である。これによると、中世写本の τ' ἀρετῆς ἀποαίνυται は τ' ἀρετῆς ἀπαμείρεται となっている。つまり、ἀποαίνυται が ἀπαμείρεται に入れ替わり、ἀρετῆς はそのままである。また、ἀνδρῶν, οὓς ἄν δὴ はプラトーン、アテーナイオスと同じである。この注釈は更に付け加えて、他の諸写本には ἥμισυ γάρ τε νοοῦ ἀπαμείρεται という読み方もある、そして νοοῦ は φρονήσεως のことであると説明している。他の諸写本の読み方というのはプラトーン及びアテーナイオスの読み方と同一である。

　以上の古代及び中世の三つの引用は何を意味するのか。これら三人の学者は中世写本が伝える ἀποαίνυται という読み方を全く知らなかったのだろうか。ἀρετῆς についてはエウスタティウスのみが知っていたということになる。三人の引用がどれだけ正確なものであるかは知ることはできない。また、三人が同一の或いは同系統の写本を見たという証拠もない。しかし、一

つだけ確かなことは、ἀποαίνυται という読み方の他に、ἀπαμείρεται と読む写本が存在したということであろう。ἀπαμείρεται はプラトーンの時代にまで遡る古い読み方であるということになる。

さて、ἀποαίνυσθαι (= ἀπαίνυσθαι) はホメーロスには他に六つの用例が残っている[2]。これに対して、ἀπαμείρειν の用例は問題の異読以外にはホメーロスには無い。しかし、ヘーシオドスに1例残っている。これ以降の用例はヘレニズム期のアラートスとアポローニオス・ロディオスにそれぞれ1例ずつある[3]。それ故、ἀπαμείρειν は稀語の一つと言えよう。次にアポローニオスの用例を示す。

A. R. 3. 784 – 785

τότε δ' ἂν κακὸν ἄμμι πέλοιτο

κεῖνος, ὅτε ζωῆς ἀπαμείρεται.

その時、彼（イアーソーン）は私にとって禍の種となるだろう、

彼が命を奪われる時には。

これは王女メーデイアの言葉である。ところで、これが最初に引いたホメーロスの詩句を模倣して作られたことは、これまで述べてきたことから容易に推測できるであろう。785行の ζωῆς ἀπαμείρεται はホメーロスの ἀρετῆς ἀποαίνυται と全く同じ詩行中の位置を占める。そうすると、この ζωῆς ἀπαμείρεται によってアポローニオスは何を暗示しようとしているのか。二つ考えられる。

一つは、彼も ἀποαίνυται を知らなかったか、或いはその両方の読み方を知っていて、ἀπαμείρεται を採用した、という考え方である。アポローニオスは ἀπαμείρεται を受動態で使用するが、ホメーロスの場合は中動態である。ここにヴァリエーションが見られる。或いは ἀπαμείρεται は ἀποαίνυται より珍しい読み方であったとも考えられる。それが ἀπαμείρεται を使う動機であったかも知れない。どちらの読みが真正であるかという問題になると、ἀπαμείρεται のほうが有力と言わざるを得ない。というのは、伝承の過程でホメーロスにおいては稀な読み ἀπαμείρεται がより一般的な

動詞 ἀποαίνυται に入れ替わる可能性は考えられるが、その逆は考えにくい。つまり、ἀπαμείρεται のほうが difficilior だからである。しかし、ἀποαίνυται という読み方がどの位古いものであるのか、これについては全く判らない。

　もう一つは、アポローニオスの ζωῆς ἀπαμείρεται という詩句のポイントはこの動詞だけではなく、ζωῆς にもあるという考え方である。プラトーンもアテーナイオスもそしてエウスタティウスも ἀπαμείρεται については一致している。しかし、中世写本の ἀρετῆς の異読として νόου という読みを我々に残している。そうすると、アポローニオスの ζωῆς は第三の読み方としての権利を主張してもおかしくない。ホメーロスの詩句によれば、豚飼いエウマイオスは、奴隷の境遇に身を落すなら、ἀρετή の半分を失う、と述べている。プラトーンとアテーナイオスは νόου と読む。ἀρετή ならそれぞれの男がもつ職能のことであろうし、νόος についてはエウスタティウスが注を付けて φρόνησις のこととしているように、思慮、目的ということになろう。それでは、アポローニオスの ζωή と読むとどうであろうか。これをホメーロスの詩行の中で ἀρετῆς の代わりに読む場合、エウマイオスの述懐は非常に現実味を帯びて活き活きとしてくる。奴隷の境遇に陥ると人生（能力を含めて生活の財も含まれる）の半分は奪われてしまうのだ、ということになろう。ζωῆς は ἀρετῆς, νόου 以外の第三の読み方であって、アポローニオスはこのことを示しているのかも知れない。或いは、アポローニオスの単なる conjecture であったとも考えられる。何れにせよ、ζωῆς ἀπαμείρεται はホメーロスのテクストの問題へのアリュージョンになっていると思われる。

注

1) Eust. 1766. 57

ἥμισυ γάρ τ' ἀρετῆς ἀπαμείρεται εὐρύοπα Ζεὺς ἀνδρῶν, οὕς ἂν δὴ καὶ ἑξῆς, ὅ περ σημαίνει ὅτι παρά τισιν ἄλλοις εὕρηται κατ' ἑτεροίαν γραφήν, ἥμισυ γάρ τε νόου ἀπαμείρεται, ἤγουν τὸ ἥμισυ τῆς φρονήσεως.

2) Λ 582 / τεύχε' ἀπαινύμενον Ἀπισάονος.
   Ν 262 / Τρώϊα, τὰ κταμένων ἀποαίνυμαι.
   Ο 594-595 θέλγε δὲ θυμὸν / Ἀργείων καὶ κῦδος ἀπαίνυτο.
   Ρ 85 τὸν μὲν ἀπαινύμενον κλυτὰ τεύχεα.
   μ 419 = ξ 309 θεὸς δ' ἀποαίνυτο νόστον.

3) Hes. Th. 801 εἰνάετες δὲ θεῶν ἀπαμείρεται αἰὲν ἐόντων.
   Arat. 522 οὐ μὴν Αἰητοῦ ἀπαμείρεται.
   これらの用例には ἀπομείρεται という異読がある。

13. 恐怖のアイギス

「オデュッセイア」第 22 歌 297 – 298 行
「アルゴナウティカ」第 1 歌 1232 – 1233 行

A. R. 1. 1232 – 1233

τῆς δὲ φρένας ἐπτοίησε
Κύπρις, ἀμηχανίη δὲ μόγις συναγείρατο θυμόν.

キュプリスは彼女（ニンフ）の心を放心状態にした。
彼女は殆ど心を抑えることができなかった。

1232 行の動詞 πτοιεῖν の本来の意味は「怖がらせる、びっくりさせる」である。ここでは暗喩的に使われている。φρήν は横隔膜を指す。感情が宿る場所ということになっている。πτοιεῖν はホメーロスのハパクス・レゴメノンの一つで、その用例は次の詩行にある。

χ 297 – 298

δὴ πότ᾽ Ἀθηναίη φθισίμβροτον αἰγίδ᾽ ἀνέσχεν
ὑψόθεν ἐξ ὀροφῆς· τῶν δὲ φρένες ἐπτοίηθεν.

まさにその時、アテーネーが人間の命を奪う楯アイギスを
屋根の上から高々と掲げると、彼らの心は恐怖に捉えられた。

アポローニオスがホメーロスのこの詩行を模倣し利用していることは明らかである。τῶν δὲ φρένες ἐπτοίηθεν を τῆς δὲ φρένας ἐπτοίησε と言い換えているのである。この模倣の仕方はヘレニズムの詩の特徴をよく表している。ホメーロスの受動形は能動形に、当然のことだが、主語 φρένες は目的語 φρένας に、また男性・複数形の τῶν は女性・単数形の τῆς に移し替えられ

II　アリュージョンによるホメーロス・テクストの解釈

ている。更に、戦いの女神アテーネーは恋愛を職分とする女神キュプリス(つまり、アプロディーテー)に入れ替わり、場面も戦いから恋へと移されている。いわゆる oppositio in imitando という手法の典型的な例である。勿論、アポローニオスの φρένας ἐπτοίησε という表現はホメーロスにとっても奇異なものではない。例えば、類似の動詞 τρομεῖν の用例として τρομέοντο δέ οἱ φρένες (K 10) と並んで τρομέουσι δέ τε φρένα (O 627) という表現がある。πτοιεῖν に関して言えば、ホメーロス以降の用例としてサッポーに次の詩句が残っている。

Sapph. Fr. 31. 6 Lobel
κραδίαν ἐν στήθεσσιν ἐπτόαισεν.

アポローニオスの τῆς δὲ φρένας ἐπτοίησε はどう見てもホメーロスの詩句のヴァリエーションと考えられよう。ところが、この詩行には単純に片付けることのできない事情がある。というのは、中世ビザンチンの注釈家エウスタティウスが注釈の中でホメーロスの詩行を引用しているが[1]、それによると、ホメーロスの詩行の最後の部分は伝存する全ての中世写本の読み方と大いに異なる。つまり、298 行の後半詩行は τῶν δὲ φρένες ἐπτοίηθεν ではなく、τῶν δὲ φρένας ἐπτοίησε になっている。そして、記述の後半において τῶν δὲ φρένες ἐπτοίηθεν という読み方、つまり中世写本の読み方が示されている。ここで注目されるのは τῶν δὲ φρένας ἐπτοίησε である。これは何を意味するのか。ホメーロスの全ての写本が伝える φρένες ἐπτοίηθεν という読み方以外に、エウスタティウスは φρένας ἐπτοίησε という読み方を知っていたということになる。つまり、この読みを含む我々には伝わっていない系統の写本を彼は見た可能性もある。次に注目すべき点は、彼が残したこの φρένας ἐπτοίησε という読み方はアポローニオスの詩句と構文上同一であるということである。このことは何を意味するのか。アポローニオスもホメーロスの当該の詩行についてこの読み方を知っていたと推測することは不可能ではない。この読み方がエウスタティウスの時代からどのくらい遡り得るのかは判らない。しかし、アポローニオスの時代の写本の中にこれら二つの読

179

み方があったとするなら、その真正についての議論があったであろう。アポローニオスはこの二詩行を作るにあたって場面設定を含めてホメーロスの二詩行を模倣している。その場面で φρένας ἐπτοίησε としたのは、むしろこの読み方を使うことが彼の本来の目的であったと考えるほうがよい。逆転された場面設定はホメーロスの二詩行へのアリュージョンになっているからである。ホメーロスの二詩行を考えてみると、φρένες ἐπτοίηθεν よりも φρένας ἐπτοίησε と読むほうが文は滑らかである。「アテーネーはアイギスを高く掲げて、男たちの心を恐怖に陥れた」となる。ἐπτοίηθεν と読むと主語が入れ替わり、対比的になるが、対比を際立たせる小辞が弱い。それが、校訂者たちが ὀροφῆς の次にコロンを打つ理由である。

　アポローニオスは φρένας ἐπτοίησε を支持した。これがこの詩行の目的かも知れない。付け加えておくと、アポローニオスの断片に類似の詩行が一つ残っている。

　　A. R. Fr. 12. 6 Powell
　　　ἡ γὰρ ἐπ' Αἰακίδῃ κούρης φρένας ἐπτοίησεν.

注
1) Eust. 1927. 40
   καὶ φησί· δὴ τότ' Ἀθηναίη φθισίμβροτον αἰγίδ' ἀνέσχεν ὑψόθεν ἐκ κορυφῆς, τῶν δὲ φρένας ἐπτοίησε, τουτέστιν ἐπτόησεν· ἢ καὶ ἄλλως, τῶν δὲ φρένες ἐπτοίηθεν, τουτέστιν εὐλαβήθησαν, ἐπτοήθησαν.

14. ヴェルニケの法則

「オデュッセイア」第 24 歌 239–240 行
「アルゴナウティカ」第 3 歌 185–186 行

A. R. 3. 185–186
    μηδ' αὔτως ἀλκῇ, πρὶν ἔπεσσί γε πειρηθῆναι,
    τόνδ' ἀπαμείρωμεν σφέτερον κτέρας.

    言葉で試す前に、すぐに力によって
    彼から持ち物を奪うことは止めよう。

185 行の ἔπεσσί γε πειρηθῆναι という言い回しはアポローニオスの唯一の例であるが、これと殆ど同じ表現がホメーロスにも 1 回だけある。
  ω 239–240
    ὧδε δέ οἱ φρονέοντι δοάσσατο κέρδιον εἶναι,
    πρῶτον κερτομίοις ἐπέεσσιν πειρηθῆναι.
    思案した彼にはこのようにするのが得策と思われた、
    つまり、最初に意地悪い言葉で試すことが。

この詩行の ἐπέεσσιν πειρηθῆναι はアポローニオスの ἔπεσσι γε πειρηθῆναι とほぼ同じである。ἐπέεσσιν を ἔπεσσι γε と入れ替えているだけである。何の変哲も無い模倣に思われる。しかし、ホメーロスの ἐπέεσσιν πειρηθῆναι に関してはテクスト校訂作業上一つの議論がある。ホメーロスの中世写本が伝えるテクストは ἐπέεσσι πειρηθῆναι である。しかし、テクスト校訂者は ἐπέεσσι に ν を付け加えて ἐπέεσσιν とする。ν ἐφελκυστικόν である。というのは、ἐπέεσσι では韻律が合わないからである。しかし、ν を付

加することには障害が一つある。ἐπέεσσιν πειρηθῆναι とするといわゆる Wernicke の法則に反することになる[1]。つまり、ホメーロスのヘクサメトロンにおいては diaeresis の前の第四脚がスポンデーである場合には、この第四脚の末尾の音節は「本質的に長い」音節でなければならない、という法則に反するのである。つまり、ἐπέεσσιν とするとその末尾の音節は「位置によって長い」音節になってしまうのである。但し、例外が一つある。「オデュッセイア」第19歌576行の ἀεθλον τοῦτον である。

τ 576
> νῦν δὲ μνηστήρεσσιν ἀεθλον τοῦτον ἐφήσω.

これが問題の ἐπέεσσι を敢えて ἐπέεσσιν と修正する拠り処になっている。ところで、この問題の有力な解決策がパピルス断片の中に発見された。後3〜4世紀頃のものと推定されるパピルスの写本断片で、P[28] 即ち Rylands 53 と分類されているものである。この写本は、中世写本の ἐπέεσι πειρηθῆναι の代わりに ἔπεσιν διαπειρηθῆναι と読む。この読み方は中世写本が抱える韻律上の困難を一挙に解決してくれるのである。但し、διαπειρηθῆναι という合成動詞はホメーロスには他に用例がない。更に、この動詞は散文語である。しかし、不可能ではない。そしてこれを正解として受け入れる人は少なくない。Wilamowitz はこれを Homeric であるとして支持する。P. von der Mühll はこれを真正の読みとして、その校訂本に採用している。W. S. Stanford もこれを支持する[2]。

さて、以上の点を念頭に置いてアポローニオスの ἔπεσσί γε πειρηθῆναι を考えてみると、これもこのホメーロス問題の解決策の一つと考えられよう。アポローニオスの諸写本及びパピルスにはもう一つの読み方が伝わっている。ἐπέεσσι である（Ω Π[20]）。しかし、この読み方を採ると、ἐπέεσσί γε πειρηθῆναι となって韻律の点で不可能である。仮に γε を取り除くとホメーロスの中世写本のテクストと同じになり、しかも詩行全体の韻律も損なわれる。従って、最初に示したテクストのように読まざるを得ない。中世写本の ἐπέεσσι、パピルスの ἔπεσιν、そしてアポローニオスの ἔπεσσι は全て ἔπος という名詞の複数与格形としてホメーロスの叙事詩の中では同等に使用されている。どの形を選択するかは詩人に任されている。要はどれが韻律に適合するかである。パピルスの読み方 ἔπεσιν διαπειρηθῆναι はホメーロスの真正の読み方かも知れない、或いは古代の学者の推定による読み方とも考えられる。或いは、中世諸写本とは別系統の写本の読み方と考えることもできよう。そこで、アポローニオスの詩句 ἐπεσσί γε πειρηθῆναι、つまりこのホメーロスの模倣の意図は何か。一つ考えられることは、ホメーロスのテクストに γε を挿入することへのアリュージョンである。そうすると、ホメーロスの詩句は ἐπέεσσι γε πειρηθῆναι となり、ヘクサメトロンは完成する。韻律上の法則に抵触することはない。アポローニオスの模倣のポイントは γε πειρηθῆναι にあると考えられるのである。尤も、写本テクストの韻律の不備を修復する手段として γε という小辞を挿入することは、古来しばしば使われる便法の一つであることも確かである。

注

1) cf. W. Leaf, *The Iliad*, vol. II, 1902 London, Appendix IV, 631 ff.
   P. Maas, *Greek Metre*, 1962 Oxford, 77.
2) U. von Wilamowitz-Moellendorff, *Die Heimkehr des Odysseus*, 1927 Berlin, 31, n. 3.
   P. von der Mühll, *Homeri Odyssea*, 3rd ed., 1961 Basel (1984 Stuttgart).
   W. B. Stanford, *The Odyssey of Homer*、2nd ed., 1959 London.
   cf. H. Ebse, *Beiträge zum Verständnis der Odysse*, 1972 Berlin, 202 – 204.

III

アリュージョンによるホメーロス語彙の解釈

1．ヘクトールの叱責

「イーリアス」第3歌40行　ἄγονος

古代ローマの伝記作家スウェトニウスの「ローマ皇帝伝」のアウグストゥス篇に次のような一節がある。

Suet. Aug. 65. 4

 atque ad omnem et eius et Iuliarum mentionem ingemiscens
 proclamare etiam solebat :

  αἴθ' ὄφελον ἄγαμός τ' ἔμεναι ἄγονός τ' ἀπολέσθαι.

 nec aliter eos appellare quam tris vomicas ac tria carcinomata sua.
 そしてアウグストゥスは彼（アグリッパ）と二人のユーリアに
 話題が及ぶと、いつもため息をついてこのように叫んだ。

  「ああ、私は結婚していなければよかった、していても
  子供も作らずに死んでしまえばよかったのだ」

 そして彼らのことを私の三つの腫瘍とか、三つの癌としか呼ば
 なかった。

これは、皇帝アウグストゥスが不肖の子供たちについて愚痴を言う場面である。彼はこの中でギリシア語の詩句を引用する。これはホメーロスの「イーリアス」第3歌において、ヘクトールがパリスに向かって口にする非難の冒頭の部分である。但し、スウェトニウスの引用では、人称は二人称から一人称に替わり、ἄγαμος と ἄγονος の順序は入れ替えている。この ἄγονος という形容詞はホメーロスに一度しか使われていない言葉、つまりハパクス・レゴメノン（ἅπαξ λεγόμενον）の一つである。この言葉は、α-privative（欠如、或いは否定のアルファ）と γόνη 或いは γόνος（「子」或いは「子孫」の意）との合成語である。従って、上の詩句におけるように「子が無い」とい

う意味になるはずである。この点で、アポローニオス・ロディオスは叙事詩「アルゴナウティカ」においてスウェトニウスと同様に正確に使っている。

 A. R. 1. 683 – 685

  εὖτ' ἂν δὴ γεραραὶ μὲν ἀποφθινύθουσι γυναῖκες,
  κουρότεραι δ' ἄγονοι στυγερὸν ποτὶ γῆρας ἵκησθε,
  πῶς τῆμος βώσεσθε, δυσάμμοροι;
  年老いた女たちが死に絶え、
  若いあなたたちは子も無いまま忌まわしい老年に達したとき、
  その時どのようにして生きてゆくのか、不運な女たちよ。

しかし、ホメーロスの場合は文脈の上から考えてこの言葉の使い方、つまり意味に疑問が残る。このことは古代以来、問題とされている。

 Γ 38 – 42

  τὸν δ' Ἕκτωρ νείκεσσεν ἰδὼν αἰσχροῖς ἐπέεσσιν·
  "Δύσπαρι, εἶδος ἄριστε, γυναιμανές, ἠπεροπευτά,
  αἴθ' ὄφελες ἄγονός τ' ἔμεναι ἄγαμός τ' ἀπολέσθαι·
  καί κε τὸ βουλοίμην, καί κεν πολὺ κέρδιον ἦεν
  ἢ οὕτω λώβην τ' ἔμεναι καὶ ὑπόψιον ἄλλων."

  彼を見てヘクトールは辱めの言葉で非難した。
  「不吉なパリスよ、姿は人より優れているが、女狂いの嘘つき男、
  おまえがἄγονοςで、嫁も娶らずに死ねばよかったものを。
  それが望ましかったのだ、そしてずっと有益であったろう、
  このように他の人々の恥となり、疑わしい目で見られるよりも」

この一節で使われているἄγονοςを「子が無い」という意味に解釈すると、どうも文脈に適合しないのである。というのは、トロイア戦争を引き起こした張本人はパリス自身であって、その子供ではないからである。パリスとヘ

III　アリュージョンによるホメーロス語彙の解釈

レネーの子供についてスコリアは、二人からダルダノスという名の子供が生まれたとしている[1]。しかし、このことは「オデュッセイア」第4歌の次の一節と矛盾する。

δ 10‒14

υἱέι δὲ Σπάρτηθεν Ἀλέκτορος ἤγετο κούρην,
ὅς οἱ τηλύγετος γένετο κρατερὸς Μεγαπένθης
ἐκ δούλης· Ἑλένῃ δὲ θεοὶ γόνον οὐκέτ' ἔφαινον,
ἐπεὶ δὴ τὸ πρῶτον ἐγείνατο παῖδ' ἐρατεινήν,
Ἑρμιόνην, ἣ εἶδος ἔχε χρυσέης Ἀφροδίτης.

彼（メネラーオス）は息子にスパルテーからアレクトールの娘を
嫁に迎えようとしていた。この息子は遅くなって奴隷から生まれた
屈強なメガペンテースである。というのは、神々がもはやヘレネーに
子供を生むことを許さなかったので。最初に美しい娘、姿形が
黄金のアプロディーテーにそっくりなヘルミオネーを生んだ後には。

以上のような理由で「イーリアス」における ἄγονος を「子が無い」という意味に解釈することは疑問とされた。

　代案として幾つかの解釈が提案されたが、この形容詞を「受動」の意味に解釈するのが一般的である。つまり、ホメーロスの ἄγονος は「生まれない」という意味に解釈されている。従って、ヘクトールは、「おまえは生まれてこなければよかったのだ」と言っていることになる。文脈によく合うのである。この解釈の根拠は、エウリーピデースの「フェニキアの女たち」に残っている次の用例にある。

E. Ph. 1595‒1599

ὦ μοῖρ', ἀπ' ἀρχῆς ὥς μ' ἔφυσας ἄθλιον
καὶ τλήμον', εἴ τις ἄλλος ἀνθρώπων ἔφυ·
ὃν καὶ πρὶν ἐς φῶς μητρὸς ἐκ γονῆς μολεῖν
ἄγονον Ἀπόλλων Λαΐῳ μ' ἐθέσπισεν
φονέα γενέσθαι πατρός· ὦ τάλας ἐγώ.

ああ、運命よ、初めから何という惨めで哀れな者として
　　おまえは私を生んだのか、人間の中に他に誰かいるとしたら。
　　この私が母の胎内から光の中へ出てくる以前に、生まれないうちに、
　　アポローンはラーイオスに予言したのだ、
　　私が父殺しになるだろうと。ああ、惨めな私よ。

この科白を述べているのは、オイディプース王である。この文脈は、αγονος が「(未だ) 生まれない」という受動の意味であることを示している[2]。かくして、現在に至るまで、ホメーロスの注釈者は一般に「イーリアス」第3歌において、この形容詞を受動の意味に解釈し、また辞典類は能動的意味と受動的意味を掲げている[3]。

　しかし、この解釈に従うと「イーリアス」の詩句には多少の疑問が残る。つまり、40行を通常のように「おまえが生まれもせず、結婚もせずに死ねばよかったのだ」（I wish that you had never be born and had died unwed.[4]）と訳す場合、「生まれない」のなら結婚も死もないのだから、この文には矛盾があるということになる。この疑問は古くからあるらしく、中世の語源辞典に残されている説明はこの疑問に答えようとしているらしい。この辞典は次のように説明する。この詩行における τε は、離接的接続詞 ἤ の代わりに使われていると解釈される。従って、ホメーロスのこの詩句は、「おまえは生まれないか、あるいは生まれたとしても結婚する前に死ねばよかったのだ」という意味になる[5]。スウェトニウスが引用するにあたって、αγονος と αγαμος の順序を入れ替えたのは、このあたりの曖昧さを知っていたからかも知れない。スウェトニウスの引用文は文意がより明晰である。つまり、「結婚もせず、しても子供が無ければよかった」と嘆いているからである。

　エウリーピデースの「フェニキアの女たち」の用例がホメーロスの αγονος を受動的な意味に解釈する典拠になっている。しかし一方で、エウリーピデースはこの言葉を「ヘーラクレース」において能動的な意味で使っている。

　　E. HF. 886

190

ἰὼ Ζεῦ, τὸ σὸν γένος ἄγονον αὐτίκα.

おお、ゼウスよ、あなたの子はやがて子供を失う（子無しになる）だろう。

悲劇作品には、ソポクレースの「オイディプース王」にもう一つ用例が残っている。

S. OT 26‐27

τόκοισί τε / ἀγόνοις γυναικῶν.

女たちの子の無い出産（流産の意）によって。

　詩文における ἄγονος の能動的な意味は「子が無い」という使い方が基本になっている。しかし、散文においては意味合いがもう少し広がっている。例えば、ヒッポクラテースにおいてはしばしば「不妊の」あるいは「生殖能力の無い」という意味で使われている[6]。この意味合いはホメーロスの詩句のもう一つの解釈を示唆する。つまり、G. S. Kirk が指摘するように[7]、ヘクトールは γυναιμανής「女狂い」（39行）という言葉との関連で ἄγονος と言っていると解釈することも可能である。ヘクトールはパリスが γυναιμανής であることを嘆いているのである。つまり、パリスが「生殖不能な」男に生まれていれば、γυναιμανής になることもなく、ヘレネーを誘拐してトロイアに禍をもたらすことも無かったはずである。「おまえは不能に生まれ、従って結婚もせずに死ねばよかったのだ」と言っているのである。ἄγονος を能動的な意味に解釈する可能性はなお残っていると言えるだろう。アポローニオスがこの言葉をホメーロスと同じ詩行位置で使うのは、その意味解釈へのアリュージョンであると考えられるが、ヘクトールの言葉をどう解釈していたのかは判らない。

注

1) Schol. A ad Γ 40 b :

ἀγονός < τ᾽ ἔμεναι > : Διονύσιός φησιν ὁ Σκυτοβραχίων Δάρδανον ἀπὸ Ἑλένης καὶ Πάριδος γενέσθαι.
cf. Eust. 380. 30.
ヘレネーの子供についての報告に関しては、
cf. Schol. ad E. Andr. 898 : Tz. Lyc. 851 : Dict. Cret. 5. 5.
2) スコリアは両方の意味を挙げている。
Schol. ad E. Ph. 1598 : ἄπαιδα. ἀγέννητον.
受動の意味で使われた例がもう一つ残っている。
Euburus fr. 106. 11 K-A : παίδων ἀγόνων γόνον ἐξαφανίζων.
3) cf. Leaf, Ameis – Hentze – Cauer, etc.
LSJ, LfgrE, etc.
4) A. Murray.
5) E Gud. 15. 15 :
ὁ "τε" σύνδεσμος ἀντὶ τοῦ "ἢ" διαζευκτικοῦ συνδεσμοῦ παραλαμβάνεται, ἤτοι ἢ καὶ γεννηθεὶς πρὸ γάμου ἀπολέσθαι.
6) この意味は男女両方に使われている。
e. g. Hp. Aph. 5. 59 αὕτη οὐ δι᾽ ἑωυτὴν ἀγονός ἐστιν.
Hp. Art. 51. 40 καὶ ἀγονώτεραι οὗτοι τῶν ἄνωθεν κυφῶν.
ヘレニズム期の詩人ニカンドロスにこの意味での用例が一つ残っている。
Nic. Al. 582 – 583
δὴν δὲ κατικμάζων ἄγονον σπόρον ἄλλοτε φωτός.
πολλάκι θηλυτέρης, σκεδάων γυίοισι τέλεσκε.
7) G. S. Kirk, *The Iliad : A Commentary*, vol. I, 1985 Cambridge, ad loc.

2. キマイラ

「イーリアス」第6歌179行　ἀμαιμάκετος

Z 178 - 182
  αὐτὰρ ἐπεὶ δὴ σῆμα κακὸν παρεδέξατο γαμβροῦ,
  πρῶτον μέν ῥα Χίμαιραν ἀμαιμακέτην ἐκέλευσε
  πεφνέμεν· ἡ δ' ἄρ' ἔην θεῖον γένος, οὐδ' ἀνθρώπων,
  πρόσθε λέων, ὄπιθεν δὲ δράκων, μέσση δὲ χίμαιρα,
  δεινὸν ἀποπνείουσα πυρὸς μένος αἰθομένοιο.
  しかし、彼は婿（プロイトス）の禍のしるしを受け取ると、
  先ず、打ち勝ちがたいキマイラを殺すよう
  （ベレロポンテース）に命じた。これは神界の生まれで、
  人界のものではなく、前は獅子、後ろは蛇、真ん中は山羊の
  形をなし、燃え盛る火の勢いを恐ろしく吐き出す。

　これは「イーリアス」第6歌でグラウコスが語る英雄ベレロポンテースの物語の一節である。この中の ἀμαιμακέτην（179）という形容詞について、スコリアは二つの解釈を与える。「非常に怒り狂った」と「抗し難い」の二つである[1]。この言葉は「イーリアス」にはもう1例、やはりキマイラのエピセットとして使われている。

Π 328 - 329
  ὅς ῥα Χίμαιραν / θρέψεν ἀμαιμακέτην.
この二つの例ではどちらの意味も文脈に合うが、一般に「抗し難い、打ち勝ちがたい」（irresistible, invincible）と訳出されている。ホメーロスには更にもう一つ用例が「オデュッセイア」第14歌に残っている。これについて

193

は解釈に少し議論がある。

ξ 310 – 312

αὐτὰρ ἐμοὶ Ζεὺς αὐτός, ἔχοντί περ ἄλγεα θυμῷ,
ἱστὸν ἀμαιμάκετον νηὸς κυανοπρώροιο
ἐν χείρεσσιν ἔθηκεν, ὅπως ἔτι πῆμα φύγοιμι.

しかし、ゼウス自ら、胸に苦しみを抱いている私のために
青黒いへさきの船の ἱστὸν ἀμαιμάκετον を手に持たせてくれた、
なおも災難を免れるように。

311行において ἱστὸν「帆柱」にかかる形容詞 ἀμαιμάκετον の訳語として、「抗し難い」あるいは「怒り狂った」はあまり適切とは思えないのである。これについてスコリアは、「比較できない長さの」という意味を与える[2]。つまり、「比べる物が無いくらい長い」帆柱、ということである。この意味は「帆柱」の形容詞として適合する。しかし、このスコリアはキマイラの場合についてもこの意味を当てはめて、「比べる物の無い大きさの」という解釈を与えている。もう一つ付け加えると、H. Ch. Albertz は、嵐で波打つ海上で帆柱が「荒れ狂って」いるという解釈も可能であるとする[3]。

実のところ、この形容詞の本当の意味はよく判らないのである。語源に関しても古代の学者たちの間には様々な議論があった。通常、μάχομαι「戦う」と結びつけて「打ち勝つことのできない」と解釈する説。μῆκος「長さ、大きいこと」と結びつけて、-μακετος は -μηκετος が短母音化したもの、μαι- は重加音節、α- は強意の接頭辞と解釈して、「非常に長い、大きい」という意味とする説。μαιμάω「熱望する、怒る」と結びつけ、α- を強意の接頭辞と解釈して、「非常に激しい、怒り狂った」とする説。この三つが古代の学者たちの提唱による主な語源説である。これに依拠して、「抗し難い、打ち勝てない、近づき難い」、「非常に高い、長い、巨大な」、「怒れる、恐ろしい」等の訳語が当てられる[4]。

ヘーシオドスには、「神統記」と「楯」にそれぞれ一つずつ用例が残っている。

Hes. Th. 319

ἡ δὲ Χίμαιραν ἔτικτε πνέουσαν ἀμαιμάκετον πῦρ.

彼女（ヒュドラー）は抵抗できない火を吐くキマイラを生んだ。

ここでは、ἀμαιμάκετος は πῦρ「火」のエピセットになっている。これはおそらく「イーリアス」第6歌のキマイラについて説明する次の詩句、

Z 182

δεινὸν ἀποπνείουσα πυρὸς μένος αἰθομένοιο

から発展した表現であろう[5]。しかし、これがヘーシオドスの発明であるかどうかは判らない。

[Hes.] Sc. 207 – 208

ἐν δὲ λιμὴν εὔορμος ἀμαιμακέτοιο θαλάσσης
κυκλοτερὴς ἐτέτυκτο.

その中に（楯の中に）は抗い難い海の良い泊りのある港が
円形に作られていた。

この ἀμαιμάκετος が「抗し難い」なのか「非常に大きい」の意味に使われているのかは判断できない。「海」を形容する例はピンダロスにも残っている。

Pi. P. 1. 14

γᾶν τε καὶ πόντον κατ' ἀμαιμάκετον

大地と打ち勝ちがたい海に。

ピンダロスはこの言葉を更に「力（あるいは勇気、感情）」、「打ち合い岩」、「ポセイドーンの三叉の矛」の形容詞として使う。

Pi. P. 3. 32 – 33

πέμψεν κασιγνήταν μένει / θυίοισαν ἀμαιμακέτῳ.

彼（アポローン）は抗し難い力（あるいは、荒れ狂う激情）で
沸き立つ妹（アルテミス）を（コローニスに）送った。

μένει … ἀμαιμακέτῳ という表現は、キマイラの πυρὸς μένος (Z 182) 及び ἀμαιμάκετον πῦρ (Hes. Th. 319) からの連想に拠っているのかも知れない[6]。バキュリデースの唯一の用例では、νεῖκος「争い」の形容詞になって

いる。

  B. 11.64 – 66

   νεῖκος γὰρ ἀμαιμάκετον
   βληχρᾶς ἀνέπαλτο κασιγνήτοις ἀπ' ἀρχᾶς
   Προίτῳ τε καὶ Ἀκρισίῳ.
   抑えがたい争いが
   取るに足らない始まりから
   プローイトスとアクリシオスの間に起こった。

ここでは、βληχρᾶς … ἀπ' ἀρχᾶς から単純に ἀμαιμακέτου を「非常に大きな」の意味に解釈できるかも知れない。

 悲劇ではソポクレースに二つの用例が残っている。一つは「オイディプース王」にある。

  S. OT 175 – 7

   ἄλλον δ' ἂν ἄλλα προσίδοις ἅπερ εὔπτερον ὄρνιν
   κρεῖσσον ἀμαιμακέτου πυρὸς ὄρμενον
   ἀκτὰν πρὸς ἑσπέρου θεοῦ.
   (命が) 次々に、強い翼を持つ鳥のように
   抗し難い火よりも速く、西方の神の岸辺へと
   飛び行くのが見えるであろう。

ソポクレースは、ホメーロスにおける Χίμαιρα ἀμαιμακέμη が吐き出す πυρὸς μένος から発展した ἀμαιμάκετον πῦρ を受け継いでいると言える。しかし、スコリアは「異常に大きな炎」と解釈する[7]。第二の用例は「コローノスのオイディプース」である。

  S. OC 125 – 128

     προσέβα γὰρ οὐκ
   ἄν ποτ' ἀστιβὲς ἄλσος ἐς
   τᾶνδ' ἀμαιμακετᾶν κορᾶν,
   ἃς τρέμομεν λέγειν.

なぜなら、この抗い難い娘たちの
　　人が足を踏み入れたことのない森に
　　彼（オイディプース）は入らなかったであろう、
　　我らは彼女らの名を口にするのも恐れているのだ。

ここでは ἀμαιμάκετος は復讐の女神エリーニュスの形容詞として使われている。スコリアは、「打ち勝てない」、「近づき難い」と説明する[8]。

　詩人たちは何か神的なもの、人為を超えた自然現象、つまり人間が抵抗できないものについてこの形容詞を使っている。しかし、本来の意味が何であったかは知らないらしい。

　ヘレニズム期以降では、古代末期の叙事詩人は好んで、しかも比較的自由にこの形容詞を使う[9]。しかし、ヘレニズム期の詩人はこの言葉にはあまり興味を示さなかったらしい。アポローニオス・ロディオスの叙事詩「アルゴナウティカ」には一つだけ用例が残っている。

　　A. R. 3. 1231 – 1234

　　　ἂν δὲ πολύρρινον νώμα σάκος, ἂν δὲ καὶ ἔγχος
　　　δεινόν, ἀμαιμάκετον· τὸ μὲν οὔ κέ τις ἄλλος ὑπέστη
　　　ἀνδρῶν ἡρώων, ὅτε κάλλιπον Ἡρακλῆα
　　　τῆλε παρέξ, ὅ κεν οἶος ἐναντίβιον πτολέμιξε.

　　　彼（アイエーテース王）は多くの皮を張り合わせた楯と、
　　　恐ろしい、抗い難い槍を振り回した。これに立ち向かえる者は
　　　勇士たちの中には他に誰もいなかったであろう。ヘーラクレースを
　　　遥か遠くに残してきたから。彼だけが相対して戦えたであろう。

ここの ἔγχος … ἀμαιμάκετον の手本はホメーロスの ἱστὸν ἀμαιμάκετον（ξ 311）であろう。それ故、「巨大な」と解釈しているように思われる。また、δεινόν（1232）という形容詞を説明的に配することによって、「恐ろしい」という意味を暗示しているようにもみえる。しかし、アポローニオスは τὸ μὲν οὔ κέ τις ἄλλος ὑπέστη という関係文によって ἀμαιμάκετον の意味を解釈していると考えるのが妥当であろう。つまり、「抗い難い」という

意味である。また、この言葉は「戦い」という文脈の中で使われている。これによって、アポローニオスはこの形容詞の語源が μάχη であることを仄めかしているようにみえる。それにも拘らず、アポローニオスの意図するところは ἀμαιμάκετος の複数の解釈へのアリュージョンであるという可能性がある。それが彼の作詩法の特徴の一つでもあるからである。

注

1) Schol. T ad Z 179.
   < ἀμαιμακέτην : > τὴν ἄγαν μαιμῶσαν ἢ τὴν ἀκαταμάχητον.
   Schol. T ad Π 329 a.
   ἀμαιμακέτην : τὴν ἀκαταμάχητον.
   Schol. T ad Π 329 b.
   ἀμαιμακέτην : ἐφ᾽ ἣν οὐκ ἄν τις ὁρμήσειεν.
2) Schol. H ad ξ 311.
   ἀμαιμάκετον] ᾧ οὐκ ἔστι μῆκος παραβαλεῖν. καὶ Χίμαιραν θρέψεν ἀμαιμακέτην, ᾗ οὐκ ἔστι μέγεθος παραβαλεῖν.
   Schol. B Q ad ξ 311.
   ἀντὶ τοῦ, οὗ οὐκ ἔστι μῆκος παραβαλεῖν.
3) LfrgE, s. v. ἀμαιμάκετος.
4) スコリア以外の古代・中世における解釈の主な資料は次の通りである。
   Apollon. 25. 16
       ἀμαιμακέτην· ἀπροσμάχητον, μεγάλην· ἱστὸν ἀμαιμάκετον ῎ ἀντὶ τοῦ μέγαν.
   EM 76. 8f.
   ἀμαιμάκετος· ὁ μακρός. Ὅμηρος,
       ἱστὸν ἀμαιμάκετον.
   παρὰ τὸ μῆκος μάκετος· διπλασιασμῷ μαιμάκετος· καὶ πλεονασμῷ τοῦ Ι, μετὰ τοῦ Α, ἀμαιμάκετος, ὁ μακρὸς καὶ ὑπερφυής. τὸ δέ,
       πνείουσαν ἀμαιμάκετον πῦρ,
   παρὰ τὸ μαιμῶ, μαίμακα.
       Χίμαιραν ἀμαιμακέτην,
   ἄμαχον, ἀκαταγώνιστον, φοβεράν, ἀνυπόστατον· ἢ ἀπροσμάχητον, καὶ μεγάλην· παρὰ τὸ μαιμάω μαιμῶ, τὸ προθυμοῦμαι, μαιμάκετος· ἐξ οὗ τὸ θηλυκὸν μετὰ τοῦ στερητικοῦ Α, πρὸς ἣν οὐδεὶς προθυμεῖται μάχεσθαι. ἢ παρὰ τὴν μάχην, ἀμαιμάκητος, καὶ ἀμαιμάκετος, καὶ ἀμαιμακέτη.

Hsch. α 3400
   ἀμαιμακέτην· ἀκαταμάκητον. μεγάλην. χαλέπην (Z 179)
AO (Anecdota Graeca e codd. Manuscriptis bibliothecarum
   Oxoniensium ed. J. A. Cramer, 1835 – 1837)
      ἀμαιμάκετον : ἄμαχον, ἀνυπόνον, μακράν, καὶ φοβεράν, ἢ ἀπροσμά-
      κητον καὶ μεγάλην.
Eust. 634. 35f.
   λέγει δὲ αὐτὴν καὶ ἀμαιμακέτην, ἤτοι ἀγὰν μαιμῶσαν ἢ περιμήκετον,
   ἐκ τοῦ ᾱ ἐπιτατικοῦ καὶ μᾶκος Δωρικοῦ, κτλ.
   1760.20f.
   ἔστι δὲ ἱστὸς ἀμαιμάκετος ὁ πάνυ μέγας καὶ, ὡς εἰπεῖν, ἀμάκετος, ἤτοι
   ἀγαν μακρὸς, κτλ.
5) cf. M. L. West, *Hesiod Theogony*, 1966 Oxford, ad loc.
   Schol. ad Hes. Th. 319 a
      ἀμαιμάκετον πῦρ· ἀπροσπέλαστον, ἀπροσμάχητον. ἢ τὴν ἀγαν μαιμῶσαν
      κατὰ ἐπέκτασιν, τουτέσιν ἀπόλουσαν.
6) 残りの二つの用例は次の通りである。
   Pi. P. 4. 208 – 209
      συνδρόμων κινηθμὸν *ἀμαιμάκετον* / ἐκφυγεῖν πετρᾶν.
      打ち合い岩の抗し難い動きから逃れ。
   Pi. I. 8. 37 – 38
      ὃς κεραυνοῦ τε κρέσσον ἄλλο βέλος
      διώξει χερὶ τριόδοντός τ᾽ *ἀμαιμακέτου*.
      彼（テティスが生む子）は（ゼウスの）雷電や
      （ポセイドーンの）抵抗しがたい（あるいは、巨大な）
      三叉の矛よりも強い他の武器を振るうであろう。
7) Schol. ad S. OT 176
      εὐτονώτερον τῆς περισσῶς μεγάλης φλογὸς καὶ πρὸς ἣν οὐκ ἔστι μῆκος παρα-
      βαλεῖν.
8) Schol. ad S. OC 127
      ἀκαταμαχήτων ἢ ἀπροσπελάστων.
9) Q. S. 1. 523 ἐγχείῃσιν -ῃσιν, 641 Ἄρηος -οιο, 3.139 -οις ἐνὶ γυίοις, 188 -οιο κυδοιμ-
   οῦ, 6.236 -237 ταῦρος πύρνοος ὃ … -ον, 8.63 -η … Ἀμφιτρίτη, 11.155 χερσὶν -ῃσιν,
   13.213 -ῳ ὑπὸ δουρὶ : Col. 53 -η (sc. Ἔρις) : [Orph.] A. 23 -ου Κρονίωνος, 177
   -οισιν ὀιστοῖς, 518 -οι βασιλῆες, 857 ἔθνος -ον : [Opp.] H. 1.361 ἀλκῇ -ῳ, C. 2.159
   -ον … γένεθλον : Nonn. D. 1.296 -ῃσιν … χερσί, 6.326 -ου νιφετοῖο, 11.161 -οιο …
   ταύρου, 18.254 -ων διὰ νώτων, 20.396 -ῳ Λυκοόργῳ, 21.70 ἀνδρὸς -οιο, 28.71 θηρὸς
   -οιο, 30.127 -ῳ δὲ μαχαίρῃ, 32.246 -οιο … ἄρκτου, 43.168 -ῳ … ῥεέθρῳ, 324 -ους δὲ
   φορῆας.

3. 船陣の戦い

「イーリアス」第 15 歌 653 行　εἰσωπός

Arat. 77 – 79

　τοῖοί οἱ κεφαλῇ ὑποκείμενοι ἀγλαοὶ ὦμοι
　εἴδονται· κεῖνοί γε καὶ ἂν διχόμηνι σελήνῃ
　εἰσωποὶ τελέθοιεν· ἀτὰρ χέρες οὐ μάλα ἶσαι.

　頭の下に置かれている両肩が非常に輝いているのが
　見られる。また、これらは満月の時にさえ
　見えるだろう。しかし、両手は同様ではない。

　ここに引用した詩行は、ヘレニズム初期の学者・詩人アラートスの天体の運行及び天候を扱った叙事詩「現象（パイノメナ）」の「蛇使い座」に関する叙述の一節である。
　ここの 79 行の εἰσωποί という形容詞はホメーロスのハパクス・レゴメノンの一つである。この詩行の中では、「視界の中にある」つまり「見える」という意味で使われている[1]。この言葉は、ホメーロス以降の用例は非常に少なく、その一方でヘレニズムの詩人たちが好んで使った稀語の一つでもある。この言葉の意味解釈については古代以来異論が多く、議論は今日にまで及んでいる。
　ホメーロスの「イーリアス」第 15 歌の一節にこの形容詞の用例がある。

O 649 – 658

　Ἕκτωρ δ' ὀξὺ νόησε, θέων δέ οἱ ἄγχι παρέστη,

III アリュージョンによるホメーロス語彙の解釈

στήθεϊ δ' ἐν δόρυ πῆξε, φίλων δέ μιν ἐγγὺς ἑταίρων
κτεῖν'· οἱ δ' οὐκ ἐδύναντο καὶ ἀχνύμενοί περ ἑταίρου
χραισμεῖν· αὐτοὶ γὰρ μάλα δείδισαν Ἕκτορα δῖον.
653 εἰσωποὶ δ' ἐγένοντο νεῶν, περὶ δ' ἔσχεθον ἄκραι
νῆες, ὅσαι πρῶται εἰρύατο· τοὶ δ' ἐπέχυντο.
Ἀργεῖοι δὲ νεῶν μὲν ἐχώρησαν καὶ ἀνάγκῃ
τῶν πρωτέων, αὐτοῦ δὲ παρὰ κλισίῃσιν ἔμειναν
ἀθρόοι, οὐδὲ κέδασθεν ἀνὰ στρατόν· ἴσχε γὰρ αἰδὼς
καὶ δέος· ἀζηχὲς γὰρ ὁμόκλεον ἀλλήλοισι.

　　ヘクトールは（ペリペーテースが転ぶのに）目ざとく気づき、
　　走りよって傍らに立つと、胸を槍で突き通し、親しい友らの近くで
　　彼を殺した。しかし、彼らは友のことを悲しみながら助けることが
　　できなかった。自分らも高貴なヘクトールをひどく恐れたので。
653　そして彼らは船々の εἰσωποί にいた、そして最初に引き上げられた
　　先端の船々が彼らの回りを囲んでいた。しかし、敵がなだれ込み、
　　アルゴス勢は一番端の船からも退却することを強いられた。
　　しかしその場でテントの傍らに密集して留まっていた、
　　陣営のあちこちに散ることなく。というのは、恥と恐れが彼らを
　　踏み止まらせ、また絶えず声を出して励ましあったので。

　この一節の 653 行の εἰσωποί の解釈は古代において議論の対象であったことをスコリアは伝えている。スコリアが伝える解釈は三つに分けられる。第一は「彼らは船を目にした、見た」[2]、第二は「彼らは船の後ろ側に来た」[3]、そして第三は「彼らは船の間に来た」[4] である。このうち第一の解釈は問題の詩行に続く文脈と矛盾すると思われる。アルゴス勢は船の見える位置にいるはずなのに、同時に船に囲まれていることになり、また 655 行ではすぐに先端の船から退却することを余儀なくされる。この一連のアルゴス勢の動き

201

についての叙述はかなり補足が必要となるからである。一方、第二、第三の解釈は文脈に適合すると言えよう。

　形容詞 εἰσωπός の意味には語源の点から二つの説がある。第一の説は ὀπή「穴」の、第二の説は ὤψ「目」の派生語とする。LSJ はこれに従って分類し、ὀπή の派生語として「中に、間に」（within, between）、また ὤψ の派生語として「見える」（visible）という訳語を与える。既に引用したアラートスの用例は後者の意味で使われている。また、この二つの語源説によると、ホメーロスの場合は第二の説による解釈は当てはまらない。第一の ὀπή の派生語として解釈すると、εἰσωποὶ δ' ἐγένοντο νεῶν は「彼らは船の穴（空いているところ）、つまり、間に入った」（they got into the hole, or opening, or intervals, of the ships）ということになる。この解釈はこの文脈に適う意味を与えてくれる。ホメーロスの叙述が意味するところは、アルゴス勢はトロイア勢に圧倒されて浜に引き上げられて並んでいる船の間に逃げ込んだ、ということであろう。しかし、Leaf はこの語源説による解釈に疑問を提出する[5]。つまり、ὀπή は正確には「節穴、のぞき穴」（peep-hole）を意味する言葉である。この意味から「隙間」（intervals）という意味への移行には無理がある。むしろ、εἰσωπός は οπ-「見る」という語幹の派生語であろう、というのが Leaf の意見である。ὤψ もこの語幹の派生語である。εἰσωπός は εἰς あるいは εἴσω と οπ- の合成語[6]であるが、この第二の要素は明確な意味を失った、つまり「中を見る」（inside-looking）から単純に「中へ」（inside）という意味に変化したとする。この考え方は ἐξώπιος という形容詞の用法からの類推に基づいている。この言葉も οπ- の合成語であり、本来の意味は「の視界の外に」（out of sight of）であるが、単に「の外に」（outside）という意味で使われている[7]。εἰσωπός の類語に関しては、例えば στεινωπός は単に「狭い」という意味で使われているが、語源については現在も議論がある[8]。

　ホメーロス以降の εἰσωπός の用例は、ヘレニズム期の用例がもう一つアポローニオスに残っている。

III　アリュージョンによるホメーロス語彙の解釈

A. R. 2. 740 – 751

σιγὴ δ' οὔ ποτε τήνδε κατὰ βλοσυρὴν ἔχει ἄκρην,
ἀλλ' ἀμυδις πόντοιό θ' ὑπὸ στένει ἠχήεντος
φύλλων τε πνοιῇσι τινασσομένων μυχίῃσιν.
ἔνθα δὲ καὶ προχοαὶ ποταμοῦ Ἀχέροντος ἔασιν,
ὅς τε διὲξ ἄκρης ἀνερεύγεται εἰς ἅλα βάλλων
745 ἠοίην, κοίλη δὲ φάραγξ κατάγει μιν ἄνωθεν·
　　　. . .
750 τῇ ῥ' οἵ γ' αὐτίκα νηὶ διὲξ Ἀχερουσίδος ἄκρης
εἰσωποί, ἀνέμοιο νέον λήγοντος, ἔκελσαν.

　静けさがこの恐ろしい岬を支配することはなく、
　轟く海と洞穴の奥から吹く突風に煽られる木の葉が
　一緒になって唸りを上げている。
　そして、そこにはまたアケローン河の河口があり、
　この河は岬を通って流れを吐き出し、また深い谷の裂け目が
　高みから流れを落として、東の海に注ぐ。
　　　（中略）
　その地点で彼らはただちにアケローンの岬を通り抜け
　その流れの中へ船を乗り入れて、風が止むや否や船を着けた。

この一節において、751 行の εἰσωποί は絶対的に使われていて意味は明確とは言えないが、文脈上は「彼らは船で河口の中へ乗り入れた」という意味合いは読み取れる[9]。しかし、この叙述は非常に絵画的で、アルゴー船が海へと激しく流れて来る奔流に逆らって進み入る、つまり、船に向かって来る流れに「対面する、立ち向かう（en face）」様子を鮮やかに描き出しているように見える。このように解釈できるならば、アポローニオスの用例にはοπ- のニュアンスが消えずに残っていると考えられる[10]。

203

注

1) アラートスにはもう一つ用例が残っている。
   Arat. 122
   οὐδ᾽ ἔτ᾽ ἔφη εἰσωπὸς ἐλεύσεσθαι καλέουσιν.
   この用例においても "visible" の意味で使われている。
   Cf. D. Kidd, *Aratus Phaenomena*, 1997 Cambridge, 208.
2) Schol. b T ad O 653. εἰσωποὶ δ᾽ ἐγένοντο νεῶν：
   οἱ δὲ ὅτι ὑποχωρησάντων τῶν Ἑλλήνων ἐν ἀπόψει γέγονε τὸ πλῆθος τῶν νεῶν τοῖς Τρωσίν.
   この記述は、「ギリシア勢が退却する時、沢山の船がトロイア勢の視界に入った」としているから、主語を混同しているらしい。
   Ameis – Hentze – Cauer はこの説を採用する。「アルゴス勢はトロイア勢の攻勢に遭って、船の方を見た」とする。
3) Schol. D ad O 653：
   ἐν ὄψει τὰς ναῦς ἔβλεπον, ὅ ἐστιν εἰσῆλθον εἰς αὐτάς. τουτέστιν, ὑπὸ τὴν στέγην αὐτῶν ἐγένοντο.
   この記述は、「彼らは目の前に船を目にしていた、つまり、船々の中に来て、船を防御にした」、つまり「船の後ろ側に来た」という意味に解釈されている。
4) Schol.（ex.）bT ad O 653. εἰσωποὶ δ᾽ ἐγένοντο νεῶν：
   ὑπέστειλαν ἑαυτοὺς ὑπὸ τὰς ναῦς· εἰς γὰρ τὰ μεταξὺ διαστήματα φεύγουσι, κτλ.
   この記述は、「彼らは船の下へ退却した。つまり、船と船の間にある隙間に逃げ込んだ」という意味である。
5) W. Leaf, *The Iliad of Homer*, 2 vols., 1900 – 1902 London, ad loc.
6) cf. E. Schwyzer, *Griechische Grammatik*, I, 1938 München, 426. 4.
   Chantraine, *DELG*, 1968 Paris, s. ὄπωπα.
7) この形容詞の用例はエウリーピデースに三つ残っている。
   E. Supp. 1038 – 1039
       ζητῶν τ᾽ ἐμὴν παῖδ᾽, ἣ δόμων ἐξώπιος
       βέβηκε πηδήσασα Καπανέως δάμαρ.
   E. Med. 623 – 624
       χώρει· πόθῳ γὰρ τῆς νεοδμήτου κόρης
       αἱρῇ χρονίζων δωμάτων ἐξώπιος.
   E. Alc. 546
       ἡγοῦ σὺ τῷδε δωμάτων ἐξωπίους.
   しかし、この類語 ἐνώπια については尚異論があるが、Leaf は「内側の壁」と解釈する（Θ 435）。
8) H 143, Ψ 416, 427.

μ 234 の場合は、名詞として「狭い道、つまり海峡」の意味で使われている。この形容詞の語源に関しては、Leaf, Schwyzer（op. cit.）を参照。
　Chantraine（op. cit.）はこれを οπ- の合成語とするが、LSJ は ὀπή との合成語とする。
9) 750 行の τῇ は副詞として「その地点で」という意味であろう。Vian は "là"、Glei は "dort" とする。
10) cf. Schol. ad A. R. 2. 750 – 751 b
　　　εἰσωποί· ἐναντίοι, ἐσώτεροι γενόμενοι.
　Chantraine, op. cit., s. ὄπωπα, " εἰσωπός " = en face.

4. 屠られる牛

「イーリアス」第 23 歌 30 行　ὀρέχθεον

Ψ 30 – 31

　πολλοὶ μὲν βόες ἀργοὶ ὀρέχθεον ἀμφὶ σιδήρῳ
　σφαζόμενοι, πολλοὶ δ᾽ ὄϊες καὶ μηκάδες αἶγες.

　「イーリアス」第 23 歌において、アキレウスはミュルミドーン勢を率いてヘクトールを倒し、船陣に戻って食事を始める。上に引いた一節は、多くの牛、羊、山羊が殺される場面である。この文章中の動詞 ὀρέχθεον はホメロスのハパクス・レゴメノンの一つである。この言葉はどういう意味なのか。中世写本のスコリア、あるいは辞典等はこの動詞の解釈が古代において問題とされたことを伝えている。それによると、三通りの解釈が提起された。
　第一の解釈は、殺される牛が苦しげに発する「鳴き声」であるとする[1]。つまり、擬声語とする。この説によると、次のような訳になる。
　　多くの輝く牛どもが鉄の刃で喉を裂かれて屠られ、呻き声をあげた、
　　そしてまた多くの羊とメーメーと鳴く山羊どもも。
　第二の解釈は、「体を延ばす」、つまり「(牛は) 倒れて長々と体を横たえる」とする[2]。スコリアはこの意味を「イーリアス」第 16 歌 776 行の詩句 "κεῖτο μέγα μεγαλωστί" 「大きく長々と横たわる」に言い換えて説明している。
　第三の解釈は、「切り裂く、打つ」とする[3]。
　これらの注釈から判ることは、古代における解釈は ὀρεχθεῖν と何らかの点で類似性をもつ動詞に基づく推量にすぎないということである。つまり、第一の解釈は ῥοχθεῖν 「唸るような音を出す」、第二は ὀρέγειν 「延びる、達する、求める」、第三は ἐρέχθειν 「引き裂く」という動詞に依拠している。

III　アリュージョンによるホメーロス語彙の解釈

　第一の解釈についてエウスタティウスはヘレニズムの詩人テオクリトスの詩句を引用する。
　　Theoc. 11. 43
　　　τὰν γλαυκὰν δὲ θάλασσαν ἔα ποτὶ χέρσον ὀρεχθεῖν.
これはホメーロスの「オデュッセイア」第5歌の次の詩行に拠って作られている。
　　ε 402
　　　ρόχθει γὰρ μέγα κῦμα ποτὶ ξερὸν ἠπείροιο.
　　というのも、大波が轟きながら乾いた陸地にぶつかっていたから。
テオクリトスはこの詩行を想起させることによって、動詞 ὀρεχθεῖν の解釈を仄めかしているらしい。つまり、彼はこの動詞を ροχθεῖν に結びつけて解釈していることになる。そうすると、テオクリトスの詩行は、「白く輝く海が唸りを上げて陸地にぶつかるにまかせよ」という意味になる。
　ヘレニズム期以前の ὀρεχθεῖν の用例は三つ残っている。一つは、アリストパネースの喜劇「雲」である。
　　Ar. Nu. 1368
　　　κἀνταῦθα πῶς οἴεσθέ μου τὴν καρδίαν ὀρεχθεῖν;
　　それを聞いて私の心臓がどんなにどきどきしたと思いますか。
この詩行は通常このように訳される。P. Chantraine はこの動詞が「心」について使われる場合、"palpiter"「ぴくぴく動く、興奮する」という意味が適合するとする[4]。LSJ は "swell up" という訳語をつける。次の用例はアイスキュロスの断片である。
　　A. Fr. 158 Radt
　　　　　ἔνθ' Ἀδραστείας
　　　　Ἴδη τε μυκηθμοῖσι καὶ βρυχήμασιν
　　　　βρέμουσι μήλων,
　　　πᾶν δ' ἐρέχθει (v. l. ὀρεχθεῖ) πέδον
　　　その地では、アドラストス（の社）と

207

> イーデーの山が牛の唸り声や
>
> 羊の鳴き声で響きわたり、
>
> 土地全体が轟く。

ここでは異読 ὀρεχθεῖ を読む場合、このように訳すのが適切であろう。最後の例はアリスティアースの断片にある。

Aristias fr. 6 Snell

> μυκαῖσι δ' ὠρέχθει τὸ λάινον πέδον.
>
> 岩からなる大地は牛の唸り声で轟きわたった[5]。

これは上記のアイスキュロスの詩句の模倣らしい。この悲劇の二つの断片は ροχθεῖν の意味で ὀρέχθειν を使っていると考えられる。

ヘレニズムの詩人の用例は既出のテオクリトス以外に四つ残っている。そのうちの2例はアポローニオス・ロディオスの「アルゴナウティカ」にある。

A. R. 1. 274–275

> τῇ δέ τ' ὀδυρομένῃ δέδεται κέαρ ἔνδοθεν ἄτῃ,
>
> οὐδ' ἔχει ἐκφλύξαι τόσσον γόον ὅσσον ὀρεχθεῖ.
>
> 涙にくれる彼女の心は胸のうちで不幸によって縛りつけられ、
>
> 欲するかぎりの嘆きを表に出すことも叶わない。

これは航海に出ようとしている息子イアーソーンを抱きしめてすすり泣く母親アルキメデーの様子を、継母のもとで辛い日々を送る少女に喩えるシミリの一節である。この詩句は、こみ上げて来る悲嘆を抑えかねている様子を描いている。275行の ἔχει と ὀρεχθεῖ の主語は κέαρ とするのが妥当であろう。ὀρεχθεῖ は一般にはここに示したように訳される。これが適切な意味であるなら、アポローニオスはこの動詞を ὀρέγειν あるいは ὀρέγεσθαι の意味に解釈していることになる。つまり、「心が延ばそうとする全ての、切望する全ての嘆きを」という意味である[6]。アポローニオスのもう一つの用例は、アミュコス王のエピソードで使われている。

A. R. 2. 48–50

> οὐ μὰν αὖτ' Ἄμυκος πειρήσατο· σῖγα δ' ἄπωθεν

ἑστηὼς εἰς αὐτὸν ἔχ' ὄμματα, καί οἱ ὀρέχθει
θυμὸς ἐελδομένῳ στηθέων ἐξ αἷμα κεδάσσαι.
しかしアミュコスは試すことも全くせずに、押し黙って
離れたところに立ち、両眼を相手に据えていた。そして
相手の胸から血を噴き出させようとはやって心は膨れあがった。

ここの ὀρέχθει θυμός という詩句は前に引用したアリストパネースの τὴν καρδίαν ὀρεχθεῖν によく似ている。ここでは LSJ に従って訳した。この "swell up" あるいは "palpiter" という訳語の根拠は、ホメーロスの定型句 ἧτορ ἐν στήθεσσιν ὄρινε, ὀρίνθη θυμός 等の「心が沸き立つ」という表現に求められている。そうすると、この表現のパラレルは「オデュッセイア」第 20 歌の次の詩句に求めることも可能であろう[7]。

υ 13

κραδίη δέ οἱ ἔνδον ὑλάκτει. /
胸の中で心（臓）が吠える。

このような表現を参考にするなら、アポローニオスの ὀρέχθει θυμός は「心が唸った」という意味で使われていると考えることもできる。そうすると、アポローニオスはここでは ὀρέχθει を ῥόχθει の意味に解釈して使っていることになる。このことはアリストパネースの用例についても言えることである。また、アポローニオスの場合はこのように解釈したほうが文脈によく合うように思われる。つまり、アミュコスは「沈黙し、静止して」拳闘の相手ポリュデウケースを凝視している。しかし、「心臓は音をたて、唸りをあげている」のである。

ヘレニズム期の残りの 2 例はニーカンドロスの「アレクシファルマカ（解毒）」とオッピアーノスの「ハリエウティカ（漁業の書）」にある。

Nic. Al. 340

οὖρα δὲ τυφλοῦται, νεάτη δ' ὑπὸ κύστις ὀρεχθεῖ.
そして尿が止まり、下のほうにある膀胱の一番下の部分が膨らむ。

ここでは ὀρεχθεῖ は明らかに「膨張する」という意味で使われている。こ

れは「伸びる」という意味に繋がるから、ὀρέγεσθαι と関係付けることができる。

  [Opp.] H. 2. 583 – 584
   σφακέλῳ δέ οἱ ἔνδον ὀρεχθεῖ / μαινομένη κραδίη.
   その中で心臓は荒れ狂い、痙攣でドキドキと高鳴る。

この文脈は、群を離れたイルカがカツオの群に襲われ、喰いつかれて逃れようともがく様子を叙述している。この詩行の ὀρεχθεῖ … κραδίη もアリストパネースとアポローニオスの用例のように、ῥοχθεῖν に関連付けてよいだろう。

 以上に見たように、古代における ὀρεχθεῖν の解釈は類似する三つの動詞に基づいておこなわれた。現代の語源学は ἐρέχθειν 及び ῥοχθεῖν との関係を否定する。しかし、本論において引用した古代の用例の多くは ῥοχθεῖν と関係付けて解釈し、使用していることが見てとれる。これは古代において広く受け入れられた語源説のようであるが、やはり俗説である。語源的関係において最も可能性があるのは ὀρέγειν, ὀρέγεσθαι であるが、その形成については明確な答えは出ていない[8]。

注

1) Schol. b T ad Ψ 30 b.
  ὀρέχθεον : κατὰ μίμησιν ἤχου τραχέος πεποίηται τὸ ῥῆμα, ἀντὶ τοῦ ἔστενον ἀναιρούμενοι.
2) Schol. T ad Ψ 30 b.
  ἢ ἐξετείνοντο ἀποθνήσκοντες, ὡς τὸ " κεῖτο μέγας μεγαλωστι " (π 776).
3) この第三の解釈は、第一、第二の解釈と共にDスコリア、エウスタティウス、EM 等にある。
  Schol. D ad Ψ 30.
  ὀρέχθεον· ἀπετείνοντο ἀναιρουμένοι. ἢ ἐφθέγγοντο, καὶ ὥσπερ ἐπέστενον· μεμίμηται γὰρ τὸ ἰδίωμα τῆς φωνῆς, ὃ προΐενται ἀναιρουμένοι οἱ βοῦς. οἱ δὲ ἐκόπτοντο· ἀπὸ τούτου καὶ ἐρεγμός, ὁ ἀποκεκομμένος κύαμος.

Eust. 1285. 60 ff.

τῶν δὲ Ὀηρικῶν τὸ μὲν ὀρέχθεον μίμημά ἐστι τραχέος ἤχου γιγνομένου ἐν τῷ σφάζεσθαι βοῦν. Θεόκριτος δὲ ἐπὶ θαλάσσης τὴν λέξιν τίθησι καθ᾽ ὁμοιότητα τοῦ, *ρόχθει δὲ μέγα κῦμα.* δῆλον δὲ ὅτι καὶ ἐπὶ πατάγου καρδίας ἡ λέξις τίθεται, ὡς τό, κραδίη δὲ οἱ ἔνδον ὀρέχθει. οἱ δὲ παλαιοί φασι καὶ ὅτι τὸ ὀρέχθεον ἀντὶ τοῦ, ἀναιρούμενοι ὠρέγοντο ἤτοι ἐξετείνοντο, καὶ κατὰ ποιητὴν εἰπεῖν, τανύοντο ἀναιρούμενοι· ἢ καὶ ἄλλως, ὀρέχθεον, ἤτοι *διεκόπτοντο·* ὅθεν καὶ ἐρεγμός, φασιν, ὁ διακεκομμένος κύαμος.

E M 371. 24

ἐρέχθεον : οὕτω διὰ τοῦ E Ἀρίσταρχος· καὶ φησὶν στεναγμοῦ τινὸς καὶ ποιᾶς φωνῆς ἔμφασιν δηλοῦν· καὶ ἴσω παρὰ τὸ ἐρείκω. τίθεται δὲ καὶ ἐπὶ φωνῆς ἁπλῶς, ὡς τό,

πολλοὶ μὲν βόες ἀργοὶ *ἐρέχθεον* ἀμφὶ σιδήρῳ.

ὁ δ᾽ Ἀπίων *ἐρεχθών* λέγει διακόπτων.

最後に引用した中世の『語源大辞典』(*Etymologicon Magnum*)はアリスタルコスによる異読を伝えている。この記述によると理由は不明だが、アリスタルコスは意味の点でもὀρέχθειν を擬声語として ἐρεχθεῖν と関係付けていることになる。

4) Chantraine, *DELG*, II, 818.
5) 写本の読みは μύκαισι であるが、ここでは Schneidewin の修正に従って μυκαῖσι と読んだ。写本通り μύκαισι と読むと、「キノコで」という意味になる。この場合、ὠρέχθει は「石の大地はキノコで広がっていた」あるいは「キノコで膨らんでいた」という意味であろう。これを「延びている」という意味合いと考えるなら、ὀρέγεσθαι という解釈が当てはまる。
6) cf. Schol. ad A. R. 1. 275 b

< ὀρεχθεῖ : > τραχύνεται.

スコリアは、「荒くなる」ということから、「呻く」という意味合いに解釈する。
7) cf. υ 16 ὥς ρα τοῦ ἔνδον ὑλάκτει ἀγαιομένου κακὰ ἔργα (sc. κραδίη)
8) cf. Frisk, GEW, Bd. II, 415 f.

Chantraine, *DELG*, II, 818.

5. オイディプースの死

「イーリアス」第 23 歌 679 行　δεδουπότος Οἰδιπόδαο

Ψ 676 – 680
 ὣς ἔφαθ', οἱ δ' ἄρα πάντες ἀκὴν ἐγένοντο σιωπῇ.
 Εὐρύαλος δέ οἱ οἶος ἀνίστατο, ἰσόθεος φώς,
 Μηκιστῆος υἱὸς Ταλαϊονίδαο ἄνακτος,
 ὅς ποτε Θήβασδ' ἦλθε δεδουπότος Οἰδιπόδαο
 ἐς τάφον· ἔνθα δὲ πάντας ἐνίκα Καδμείωνας.

 このように彼（エペイオス）が言うと、全ての者が沈黙した。
 しかし、唯一人エウリュアロスが神にも等しい姿で立ち上がった、
 タラオスの子メーキステウス王の息子である。
 そのメーキステウスはかつて亡くなったオイディポデースの葬式のために
 テーバイへ行った。そこで、彼はカドモスの全ての子孫に打ち勝った。

これは、「イーリアス」第 23 歌のパトロクロスの葬儀に伴うゲームの叙述の一節である。この中の δεδουπότος Οἰδιπόδαο という詩句について一つの議論があったことをスコリアは伝えている。その記事によると、グローソグラフォイ（οἱ Γλωσσογράφοι）は δεδουπότος を τεθνηκότος、つまり単に「死んだ」という意味に解釈した。これに対しアリスタルコスは、この言葉は死に付随する状況から判断すべきである、とする。ホメーロスにおいてはこの言葉は単純な死ではなく、戦いにおける死か、投身による死を意味する。というのは、どちらの死に方もその際に音を伴うからである。このように主張する[1]。

III アリュージョンによるホメーロス語彙の解釈

ところで、動詞 δουπεῖν の本来の意味は何か。この動詞は δοῦπος (ὁ) よりの名詞派生動詞である。δοῦπος は「騒音、激しい音」という意味で、ホメーロスでは「槍が楯にぶつかる音」、「兵士の進軍によって起こる騒音」、「轟く海の音」、「奔流の音」等々に使われる。ここから、動詞 δουπεῖν は「大きな、激しい音をたてる」という意味に使われる。δουπεῖν の用例はホメーロスに 23 例ある。そのうち 21 例は δούπησεν δὲ πεσών という定型句で使われている。この定型句は常に詩行冒頭に現れる[2]。意味は「そして彼は倒れて大きな音を立てた」つまり「大きな音を立てながら倒れた」である。この定型句は全て戦闘で致命傷を受けて倒れる戦士について使われている。残りの 2 例は既出の Ψ 679 と次の「イーリアス」第 13 歌の用例である。

N 424–426

 Ἰδομενεὺς δ' οὐ λῆγε μένος μέγα, ἵετο δ' αἰεὶ
 ἠέ τινα Τρώων ἐρεβεννῇ νυκτὶ καλύψαι,
 ἢ αὐτὸς δουπῆσαι ἀμύνων λοιγὸν Ἀχαιοῖς.

 しかし、イードメネウスは大きな勇猛心を弛めようとはせず、
 誰であれトロイア人を暗い闇で覆ってしまうか、或いはアカイア人を
 破滅から守って自分も討ち死にしようとひたすら願った。

この δουπῆσαι は単独で使われてはいるが、δούπησεν δὲ πεσών という表現が背後に了解されていて、本来の「大きな、重い音を立てる」から「戦場で死ぬ、討ち死にする」という意味に派生的に使われたと解釈されている[3]。しかし、基本的には「死ぬ」という意味は無いと考えてよい[4]。

古典期におけるこの動詞の用例は非常に少ない。

E. Alc. 103–104

 οὐδὲ νεολαία / δουπεῖ χεὶρ γυναικῶν.

 (死者を悼む)女たちの若い手が(胸の上で)重い音を立てることもない。

X. An. 1. 8. 18

 λέγουσι δὲ ὥς τινες καὶ ταῖς ἀσπίσι πρὸς τὰ δόρατα ἐδούπησαν
 φόβον ποιοῦντες τοῖς ἵπποις.

ある者たちは楯に槍をぶつけて騒音を立て、馬どもを怖がらせた、
と言われている。

これらの例ではこの動詞は本来の意味で使われている。

ヘレニズム期以降、この動詞を再び詩人たちが多く使うようになる。

A. R. 2. 1055 – 1057

ἀλλ' ὅ γε χαλκείην πλαταγὴν ἐν χερσὶ τινάσσων
δούπει ἐπὶ σκοπιῆς περιμήκεος, αἱ δ' ἐφέβοντο
τηλοῦ ἀτυζηλῷ ὑπὸ δείματι κεκληγυῖαι.

しかし、彼が手で青銅のガラガラを振り回し、
高い頂の上で大きな音を立てると、鳥どもはひどく恐れて
鋭い鳴き声を発して遠くへ逃げて行った。

アポローニオスはここでは δούπει を本来の意味に使っている。物音を立てて動物を脅かすという点で、この詩句は上記のクセノポーンの用例に似ていると言えよう。アポローニオスには更に二つの用例がある。

A. R. 4. 557 – 558

αὐτόν που μεγαλωστὶ δεδουπότος Ἀψύρτοιο
Ζῆνα, θεῶν βασιλῆα, χόλος λάβεν, οἷον ἔρεξαν.

おそらく、アプシュルトスが大きく打ち倒れて音を立てた（死んだ）時、
彼らのその所業について、神々の王ゼウス自身を怒りが捉えた。

ここの δεδουπότος Ἀψύρτοιο は明らかにホメーロスの δεδουπότος Οἰδιπόδαο という表現を模倣したものである。これによってアポローニオスもホメーロスの δεδουπότος の解釈として「死んだ、殺された」という意味を知っていたと考えられる。しかし、メーデイアの兄アプシュルトスは戦いの中で死んだのではない。彼はイアーソーンによって闇討ちされたのである（「アルゴナウティカ」第4歌456行以下）。従って、アリスタルコスの「戦死する」という解釈とは少しニュアンスが異なる。このことはもう一つの用例についても言えることである。

A. R. 1. 1304 – 1305

> ἄθλων γὰρ Πελίαο δεδουπότος ἂψ ἀνιόντας
> Τήνῳ ἐν ἀμφιρύτῃ πέφνεν.
> 彼（ヘーラクレース）は死んだペリアースの競技から戻る二人
> （ボレアースの息子たち）を海がとり巻くテーノスで殺した。

これもホメーロスの δεδουπότος Οἰδιπόδαο を利用した表現である。動詞と名詞の順序を入れ替えてヴァリエーションを与えているが、葬式に伴う競技という文脈を活かしている。しかし、ペリアースが戦いの中で死んだという話は伝わっていない。よく知られている伝説によれば、彼もメーデイアに騙されて悲惨な死を遂げている。この二つの例によってみると、アポローニオスはこの動詞を「戦死する」という意味を広げて「非業の死を遂げる」と解釈しているようである。

アポローニオスと同時代の詩人リュコプローンの「アレクサンドラ」にも三つの用例がある。

Lyc. 283 – 285

> οὐ μὴν ἀνατεί γ', οὐδ' ἄνευ μόχθων πικρῶν
> πένθους θ' ὁ λῃστὴς δωριεὺς γελᾷ στρατός,
> ἐπεγκαχάζων τοῦ δεδουπότος μόρῳ.
> けれども罰を受けることもなく、辛い労苦も
> 悲嘆も無くドーリアの略奪者の軍団は
> 討ち死にした人の運命をあざ笑って喜べなくなるであろう。

この δεδουπότος はヘクトールを指す。

Lyc. 491 – 492

> ὁ δ' αὐτὸς ἀργῷ πᾶς φαληριῶν λύθρῳ,
> στόρθυγξ δεδουπὼς τὸν κτανόντ' ἠμύνατο.
> しかし、その同じ牙は全体が輝く泡で白くなり
> 倒れる時に（死に際に）殺し手に仕返しをした。

この「牙」というのは、カリュドーンの猪のことである。

Lyc. 919

　　　　Κρᾶθις δὲ τύμβους ὄψεται δεδουπότος.
　　　クラーティス河は討ち死にした人の墓標を見るであろう。
この詩句はピロクテーテースに関するものである。
　こうしてアポローニオス及びリュコプローン以降、δουπεῖν の完了分詞 δεδουπώς は「戦死」あるいは「暴力による死」について使われることになる[5]。
　以上に見てきたように、ホメーロスの δεδουπότος Οἰδιπόδαο の解釈についてはアリスタルコス以前に既にアポローニオスは「戦死する」という意味を知っていたと考えられる。おそらく、ホメーロスの定型句 δούπησεν δὲ πεσών の πεσών を欠いた δουπῆσαι（N 426）という単独の使い方にこの解釈を見たのであろう。
　しかし、アリスタルコスの解釈はもう一つの問題を提出する。つまり、この解釈によるとオイディプースは戦いで死んだということになる[6]。それでは、それはどのような戦いなのか。また、グローソグラフォイの解釈によれば、オイディプースは非業の死を遂げたことにはならない。オイディプースの死に関して我々がよく知っている伝説によれば、彼はテーバイから追放された後、放浪の果てに娘アンティゴネーと共にアッティカのコローノスに辿り着いた。そしてその地のエウメニデースの神域に嘆願者として留まり、テーセウスに受け入れられ、ほどなくして死去する[7]。グローソグラフォイの解釈はこの伝説をホメーロスが知っていたと推測しているようにも思われる。しかし、この伝説とホメーロスの叙事詩のオイディプースに関する記述との間には相違点がある。
　先ず、最初に引いた「イーリアス」第23歌676行以下はメーキステウスがオイディプースの葬儀に参列するためテーバイへ赴いたと述べている。従って、ホメーロスはオイディプースがテーバイで死んだと考えている。次に、「オデュッセイア」第11歌の冥界訪問の一節にオイディプースについての最も古い叙述がある。
　　λ 271–280

III　アリュージョンによるホメーロス語彙の解釈

μητέρα τ' Οἰδιπόδαο ἴδον, καλὴν Ἐπικάστην,
ἣ μέγα ἔργον ἔρεξεν ἀιδρείῃσι νόοιο,
γημαμένη ᾧ υἱϊ· ὁ δ' ὃν πατέρ' ἐξεναρίξας
γῆμεν· ἄφαρ δ' ἀνάπυστα θεοὶ θέσαν ἀνθρώποισιν.
ἀλλ' ὁ μὲν ἐν Θήβῃ πολυηράτῳ ἄλγεα πάσχων
Καδμείων ἤνασσε θεῶν ὀλοὰς διὰ βουλάς·
ἣ δ' ἔβη εἰς Ἀΐδαο πυλάρταο κρατεροῖο,
ἁψαμένη βρόχον αἰπὺν ἀφ' ὑψηλοῖο μελάθρου,
ᾧ ἄχεϊ σχομένη· τῷ δ' ἄλγεα κάλλιπ' ὀπίσσω
πολλὰ μάλ', ὅσσα τε μητρὸς Ἐρινύες ἐκτελέουσι.
私はオイディポデースの母、美しいエピカステーを見た、
彼女は心に気づかずに大それた所業をしてしまった、
自分の息子の妻になったのだ。息子のほうも自分の父を殺して
（母と）結婚した。しかし、ほどなく神々はこのことを人間たちに
知れ渡らせた。彼は世に愛されたテーバイで苦悩に耐えながら
カドモス人らを治めた、神々のおぞましい計らいによって。
しかし、彼女は力強く門を守るハーデースのもとへと行ってしまった、
高い梁から真っ直ぐに綱の輪を結んで、
おのれの悲嘆に捉われて。そして彼には更に多くの苦悩を後に
残した、母のエリーニュスが成就する限りの苦悩を。

　この叙述にはオイディプース伝説中の幾つかの重要な事件が欠けている。スピンクスからのテーバイ解放、オイディプースが自ら盲目になったこと、テーバイからの追放である。オイディプースのテーバイからの追放について触れられていない点は「イーリアス」の記述と一致する。また、ホメーロスはエピカステー（イオカステーのホメーロスにおける呼称）がオイディプースの子を産んだということも除外しているようにみえる[8]。

　ホメーロス以後のオイディプースに関する記述は断片的にしか伝わっていない。ホメーロスのスコリアによると、ヘーシオドスは「女たちのカタログ」

の中でオイディプースについて扱ったらしい[9]。これによると、ヘーシオドスはオイディプースがテーバイで死んだと考えていることになる。また、ヘーシオドスは伝存作品の中で二つのことを伝えている。

 Hes. Op. 161–163

  καὶ τοὺς μὲν πόλεμός τε κακὸς καὶ φύλοπις αἰνὴ
  τοὺς μὲν ὑφ' ἑπταπύλῳ Θήβῃ, Καδμηίδι γαίῃ,
  ὤλεσε μαρναμένους μήλων ἕνεκ' Οἰδιπόδαο.
  彼ら（英雄たち）を忌まわしい戦いと恐ろしい争いが滅ぼした、
  つまり、ある者はカドモスの地、七つの門をもつテーバイの城下で
  オイディポデースの家畜をめぐる戦いで死んだ。

 Hes. Th. 326–327

  ἡ δ' ἄρα Φῖκ' ὀλοὴν τέκε Καδμείοισιν ὄλεθρον
  Ὄρθῳ ὑποδμηθεῖσα.
  彼女（エキドュナ）はカドモス人の破滅として忌まわしい
  ピクス（スピンクスのこと）を産んだ、オルトスの愛を受けて。

これらによると、ヘーシオドスはオイディプースの子供たちのために戦って死んだ英雄たち、及びスピンクスの話を知っていた。

 オイディプースの伝説は失われたテーバイ圏の幾つかの叙事詩が扱ったと言われている。その一つ「オイディプース物語」（Οἰδιπόδεια ἔπη）によると、オイディプースの四人の子供を産んだのはイオカステーではなく二番目の妻エウリュガネイアであった（注17のパウサニアースの記述を参照）。イオカステーとの間に子が無かったという点でこの叙事詩は「オデュッセイア」と一致している。また、「テーバイ物語」の断片は、ラーイオスの盃をテーブルに置くことを禁じたオイディプースの命令を子供たちが破ったために、彼は彼らに呪いをかけたという話を伝えている[10]。

 次に、ピンダロスは「オリュンピア祝勝歌」においてオイディプースに触れている。

 Pi. O. 2. 38–42

ἐξ οὗπερ ἔκτεινε Λᾶον μόριμος υἱός
συναντόμενος, ἐν δὲ Πυθῶνι χρησθέν
παλαίφατον τέλεσσεν.
ἰδοῦσα δ' ὀξεῖ' Ἐρινύς
πέφνε οἱ σὺν ἀλλαλοφονίᾳ γένος ἀρήιον.
運命の息子がラーイオスに出遭って
彼を殺し、ピュートーでかつて告げられた
予言を成就したその日から。
しかし、鋭い目のエリーニュスがこれを見て、
彼の戦いを好む子供たちを互いの剣によって殺した。

　これによると復讐の女神（エリーニュス）が息子たちを殺したのは、オイディプースの父殺しへの報いであり、オイディプースが息子たちにかけた呪いへの答えではない。その他の断片的な言及はピンダロスがスピンクスの謎とオイディプースの謎解きの知恵について知っていたことを暗示する[11]。

　スコリアは、前5世紀中葉の散文史家レスボスのヘラニコスはオイディプースが自ら盲目になったとする点でエウリーピデースと一致している、と伝えている[12]。また、彼と同時代のアテーナイのペレキュデースはギリシアの伝説を扱った書物の中で、オイディプースの子供たちに言及した。それによると、イオカステーによってオイディプースに二人の息子が生まれたが、ミニュア人によって殺された。しかし、二番目の妻エウリュガネイアによってエテオクレースとポリュネイケース、アンティゴネーとイスメーネーを得た[13]。これは、オイディプースとイオカステーの間に子供があったとする最も古い伝説である。エウリュガネイアの四人の子供をイオカステーのものとする説は三大悲劇作家に至って現れる。

　前5世紀の初頭以前の伝存資料は非常に乏しいが、これらの資料はオイディプース伝説の主要素は既に出来上がっていたが、詳細においては多様であったことを示している。少なくともこれらの資料はオイディプースがテーバイ以外の地で死んだという伝説を知らないのである。そして、コローノ

スでの死去というヴァージョンは前5世紀以後の劇作家たちによる発明らしい。グローソグラフォイとアポロドーロスはこれに拠っていると考えらえる。アリスタルコスはおそらく、「オデュッセイア」の次の詩句からオイディプースがテーバイで、戦いの中で死んだと推測したものと思われる[14]。

λ 275 – 276

  ἀλλ' ὁ μὲν ἐν Θήβῃ πολυηράτῳ ἄλγεα πάσχων
  Καδμείων ἤνασσε θεῶν ὀλοὰς διὰ βουλάς.

それでは、オイディプースが「戦死した」のはどのような戦いであったのか。このことを伝える伝説は何一つ伝わっていない。

注

1) Schol. A (Ariston.) ad Ψ 679 a.
ὅς ποτε Θήβας δ' ἦλθε < δεδουπότος Οἰδιπόδαο > : … καὶ πρὸς τὸ δεδουπότος· οἱ Γλωσσογράφοι γὰρ ἐν ἀνθ' ἑνὸς τεθνηκότος ἐξεδέξαντο. ἐκ παρεπομένου δὲ νοητέον ὅτι ἤτοι ἐν πολέμῳ τετελεύτηκε· ψοφοῦσι γὰρ οἱ πίπτοντες· "δούπησεν δὲ πεσών" (Δ 504, Ε 42, al.). ἢ κατεκρήμνισεν ἑαυτόν· καὶ γὰρ οὗτος ὁ θάνατος μετὰ ψόφου. この記述の中の ἢ κατεκρήμνισεν ἑαυτόν「高いところから身投げして死ぬ」という部分はアリストニコスの付加であるらしい（cf. W. Leaf, The Iliad, ad loc.）。アリスタルコス以前のグローソグラフォイについては、
cf. R. Pfeiffer, *History of Classical Scholarship*, 1968 Oxford, 78 f.
 A. Dyck, *The Glossographoi*, HSCP 91 (1987), 119 ff.
2) Δ 504, Ε 42, 540, 617, Λ 449, Ν 187, 373, 442, Ο 421, 524, 578, Π 325, 401, 599, 822, Ρ 50, 311, 580, Υ 388, χ 94, ω 525.
3) cf. Chantraine, *DELG*, I, 295.
スコリアはこれに関しても、グローソグラフォイへの反論として、Ψ 679 についてと同様のアリスタルコスの解釈を残している。
 Schol. A (Ariston.) ad Ν 426 a.
{ἢ αὐτὸς} δουπῆσαι : ὅτι ἐκ παρεπομένου τὸ ἀπολέσθαι· οἱ γὰρ ἐν πολέμῳ πίπτοντες ψόφον ἀποτελοῦσι τοῖς ὅπλοις. ἡ δὲ ἀναφορὰ πρὸς τοὺς Γλωσσογράφους· οὗτοι γὰρ < ἐν > ἀνθ' ἑνὸς ἐδέξαντο "δεδουπότος" ἀντὶ τοῦ τεθνηκότος.
また、Π 822 δούπησεν δὲ πεσών についてもスコリアは同様の説明を残している。

Schol. A (Ariston.) ad Π 822 a.
   δούπησεν δὲ πέσων : ὅτι ἐκ τῶν τοιούτων ἀπεξεδέξαντο οἱ Γλωσσογράφοι τὸ δουπῆσαι ἐν ἀνθ᾽ ἑνὸς ἀντὶ τοῦ ἀποθανεῖν. ἀγνοοῦσι δὲ ὅτι οὐκ ἐπὶ πάντος θανάτου τάσσει τὴν λέξιν, ἀλλ᾽ ἐπὶ τῶν ἐν πολέμῳ πιπτόντων διὰ τὸν παρακολουθοῦντα ψόφον ἐκ τῶν ὅπλων.

4) cf. K. Lehrs, De Aristarchi Studiis Homericis, 1889 Leipzig, 103.
   "δουπῆσαι non de quacumque morte dicitur, sed de ea, quae fit cadendo et cum strepitu."

5) Euph. Fr. 40. 2 Powell
   ῾Ροιτείης ἀμάθοισι δεδουπότος Αἰακίδαο.
   エウポリオーンはアポローニオスより少し後の叙事詩人である。この用例はホメーロスの詩句（Ψ 679）の模倣であろう。
   ニカンドロスは完了形とその分詞を意味合いにおいて自由に使っている。

Nic. Al. 15
   ἄστυρά τε Πριόλαο καταστρεφθέντα δέδουπε.
   （崩壊する町について）

ib. 383
   δήποτε τειρόμενος καμάτοις κάρφουσι δέδουπε.
   （毒草による死）

ib. 446 – 447
                                   αἵ τ᾽ ἀπὸ μόσχου
   σκήνεος ἐξεγένοντο δεδουπότος ἐν νεμέεσσιν.
   （草原で倒れて死んだ牛について）

その他、クウィントゥス・スミルナイオスに19例、ノンノスに19例、[オルフィカ] の「アルゴナウティカ」に3例。このうちノンノスの1例を除いて全て完了分詞であり、「死」について使われている。

Nonn. D. 43. 73 – 74
   ἠχὼ / τύμπανα δουπήσειεν.
   （「騒音を発する」の意）

「ギリシア詞華集」には5例残っている。

AP 4. 3. 73
   Βάκτριος ἡμετέροισι Γίγας δούπησε βελέμνοις.

7. 430. 5
   πάντα νέκυν μάστευε δεδουπότα.

9. 283. 5
   οἱ δ᾽ ἄρα δουπήθησαν ἀολλές.

16. 94. 3
   ἦ γὰρ ὑφ᾽ Ἡρακλῆος ἀριστάθλοιο δέδουπεν.
   （以上は「死」について）

9. 427. 4
   δουπήσεις κώπη νηὸς ἐπερχομένης.
   (騒音について)
6) 古代叙事詩では Οἰδιπούς「オイディプース」ではなく Οἰδιπόδης「オイディポデース」という呼称が使われている。本文では便宜上「オイディプース」と呼ぶ。
7) この伝説については、ソポクレースの劇「コローノスのオイディプース」、アポロドーロスの「ビブリオテーケー」を参照。
8) cf. Paus. 9. 5. 10
   παῖδας δὲ ἐξ αὐτῆς (sc. Ἰοκάστης) οὐ δοκῶ οἱ γενέσθαι μάρτυρι Ὁμήρῳ χρώμενος, ὃς ἐποίησεν ἐν Ὀδυσσείᾳ. ⋯ ἐξ Εὐρυγανείας δὲ τῆς Ὑπέρφαντος ἐγεγόνεσαν· δηλοῖ δὲ καὶ ὁ τὰ ἔπη ποιήσας ἃ Οἰδιπόδια ὀνομάζουσι.
9) Schol. T ad Ψ 679 b.
   ὅς τοτε Θήβας < δ' ἦλθε δεδουπότος Οἰδιπόδαο > : ὅτι βασιλεύοντα ἐν Θήβαις φησὶν ἀπολέσθαι, οὐχ ὡς οἱ νεώτεροι. καὶ Ἡσίοδος (fr. 192 M. - W.) δὲ φησιν ἐν Θήβαις αὐτοῦ ἀποθανόντος Ἀργείαν τὴν Ἀδράστου σὺν ἄλλοις ἐλθεῖ ν ἐπὶ τὴν κηδείαν αὐτοῦ { Οἰδίποδος }.
10) Kinkel, FEG, p.11, Fr. Theb. 2.
11) Pi. Fr. 177d Snell
    αἴνιγμα παρθένοι' ἐξ ἀγριᾶν γνάθων.
    Pi. P. 4. 263
    γνῶθι νῦν τὰν Οἰδιπόδα σοφίαν.
12) Schol. ad Eur. Phoen. 61 (= FGH, Hellan. F 97 Jacoby) :
    μαθὼν δὲ τἀμὰ λέκτρα μητρώιων γάμων ὁ πάντ' ἀνατλὰς Οἰδίπους παθήματα εἰς ὄμμαθ' αὐτοῦ δεινὸν ἐμβάλλει φόνον, χρυσηλάτοις πόρπαισιν αἱμάξας κόρας] ὅμοια Ἑλλάνικος.
13) FGH, Pherc. F 95 Jacoby (= Schol. Eur. Phoen. 53) :
    Φερεκύδης τὰ κατὰ Οἰδίποδος παῖδας καὶ τὰς γηγαμένας οὕτως ἱστορεῖ· Οἰδίποδι, φησί, Κρέων δίδωσι τὴν βασιλείαν καὶ τὴν γυναῖκα Λαΐου, μητέρα δ' αὐτοῦ Ἰοκάστην, ἐξ ἧς γίγνονται αὐτῶι Φράστωρ καὶ Λαόνυτος, οἳ θνήισκουσιν ὑπὸ Μινυῶν καὶ Ἐργίνου. ἐπεὶ δὲ ἐνιαυτὸς παρῆλθε, γαμεῖ ὁ Οἰδίπους Εὐρυγάνειαν τὴν Περίφαντος, ἐξ ἧς γίγνονται αὐτῶι Ἀντιγόνη καὶ Ἰσμήνη, ἣν ἀναιρεῖ Τυδεὺς ἐπὶ κρήνης καὶ ἀπ' αὐτῆς ἡ κρήνη Ἰσμήνη καλεῖται. υἱοὶ δὲ αὐτῶι ἐξ αὐτῆς Ἐτεοκλῆς καὶ Πολυνείκης. ἐπεὶ δὲ Εὐρυγάνεια ἐτελεύτησε, γαμεῖ ὁ Οἰδίους Ἀστυμέδουσαν τὴν Σθενέλου.
14) cf. E. R. Dodds, *The Greeks and The Irrational*, 1951 California, p.36.

6. 滑らかな岩

「オデュッセイア」第3歌293行　λισσὴ … πέτρη

ホメーロスの「オデュッセイア」に λισσὴ … πέτρη という定型句が3例残っている。

γ 293 – 294

 ἔστι δέ τις λισσὴ αἰπεῖά τε εἰς ἅλα πέτρη
 ἐσχατιῇ Γόρτυνος, ἐν ἠεροειδέϊ πόντῳ.
 ある滑らかな岩があり、海に向かって切り立っている、
 ゴルテュンのはずれの、靄が立ちこめる大海の中に。

ε 411 – 412

         ἀμφὶ δὲ κῦμα
 βέβρυχεν ῥόθιον, λισσὴ δ᾽ ἀναδέδρομε πέτρη.
 その周りで波が砕けて轟きわたり、滑らかな岩が突き出ている。

κ 3 – 4

      πᾶσαν δέ τέ μιν πέρι τεῖχος
 χάλκεον ἄρρηκτον, λισσὴ δ᾽ ἀναδέδρομε πέτρη.
 その島の周り全体に青銅の壊れることのない城壁があり、
 滑らかな岩が突き出ている。

ここに訳出したように、λισσός という形容詞は一般に「滑らかな、平坦な」という意味に解釈されている。しかし中世写本のスコリアと辞典は、古代の学者たちの間にこの言葉の解釈について議論があったことを伝えている。つまり、「滑らかな（λεία）」と「高い、聳え立つ（ὑψηλή）」という二通りの解釈である[1]。また、「オデュッセイア」第12歌に同語源の形容詞による

類似の λὶς πέτρη という句がある。

 μ 64

  ἀλλά τε καὶ τῶν αἰὲν ἀφαιρεῖται λὶς πέτρη.

 μ 79

  πέτρη γὰρ λίς ἐστι, περιξεστῆ εἰκυῖα.

二番目の詩行では、λίς は περιξεστῆ「周りが磨かれた（岩に似ている）」と説明が加えられている。これはホメーロス自身の解釈らしい。このことから、ホメーロスにおいては λισσός についても「滑らかな」（つまり、磨かれて滑らかな、の意）が適切な意味として採用される。また、λίς と λισσός の語源は λῖτα「亜麻」と考えられている[2]。

ホメーロス以降では、悲劇の中に λισσός の女性形 λισσάς の用例が残っている。アイスキュロスの「救いを求める女たち」に１例、エウリーピデースの「ヘーラクレース」と「アンドロマケー」に１例ずつある。その意味はホメーロスと異なり、「高い」さらには「切り立った」であると解釈されている。

 A. Supp. 794 – 796

  ἢ λισσὰς αἰγίλιψ ἀπρόσ-
   δεικτος οἰόφρων κρεμὰς
  γυπιὰς πέτρα.
  それとも切り立った、険しい
  見分けもつかず、人も通わぬ、突き出た、
  鷹の棲む岩が。

ここでは λισσάς に加えて πέτρα には αἰγίλιψ「険しい」、ἀπρόσδεικτος「見分けられない」、οἰόφρων「孤立した」、κρεμάς「突き出た」、γυπιάς「鷹の棲む」という形容詞が重ねられている。この文脈において、λισσάς … πέτρα を「滑らかな、平坦な岩」と解釈するのは適切とは思われない。ここでは「高く聳え立つ岩場」というイメージが強いのである。この詩行の中の αἰγίλιψ という形容詞はホメーロスに３例あり、しかも「イーリアス」にのみある（Ι 15, Ν 63, Π 4）。原意は「山羊もいない、通わない」であるが、

通常「険しい」と訳出されている。ホメーロスは ἀπ' αἰγίλιπος πέτρης という定型句でのみ使う。アイスキュロスは λισσὰς αἰγίλιψ という言い回しによって、ホメーロスの両詩にそれぞれ3回現れる πέτρα のエピセットを並べて使っていることになる。

 E. HF 1148 – 1149

  οὐκ εἶμι πέτρας λισσάδος πρὸς ἅλματα

  ἢ φάσγανον πρὸς ἧπαρ ἐξακοντίσας.

  切り立った岩から身を投げようか、

  それとも剣を胸に突き立てて。

この例においても λισσάς「高い」場所のことを意味していることは明白である。しかし、Wilamowitz は「高い、切り立った」と解釈することに反対する。彼に言わせると、これは悲劇作者たちが叙事詩語を誤った意味に使う好例ということになる。彼はアリスタルコスの解釈として「滑らかな」という意味を擁護する[3]。

 E. Andr. 532 – 534

  λείβομαι δάκρυσιν κόρας,

  στάζω λισσάδος ὡς πέτρας

  λιβὰς ἀνάλιος, ἀ τάλαινα.

  私の瞳は涙にあふれ、

  滑らかな巖を伝い落ちる木陰の流れのように

  涙を落とす、哀れな私は。

この例では λισσάς を「高い」とするのは文脈に合わない。Stevens が指摘するように、ここではアンドロマケーが流す涙は石と化したニオベーの涙とイメージが重なっている[4]。彼女の涙は「滑らかな」岩肌を伝う清水のようにとめどなく流れるのであるから、「高く聳え立つ」という意味は適切ではないだろう。この解釈が正しいとすると、悲劇詩人たちは λισσάς の二通りの解釈を既に知っていたことになる。

 ヘレニズム期の用例はアポローニオス・ロディオスに集中している。λισσός が 2 例 (2.382、4.922)、λισσάς は 3 例 (2.731、4.956, 1717) ある。しかし、彼がこれをどちらの意味に使っているのか、判別は難しい。スコリアも両方の解釈を示している[5]。但し、次の 2 例については判断の材料がある。

A. R. 4.922 - 923

τῇ μὲν γὰρ Σκύλλης λισσὴ προυφαίνετο πέτρη,
τῇ δὲ ἄμοτον βοάασκεν ἀναβλύζουσα Χάλυβδις.
一方にはスキュレーの滑らかな岩が現れ、
他方にはカリュブディスが絶えず水を噴き上げ、唸っていた。

この一節は「オデュッセイア」第 12 歌の次の詩行をもとにしている。

μ 73 - 85

οἱ δὲ δύω σκόπελοι ὁ μὲν οὐρανὸν εὐρὺν ἱκάνει
ὀξείῃ κορυφῇ, νεφέλη δέ μιν ἀμφιβέβηκε
κυανέη· τὸ μὲν οὔ ποτ' ἐρωεῖ, οὐδέ ποτ' αἴθρη
κείνου ἔχει κορυφὴν οὔτ' ἐν θέρει οὔτ' ἐν ὀπώρῃ·
οὐδέ κεν ἀμβαίη βροτὸς ἀνήρ, οὐδ' ἐπιβαίη,
οὐδ' εἴ οἱ χεῖρές τε ἐείκοσι καὶ πόδες εἶεν·

79　πέτρη γὰρ λίς ἐστι, περιξεστῇ εἰκυῖα.
　　　…
85　ἔνθα δ' ἐνὶ Σκύλλη ναίει δεινὸν λελακυῖα.

さて他方には二つの岬があり、広い空に届いている、
鋭い頂によって、そして黒々とした雲がこれを
取り巻いている。それは決して消えることなく
夏も秋も晴れた空がこの頂を囲むことはない。
死すべき人間がよじ登って、頂に踏み込むことはできない、
たとえ手足が二十本あったとしても、
というのも、岩は滑らかで、磨かれたようになっているから。
　　（中略）
その中にスキュレーが棲んでいる、恐ろしく吠えながら。

III　アリュージョンによるホメーロス語彙の解釈

この二つを比べると判るように、アポローニオスの λισσὴ … πέτρη はホメーロスの πέτρη … λὶς を言い換えたものである。そして、前にも指摘したように、ホメーロスの λίς の意味は περιξεστῆ によって補われている。それ故、アポローニオスは λισσὴ を「滑らかな」という意味で使ったと考えられる。ただ、ホメーロスはこの岩が高く聳えている（73-74）と説明を加えている。これに対し、アポローニオスは何一つ説明していないから、「高い、聳える」という意味で使った可能性もある。

A. R. 4. 1711-1718

> τοῖσι δέ τις Σποράδων βαίη ἀνὰ τόφρα φαάνθη
> νῆσος ἰδεῖν, ὀλίγης Ἱππουρίδος ἀγχόθι νήσου·
> ἔνθ' εὐνὰς ἐβάλοντο καὶ ἔσχεθον. αὐτίκα δ' ἠὼς
> φέγγεν ἀνερχομένη· τοὶ δ' ἀγλαὸν Ἀπόλλωνι
> ἄλσει ἐνὶ σκιερῷ τέμενος στιόεντά τε βωμὸν
> ποίεον, Αἰγλήτην μὲν ἐυσκόπου εἴνεκεν αἴγλης
> Φοῖβον κεκλόμενοι· Ἀνάφην δέ τε λισσάδα νῆσον
> ἴσκον, ὃ δὴ Φοῖβός μιν ἀτυζομένοις ἀνέφηνε.
> スポラデス諸島の一つの小島が現れ、彼らの眼に
> 入った、ヒップーリスという小島の近くに。
> 彼らはそこに錨を下ろし、泊まった。やがて暁が
> 現れ、光を放った。彼らはアポローンのために
> 蔭深い森の中に輝かしい神域と小石による祭壇を造り、
> 遠くから見えた輝きのゆえに、ポイボスを輝く者という名で
> 呼んだ。そして、この険しく聳える島をアナペー（顕現）と名づけた、
> 不安にさいなまれていた彼らにそれをポイボスが現したので。

1715行によるとこの島には深い森がある（ἄλσει ἐνὶ σκιερῷ）。従って、ここの λισσάδα νῆσον（1717）は「滑らかな」島ではない。また、この島の標高は海抜584メートルある[6]。それ故、「高い」島、あるいは「聳え立つ」島ということになる。

上記2例については、アポローニオスがこの言葉をどう解釈したか判別できるが、残りの3例については決定しがたい。また、テオクリトスにも一つ用例が残っている。

 Theoc. 22. 37
   εὗρον δ' ἀέναον κρήνην ὑπὸ λισσάδι πέτρῃ.
 彼らは滑らかな岩の下に流れの尽きない泉を見出した。

この詩行においても、λισσάδι の意味が二つの解釈のどちらなのか断定できない。しかし、「滑らかな」岩と一般に訳されている。

 いずれにしても、λισσός の語源は既に述べたように特定されていて、「滑らかな」が真の意味らしいが、「高い、聳え立つ」という意味が何に由来するのかは不明である [7]。

注

1) Schol. M V ad γ 293 .Λισσὴ] λεία πέτρα.
 Schol. H Q ad γ 293 .Λισσὴ] ὑψηλὴ πέτρα.
 EM 567.12 λισσή·
  λισσῇ ἐπικέλλεται νήσῳ. λισσὸν τὸ ὁμαλόν· παρὰ τὸ λίαν ἴσον· Ἀμελίας δὲ ἐπὶ τοῦ ὑψηλοῦ αὐτὸ λαμβάνει.
 Hsch. λ 1124 λισσή· λεία (γ 293).
 Hsch. λ 1127 λισσόν· ἄναντες. ἀπότομον. ὑψηλόν. ἔλασσον. ἄθλιον.
2) cf. Frisk, GEW., II, 128 f., s. v. λίς 2.
3) U. von Wilamowitz-Moellendorff, *Euripides Herakles*, III, 1895 Göttingen, 237 f.
 悲劇詩人たちは「切り立った」という意味を γλωσσογράφοι から学んだのだろう、と彼は推測する。
4) *Euripides Andromache*, ed. P. T. Stevens, 1971 Oxford, 161.
5) Schol. ad A. R. 2. 382 – 385 b.
  λισσῇ ἐπικέλσετε νήσῳ : τῇ τραχείᾳ καὶ ὑψηλῇ. κτλ. λισσὴ δὲ ἀντὶ τοῦ ὁμαλῆς. Ἀμερίας δὲ ἐν Γλώσσαις λισσὸν τὸ ὑψηλὸν ἀποδίδωσιν.
 Schol. ad A. R. 2. 729 – 735 c.
  λισσάδες· ἀντὶ τοῦ ὑψηλαί, ἀνάντεις.
6) F. Vian, *Apollonios de Rhodes Argonautiques*, Tome III, 1981 Paris, 208.

7) λισσὴ αἰπεῖα (γ 293) において、λισσή は Λισσή という固有名詞と解釈されたということは考えられる。「そそり立つ、あるいは高いリッセー」ということから、λισσός の意味が誤って「高い」に転じた可能性がある。ホメーロスのスコリアは、λισσὴ αἰπεῖα という表現は矛盾していると指摘する。

    Schol. P ad γ 293

        Λισσὴ αἰπεῖα] ἔοικεν Ὅμηρος ἐναντιοῦσθαι αὐτῷ.

7. 潮騒の娘たち

「オデュッセイア」第4歌404行　νέποδες

δ 404 - 406

    ἀμφὶ δέ μιν φῶκαι νέποδες καλῆς ἁλοσύδνης
    ἀθρόαι εὕδουσιν, πολιῆς ἁλὸς ἐξαναδῦσαι,
    πικρὸν ἀποπνείουσαι ἁλὸς πολυβενθέος ὀδμήν.

    彼（プローテウス）のまわりにアザラシたち、美しい潮騒の娘たち
    が群れ集まって眠っています、灰色の潮から浮かび上がって、
    とても深い海の強い匂いを吐き出しながら。

これは「オデュッセイア」第4歌におけるメネラーオスの語りの一節である。404行のνέποδεςはホメーロスに一度しか現れない言葉、いわゆるハパクス・レゴメノン（ἅπαξ λεγόμενον）の一つである。古典期を通じてこの言葉が使われた例は残っていない。しかし、ヘレニズム期に至って詩語として復活する。その理由は、この時代の詩人たちの稀語や難解な言葉を好む傾向による。νέποδεςについてもヘレニズム期の学者はその意味と語源を確定すべく様々な解釈を提起し、議論したようである。そして、いわゆる学者詩人たちはこの言葉を使うことによってその解釈を示そうとしたと考えられる。古代には四つの解釈が提案された。

　後1-2世紀の学者アポローニオス・ソピスタの「ホメーロス辞典」はアピオーン（後1世紀の学者）の見解として、ἄποδες「足の無い」、νηξίποδες「水かき足の」、ἀπόγονοι「子孫たち」という三つの解釈を伝える。そして、これにἄποδεςとἀπόγονοιは誤りであるという注釈を加えている。これに、

III アリュージョンによるホメーロス語彙の解釈

後10世紀のスイダス辞典が伝える ἰχθύες「魚」という解釈が加わる[1]。また、後5世紀のヘーシュキオス辞典、10世紀頃の語源辞典、ホメーロスのスコリア、エウスタティウスのホメーロス注解等もほぼ類似の解釈を伝えている[2]。これらの資料によると、νέποδες は否定の接頭辞 νε- と πούς「足」の合成語と考えられて、ἄποδες という意味に解釈された。しかし、ホメーロスは νέποδες を φῶκαι のエピセットとして使っているので、ἄποδες という解釈は誤りである。というのは、アザラシには足があるから、と説明する。これについて、アザラシは体に比べて足が小さいので、足が無いように見える、という反論が見られる。次の νηξίποδες「泳ぐ足をもつ、水かき足の」という解釈は、νέειν「泳ぐ」と πούς「足」に語源を求めた説である。ἰχθύες「魚」という解釈は ἄποδος を敷衍したものであるが、これは後述するカリマコスの詩句に少し関係がある。近代の研究が認めるのは、アピオーンが挙げた三つの解釈のうちの最後の ἀπόγονοι「子孫たち、子供たち」である。

中世資料が伝える様々な語源説は現在受け入れられていない。否定の接頭辞 νε- は他に典拠が無く、立証できないのである。つまり、この言葉の語源は明確ではない。むしろ、ラテン語の nepotes「孫、子孫たち」が同系統の言葉として νέποδες の ἀπόγονοι という解釈を支持すると考えられている。また、エウスタティウスは注釈の中で、或る「語彙辞典」によると νέπους は ἀπόγονος の意であると述べている。そして、その辞典はビザンチンのアリストファネース（前258-180頃）に由来するものと推測されている[3]。

この言葉はホメーロス以降全く忘れられていたらしいが、ヘレニズムの詩人たちによって復活した。カリマコスの断片に四つの用例が残っている。

Call. Fr. 66.1 Pf.

ἡρῶσσαι [..].ιας Ἰασίδος νέπ[ο]δες.

これは「縁起物語」（Aetia）の断片である。イアーシス（Ἰασίς）は神話中のアルゴス王イアーソス王の娘、つまりイーオーを、νέποδες は彼女の「子孫」の意である。次の用例は「イアムボス詩」の断片の一つである。

Call. Fr. 222 Pf.

οὐ γὰρ ἐργάτιν τρέφω
τὴν Μοῦσαν, ὡς ὁ Κεῖος Ὑλίχου νέπους.

私はムーサを雇われ女として育てはしない、

ヒュリコスの子孫、ケオスの人がしたように。

ヒュリコスはケオス島のヒュリキダイ一族の祖、そして νέπους はピンダロスと同時代（前 6 – 5 世紀）の詩人シモーニデースを指す。ここでは明らかに「子孫」という意味で使われている[4]。次の詩行はどの作品に属するのか判明していない。しかし、問題を含む断片である。

Call. Fr. 533 Pf.

πουλὺ θαλασσαίων μυνδότεροι νεπόδων.

海の子供（子孫）たちよりずっと寡黙なものたちが。

これは Pfeiffer の解釈に基づく訳である。Pfeiffer は、θαλασσαίν … νεπόδων は「アザラシ」ではなく「魚」を指している、しかしこの詩句から後の詩人たち（ニーカンドロス、その他）と学者たちは νέποδες を ἰχθύες と解釈するに至った、と述べている[5]。この見解は正しいと思われるが、この断片の文脈からは意味を決定することはできない。LSJ – Supplement の改訂版（1996 年）はこれを "fish" の意味に分類した上で、ambiguous であるとコメントを付している。

次に、アポローニオス・ロディオスが叙事詩「アルゴナウティカ」の中で 1 回だけこの言葉を使っている。

A. R. 4. 1743 – 1744

ἀλλά με Νηρῆος παρακάτθεο παρθενικῇσιν
ἂμ πέλαγος ναίειν Ἀνάφης σχεδόν· εἰμὶ δ᾽ ἐς αὐγὰς
ἠελίου μετόπισθε, τεοῖς νεπόδεσσιν ἑτοίμη.

さあ、私をネーレウスの娘たちに委ねてください、

アナペーの近くの海に住むように。私は後に日の光の中に

現れて、あなたの子孫を迎えるでしょう。

これはエウペーモスの夢の中に現れる、乙女に姿を変えた土塊の言葉である。

III　アリュージョンによるホメーロス語彙の解釈

彼女らは将来彼の子孫を養うことになる、と述べている。イアーソーンはこの話を聞くと、次のように言う。

 A. R. 4. 1750-1752

  βώλακα γὰρ τεύξουσι θεοὶ πόντον δὲ βαλόντι
  νῆσον, ἵν' ὁπλότεροι παίδων σέθεν ἐννάσσονται
  παῖδες.
  というのも、君がその土塊を海に投げ入れるなら
  神々は君のためにそれを島となすであろう、そしてそこに
  君の子供たちの更に後の子供たちが住まうことになるだろう。

このイアーソーンの言葉によってアポローニオスは νέποδες が ἀπόγονοι の意であることを補強している。また、アポローニオスが「アルゴナウティカ」の資料として使ったと推測される同名の詩の作者クレオーンに次のような断片が残っている[6]。

 Cleon. Sic. 1-2

  τοῦτο μὲν οὖν ῥέξαντες ἀολλέες ἠγερέθοντο
  βαυριόθεν βριαροὶ Γοργοφόνου νέποδες.
  そのことを為した後で、ゴルゴーの殺し手の
  屈強な子孫たちが故郷から群れをなして集まった。

「ゴルゴーの殺し手」というのはペルセウスのことである。ここでは νέποδες は明らかに「子孫」という意味で使われている。従って、アポローニオスは当然この意味を知っていたはずである。

「子孫」という意味のもう一つの用例はテオクリトスにある。

 Theoc. 17. 22-25

  ἔνθα σὺν ἄλλοισιν θαλίας ἔχει Οὐρανίδῃσι,
  χαίρων υἱωνῶν περιώσιον υἱωνοῖσιν,
  ὅττι σφεων Κρονίδης μελέων ἐξείλετο γῆρας
  ἀθάνατοι δὲ καλεῦνται ἑοὶ νέποδες γεγαῶτες.
  そこで彼（ヘーラクレース）は他の神々と祝宴を共にしている、

自分の子供たちの子供たちのために喜びながら、というのは
クロノスの子が彼らの四肢から老いを取り去ってくれたから、
そして、彼の子孫に生まれた者たちは不死なる者と呼ばれている。

ここの νέποδες の意味が「子孫」であることは文脈から明白である。

以上に見たとおり、前3世紀の学者詩人たちは νέποδες の「子孫」という意味を知っていて、またこれを正しい意味として使った。しかし、その後の詩人たちは「子孫」という意味を使わなくなる。前2世紀のニカンドロスの「解毒」('Αλεξιφάρμακα)と題する詩に νέποδες は二度、単数と複数で使われている。

 Nic. Al. 468
  γευθμὸς δ' ἰχθυόεις νεπόδων ἅτε σαπρυνθέντων.
  （アメフラシは）魚の味がする、しかも腐った魚の味に似ている。

 Nic. Al. 485
  ὄφρα ποτὸν νέποδός τε κακοῦ ἐκ φύρματα χεύῃ.
  （患者が）悪い（毒のある）魚の液汁と汚物を排泄するために。

彼は νέπους を「魚」の意に使っている。そして、ニカンドロス以降、オッピアーノス、ノンノス等の詩人たちは全てこの言葉を「魚」という意味に使うようになる[7]。その理由は、Pfeiffer が指摘するように、カリマコスの θαλασσαίων‥νεπόδων という曖昧な表現が原因なのか、当時の語源解釈に基づくものなのかはっきりとは判らない。

注

1) Apollon. 115. 31
  νέποδες· Ἀπίων ἄποδες ἢ νηξίποδες ἢ ἀπόγονοι. τὸ μὲν οὖν ἄποδες ψεῦδος· ἔχουσι γὰρ πόδας αἱ φῶκαι· τὸ δὲ ἀπόγονοι παράκουσμα τῶν νεωτέρων ποιητῶν.
 Suid. ν 250
  νέποδες· οἱ ἰχθύες. παρὰ τὸ νε στερητικὸν καὶ τὸ ποῦς· ἄποδες γὰρ εἰσίν.

ν 251
νέποδες: νηξίποδες· τὸ γὰρ ἄποδες ψεῦδος· ἔχουσι γὰρ πόδας αἱ φῶκαι.

2) Hsch. ν 374
νέποδες· νηξίποδες· τὸ γὰρ ἄποδες ἀπδιδόναι, ψεῦδος. ἔχουσι γὰρ πόδας αἱ φῶκαι νέποδες (δ 404)

ν 375
νεπόδων· νηξιπόδων ἰχθύων (Call. Fr. 533 pf.)

Schol. V ad δ 404
νέποδες] αἱ διὰ τοῦ νήχεσθαι τὴν πορείαν ποιούμεναι· ἢ ἄποδες.

Schol. E ad δ 404
νέποδες] αἱ ἐστρημέναι τῶν ποδῶν, εἰ πρὸς τὰ μεγέθη τῶν σωμάτων αὐτῶν συγκρίνῃ τις. τὸ νέποδες ἀντὶ τοῦ σχεδὸν ἄποδες. σφόδρα οὖσαι μεγάλαι σμικροτάτους ἔχουσι πόδας. πρὸς ἀντιδιαστολὴν νῦν τῶν ἰχθύων ἀπόδων ὄντων τὸ νέποδες, ὡς τοῖς ποσὶ νηχόμεναι.

Eust. 1502. 25 ff.
νέποδες δὲ αὗται, οὐ κατὰ τοὺς ἰχθύας ὡς ἄποδες. ἀλλ᾽ ὡς ὀλιγόποδες ἤτοι μικρόποδες καὶ διατοῦτο ἐγγὺς ἀπόδων. ⋯ οἱ χελιδόνας τινὰς ἃς οἱ ἰδιῶται πετροχελιδόνας φασίν. ἐκεῖνοι καλοῦσιν ἄποδας, οὐ διὰ παντελῆ στέρησιν ποδῶν ἀλλ᾽ ὀλιγότητα ἤτοι σμικρότητα. δῆλον δὲ ὅτι τὸ ᾱ καὶ ἐπὶ ὀλιγότητος λέγεται. τινὲς δὲ νέποδας φώκας φασί, παρὰ τὸ ποσὶ νέειν ὅ ἐστι νήχεσθαι. ἵνα εἶεν φῶκαι νηξίποδες. ⋯ διὸ καὶ ἔφη τὸν Πρ-ωτέα ἐν μέσαις αὐταῖς κεῖσθαι, ὡς νομέα ἐν πώεσι μήλων. ἃ δὴ καὶ αὐτά, ἀνδρῶν κτήματα. τινὲς δὲ ἠρέσθησαν, τρόπῳ συγγενικῷ οὕτω φρασθῆναι. νέποδες γάρ φασι θαλάσσης αἱ φῶκαι, ὅ ἐστι τέκνα. νέπους γὰρ κατά τινα γλῶσσαν, ὁ ἀπόγονος.

EM 601. 29
νέποδες· οἱ ἰχθύες· παρὰ τὴν ΝΕ στέρησιν καὶ τοὺς πόδας, οἱ ποδῶν ἐστερημένοι. κτλ.

E. Gud. 405. 51
νέποδες· ἰχθύες· παρὰ τὸ νε στερητικόν, οἱ ποδῶν ἐστερηνένοι.

3) cf. J. Wackernagel, *Vorlesungen über Syntax*, II, 1928 Basel. 252.
Frisk, GEW, II, 307 f.
Chantraine, *DELG*, II, 747.
E. Schwyzer, *Griechische Grammatik*, I, 431, Anm. 3.

4) この詩句はピンダロスの次の詩行を手本に作られている。
Pi. I. 2. 6
ἁ Μοῖσα γὰρ οὐ φιλοκερδής
πω τότ᾽ ἦν οὐδ᾽ ἐργάτις.

5) R. Pfeiffer, *Callimachus*, vol. I, 1949 Oxford, ad loc.

尚、もう一つの用例については、テクストの損傷のため νέποδες の意味の確定が困難である。Pfeiffer は「子孫」とする。
Call. fr. 186. 1 – 2

   ] . βρεχμὸν γὰρ ἐπώμοσας ὅττι μεγι[στ
    ]...'. π.νόης νέποδες

6) H. Lloyd-Jones & P. Parsons, *Supplementum Hellenisticum*, 1983, Berlin, 161 f.
 E. Diehl, *Anthologia Lyrica Graeca*, I, 128, 1954 Leipzig.
 EM 389. 24 ff.
 cf. Schol. ad A. R. 4. 1745 υἱέσιν ὤφειλε.

7) [Opp.] C. 1. 380, 384 ; 2. 434 ; 3. 465 : H. 1. 2, 63, 94, 175, 477, 607, 785 ; 2. 212, 398, 422, 432, 590, 642 ; 3. 203, 441, 465, 535 ; 4.37, 172, 402, 468, 649,652 ; 5. 429.
 Nonn. D. 10.154 ; 20. 385 ; 26. 272 39. 135.
 A. P. 6. 11. 6（Satyrius）; 11. 60. 7（Paulus Sileniarius）

IV

非ホメーロス語彙による
ホメーロス・テクストへのアリュージョン

アポローニオス・ロディオスの叙事詩「アルゴナウティカ」は古代叙事詩、特にホメーロスの叙事詩に倣った擬古文であるから、使用される語彙は主としてホメーロスの語彙である。しかし、ホメーロスの語彙と並んで多数の非ホメーロス語彙（ non - Homeric words ）が使われている。但し、その大半は固有名詞・形容詞である。これは、取り扱われる伝説圏の違いによるのだが、これらを除いても尚多くの非ホメーロス語彙が含まれている。これは何を意味するのか。これらの言葉は今日に伝わることなく失われた多くの古代叙事詩の中にあった語彙であるという推量も成り立つ。しかし、どの語彙がそうであるのか今となっては判別することは難しい。一方、この中には明らかに叙事詩語ではない語彙、例えば散文語、も含まれている。このことから、アポローニオスは叙事詩以外に多くの言葉を渉猟して叙事詩語の拡大を図ったという考え方も成り立つ[1]。しかし、それと同時に何か他の意図もあってこれらの語彙を使用したと考えることもできる。つまり、ヘレニズムの詩人の特質であるアリュージョンの道具として使用されたという考え方である。例えば、読者にその語彙の出典からホメーロスの特定の詩行を連想させ、そこから作者の意図を探らせるという図式も考えられよう。しかし、その出典も今日に伝わっていない場合のほうが多く、判然としないのは言うまでもない。ここでは、このような考え方のもとに若干の語彙について考察してみたい。

注

1) e. g. R‒E, Apollonios (Knaak).

1. ロートスの野

「アルゴナウティカ」第1歌 1282 行　δροσόεις

A. R. 1. 1280 – 1282

　ἧμος δ' οὐρανόθεν χαροπὴ ὑπολάμπεται Ἠὼς
　ἐκ περάτης ἀνιοῦσα, διαγλαύσσουσι δ' ἀταρποὶ
　καὶ πεδία δροσόεντα φαεινῇ λάμπεται αἴγλῃ.

　煌く暁が地平線より昇って、空から
　輝きわたると、小道は明るくなり、
　露に満ちた平野が輝く陽射しを受けてきらきら光る時。

この詩行の 1282 行の δροσόεντα は非ホメーロス語彙の一つである。この形容詞をアポローニオスはここに1回だけ使う。彼以前の使用例としては4例が残っている。この例証中、何らかの点でホメーロスの詩句を想起させる可能性があるのはサッポーの次の断片であろう[1]。

Sapph. 95. 11 – 13 Lobel
　κατθάνην δ' ἴμερός τις [ἔχει με καὶ
　λωτίνοις δροσόεντας [ὄ-
　χ[θ]οις ἴδην Ἀχέρ[οντος sive οἰσίοις

　死してアケローンのロートス（蓮華）に
　おおわれた岸辺の露に満ちた……
　を見たいという思いが
　私を捉える。

この断片は、ここに引用した三行のみがかろうじて判読可能である。δροσόεντας (12) という言葉を含むこの詩の断片の中で、ホメーロスの詩句を連想させる要素があるとすれば、それは δροσόεντας の直前に置かれている λωτίνοις であろう λωντίνος と同語源の言葉はホメーロスに三つある。λωτός (8例)、Λωτοφάγοι (5例)、λωτόεις である。λωτόεις はホメーロスに1回だけ現れる言葉、いわゆるハパクス・レゴメノンである。この言葉がアポローニオスの上掲の詩行に関わりがあると考えられる。というのは、この λωτόεις が使われているホメーロスの次の詩行をアポローニオスは模倣し、利用しているからである。

M 281-283

κοιμήσας δ' ἀνέμους χέει (sc. νιφάδας) ἔμπεδον, ὄφρα καλύψῃ
ὑψηλῶν ὀρέων κορυφὰς καὶ πρώονας ἄκρους
καὶ πεδία λωτοῦντα καὶ ἀνδρῶν πίονα ἔργα.

(ゼウスは) 風を眠らせ、絶え間なく (雪を) 降り注ぐ、
高い山の頂、突き出た岬、蓮華に満ちた野原や
人々の肥えた畑をおおいつくすまで。

アポローニオスはこの詩行を利用してホメーロスとは対比的な情景に作り変えている。

「空から降り注ぐ雪」〜「地平線から昇る暁」

「雪におおわれて姿を隠す πεδία λωτοῦντα と ἔργα 」〜「光に照らされて明るみに姿を現す ἀταρποί と πεδία δροσόεντα 」

また、καὶ πεδία δροσόεντα はホメーロスの καὶ πεδία λωτοῦντα のヴァリエーションになっている。そして更に、ホメーロスの πεδία は対格形であるが、アポローニオスはこれを主格形に使う。これらの事からも判るように、アポローニオスはヴァリエーションと倒置された表現を使って、ホメーロスの三詩行を模倣している。つまり、ヘレニズムの詩の特質である、imitatio cum variatione あるいは oppositio in imitando というテクニックを使った典型的な詩行になっているのである。それではこの詩行中に彼が非ホメーロス語の一つ δροσόεις を使う目的は何なのか。実は、中世写本のス

コリアは古代においてホメーロスの283行に関する文献学上の議論があったことを伝えている[2]。それによると、アリスタルコスは λωτοῦντα と読んだが、マルセーユ版の写本の読み方は λωτεῦντα となっていた、とある。ホメーロスのスコリアには欠落があって読みにくいが、この事については古代のホメーロス辞典、中世のエウスタティウスの註解等が傍証となる[3]。λωτοῦντα と λωτεῦντα という二つの読み方のどちらを採用するかについては今日も尚意見が対立している[4]。λωτοῦντα は λωτόεις という形容詞の中性・複数・主格又は対格形 λωτόεντα の約音形である。しかし、-οεις 型の形容詞における -οε- > -ου- という約音はホメーロスにおいてはこれが唯一の例である。従って、疑いが持たれている。一方、λωτεῦντα は λωτεῖν という動詞の現在分詞の中性・複数・主格又は対格形でもある。-εω 型動詞の -εο- の約音はホメーロスにおいては稀であるけれども、分詞に関しては例証が比較的多い。しかし、λωτεῖν という動詞は他の典拠が無いという困難がある[5]。どちらの読み方にも決定的な根拠が無いのである。

さて、アポローニオスの時代には既に λωτοῦντα と λωτεῦντα の両方の読み方が知られていたと推測してよいだろう。そして、彼の δροσόεντα という言葉はまさにこの問題へのアリュージョンになっているのではないだろうか。もしそうであるなら、彼はホメーロスの καὶ πεδία λωτοῦντα 又は λωτεῦντα という詩句を καὶ πεδία δροσόεντα と作り変えることによって、マルセーユ版の読み方 λωτεῦντα を否定し、λωτοῦντα を選択したと考えられる。しかし、δροσόεντα と書いているから、λωτοῦντα という約音形にも納得しなかったのかも知れない。この辺りの事情ははっきりと断定することはできないが、何れにせよアポローニオスがこの詩行の中で δροσόεντα という言葉を使う意図は以上の点にあると推測してよいだろう。

注

1) Sapph. 71. 8, 95. 12 Lobel : Simon. 519 fr. 52. 5 Page : E. Tr. 833.
2) Schol. A ad M 283 a¹.
    < λωτεῦντα : > Ἀρίσταρχος διὰ τοῦ ō λωτοῦντα.
    Schol. T ad M 283 a².
    λωτεῦντα· οὕτως αἱ Ἀριστάρχου < *** > καὶ ἡ Μασσαλιωτική.
3) Eust. 905. 16
    φασὶ δὲ οἱ παλαιοὶ ὡς Ἀρίσταρχος μὲν πεδία γράφει λωτοῦντα, ὅ ἐστι λωτόεντα κατὰ κρᾶσιν κοινὴν τοῦ ē καὶ ō εἰς τὴν οῦ δίφθογγον, ἡ δὲ Μασσαλιωτικὴ ἔκδοσις λωτεῦντα.
    Cf. Apollon. 109. 21.
    EM 571. 2.
4) λωτοῦντα : Monro – Allen.
    λωτεῦντα : Leaf, Ameis – Hentze – Cauer, Mazon.
5) cf. D. B. Monro, *A Grammer of the Homeric Dialect*, 1891, 55.
    P. Chantraine, *Grammaire Homérique*, 1958 – 1963, I, 55.
    F. Bechtel, *Die Vocalcontraction bei Homer*, 1908. 268.
    Leaf, ad loc.
    B. Hainsworth, *The Iliad : A Commentary*, vol.III, 1993 Oxford, 348.

2. アキレウスのようなヘクトール

「アルゴナウティカ」第2歌 543 行　κατόψιος

A. R. 2. 541 – 546

　　ὡς δ᾽ ὅτε τις πάτρηθεν ἀλώμενος – οἷά τε πολλὰ
　　πλαζόμεθ᾽ ἄνθρωποι τετληότες, οὐδέ τις αἶα
　　τηλουρός, πᾶσαι δὲ κατόψιοί εἰσι κέλευθοι – ,
　　σφωιτέρους δ᾽ ἐνόησε δόμους, ἄμυδις δὲ κέλευθος
　　ὑγρή τε τραφερή τ᾽ ἰνδάλλεται, ἄλλοτε δ᾽ ἄλλῃ
　　ὀξέα πορφύρων ἐπιμαίεται ὀφθαρμοῖσιν.

　　故国を離れて放浪する人が、――ちょうど我々人間が
　　（運命に）耐えつつ多くの場所をさまよう時、如何なる土地も
　　遠いということなく、全ての道が（心の目に）見えるように――、
　　自分の家を心に想い、海と陸の道は同時に
　　（眼前に）現れ、次々と思いを巡らし
　　（心の目で）追い捉えようとする時のように。

　これは女神アテーネーが天駆ける速さを人の心に去来する想念の速さに喩えたシミリである。このモデルはホメーロスの「イーリアス」第15歌の次のシミリである。

　　O 80 – 82

　　ὡς δ᾽ ὅτ᾽ ἂν ἀίξῃ νόος ἀνέρος, ὅς τ᾽ ἐπὶ πολλὴν
　　γαῖαν ἐληλουθὼς φρεσὶ πευκαλίμῃσι νοήσῃ,
　　"ἔνθ᾽ εἴην, ἢ ἔνθα", μενοινήῃσί τε πολλά.

Ⅳ 非ホメーロス語彙によるホメーロス・テクストへのアリュージョン

ὣς κραιπνῶς μεμαυῖα διέπτατο πότνια Ἥρη.

多くの地を渡り歩いて、鋭い心で「私は彼処に居たい、
或いは彼処にいることができたら」と思い巡らし、
多くの事を希求する人の想念が駆ける時のように、
そのように速やかに女神ヘーレーは気負い込んで天かけて行った。

ホメーロスのシミリは簡潔すぎて内容が少し摑みにくいが、アポローニオスの場合はかなり具体的な表現が使われていて解りやすくなっている。G. Mooney は、アポローニオスはホメーロスのシミリを拡大し、更にはアレクサンドリアを追われて追放地にいる人の心情を表現している、と述べている[1]。アポローニオスはホメーロスのこのシミリを解釈していると言える。そして、ロドス島に移住した自己の心情をこのシミリに託して語っているのかも知れない。

さて、ここでは 543 行の κατόψιοι という非ホメーロス語に着目したい。この言葉は「(眼前に)見える、現れる」という意味で使われている。アポローニオス以前の用例はエウリーピデースに一つ残っているだけである。稀語の一つと言えよう。

E. Hipp. 29–31

καὶ πρὶν μὲν ἐλθεῖν τήνδε γῆν Τροζηνίαν,
πέτραν παρ' αὐτὴν Παλλάδος, κατόψιον
γῆς τῆςδε, ναὸν Κύπριδος ἐγκαθείσατο.

彼女がこのトロゼーンの地に来る以前に、
パルラスの岩の辺りに、この地より見えるところに
キュプリスの神殿を建立した。

この詩行からアポローニオスは κατόψιος という言葉を採ったのかどうか分明ではない。現在は失われてしまった他の出典によるのかも知れないのである。何れにせよ、彼がこの言葉を利用した意図を考えてみたい。

アポローニオスのシミリは前半の三行 (541–543) において一般的な叙述を、後半の三行 (544–546) において具体的な叙述をする。つまり、前半と

後半は表現が異なるだけで同じことを述べている。特に、πᾶσαι δὲ κατόψ-
ιοί τε κέλευθοι（543）と ἀμυδις δὲ κέλευθος / ὑγρή τε τραφερή τ' ἰν-
δάλλεται（544–545）はほぼ同じ内容を繰り返していることになる。その
上、κατόψιοι … κέλευθοι / … κέλευθος / … ἰνδάλλεται という言葉の
並び方は chiasmos を形成していると言えよう。そして更に、κατόψιοι と ἰν-
δάλλεται は共に詩行中の同位置、カエスラの直後に置かれている。入念に
計算された配置になっている。しかも、この二つの言葉はシミリの中では同
じ意味に使われている。そうすると、κατόψιοι という言葉は ἰνδάλλεται
という言葉の解釈に使われているのではないかとの推測も成り立つ。尤も、
その逆も考えられる。アポローニオスがある言葉によって他の言葉の意味
を解釈する場合、詩行中の位置に考慮を払うからである。このような推測を
する根拠は、古代において ἰνδάλλεσθαι という動詞の解釈をめぐる議論が
あったからである。この議論にはかなり長い歴史があったらしい。この議論
について「イーリアス」第17歌214行のスコリアが伝えている。問題とさ
れている詩行は次のようになっている。

P 212–214
    μετὰ δὲ κλειστοὺς ἐπικούρους
  βῆ ῥα μέγα ἰάχων· ἰνδάλλετο δέ σφισι πᾶσι
  τεύχεσι λαμπόμενος μεγαθύμου Πηλεΐωνος.

これはヘクトールがアキレウスの鎧に身をかためて登場する場面である。中
世写本の大多数は上掲のテクストのように214行後半を属格形 μεγαθύμου
Πηλεΐωνος を読む。そうすると、意味は次のようになる。

  彼は大きく叫びつつ名高い援軍の方へ歩いて来た。
  そして彼は、全ての仲間の目に、心の大きなペーレウスの
  子の武具で光り輝いて現れた（或いは、見えた）。

これに対し、アリスタルコスは属格形ではなく与格形で μεγαθύμῳ Πηλεΐ-
ωνι と読んだ、とスコリアは伝えている[2]。アリスタルコスに従って与格形
を読むと、ἰνδάλλετο の意味は違ってくる。つまり、「彼らの眼から見ると、

ヘクトールはアキレウスの）武具によってペーレウスの子に似ていた」ということになる。この ἰνδάλλεσθαι という動詞との関連で、「オデュッセイア」第3歌246行についてもスコリアは類似の記録を残している。

γ 245 – 246

τρὶς γὰρ δή μίν φασιν ἀνάξασθαι γένε' ἀνδρῶν,
ὥς τέ μοι ἀθάνατος ἰνδάλλεται εἰσοράασθαι.

スコリアの報告によると、246行においてアリストファネースは複数与格形 ἀθανάτοις ではなく単数主格形を読んだということである[3]。伝存の中世写本は、O写本以外は全て与格形 ἀθανάτοις という読みを与える。上に示したテクストは近年の校訂者の通常の読み方である。しかし、与格形を読む校訂者もいる（Thiel）。何れにせよ、ヘレニズム期には既に二つの読み方が在ったということになる。与格形を読むと「彼（ネストール）は不死なる神々に似ていた」となり、主格形を読むと「彼は不死なる神々のように見えた」となる。

以上のスコリアの報告から、古代においてホメーロスの ἰνδάλλεσθαι の意味は φαίνεσθαι なのか、ὁμοῦσθαι なのかについて議論があったと考えられよう。また、プラトーンは ἰνδάλλεσθαι を両方の意味で使っているから[4]、ヘレニズム期以前に既に意味が曖昧であったのか、或いは本来両方の使い方があったとも考えられる。ホメーロスには ἰδάλλεσθαι の用例は四つ残っている。残りの2例は何れも φαίνεσθαι「見える、現れる」の意味に使われている（Ψ 460, τ 224）。一方、アポローニオスもこの動詞を4回使っている（1. 1297、2. 545、3. 453、812）。R. C. Seaton は、アポローニオスは ἰνδάλλεσθαι を4回使用しているが、全て φαίνεσθαι の意味に使っているから、P 214 では μεγαθυμοῦ Πηλεΐωνος と読んだに違いない、と述べている[5]。この指摘は正しいと思われる。そして、更に付け加えるなら、アポローニオスは上掲のシミリの中で、κατόψιος という言葉を使って、ホメーロスにおいては ἰνδάλλεσθαι が ὁμοιοῦσθαι の意味に使われることはない、ということを仄めかしている考えられる。つまり、κατόψιοι はホメーロスの

問題へのアリュージョンの道具として使われているものと思われる。

注

1) G. W. Mooney, *The Argonautica of Apollonius Rhodius*, 1912 Dublin, 184 – 185.
2) Schol. A ad P 214 a. τεύχεσι λαμπόμενος μεγαθύμον Πηλεῖωνος:
   αἱ κοιναὶ ἐκδόσεις ἔχουσι μεγαθύμου Πηλεῖωνος. … ἡ δὲ Ἀριστάρχειος διόρθωσις κατὰ δοτικὴν ἔχει "μεγαθύμῳ Πηλεῖωνι".
   cf. A. Ludwich, *Aristarchs Homerische Textkritik nach den Fragmenten des Didymos*, I, 420.
   H. Duentzer, *De Zenodoti studiis Homericis*, 1848, 117.
   L. Friedländer, *Nicanoris ΙΛΙΑΚΗΣ ΣΤΙΓΜΗΣ*, 1855, 117 f.
   Eust. 1102. 64.
   W. Leaf, *The Iliad*, 1900 – 1902, ad loc.
3) Schol. HM ad γ 245
   φασὶν ἀνάξασθαι] "καὶ ὥστε μοι ἀθανάτοις". τὸ δὲ ἀθανάτοις Ἀριστοφάνης ἀθάνατος λέγει ἐνικῶς.
   cf. A. Ludwich, op. cit., I, 531.
   Eust. 1465. 40.
4) Plat. Rep. 381 E.
   θεοί τινες περιέρχονται νύκτωρ πολλοῖς ξένοις καὶ παντοδαποῖς ἰνδαλλόμενοι.
   id. Theaet. 189 E.
   τοῦτο γάρ μοι ἰνδάλλεται διανοουνένῃ.
5) R. C. Seaton, *On the Imitation of Homer by Apollonius Rhodius*, JPh19, 1891, 6.

3. 女神の化粧

「アルゴナウティカ」第3歌 50 行　ἀψηκτος

A. R. 3. 45 – 50

　　λευκοῖσιν δ' ἑκάτερθε κόμας ἐπιειμένη ὤμοις
　　κόσμει χρυσείῃ διὰ κερκίδι, μέλλε δὲ μακροὺς
　　πλέξασθαι πλοκάμους· τὰς δὲ προπάροιθεν ἰδοῦσα
　　ἔσχεθεν εἴσω τέ σφε κάλει, καὶ ἀπὸ θρόνου ὦρτο
　　εἷσέ τ' ἐνὶ κλισμοῖσιν· ἀτὰρ μετέπειτα καὶ αὐτὴ
　　ἵζανεν, ἀψήκτους δὲ χεροῖν ἀνεδήσατο χαίτας.

　　女神は白い両の肩に髪を垂らして、
　　黄金の櫛で整え、長い髪を編もうとしていた。
　　しかし、部屋の前に二人の女神をみとめると、
　　手を止めて彼女らを中へ招き入れ、椅子より立ち上がって
　　二人を寝椅子に坐らせた。その後で、自らも坐ると、
　　梳られていない髪を両の手で束ねた。

　これはヘーレーとアテーネーがアプロディーテーを訪問する場面の一節である。この場面は「イーリアス」第 14 歌の中でヘーレーが化粧をする情景を想起させる。アポローニオスがこれを模倣してこの場面を作っていることは明らかである。

Ξ 175 – 177

　　τῷ ῥ' ἥ γε χρόα καλὸν ἀλειψαμένη ἰδὲ χαίτας
　　πεξαμένη χερσὶ πλοκάμους ἔπλεξε φαεινοὺς

249

καλοὺς ἀμβροσίους ἐκ κράατος ἀθανάτοιο.

女神（ヘーレー）は美しい肌に油を塗りこめると、

髪を梳ってから、手で輝く髪を編み、

その美しく芳しい髪を不死なる頭より垂れ下がらせた。

アポローニオスの模倣の仕方は oppositio in imitando の典型的な例である。ホメーロスにおいては、ヘーレーは髪の手入れをしてすっかり化粧を済ませてからアプロディーテーを訪問することになっている。これに対して、アポローニオスでは、アプロディーテーが髪の手入れをしている最中にヘーレーは訪れる。しかも、アプロディーテーは化粧を中断することになる。全く逆の場面に作り変えられている。

さて、アポローニオスの詩行の 50 行にある αψήκτους は非ホメーロス語である。この言葉の用例はアポローニオス以前には喜劇作者アリストパネースに 1 例残っているのみである。稀語と言ってよい。

Ar. Lys. 656 – 657

ἆρα γρυκτόν ἐστιν ὑμῖν; εἰ δὲ λυπήσεις τί με,

τῷδε γ' ἀψήκτῳ πατάξω τῷ κοθόρνῳ τὴν γνάθον.

ここでは αψήκτῳ (657) は皮を形容する言葉として、「鞣してない」の意味に使われている。アポローニオスはこれを髪について使っている。スコリアは「梳られていない」と解釈している[1]。これは文脈によく適合する解釈である。ところで、アポローニオスの 50 行はホメーロスの 176 – 177 行の非常に意識的な模倣になっている。ホメーロスでは文頭に置かれている χαίτας をアポローニオスは文末に置く。πλοκάμους ἔπλεξε は ἀνεδήσατο χαίτας に入れ替わって対応している。χερσὶ はより正確に双数形 χεροῖν になっている。このように、一語一語の対応を意識して作っていることから、πεξαμένη と αψήκτους の間にも何らかの対応関係があると推測される。それは何か。ホメーロスのスコリアは、πεξαμένη は「（髪を）分ける」(διακρίνασα καὶ διαχωρίσασα) の意とする。これは ἔπλεξε 「（髪を）編んだ」から推測される意味である。しかし、スコリア D は別の解釈

を与える。つまり、「梳る」（κτενισαμένη）である。

　この解釈を後一世紀のアポローニオス・ソピスタが編纂したホメーロス辞典も伝えている[2]。これらの記事は、古代には πεξαμένη の解釈が二通りあった、ということを推測させるのである。このことから、アポローニオスの時代にこの問題が知られていたとすると、ἀψήκτους はホメーロスにおける πεξαμένη の解釈の問題へのアリュージョンの道具として使われている可能性があると考えられるのである。つまり、アポローニオスは πεξαμένη に対して ἀψήκτους「梳られていない」という言葉を対応させているから、「梳る」という意味を否定していることになる。従って、アポローニオスは πεξαμένη の意味は「分ける」であると言っているらしい。しかし、前にも述べたように、ヘレニズムの詩人たちにはホメーロスを模倣するに際し、逆の表現を用いるというという特性がある。そうすると、アポローニオスは ἀψήκτους という反対の言い方をしているが、実際には πεξαμένη「（髪を）梳る」と解釈すべきである、と言っているのかも知れない。どちらとも言えないところがある。或いは、両方の解釈を仄めかしている可能性もあるだろう。何れにせよ、ἀψήκτους はホメーロスの πεξαμένη の解釈の問題へのアリュージョンになっているものと考えられる。

注

1) Schol. ad A. R. 3. 50
　　　　ἀψήκτους : ἀκτενίστους.
2) Schol. bT ad Ξ 176 a.
　　　　< πεξαμένη· > διακρίνασα καὶ διαχωρίσασα.
　Schol. D ad ξ 176.
　　　　πεξαμένη : κτενισαμένη.
　Apollon. 129. 30
　　　　πεξαμένη· ὁ Ἀπίων κτενισαμένη, καὶ ὁ Ἀπολλόδωρος.

4. 黄金の綱

「アルゴナウティカ」第3歌 203 行　δέσμιος

A. R. 3. 200 – 203

 Κίρκαιον τό γε δὴ κικλήσκεται· ἔνθα δὲ πολλαὶ
 ἐξείης πρόμαλοί τε καὶ ἰτέαι ἐμπεφύασι,
 τῶν καὶ ἐπ' ἀκροτάτων νέκυες σειρῇσι κρέμανται
 δέσμιοι.

 （その野は）キルカイオンと呼ばれている。そこには多くの
 柳やこり柳の木が並んで生え、
 その梢から死体が縄で縛られて吊るされている。

　203 行の δέσμιοι という形容詞はホメーロスには用例は残っていないが、古典期の悲劇作品に多くの用例が残っている。アポローニオスはここで1回だけ使う。上掲の詩行はコルキス人の奇習に関する叙述の一節である。ここの 202 – 203 行の σειρῇσι κρέμανται という詩句は「イーリアス」第8歌の次の詩行を連想させる。
 Θ 18 – 20

 εἰ δ' ἄγε πειρήσασθε, θεοί, ἵνα εἴδετε πάντες·
 σειρὴν χρυσείην ἐξ οὐρανόθεν κρεμάσαντες
 πάντες τ' ἐξάπτεσθε θεοὶ πᾶσαί τε θέαιναι.
 さあ、試してみるがよい、神々よ、お前たち皆が知るために。
 黄金の綱を天空より吊るして、
 皆で摑まれ、男神も女神も。

IV 非ホメーロス語彙によるホメーロス・テクストへのアリュージョン

この場面の 19 – 20 行がアポローニオスの 202 – 203 行の手本になっている。このことは、両者の言葉使いを比較対応させてみるとそれがよく判る。

ホメーロス		アポローニオス
σειρὴν χρυσείην	~	σείρησι
ἐξ οὐρανόθεν	~	τῶν … ἐπ' ἀκροτάτων
κρεμάσαντες	~	κρέμανται
ἐξάπτεσθαι	~	δέσμιοι
θεοὶ … θέαιναι	~	νέκυες

アポローニオスは模倣するにあたってホメーロスとは対比的な表現をする。神々の黄金の綱と人間の死体の綱、天上と地上、能動態分詞と受動態の定動詞、動詞と形容詞、神々と人間の死体。この模倣の仕方は oppositio in imitando の典型的な例と言ってよい。

ところで、上に示したホメーロスのテクストは 全ての中世写本の読み方である。しかし、スコリアはこのテクストの句読点に関して一つのメモを残している。これによると、ニカノール（後 2 世紀）は第 18 行と 19 行を一文章として、κρεμάσαντες の後に句読点を打つべきであるとした[1]。そうすると、テクストは次のようになる。

εἰ δ' ἄγε πειρήσασθε, θεοί, ἵνα εἴδετε πάντες,
σειρὴν χρυσείην ἐξ οὐρανόθεν κρεμάσαντες·
πάντες τ' ἐξάπτεσθε θεοὶ πᾶσαί τε θέαιναι.

Leaf はニカノールに従うが、更に第 20 行の τ' を δ' と読み替えるべきであるとする。この句読法によると、19 行の分詞 κρεμάσαντες は 18 行の πειρήσασθε に従属し、「綱を吊るして試みよ」という意味になる。ニカノールのこの解釈は多分アリスタルコスに由来するものと考えられる。つまり、これは古代におけるホメーロスのテクスト解釈の問題として議論の対象であったと推量できる。そして、アポローニオスもこのことを知っていたと仮定すると、ここでのホメーロスの詩行の模倣の目的はこの問題へのアリュージョンである可能性がある。アポローニオスの 202 – 203 行はホメーロスの 19

- 20 行に対応している。特に、κρέμανται / δέσμιοι と κρεμάσαντες / … ἐξάπτεσθε の対応に注目すると、アポローニオスの場合は δέσμιοι が κρέμανται に従属していることは明白である。このことから、アポローニオスは、ホメーロスの 19 - 20 行を一つの文章として読むことを仄めかしているらしい。つまり、彼は中世写本と同じ句読点で読んだと推量されるのである。従って、δέσμμιοι という非ホメーロス語とここに使う目的はこの辺にあるのだろう。ホメーロスの第 20 行は 19 行と「結ばれる」(δέσμιοι) とでも言っているように思われる。ヘレニズムの詩の言葉遊びの一つであろう。

注

1) Schol. btad Θ 18 a. εἰ δ᾽ ἄγε πειρήσασθε:
   τοῦτον δὲ καὶ τὸν ἐξῆς συνάπτει Νικάνωρ· εἰς δὲ τὸ " κρεμάσαντες " (Θ 19) τέλειαν τίθησιν.
   cf. L. Friedländer, *Nicanor Ilias*, 193.
   　W. Leaf, ad loc.

5. メーデイアの薬草

「アルゴナウティカ」第4歌52行　δυσπαλής

A. R. 4. 50–53
ἔνθεν ἴμεν νηὸν δὲ μάλ᾽ ἐφράσατ᾽· οὐ γὰρ ἀιδρις
ἦεν ὁδῶν, θαμὰ καὶ πρὶν ἀλωμένη ἀμφί τε νεκροὺς
ἀμφί τε δυσπαλέας ῥίζας χθονός, οἷα γυναῖκες
φαρμακίδες.

彼女はそこから神殿へ行こうと考えた。その道を
知らなかったわけではなく、前にもしばしば死体や毒のある
(草の) 根を求めてさまよったからである。魔法使いの女たちが
するように。

　52行の δυσπαλέας は非ホメーロス語の一つである。δυσπαλέας ῥίζας は上に示したように「毒のある根」と通常は訳される。形容詞 δυσπαλής 用例はアポローニオス以前にはピンダロスに2例残るのみである[1]。「抗い難い」という意味で使われる。これはアポローニオスの場合と全く異なる意味であって、LSJ もこれら二つの異なる意味を挙げている。これは語源に由来する解釈の相違である。つまり、次の言葉にそれぞれ由来する。
（A）πάλη, ἡ (wrestling) < παλαίω (to wrestle)
（B）πάλη, ἡ (the finest meal) < παλύω (to make porrige by sprinkling meal in water or other liquid)

そして、この πάλη に非分離接頭辞 δυσ- (un-, mis-) が付されて作られた合成語ということになる。アポローニオスが δυσπαλής を使用する理由は

二通り考えられる。第一に考えられるのは、一般に（A）に由来する意味で使われていた δυσπαλής に加えて、語源的理由から（B）に由来する意味を発掘して使用したということである。というのは、この意味で使用される用例はアポローニオスのこの例以外には無いからである。しかし、もっと単純に考えると、「毒のある」という解釈の根拠はスコリアの " χαλεπὰς καὶ κακάς " という解釈である[2]。このために、G. W. Mooney はこの言葉の意味として、" noxious "（ χαλεπὰς καὶ κακάς ）なのか、" tough, hard to uproot "（ δυσχερῶς σινομένας ）なのか決定しかねている。しかし、どちらかと言えば、後者の可能性が強いと考えているようである。それにしても、前者の意味は非常に魅力的である。第二に、一見したところ「毒のある」という意味はいかにも文脈に適合するのである。それ故、一般にはこの意味が通用しているのである。しかし、ここにはいわゆる Apollonius' trap（アポローニオスの罠）が仕掛けられているのではないかという疑いもある。つまりクイズのようなものである。アポローニオスはこのような問題を詩中に埋め込む場合、その解答も何処かに隠しておくのである。

　メーデイアの薬草についての叙述は第3歌にもある。

　　A. R. 3. 854 – 857

　　　　τοῦ δ' ἤτοι ἄνθος μὲν ὅσον πήχυιον ὕπερθεν
　　　　χροιῇ Κωρυκίῳ ἴκελον κρόκῳ ἐξεφαάνθη,
　　　　καυλοῖσιν διδύμοισιν ἐπήορον· ἡ δ' ἐνὶ γαίῃ
　　　　σαρκὶ νεοτμήτῳ ἐναλιγκίη ἔπλετο ῥίζα.

　　　　その花は大地から一尺ほどの高さで、
　　　　コーリュコスのサフランに似た色をして現れ、
　　　　二本の茎で立ち上がっていた。そして、地中にある
　　　　根は切ったばかりの肉に似ていた。

メーデイアが薬草を採集する場所は、「オデュッセイア」第10歌のキルケーの館の周辺、薬草の生い茂っている場所に対応している。特に、アポローニオスの第3歌 854 – 857 行と第4歌 50 – 53 行は次の詩行に基づいて作られて

IV 非ホメーロス語彙によるホメーロス・テクストへのアリュージョン

いると考えられる。

κ 302 – 306

ὣς ἄρα φωνήσας πόρε φάρμακον ἀργειφόντης
ἐκ γαίης ἐρύσας, καί μοι φύσιν αὐτοῦ ἔδειξε.
ῥίζῃ μὲν μέλαν ἔσκε, γάλακτι δὲ εἴκελον ἄνθος·
μῶλυ δέ μιν καλέουσι θεοί· χαλεπὸν δέ τ᾽ ὀρύσσειν
ἀνδράσι γε θνητοῖσι· θεοὶ δέ τε πάντα δύνανται.

その時アルゴス殺しの神はこのように声をかけて、薬をくれたのです、
大地から引き抜いて。そしてその性状を教えてくれました。
その草の根は黒く、花はミルクに似た色をしていました。
神々はこれをモーリュと呼んでいます。そして、人間たちには
掘り取ることは困難です。しかし、神々は何でもできるのです。

そして特に第304行を利用してアポローニオスが854 – 857行を作っていると思われる。しかし、ここでオデュッセウスが受け取る薬草の根は毒ではない。そして、アポローニオスがκ 302 – 306を利用して二つの場面を作ったとすると、δυσπαλέας ῥίζας χθονός（4. 52）はχαλεπὸν δέ τ᾽ ὀρύσσειν / ἀνδράσι γε θνητοῖσι（κ 305 – 306）に対応すると考えられるのではないか。そうすると、δυσπαλέας ῥίζας χθονός はκ 305 – 306によって解釈することも可能である。つまり、「（人間の力では）大地から掘り取ることの困難な根」という意味になる。従って、アポローニオスのクイズの答えは「オデュッセイア」の中にあるということになる。

注
1) Pi. O. 8. 25, P. 4. 273.
2) Schol. ad A. R. 4. 52
    ἀμφί τε δυσπαλέας: χαλεπὰς καὶ κακάς. ἢ τὰς ἐπὶ κακῷ ἀναδιδομένας ἐκ τῆς γῆς· πλείονα γὰρ τῶν σωτηρίων τὰ φθοροποιά. ἢ τὰς δυσχερῶς σινομένας.

6. 静かなトロイア勢

「アルゴナウティカ」第4歌152行　βληχρός

A. R. 4. 152 – 153

οἷον ὅτε βληχροῖσι κυλινδόμενον πελάγεσσι
κῦμα μέλαν κωφόν τε καὶ ἄβρομον.

さながら静かな海に黒い波が
音も無く、またざわめくことも無くうねる時のように。

これは金の羊皮を守る大蛇の静かな動きを描写する叙述の一節である。152 行の βληχροῖσι は非ホメーロス語の一つで、「静かな」という意味である。この形容詞の用例は抒情詩に若干残っている[1]。主として、河の流れや風などの静かな動きについて使われている。これらの中にホメーロスの詩句との関連を示唆する例は見当たらない。しかし、上掲の詩行の 153 行にある ἄβρομον という言葉はホメーロスの次の一節を想起させる。この言葉はホメーロスのハパクス・レゴメノンの一つだからである。

N 39 – 41

Τρῶες δὲ φλογὶ ἶσοι ἀολλέες ἠὲ θυέλλῃ
Ἕκτορι Πριαμίδῃ ἄμοτον μεμαῶτες ἕποντο,
ἄβρομοι αὐίαχοι.

トロイア勢は一団となって炎の如く、また暴風の如く
プリアモスの子ヘクトールに従って行った、ひたすら勢い
込んで、騒音をたて、叫び声を挙げて。

ἄβρομος という言葉を除くと、二つの詩行には共通点が無いように見える。

IV 非ホメーロス語彙によるホメーロス・テクストへのアリュージョン

しかし、共に比喩が使われている。そして、比喩の対象がホメーロスでは人間であるのに対しアポローニオスでは動物（大蛇）となっている。また比喩そのものは、一方は炎と風、他方は海上の波になっている。これらの点で、両者の間には対比が見られるのである。

ところで、ホメーロスの 41 行にある ἄβρομοι αὐίαχοι を仮に「騒音をたて、叫び声を挙げて」と訳したが、実はこの言葉に関しては古代に議論があったことをスコリア等は伝えている[2]。スコリアは、ἄβρομοι αὐίαχοι の意味は「非常に騒々しく、大きく叫ぶ、」であるとしている。また、ホメーロスにおいては、トロイア勢の騒々しさは常にアカイア勢の静かさと対比されており、従って、トロイア勢が勝利を目前にしてアカイア勢の船陣に押し寄せる時になって静かになると想像することは不可能である。嵐の比喩、人間の本性から考えても、二つの言葉は騒々しさを意味すると解釈するのが妥当である。これがスコリアの内容である。これに対して、アポローニオス・ソピスタのホメーロス辞典は、スコリアと同様の解釈と並んで、アピオーンの「音も無く、静かな」という解釈を載せている。因みに、ヘーシュキオス辞典もアピオーンと同じ解釈を記録している（α 8275）。以上のことから、古代においては全く相反する解釈があったということになる。このような相反する解釈は、ἄβρομοι αὐίαχοι の接頭辞 α- を集合的あるいは繋辞的と解するか（アリスタルコスは強調の α- とする）、否定の α- と解するか、ということに由来するのだろう。文脈は否定の接頭辞という解釈に対して否定的である。しかし、W. Leaf が指摘するように、否定の α- のみが一般的になった時代のギリシア人には理解が困難であったのかも知れない。

さて、アポローニオスは、βληχροῖσι をホメーロスの αὐίαχοι と同じ詩行位置に置いている。これによって αὐίαχοι の解釈を仄めかしているらしい。また、ἄβρομον の意味については κωφόν から明らかになる。従って、アポローニオスが否定の接頭辞という解釈を支持したのか、或いは、このような解釈もあると示唆したのかは判明ではないが、βληχροῖσι 及びこの詩行がホメーロスの問題へのアリュージョンになっていると考えることはでき

るであろう。

注
1) P. Fr. 130. 2 : Ba. 11.65, 13. 227 : Alc. Θ̄ 1.
2) Schol. A ad N 41 a.
　　ἄβρομοι αὐίαχοι: ὅτι ἀντὶ τοῦ ἄγαν βρομοῦντες καὶ ἄγαν ἰαχοῦντες, κατ᾽ ἐπίτασιν τοῦ ᾱ κειμένου· ἑκάστοτε θορυβώδεις τοὺς Τρῶας παρίστησιν.
　Schol. T ad N 41 b.
　　ἄβρομοι αὐίαχοι: φύσει γὰρ ὄντες θορυβώδεις τῇ νίκῃ πλεῖον θορυβοῦσιν. ἔλαβε δὲ τὸν μὲν βρόμον ἀπὸ τοῦ πυρός, τὴν δὲ ἰαχὴν ἀπὸ τῆς θυέλλης.
　Apollon. 3.6
　　ἄβρομοι σὺν βρόμῳ πολλῷ· ἄβρομοι αὐίαχοι ἔλπονται δὲ νῆας Ἀχαιῶν αἱρήσειν. καὶ τὸ αὐίαχοι μετὰ ἰαχῆς μεγάλης, ὡς ἀχανὲς πέλαγος τὸ μεγάλως κεχηνός. ὁ δὲ Ἀπίων ἤτοι ἄφωνοι καὶ ἥσυχοι ὡς ἂν παρατάξεως οὐχὶ γιγνομένης.

7. 黒ずむ大地

「アルゴナウティカ」第4歌 927行　ἀχλυόεις

A. R. 4. 927 – 928
καπνῷ δ᾽ ἀχλυόεις αἰθὴρ πέλεν οὐδέ κεν αὐγὰς
ἔδρακες ἠελίοιο.

　この詩行はアルゴナウタイの一行が海上の難所にさしかかる場面の一節である。一方にスキュラの岩が現れ、他方ではカリュブディスが絶え間なく水を噴き上げて唸り、更にその向こうにはプランクタイの岩が轟音をあげている。そして、その岩山の頂の上では、「天空は煙で黒くなり、陽の光を見ることはできなかったであろう」と叙述される。ここで、927行に ἀχλυόεις という非ホメーロス語が使われている。ヘレニズム期以前におけるこの形容詞の用例は一つだけ残っていて、使われる詩行位置は同じである。

Hdt. 5. 77. 4
ἔθνεα Βοιωτῶν καὶ Χαλκιδέων δαμάσαντες
παῖδες Ἀθηναίων ἔργμασιν ἐν πολέμου
δεσμῷ ἐν ἀχλυόεντι σιδηρέῳ ἔσβεσαν ὕβριν.

ヘーロドトスが記録しているこのヘクサメトロンの詩からアポローニオスがこの ἀχλυόεις という言葉を拾ったのかどうかは分明ではない。しかし、考えるまでもなくアポローニオスの詩句は「オデュッセイア」第12歌234行以下の叙述に拠っていることは明白である。つまり、オデュッセウスの一行がスキュレーとカリュブディスの難所を通り抜ける場面の中の一詩行を彼は利用している。

μ 241 – 243

                    ἀμφὶ δὲ πέτρῃ
δεινὸν βεβρύχει, ὑπένερθε δὲ γαῖα φάνεσκε
ψάμμῳ κυανέη.
　まわりでは岩が恐ろしく轟き、下方には大地が現れた、
　砂で黒くなって。

　アポローニオスはこの短い詩行の中だけでも、ヘレニズムの詩人特有の工夫を凝らしてホメーロスを模倣している。アポローニオスはαἰθήρ「天空」によってホメーロスのγαῖα「大地」と対比させる。また、καπνῷ δ' ἀχλυόεις「煙で黒い」はホメーロスのψάμμῳ κυανέη「砂で黒い」のヴァリエーションであり、更にκαπνῷという気体とψάμμῳという固体の対比がここにはある。そして、ホメーロスのψάμμῳ κυανέηは文末に置かれているのに対して、アポローニオスはκαπνῷ δ' ἀχλυόειςを文頭に置く。これはアポローニオスがホメーロスの詩句を模倣するテクニックの典型的な例証と言えよう。しかし、ここで特に重要な点はἀχλυόειςとκυανέηの意味の類似と詩行中の位置が同じということである。

　さて、ホメーロスの校訂者はテクストの異読表にμ 243のκυανέῃの異読としてκυανέηを記録する。この異読はかなり古い読み方であるらしい[1]。この詩句においてκυανέῃと読むなら、ψάμμῳを修飾することになる。意味は「大地が現れた、黒い砂を伴って」ということになろう。アリスタルコスはこのテクストをκυανέηと読んだと伝えられている。この二つの読み方が更に遡ってアポローニオスの時代に既に知られていたとするなら、当然議論の対象となったであろう。もしそうであるなら、アポローニオスの詩句はこの問題へのアリュージョンであると推測される。彼はこの読み方についての自己の見解を示すためか、或いはこの問題についての読者の知識を試すためにか、ἀχλυόειςという言葉をここに埋め込んだのである。ψάμμῳ κυανέηかψάμμῳ κυανέῃかの決定の問題である。これにアポローニオスはκαπνῷ … ἀχλυόειςというヴァリエーションによって解答を与えているのである。つまり、主格形κυανέηをホメーロスの読み方として暗示している

らしい。

注

1) Cf. P. v. d. Mühll ad loc.
    W. B. Stanford, *The Odyssey of Homer*, 1965, ad loc.
    H. Ebeling, *Lexicon Homericum*, 1885, s. v. ψάμμος.
    A. Ludwich, *Aristarchs Homerische Textkritik nach den Fragmenten des Didymos*, I, 1884, 597.
    EM 641. 27.

V

附・テクスト研究

1. 「アルゴナウティカ」 第1歌 74–76 行

A. R. 1. 74–76

    σὺν καὶ τρίτος ἦεν Ὀιλεύς,
 ἔξοχος ἠνορέην καὶ ἐπαΐξαι μετόπισθεν
 εὖ δεδαὼς δηίοισιν, ὅτε κλίνωσι φάλαγγας.

76 κλίνωσι Ω

　76 行の κλίνωσι は全ての写本が示す読みである。しかし、この読みは二つの問題を提起する。第一は法、第二は数の問題である。ὅτε による従属文が接続法をとるのは、いわゆる Epic であるが、主文の動詞が過去時称である場合に従属文の動詞は希求法になるという原則に変わりはない。ところが、ここでは主文の動詞は ἦεν (Ω : ἦεν V2 W)、即ち未完了過去時制である。従って、接続法 κλίνωσι は疑問となる。次に、κλίνωσι φάλαγγας は「彼らは戦列を傾けさせる（＝彼らは敵の戦列を後退させる）」という意味であるが、「彼ら」とは誰なのか。オイレウスが率いる軍勢を指すのであろう。71 行のエウリュティオーンとエウリュボーテスを含めた三人のことではないのは確かである。この「彼ら」という言い方は非常に曖昧である。英雄叙事詩の目的は常に英雄の個人的武勇を際立たせることであり、兵士たちは常に不特定多数なのである。それ故、ここでも、「敵軍を後退させ、且つ追撃する」行為は共にオイレウスであると考えるのが自然な読み方であろう。以上の理由から κλίνωσι の法と数に疑問が生ずる。

　この二つの問題の解決策として既に Brunk が κλίνειε という修正案を出した。Fränkel と Vian は共にこの案を採用する。実は、この読みは写本 L の

スコリアの、

  καὶ ὅτε κλίνειε φάλαγγας, εἰς φυγὴν τρέψειεν (L)

という説明に基づいている。付け加えると、これについても写本に異読がある (κλίνειαν Ω : -ει P : -η V : -ωσι AF)。この κλίνειε という読み方によって法と数の問題は一挙に解決したように思われるのだが、法に関してはすっきりしないものを感ずる。そこで、もう一度法について考え直してみたい。即ち、主動詞が過去時称の時、従属文の動詞が希求法になるという原則に例外は認められないかという点である。例外はかなりの数にのぼる。この例外を文法家は次のように説明する。1) 主文の動詞のアオリスト直説法に現在的意味がある場合、2) 主文の動詞が過去時称であっても、従属文の意図又は行為が話者の現在に尚存続しているものとして表現される場合、3) 過去の出来事の客観的表現。以上の三点にまとめられると思う。ホメーロスに限ると、上に挙げた説明では片付かない例が若干ある (Ν 649, Ξ 165, Π 650, ι 102, π 370, ρ 60)。これらは何れも韻律に影響を与えることなく希求法に直すことが可能である。しかし、ホメーロスの写本は実に厖大な数であるのに、その全てが異読として希求法を有しないのはどういう事であろうか。それはさておき、この6例を検討すると、4例については或る共通点が見られる。

  Ν 648-649

    ἂψ δ' ἑτάρων εἰς ἔθνος ἐχάζετο κῆρ' ἀλεείνων,
    πάντοσε παπταίνων, μή τις χρόα χαλκῷ ἐπαύρῃ.

  Π 646-651

    ἀλλὰ κατ' αὐτοὺς αἰὲν ὅρα καὶ φράζετο θυμῷ,
    πολλὰ μάλ' ἀμφὶ φόνῳ Πατρόκλου μερμερίζων,
    ἢ ἤδη καὶ κεῖνον ἐνὶ κρατερῇ ὑσμίνῃ
    αὐτοῦ ἐπ' ἀντιθέῳ Σαρπηδόνι φαίδιμος Ἕκτωρ
    χαλκῷ δῃώσῃ, ἀπό τ' ὤμων τεύχε' ἕληται,
    ἢ ἔτι καὶ πλεόνεσσιν ὀφέλλειεν πόνον αἰπύν.

ι 100 – 102

αὐτὰρ τοὺς ἄλλους κελόμην ἐρίηρας ἑταίρους
σπερχομένους νηῶν ἐπιβαινέμεν ὠκειάων,
μή πώς τις λωτοῖο φαγὼν νόστοιο λάθηται.

π 368 – 371

νηῒ θοῇ πλείοντες ἐμίμνομεν Ἠῶ δῖαν,
Τηλέμαχον λοχόωντες, ἵνα φθίσωμεν ἑλόντες
αὐτόν.

これらの例の共通点は、従属文が意味の上で直接的には現在分詞または現在不定法に従属していることである。そして、主文の動詞の時制が忘れられているように見える。ここからこのような破格が生じたとも考えられる。

さて、問題の箇所の文脈はホメーロスの次の詩行に基づいて作られている。

Ξ 520 – 522

πλείστους δ᾽ Αἴας εἷλεν, Ὀϊλῆος ταχὺς υἱός·
οὐ γάρ οἵ τις ὁμοῖος ἐπισπέσθαι ποσὶν ἦεν
ἀνδρῶν τρεσσάντων, ὅτε τε Ζεὺς ἐν φόβον ὄρσῃ.

ここでは、ゼウスが過去においてしばしば軍勢に恐怖心を引き起こしたことがあり、そのような事態が常に起こり得るものとして客観的に述べられている。即ち、「ゼウスが恐怖心を生ぜしめる場合には」(522 行後半) という意味になる。言うまでもないが、上記のホメーロスの叙述はオイレウスの子アイアースに関するものである。アポローニオスはこれを父親オイレウスについての叙述に利用している。この種の作り方はアポローニオスの常套手段でもある。このことを念頭に置いて二つの詩行を比較するとアポローニオスの対比的なヴァリエーションを駆使した模倣のあり方がよく判る。

Αἴας	~	Ὀϊλεύς
ὁμοῖος … ποσὶν	~	ἔξοχος ἠνορέην
ἐπισπέσθαι	~	ἐπαΐξαι μετόπισθεν
ἀνδρῶν	~	δηΐοισιν

更に、分詞（τρεσσάντων と δεδαώς）と ὅτε による従属文が使われている。また、分詞構文の主体が入れ替えられている点にも対比が見られる。ところで、ὅτε による従属文はいずれの場合も意味上は分詞または不定詞に支配されているのである。そして、アポローニオスにおいて、「オイレウスが敵の戦列を後退させる場合は」の意に解するなら、オイレウスの戦場における過去の行為を客観化し、常にこのような事態が起こり得るものとして表現していることになる。また、そのように解釈しなければ、この場合意味が通じないのである。このように考えると、ここでは接続法は充分に可能であると言えよう。Mooney と Seaton が、Brunk の提案にもかかわらず κλίνωσι を保持するのは以上の点にあろうかと思われる。しかし、既に述べたように κλίνωσι は数の点で間違っている。写本伝承中のどこかで誤りが生じたと考えるのが筋である。そして、推測するにアポローニオスは単数形 κλίνησι と書いた可能性もある。そうすると、テクストは次のようになる。

εὖ δεδαὼς δηίοισιν, ὅτε κλίνησι φάλαγγας.

2．「アルゴナウティカ」 第1歌 128 行

A. R. 1. 128
 τὸν μὲν ἐνὶ πρώτῃσι Μυκηναίων ἀγορῇσι

 πρώτῃσι ω d, -τοισι m : ἀγορῇσι Ω

 これは校訂者たちが一般に本文中に示す読み方である。しかし、ここには少々深刻な問題がある。というのは、第二脚と第三脚を構成する言葉の伝承がはっきりと二つに分かれているからである。ω系統の写本は πρώτῃσι を、m系統の写本は πρώτοισι と読む。付け加えておくと、πρώτοισι という読みを有する m系統の B より派生する d系統の写本の読みが πρώτῃσι となっているが、d系統の写本と照合した形跡があるで、この照合によって πρώτοισι が πρώτῃσι と訂正されたと考えられる。

 さて、πρώτοισι は男性または中性形容詞であるから女性名詞 ἀγορῇσι とは相容れない。従って、単なる itacism 上の誤写と考えて、πρώτῃσι を採ればよいわけである。ところがそのように簡単に片付かない理由が二つある。第一の理由はホメーロスの次の詩行にある。

 O 643
  καὶ νόον ἐν πρώτοισι Μυκηναίων ἐτέτυκτο.

ここに現れる ἐν πρώτοισι Μυκειναίων という副詞句をアポローニオスが利用していることは明白である。詩行中の位置も全く一致している。アポローニオスが πρώτοισι を πρώτῃσι と変化を加えて使用したという可能性も充分に考えられるところではあるが。第二の理由はスコリアの次の記述に由来する。

271

Schol. ad A. R. 1. 124 – 129 c.

τῖφος : ὁ κάθυγρος τόπος, ἔνθα διέτριβεν ὁ κάπρος. περὶ δὲ τοῦ κάπρου καὶ Ἡρόδωρός φησιν, ὅτι ἐπὶ τὰς πύλας τῶν Μυκηνῶν κομίσας αὐτὸν ἀπέθετο. κτλ.

これは、アポローニオスがヘーロドーロスの作品中の詩句を模倣した、とスコリアの記述者が考えていることを暗示させるのである。そうだとすると、物議を醸し出すのはこの記述の中の、ἐπὶ τὰς πύλας τῶν Μυκηνῶν という句である。つまり、この句は、アポローニオスが「ミュケーナイのアゴラの入り口に」と書いたのではなく、「ミュケーナイの門前（あるいは多分、入口）に」と書いたのではないか、と思わせるのである。ついでに言うと、H. Fränkel はこの句を基にして、Μυκηναίων を Μυκηνῶν と修正すべきであると提案している。

　以上二つの理由から、多くの校訂者は ἀγορῇσι に問題が潜んでいると考えて修復を試みた。Ardizzoni はこれについて προπύλοισι という修正案を出した。

τὸν μὲν ἐνὶ πρώτοισι Μυκηναίων προπύλοισι

この πρόπυλον という中性名詞はどちらかというと散文語であるが、悲劇作家ソポクレース（S. El. 1375）とエウリーピデース（E. HF 523）に用例が一つずつ残っている。アポローニオスには他例が無い。F. Vian はこれを Epic ではないとして否定的である。そして、προμολῇσι を提案する。

τὸν μὲν ἐνὶ πρώτῃσι Μυκηναίων προμολῇσι

-ῇσι だけは正しく伝承されたという考えになる。προμολή はヘレニズム期に至って多用された言葉である。特にアポローニオスは最も多く使用した。彼が好んだ語彙の一つと言える。次に、M. Campbell は προθύροισι ではないかと考えた。

τὸν μὲν ἐνὶ πρώτοισι Μυκηναίων προθύροισι

πρόθυρον はホメーロスに用例の多い言葉であり、その後も Epic として詩人たちによって使われ続けた。但し、アポローニオスにのみ用例が無い。それ

は別としても、この言葉は本来「家の入口」の意味で使われるので、この文脈では適切ではないようである。

　以上の修正案はホメーロスの πρώτῃσιν … πύλῃσι（Θ 411）或いは πρώτῃσι θύρῃσιν（X 66）等から連想されるものである。一方、意味は少し異なるが、μετὰ πρώτῃ ἀγορῇ（T 50）も ἐνὶ πρώτῃσι … ἀγορῇσι のパラレルとなるだろう。それはさておき、仮に上に示した修正案の何れかに可能性があるとすると、テクストは伝承過程において深刻な損傷を受けたということになる。Fränkel が ἀγορῇσι に剣のマークを付す理由もここにある。三つの修正案に一つ疑問を投ずるなら、πρῶτος という形容詞が適切かどうかという点がある。ἀγορῇσι は πρώτῃσι が付されて「アゴラの入口」という意味になるが、上に提案された三つの語彙は προ- という接頭辞によって既にその意味を有している。事実、これら三つの語彙は何れも πρῶτος もしくはこれに類する形容詞を伴って使用される例は全く無い。尤も、冗語を承知の上でアポローニオスが、πρω-, προ- と頭韻を踏んでいると考えるなら話は別である。

　ここで、少し古いが興味ある修正案を紹介しておく。それは Merkel の ἀόροισιν である。この言葉は「門扉の閂」、「出入口」或いは「門番」等の意味をもつ。しかし、ヘーシュキオスの辞典に載っているのみで（α 5682）、使用例は残っていない。

　この ἀόροισιν の形態は一つの言葉を連想させる。つまり、ἀγορῇσι は ἀγόροισι の誤りではないかということである。ἄγορος という男性名詞は女性名詞 ἀγορή と同じ意味の言葉である。但し、稀語である。というのは、伝存する用例はエウリーピデースのコロスの4例のみだからである（An. 1037, El. 724, H F 412, IT 1096）。第三例以外は複数形である。この語彙が Epic ではないのは明白である。しかし、アポローニオスは古典期の悲劇作品の語彙を好んで使用する傾向があることも確かである。また、アポローニオスにはいわゆる Non-Homeric も非常に多く使われている。エウリーピデースのみが使用する語彙のうちアポロニオスが利用している例を一つ挙げ

る。ἀνιάχειν をアポローニオスは２回使っている (2. 270, 3. 253)。しかし、この言葉はアポローニオス以前では、E. Or. 1465 が唯一残っている用例である。この言葉はアポローニオスによって生き返ったと言える。仮に ἀγόροισι に可能性があるとするなら、ἀγορῇσι は itacism による単純な誤写か、あるいは、ἀγόροισι が見慣れない語彙ゆえに一般的な ἀγορῇσι に入れ替えられたとも考えられる。その後で、πρώτοισι から πρώτῃσι への修正（？）がなされたのだろう。

　　　τὸν μὲν ἐνὶ πρώτοισι Μυκηναίων ἀγόροισι.

3.「アルゴナウティカ」 第1歌 332–334 行

A. R. 1. 332–334
ἀλλὰ μὲν ὅσσα τε νηὶ ἐφοπλίσσασθαι ἔοικε,
πάντα γὰρ εὖ κατὰ κόσμον ἐπαρτέα κεῖται ἰοῦσι·
τῷ κτλ.

332 ἄρσαμεν Gerhard
333 γὰρ Ω, δὲ I², μάλ' Huet
    πάρ' Schneider, fort. τάγ' Vian

　このテクストの問題は 333 行の γάρ の位置にある。γάρ の適正な位置は文を構成する語群中の第二番目にある。もとより例外はある。このテクストでは γάρ は第九番目の位置を占めている。しかも詩行を変えて現れる。ギリシア語として極めて拙劣である。果たしてアポローニオスはこのように書いたのか。この γάρ の位置の理解あるいは修復作業は E.Gerhard, O.Schneider の時代に始まり、既に 2 世紀が過ぎた。尤も主要な中世写本は全て γάρ を読みとして提供するが、写本 I より出ているものに δὲ という読みがある。δὲ と直した写本家が γάρ に疑問をもち、δὲ と直したと仮定すれば、この問題提起は 15 世紀にまで遡ることになる。何れにせよ現存する全ての写本の元になっている写本が γάρ を有していたと推定されるから、これが誤写であるとすれば非常に古いものである。

　さて、γάρ の位置の例外は多岐に亘る。先ず、μέν を伴うと μὲν γάρ という語順になる（例えば、S. Aj. 764 ὁ μὲν γάρ）。更に、γάρ に先行する語群が互いに密接に連結している場合（例えば、A. Ch. 641 τὸ μὴ θέμις γάρ）。

古典期の悲劇作品においては、γάρ の位置は第三番目から第五番目までの幅をもって使われる。ここで一つ問題になるのは、S. Ph. 1451 に現れる γάρ の位置である。これは実に第六番目の位置を占める。

καιρὸς καὶ πλοῦς /
ὅδ᾽ ἐπείγει γὰρ κατὰ πρύμνην.

このような例は古典期のギリシア語の例証中唯一である。R. Jebb が指摘したように、異常な例としか言いようがない。ソポクレースの他の γάρ の用例は第四番目の位置より後に来ることはない。またこれは古典期のギリシア語が γάρ に与える位置の限界でもある。但し、喜劇作家アリストパネースはかなり自由に使っており、第五番目の位置に置く例を少数提供する（例えば、Lys. 489, Pl. 1189）。これは口語的表現の多い喜劇作品が有する破格と言えないこともない。

初期の叙事詩及び抒情詩においても上に示したような例外は少ない。γάρ が第三番目に置かれる場合は μέν が先行する時と、ἀλλά … γάρ というパターンで小辞の間に一語を挿む時である。ホメーロスにおいて γάρ が第四番目の位置を占めるのは、ἦ τοι μὲν γάρ（Υ 67, 313）、ἤ τοι μὲν γάρ（Δ 376）という定型句である。しかし、これらの定型句を校訂者は通常 ἤτοι μὲν γάρ と読む。第四番目に置かれるもう一つの例は、呼びかけが先行する場合である。例えば、ὦ φίλοι, οὐ γάρ（κ 174）、ὦ Κίρκη, τίς γάρ（κ 383）等。これも定型的表現である。γάρ が最も遅く現れるのは、καὶ σύ, φίλος, μάλα γάρ という定型句であって、二つの用例がある（α 301, γ 199）。これは第五番目の位置を占める。しかし、ホメーロスが γάρ を上例より後の位置に置くことはない。況や次の詩行にまで遅らせることは皆無である。

それではアポローニオスの場合はどうか。周知のように、アポローニオスは語彙・語法においてホメーロスを手本としている。ホメーロスの定型句の組み合わせを変え、ホメーロスに現れる稀語を用い、ホメーロスが使っていない語彙を導入して叙事詩言語或いは表現の枠を拡げようとする。擬古文でありながらホメーロスとは異なる独自のスタイルをもつ叙事詩を作り上げ

ている。しかし、その語法においてホメーロスに非常に忠実である。アポローニオスのテクストには異読を含めると γάρ の使用例は 203 ある。このうち γάρ が最も遅く出てくる例は、問題の詩行を除くと、第 1 歌 336 行の ἀλλά, φίλοι, ξενὸς γάρ である。これが唯一の例外と言えるものである。むしろホメーロスよりも γάρ の用法については厳密であると言える。以上の点を考慮に入れると、333 行の γάρ は問題とせざるを得ない。果たしてアポローニオスはここで γάρ と書いたのか。これがこのテクストの校訂作業の出発点となる。

E. Gerhard は 332 行の ἀλλα μὲν を ἀρσαμεν の誤写と考えた。この提案は γάρ に誤りは無いとするものである。332 行を独立の文と考えてみてはどうかという提案である。これは筋が通る。ἀραρίσκειν という動詞が船の装備について使われることは、A.R. 2.1062 及び α 280 を例証とするだけで充分であろう。しかしこの提案には難点がある。つまり、ἀλλα が消えることによって関係代名詞 ὅσσα の先行詞が消える。この点は先行詞が省略されることが多いから説明がつく。次に、ἀραρίσκειν はこのような文脈では手段の与格を要求する。この点も或る名詞の与格形が了解されていると考えられないことはない。しかし最大の難点は ἀλλα を取り去ることにある。このことは後で説明する。この ἀρσαμεν という提案に可能性はない。

O. Schneider は 333 行の γάρ を πάρ' の誤写であると推定した。これは妙を得た推定と言える。ΠΑΡ と ΓΑΡ は形態上の類似を考えると写し手或いは写し手のために朗読する読み手を惑わす要因を含んでいるからである。しかし、これが不可能であることは容易に証明し得る。O. Schneider が πάρ' と修正した意図は、πάντα を対格と解し、πάρ' に支配させることにある。アナストロペーの位置に置いているからである。直訳すると意味は次のようになる。

「船のために装備されるにふさわしい限りの他の物は、
全ての物の傍らに、出発しようとしている者たち（即ち、我々）の
ために順にかなって整えられてある」

この場合、「全ての物」とは何か。漠然としている。意味が通りにくいのである。それでは何故 Schneider は鋭アクセントを取り除いて単純に παρ' としなかったのか。その理由も明白である。παρ' とすると κεῖται と共に tmesis を形成すると考えるか、ἰοῦσι を支配させることになる。実際、どちらにせよこの読み方のほうが意味はすっきりと通り、はるかに優れている。しかし、παρ' は κεῖται 或いは ἰοῦσι から余りにも離れすぎている。しかも両者の間にはカエスラがしっかりと根を下ろしている。従って、この推定は可能性をもたない。

　ところで、E. Gerhard 以外に γὰρ を生かそうとする試みが無かったわけではない。A.Wellauer はその校訂本（1828 Leipzig）において離れ業をやってのけた。πάντα γὰρ εὖ κατὰ κόσμον を挿入文と解釈したのである。

　　　　ἀλλὰ μὲν ὅσσα τε νηὶ ἐφοπλίσσασθαι ἔοικε
　　　　 - πάντα γὰρ εὖ κατὰ κόσμον - ἐπαρτέα κεῖται ἰοῦσι.

この便法は R. Seaton（1900 Oxford）及び G. W. Mooney（1912 Dublin）の採用するところとなった。Seaton はこれに次のような訳を付した（1912 London）。

　　　　All the equipment that a ship needs
　　　　 - for all is in due order - lies ready for our departure.

All the equipment が誤訳であることは明白である。ἀλλὰ は正確に訳されなければならないからである。その理由も後で述べる。それはともかくとして、ここでもやはり πάντα の意味は判然としないのである。それよりも、古代ギリシア語は句読法や挿入文のための記号を持っていなかったという事実がある。近代以降テクストの校訂者は便宜上これらの記号を使用する。しかしこれを多用するすることには危うさも伴う。この場合 κατὰ κόσμον が κεῖται と共に読まれなければならないのは明白である。尤も κόσμον の後にカエスラが来るから切り離すことも可能であるが。πάντα γὰρ εὖ κατὰ κόσμον を挿入文と見る場合、定動詞が欠けることも困る。κεῖται を二度読めということなのか。しかし何よりも先ず句読記号を使わなかった古代ギリシア

の人々が Wellauer の期待通りこの部分を独立の文として読んでくれるであろうか。可能性は薄いであろう。さて、終に業を煮やした A.Platt（JPh 66, 1914, 6）は、332 行を「……である限りの他の物に関しては」という副詞句とし、一つのまとまりと解釈して、γὰρ の位置に何ら不都合は無いと説明した。云わば、アポローニオスは下手なギリシア語を書いたものだ、と突き放したわけである。これは少々乱暴である。

　さてここに近年に至って多くの校訂者の賛同を得ている修正案がある。17世紀の P. D. Huet の推定である。彼は γὰρ を μάλ' と修正した。見事と言うほかない。この推定には抵抗しがたい魅力がある。大胆な校訂者 H. Fränkel（1961 Oxford）及び穏当な読み方を提示した F. Vian（1974 Paris）もこの修正案を採用する。μάλα という副詞は形容詞 πᾶς と結びついて幾種類かの定型句を形成し、ホメーロスに頻繁に現れるからである。アポローニオスもこれらを使用する。しかも、πάντα μάλ' という定型句が詩行の第一脚に置かれる例がホメーロスには 8 回ある。アポローニオスでは 1 回使われている（4.85）。このことが Huet の推定の根拠になっている。実にぴたりと当てはまるのである。更に、アポローニオスは 332－333 行をホメーロスの次のような定型的表現を下敷きにして作っているように見える。類例としては以下の例で充分であろう。

　　πολλὰ μάλ', ὄσσα ἔοικε（α 278, etc.）
　　πολλὰ μάλ', ὄσσα τε（λ 280）
　　ὄσσα τοι … / … / πάντα μάλ'（π 284－286）

従って、一見してまさしく叙事詩の体を成すのである。優等生の解答である。抵抗しがたい。それにも拘らず、少し違うような気がするのである。これは形態上の問題なのだが、ΜΑΛ と ΓΑΡ の間には少し距離がある。ひょっとすると、少し後に現れる αλλα, φίλοι, ξενος γαρ κτλ.（336）という詩行が、写し手あるいは写し手のための読み手の目にふと入って、ΑΛΛΑ … ΓΑΡ に引かれて ΓΑΡ と書いてしまった可能性もある。そこで、ΜΑΛ を ΓΑΡ と取り違える可能性がどの程度大きいかという問題になる。しかし程度の問題は

客観化しにくいし、人間間違いをする時はどのような状況でも間違えるのであるから何とも言いようがない。

　ところで、H. Fränkel も μαλ' という修正案には完全に満足しているわけではないようである。というのは、その校訂本の異読表に "potest ordo versuum inverti" と付け加えているからである。つまり、332 行と 333 行を入れ替えてみてはどうかと提案しているのである。この提案は、1. 630–633 及び 4. 1165–1168 に使われる ἀλλὰ γάρ … τῶ という構文を根拠にしている。この提案にヒントを得て、というより勇気を得て、A. Ardizzoni（RFIC 45, 1967, 54–55）は詩行をすっかり入れ替える必要はない、γάρ と μέν だけを入れ替えれば充分である、これによってまさしくアポローニオスの語法になる、と提案する。この場合、ἀλλα を ἀλλὰ と直さなければならない。テクストは次のようになる。

　　ἀλλὰ γὰρ ὅσσα τε νηὶ ἐφοπλίσσασθαι ἔοικε,
　　πάντα μὲν εὖ κατὰ κόσμον ἐπαρτέα κεῖται ἰοῦσι,
　　τῶ κτλ.

非常にすっきりとする。このようなやり方は、つまり、詩行や言葉の入れ替えは校訂者たちが時折使う方法である。成功する場合もあるであろう。しかし、テクストに余程の損傷が無い限り危険な方法である。言わば荒療治だからである。今問題になっているテクストがそれ程の損傷を受けているとは思えないのである。この荒療治で非常に困ることが一つある。ἀλλα が消えてしまうことである。この ἀλλα は必要なのである。その理由を次に述べる。

　冒頭でⅠの系統の写本の中に γάρ の代わりに δέ という読み方をするものがあると述べた。この読み方は一応検討してみる必要があるので、ここから話を進める。δέ と直された理由は分明ではない。しかし写本家は γάρ に疑問を持ったのかも知れない。疑問を持ったとするとそれは何か。二通り考えられる。先ず、γάρ の一般的用法は、既に述べられた事柄とこれから述べようとする事柄とを根拠づけることである。ところがこのテクストはイアーソーンが初めて同輩の前に姿を見せて行う演説の冒頭にあたる。従っ

て、いきなり「何故ならば」という表現が出てくることに違和感を持ったのかも知れない。第二の理由としては、やはり γὰρ の位置に疑問を抱いたと考えられる。それでは何故 δὲ を選んだのか。これは前行に μὲν があるので、μὲν … δὲ という対応関係から単純に δὲ を選んだと考えられる。しかし、理由が何であれ δὲ が間違いであることは確かである。というのは、δὲ εὖ という並べ方はギリシア語として好ましくないからである。δ᾽ εὖ としなければならない。ところが δ᾽ εὖ は韻律の点で無理である。従って、δὲ の可能性は無いということになる。しかし、この δὲ は一つのヒントを与える。つまり、アポローニオスは δὲ でも γὰρ でもなく、δ᾽ ἄρ᾽ と書いたのではないかという推測に導く。ΔΑΡ を ΓΑΡ と間違える可能性は充分に考えられる。そうするとテクストと意味は次のようになる。

  ἀλλὰ μὲν ὅσσα τε νηῒ ἐφοπλίσσασθαι ἔοικε,
  πάντα δ᾽ ἄρ᾽ εὖ κατὰ κόσμον ἐπαρτέα κεῖται ἰοῦσι.
  船に装備されるに相応しい限りの他の物は整った、
  その結果、全ての物は出発する我々のために順に適って
  すっかり整っている。

κεῖται は ἀλλὰ と πάντα の両方にかける。このことは μὲν … δὲ という対応によって可能である。ἄρα という小辞は微妙なニュアンスを有する言葉である。或る事柄が起こり、そこから別の事柄が結果として現れるという文脈で、特に叙事詩においては演説の中で多用される言葉である。δ᾽ ἄρ᾽ によってすっきりとしたギリシア語になる。ところが、実はこの δ᾽ ἄρ᾽ はイアーソンの演説の主眼点を台無しにしてしまうのである。イアーソンの、というよりもアポローニオスがイアーソンに言わせている演説の主旨は何か。それはこの演説の後半の五詩行（336－340）に述べられている。

336－340

  ἀλλά, φίλοι, ξυνὸς γὰρ ἐς Ἑλλάδα νόστος ὀπίσσω,
  ξυναὶ δ᾽ ἄμμι πέλονται ἐς Αἰήταο κέλευθοι,
  τοὔνεκα νῦν τὸν ἄριστον ἀφειδήσαντες ἕλεσθε

> ὄρχαμον ὑμείων, ᾧ κεν τὰ ἕκαστα μέλοιτο,
> νείκεα συνθεσίας τε μετὰ ξείνοισι βαλέσθαι.

つまり、諸君はこれから困難な航海に出発するのであるから、どのような出来事にも対処できる「優れた指導者を選んでくれ（338-339）」という点にある。そうすると、333 行の πάντα にはアルゴナウタイの航海の指導者、つまり船長は含まれていないことになる。船長が選出されて初めてアルゴー号に関わる全てが整えられることになる。それ故、ἄλλα は重要な言葉になる。そして、ἄλλα と πάντα を切り離すことはできない。イアーソーンは、船に必要な（船長の選出以外の）他の事は全て整った、しかし航海は困難を極めるであろうから、今度は（338 νῦν）優れた指導者を選ぶ必要がある、と言っているのである。従って、E. Gerhad の推定も、A. Ardizzoni の提案も放棄されなければならない。また、R. Seaton は ἄλλα を正確に訳出しなければならなかったのである。そこで、提案だが、τ' ἄρ' ではないだろうか。TAP と ΓAP は形態上容易に混同される類似点を有する。形から言えば可能性は高い。τ' は所謂「叙事詩の τε」である。「諸君も知っているように」というニュアンスがある。ἄλλα と πάντα を切り離すことにはならない。ἄρα は訳出しにくい言葉であるが、叙事詩中において演説者が聞き手の注意を喚起する場合にしばしば使われる。意味はすっきりと通る。「船に必要な他の全ての事は、ご覧の通り万端整った、云々」となる。しかし、アポローニオスがこのように書いたかどうかということになると、自信が無い。意味は通るがギリシア語に締りが無いのだ。可能性があるということしか言えないのである。

さて、結論に入るが、ここに名案を出した人がいる。F. Vian である。Vian はその校訂本において Huet の μάλ' を採用している。しかし、彼も Fränkel と同様にこの修正案に満足しているわけではない。それなら何故採用したのか。μάλ' が余りにもテクストに合致するということもあるが、この提案を論駁するに足る確固たる証拠が見出せないことがその理由であろう。それにしてもうまく適合しすぎて疑わしく思われるのだ。F. Vian が

μάλ᾽ に満足していない証拠は、校訂本の異読表に"fort. τάγ᾽"と付け加えている点にある。γάρ ではない。さりとて μάλ᾽ でもなく、τάγ᾽ かも知れない、という意味である。つまり、τάγ᾽ について検討してほしいと言っているのである。これは真に慧眼と言うべき推定であると思われる。この推定は次の詩行にヒントを得ている。

   1. 1067 – 1068
      καί οἱ ἀπὸ βλεφάρων ὅσα δάκρυα χεῦαν ἔραζε,
      πάντα τά γε κρήνην τεῦξαν θεαί.

τάγ᾽（τά γ᾽ としても差し支えない）とするとテクストは次のようになる。
      ἀλλὰ μὲν ὅσσα τε νηῒ ἐφοπλίσσασθαι ἔοικε,
      πάντα τάγ᾽ εὖ κατὰ κόσμον ἐπαρτέα κεῖται ἰοῦσι.

この場合、指示代名詞 τά は前行の ἄλλα を拾い上げる。γ᾽（即ち、γε ）は τά を強調する。「少なくとも」或いは「とにかくも」の意味を持つ。この τάγ᾽ によって文全体はピリッと引き締まる。まさしく叙事詩の形を成すのである。直訳すると意味は次のようになる。

「船に装備されるに似つかわしい限りの他のこと（について）は、
  少なくともそれらのことは全て（の点で）船出しようとしている
  我々のために順に適ってきちんと整えられている。それ故に、云々」
この構文の類例はむしろ第3歌の次の詩行に求められるべきである。

   3. 59 – 60
      Αἰσονίδης ἠδ᾽ ἄλλοι ὅσοι μετὰ κῶας ἕπονται.
      τῶν ἤτοι πάντων μέν, ἐπεὶ πέλας ἔργον ὄρωρε,
      δείδιμεν ἐκπάγλως,

ホメーロスについては次のような類例を挙げることができる。

   Ε 877
      ἄλλοι μὲν γὰρ πάντες, ὅσοι κτλ.

   ν 11 – 12
      κεῖται … ἄλλα τε πάντα / δῶρ᾽, ὅσα κτλ.

指示代名詞によって拾い上げる例。

 K 300–302

       πάντας ἀρίστους, /
 ὅσσοι ἔσαν Τρώων ἡγήτορες ἠδὲ μέδοντες. /
 τοὺς ὅ γε κτλ.

 δ 719–721

      περὶ δὲ δμωαὶ μινύριζον
 πᾶσαι, ὅσαι κατὰ δώματ' ἔσαν νέαι ἠδὲ παλαιαί.
 τῆς δ' κτλ.

 以上が類例の限度である。πάντα τάγ' 類例としては τάδε πάντα (ρ 601, τ 305), ταῦτά γε πάντα (δ 266, σ 170), πάντα τάδε (Ο 159) 等がある。

もう少し引き伸ばして、πάντα τάγ' εὖ κατὰ κόσμον についてはどうか。ホメーロスの類例として、ταῦτά γε πάντα … κατὰ μοῖραν (Α 286, etc.) という定型句がある。最後に、アポローニオスの問題の詩行と非常に似ているホメーロスの例を示す。

 ξ 361–363

  ἆ δειλὲ ξείνων, ἦ μοι μάλα θυμὸν ὄρινας
 ταῦτα ἕκαστα λέγων, ὅσα δὴ πάθες ἠδὲ ὅσ' ἀλήθης.
 ἀλλὰ τά γ' οὐ κατὰ κόσμον ὀίομαι, οὐδέ με πείσεις.

以上に示したホメーロスの例をアポローニオスの問題の詩行と比較すると、どことなく似通っている。しかし、どこか異なっているのである。ホメーロスに似て非なるものがアポローニオスの中に見られるのである。この似て非なるものは何か。実はこれがアポローニオスの特徴なのである。アポローニオスをホメーロスから明確に区別させる独自のスタイルはまさにこの点にある。Huet の推定は説得力があるが、何か違うような気がすると述べたが、それはこのことなのだ。ΤΑΓ と ΓΑΡ は形の点でもそう遠くない。アポローニオスは ΤΑΓ と書いた可能性は充分にある。

4.「アルゴナウティカ」 第1歌 689-692行

A. R. 1. 689-692

ἦ μὲν ἐγών, εἰ καί με τὰ νῦν ἔτι πεφρίκασι
Κῆρες, ἐπερχόμενόν που ὀίομαι εἰς ἔτος ἤδη
γαῖαν ἐφέσσεσθαι, κτερέων ἀπὸ μοῖραν ἑλοῦσαν
αὔτως ἥ θέμις ἐστί, πάρος κακότητι πελάσσαι.

691 ἑλοῦσα Platt : ἑλοῦσαν Ω

691行において、全ての写本はἑλοῦσαν を伝える。この読みについて A. Platt はἑλοῦσα という修正案を出した（JPh 34, 1918, p. 129 f.）。近年の校訂者たちはこの案を受け入れる傾向にあり、F. Vian もその一人である。Platt の修正は一応妥当性があると言えよう。というのは、ἐγών … ὀίομαι … γαῖαν ἐφέσσεσθαι, … ἑλοῦσαν という文は文法的に見て少し問題があるからである。つまり、この文においてἑλοῦσαν は明らかに不定詞ἐφέσσεσθαι の意味上の主語と同格になっている。更に、ἐφέσσεσθαι の主語とὀίομαι の主語は同一である。このような場合、つまり verba dicendi et sentiendi の構文においては、主動詞と不定詞の主語が同一である場合、不定詞の主語は、ラテン語とは異なって、人称代名詞の対格で表現されることなく省略される。更に、不定詞の主語が形容詞又は名詞によって述語的に限定される場合、この形容詞又は名詞は attraction によって主格形に置かれる。この原則に従うと、ἑλοῦσαν は文法的に誤りであって、主格形 ἑλοῦσα とならなければならない。これが Platt の修正の理由であり、彼以降の校訂者が ἑλοῦσα と読む必要を認める理由になっている。

しかし、上に述べた原則が絶対に破られることは無いというわけでもない。この原則にも例外がある。先ず、不定詞の主語についてであるが、主動詞と不定詞の主語が同一であっても不定詞の主語が強調される時には、ラテン語の場合のように不定詞の主語が示される。例えば、

θ 221
τῶν δ' ἄλλων ἐμέ φημι πολὺ προφερέστερον εἶναι.

H 198–199
ἐπεὶ οὐδ' ἐμὲ νήιδά γ' οὕτως
ἔλπομαι ἐν Σαλμῖνι γενέσθαι τε τραφέμεν τε.

N 269
οὐδὲ γὰρ οὐδ' ἐμέ φημι λελασμένον ἔμμεναι ἀλκῆς.

しかし、次の例では強勢のない代名詞 με の形が使われている。

Υ 361
οὔ μ' ἔτι φημὶ μεθησέμεν οὐδ' ἠβαιόν.

ここでは強調は全く希薄である。最初の3例においては、不定詞の主語と同格の形容詞或いは分詞も対格形に置かれている。

次に、不定詞の主語として人称代名詞が表現されないで、同格語のみが対格形のまま残っている例はどうか。つまり、ἐλοῦσαν に相当する例である。次の例はまさにその例証になる。

ι 224–225
ἔνθ' ἐμὲ μὲν πρώτισθ' ἕταροι λίσσοντο ἔπεσσι
τυρῶν αἰνυμένους ἰέναι πάλιν.

この例では、原則に従えば αἰνυμένους とはなり得ないはずである。散文においてもこのような attraction の無視はしばしば起こる。特に挿入句において。例えば、

X. Cyr. 3. 2. 20
ἔφασαν οἱ Χαλδαῖοι· πολλὰ γὰρ ἂν ὠφελεῖσθαι οὐδὲν πονοῦντας.

この場合、本来なら πονοῦντες となるはずである。この意味では、ἐλοῦσαν

の文章、κτερέων … ἐστί はまさしく挿入句である。もう一つ例を挙げると、οἴομαι δεῖν の構文においても不定詞の主語の同格語は主格形に置かれなければならないのだが、次の例はこれに違反している。

　Dem. 1.16 οὐ μὴν οἶμαι δεῖν τὴν ἰδίαν ἀσφάλειαν σκοποῦνθ᾽ ὑποστείλασθαι περὶ ὧν ὑμῖν συμφέρειν ἡγοῦμαι.

これらの例は或いは日常語的表現であると言えるのかも知れない。

　以上のことを考慮に入れると、全写本が伝える ἐλοῦσαν という読みは、誤伝であると割り切ることはできないように思われる。ἐλοῦσαν にはかなり可能性がある。

5.「アルゴナウティカ」 第1歌 755 行

A. R. 1. 755

τὸν δὲ μεταδρομάδην ἐπὶ Μυρτίλος ἤλασεν ἵππους.

　上に示したテクストは全ての写本が伝えるものであり、ピンダロスのスコリアにも引用されていて（Schol. ad Pi. O. 1. 122 b）、保証されているように見える。しかし、解釈上一つの困難がある。というのは、この文では動詞 ἐπὶ … ἤλασεν 或いは ἤλασεν は二つの対格（τὸν 及び ἵππους）を支配していると考えられるからである。しかし、この動詞は二つの対格を取り得ない。ここに議論が生ずる。

　文脈は、イアーソーンのマントの描写、所謂エクフラシスの一こまである。文脈を次に示す。

752 – 754

ἐν δὲ δύω δίφροι πεπονήατο δηριόωντες.
καὶ τὸν μὲν προπάροιθε Πέροψ ἴθυνε τινάσσων
ἡνία, σὺν δέ οἱ ἔσκε παραιβάτις Ἱπποδάμεια.

マントには競走する二台の戦車が描かれている。
先頭をペロプスが手綱を振りながら戦車を走らせ、
そばに介添えとしてヒッポダメイアが乗っていた。

このような内容である。そして、次の755行であるが、敢えて訳すなら、
「他方の戦車を、（そして）馬共をミュルティロスが走らせた」とせざるを得ないのだが、このような訳は成り立たないのである。尤も、Mooney は、ἐπιλαύνειν に二つの対格を支配させるのはアポローニオスの innovation である、と苦しげな説明をしているが。

ここでホメーロスに依って考えてみると、ἤλασεν ἵππους は定型句として何度か使われている（Λ 488, P 614, Ψ 13, 514）。しかも、この定型句は常に詩行末に置かれている。従って、アポローニオスはこの定型句をホメーロスに倣って同じ位置で利用していると考えられる。そうすると、τὸν をどのように解すればよいのかということになる。

Seaton は

"and in pursuit Myrtilus urged his steeds"

と訳して、τὸν を曖昧にしているが、これは拙い。次に、これはホメーロスの次の詩行を連想させる。

E 80 – 81

  πρόσθεν ἕθεν φεύγοντα μεταδρομάδην ἔλασ᾽ ὦμον
  φασγάνῳ ἀΐξας, ἀπὸ δ᾽ ἔξεσε χεῖρα βαρεῖαν.

アポローニオスはこの詩行も巧みに利用していると考えられる。ἤλασεν ἵππους という定型句に加えて、μεταδρομάδην ἔλασ᾽ という詩句も盛り込んでいるのである。この μεταδρομάδην という言葉はホメーロスのハパクス・レゴメノンの一つである。アポローニオス以前の使用例は無い。いわゆる稀語である。このホメーロスの詩行は、「自分の前を逃げて行く者を追跡して、剣で肩を打った」という意味である。φεύγοντα は ἔλασ᾽ の目的語であり、対格 ὦμον は φεύγοντα を限定する。μεταδρομάδην は副詞である。アポローニオスの詩行において、μεταδρομάδην に τὸν を支配させることはできない。一方、τὸν または ἵππους の何れかを限定の対格と解することも文意をしっくりさせないのである。そこで、先ず一つの考え方として、τὸν を ἐπὶ に支配させて「その戦車に対抗して、或いは、立ち向かって」とする。或いは、Tzetzes (ad Lyc. 157) の引用では τὸν ではなく τῷ となっているから、これを拾って、τῷ … ἐπὶ とし、τὸν … ἐπὶ と同じ意味に解する方法である。しかし、A. Platt が指摘するように、ἐπί = against は μεταδρομάδην に含まれる「後ろから」という意味と調和しないように思われる。この場合、τῷ … ἐπὶ について言えることだが、「彼、或いはその戦車の次に」と解する

ほうがよい。というのは、アポローニオスはホメーロスの次の詩行を特に念頭に置いていると思われるからである。

Ψ 514

τῷ δ' ἄρ' ἐπ' Ἀντίλοχος Νηλήιος ἤλασεν ἵππους.

この詩行の文脈はまさしく戦車競技の場面なのである。そうすると、この τῷ という読み方にはかなりの信憑性があるように思われる。ところで、Samuelson は τὸν を保存し、μεταδρομάδην を二つの言葉に分け、μετὰ δρομάδην と読むという修正案を出した。τὸν … μετὰ「それの後を」、δρομάδην「疾駆して」となる。但し、副詞 δρομάδην はヘーシュキオスの辞典には載っているが、他の文献に使用例は残っていない。この推定も可能性を秘めているように見える。しかし、以上に挙げた考え方には重大な欠陥がある。というのは、上のように考えると、755 行の τὸν 或いは τῷ は 753 行の τὸν と同じものを指すことになる。ところが、文脈上は明らかに τὸν μὲν（735）と τὸν δὲ（755）は対比によって二台の戦車を指し示している。それ故、以上の解釈は不可能になる。そこで Maas の提案に移るが、彼は τὸν が τοῦ の誤りではないかと推理した。つまり、τοῦ … ἵππους として、「（自分の）戦車の馬共を走らせた」と解釈する。Maas は更に 753 行の τὸν も τοῦ と修正することを提案する。τοῦ μὲν … τοῦ δὲ とすると見栄え良くなるからであろうか。ともかく、H. Fränkel はこの提案を受け入れてテクストに示している。しかし、755 行の τοῦ はよいとしても、753 行の場合はどうであろうか。τοῦ … προπάροιθε と読むと、τοῦ はミュルティロスの戦車を指すことになり拙い。τοῦ … ἡνία と解釈せよということであろう。F. Vian はこれを不満として、755 行についてのみ τοῦ を受け入れてテクストに示す。

τοῦ δὲ μεταδρομάδην ἐπὶ Μυρτίλος ἤλασεν ἵππους.

この読み方が最も可能性を持つと思われる。

さて、ここでもっと別の可能性を探りたい。τὸν μὲν … τὸν δὲ という対比に固執したいのである。そこで、τὸν ではなく ἵππους には問題がないのか。

つまり、これに誤りが無いかどうかである。ἵππους は ἱππεύς の誤写ではないのか。もしそうなら、テクストは次のようになる。

　　τὸν δὲ μεταδρομάδην ἐπὶ Μυρτίλος ἤλασεν ἱππεύς.
　　後を追って、もう一方の戦車を御者ミュルティロスが走らせた。

実際上、写本の伝承の中で ἱππεύς と ἵππους の取り違いはしばしば起こりがちである。ἤλασεν ἱππεύς がホメーロスの定型句 ἤλασεν ἵππους への連想によって誤写されたとも考えられるし、また、E と O は誤写されやすい文字の一つである。

　もしそうなら、παραιβάτις Ἱπποδάμεια (754) と Μυρτίλος … ἱππεύς というエピセットの対比も鮮やかになる。アポローニオスの意図もこの辺りにあるのではないだろうか。

6.「アルゴナウティカ」 第1歌 985-987行

A. R. 1. 985-987

 ἠοῖ δ' εἰσανέβαν μέγα Δίνδυμον, ὄφρα καὶ αὐτοὶ
 θηήσαιντο πόρους κείνης ἁλός· ἐν δ' ἄρα τοί γε
 νῆα Χυτῷ Λιμένι προτέρου ἐξήλασα ὅρμου.

 986 ἐν δ' Ω : ἐκ δ' E : ἐνθ' Z^{mg}
 987 Χυτῷ Λιμένι EM : Χυτοῦ Λιμένος Ω

上に掲げたテクストは近年の校訂者たちが採用する読み方である。これを検討する前に先ず Ω が伝える読み方から考えてみたい。E 以外の諸写本の読み方であるからだ。

 986-987
          ἐν δ' ἄρα τοί γε
 νῆα Χυτοῦ Λιμένος προτέρου ἐξήλασαν ὅρμου.

この冒頭の部分を E は ἐκ δ' と伝えている。ἐκ … Χυτοῦ Λιμένος と読ませるための修正と考えてよい。ἐν は Ω の欠点と考えられたのである。Brunk はこの E の読み方をそのまま採用した。

          ἐκ δ' ἄρα τοί γε
 νῆα Χυτοῦ Λιμένος προτέρου ἐξήλασαν ὅρμου.

「それから彼らは船を Χυτὸς Λιμήν という（或いは、Χυτὸς Λιμήν の中の）前の碇泊地から漕ぎ出した」という意味に解されよう。ἐξήλασαν はアオリストであるから船は Χυτὸς Λιμήν の外に出たという事実を言っていることになろう。Brunk は特に注意を払わなかったらしいが、実はこの読み方は

一つの問題を提起する。というのは、次の899行以下の叙述において、大地が生み出した巨大な怪物共が現れて、この港の入口（990 Χυτοῦ στόμα）に岩を投げ入れて塞ぎにかかった、と述べられている。丁度、海の獣を内側に閉じ込めるように（991行）。このことは船が未だ Χυτὸς Λιμήν から外に出ていないことを物語っているようである。しかも、この巨人たちに対抗してヘーラクレースとアルゴナウタイは防戦し、次々に彼らを殺してゆくのである。最後に、巨人たちの死体が浜辺に倒れている模様が語られる。ここにある矛盾は νῆα … ἐξήλασαν という行動の方向を改めて考えさせることになった。つまり、彼らは船を Χυτὸς Λιμήν から漕ぎ出したのではなく、この港の中に漕ぎ入れたのだ、という推測を呼び起こしたのである。そこで、Merkel は次のように修正した。

ἐκ δ' ἄρα τοί γε
νῆα Χυτὸν Λιμένα προτέρω ἐξήλασαν ὅρμου.

「彼らは碇泊地から Χυτὸς Λιμήν へと船を漕ぎ進めた」ということになる。大幅な修正である。ここで προτέρου を προτέρω と直したのは、

964 - 965

πέπιθον προτέρωσε κιόντας / ἄστεος ἐν λιμένι

に基づいている。但し、この読み方では巨人たちが岩を投げた時、船は何処にあったのか判りにくい。既に港の中に入っていたと解釈すべきだろう。Seaton はこの読み方を修正して、というより προτέρω を写本通り προτέρου に戻し、「前の碇泊地から」として、出発点を明確にした。

ところで、次に移る前にこのエピソードの前後の経緯を少し説明しておきたい。アルゴー号はドリオネス人の島に到達すると先ず「美しい港」に入り碇を下ろす。

954 Καλὸς δὲ Λιμὴν ὑπέδεκτο θέουσαν.

次に、ドリオネスの人々とキュジコス王が彼らを出迎え、この都の港へ船を漕ぎ入れるように勧める。

964 - 965

>　καί σφεας εἰρεσίῃ πέπιθον προτέρωσε κιόντας
>　ἄστεος ἐν λιμένι πρυμνήσια νηὸς ἀνάψαι.

そして、次の詩行ではアルゴナウタイがアポローンに犠牲を捧げる模様が語られる。

　アポローニオスの語りは余りに簡潔すぎてアルゴナウタイが上陸した地点が何処なのか文脈からは判りにくい。彼らはキュジコスの勧めに従って直ぐに ἄστεος λιμήν に碇泊したのか。もしそうなら、その停泊地は Καλὸς λιμήν の中にあるのか、それとも Χυτὸς λιμήν（これは人工的に築かれた港である）を指しているのか。Brunk の読み方では ἄστεος λιμήν と Χυτὸς λιμήν は同一ということになる。しかしこの読み方には矛盾が生じるので、手直しされた。それでは、この二つの碇泊地を別のものと考えると、最初に碇を下ろした場所（954 – 958）、ἄστεος λιμήν、そして Χυτὸς Λιμήν の三つの碇泊地を数えることになる。E. Fitch はそれに間違いないと断言している（AJPh 33, 1912, 43 – 56）。これに対して、Mooney は再び ἄστεος λιμήν を Χυτὸς Λιμήν と解釈して次のような読み方をした。

>　ἐκ δ' ἄρα τοί γε
>　νῆα Χυτοῦ λιμένος προτέρω ἐξήλασαν ὅρμον.

写本の Χυτοῦ Λιμένος を生かし、Merkel の προτέρω を採り、ὅρμου を ὅρμον と直している。彼はこれに、

"rowed the vessel forward to the mooring-place of the harbour called Chytus"

という訳を付している。ここで Merkel の προτέρω を採用する理由として、964 行の προτέρωσε κιόντας ἄστεος ἐν λιμένι を出しているから、この時点でアルゴナウタイはキュジコスの勧めを実行したと解釈していることになる。Mooney が ἄστεος λιμήν を Χυτὸς Λιμήν と解釈していると考える理由がここにある。

　さて、以上の推定より更に鮮明な推定をしたのは A. Platt である（JPh 33, 1914, 11 f.）。Fränkel, Vian など近年の校訂者たちに受け入れられている。彼は EM の引用を重要視する人である。この辞典の Χυτὸς Λιμήν の

見出し語は Χυτῷ Λιμένι となっていて (816.14)、説明の冒頭に παρὰ Ἀπολλωνίῳ Χυτὸς λιμὴν Κυζίκου と書かれている。ここで、見出し語が Χυτὸς Λιμήν ではなく、Χυτῷ Λιμένι となっている点が重要なのである。この辞典の編者はアポローニオスのテクストから、そこに使われている語形をそのまま拾って見出し語にしたと考えられるからである。A. Platt はこの Χυτῷ Λιμένι こそアポローニオスの正しいテクストであると考えた。事実この読み方は Ω の読み ἐν δ' にぴたりと適合する。

ἐν δ' ἄρα τοί γε

νῆα Χυτῷ Λιμένι προτέρου ἐξήλασαν ὅρμου.

「船を前の碇泊地から漕ぎ出して Χυτὸς Λιμήν に入れた」という意味になる。非常にすっきりとするわけである。しかしこの場合 Ω の読み方 Χυτοῦ Λιμένος はどう説明すればよいのか。Fränkel は、προτέρου との assimilation による写字生の誤写である、と説明する。それでは何故 Merkel はじめ他の校訂者が EM の読み方を採用しなかったのか。その理由は、ἐν λιμένι ἐξήλασαν ὅρμου という構文はいかにも据わりが悪いと感じたからであろう。ἐν + 与格は運動及びその方向性の表現に欠けるのである。εἰς + 対格であるならば問題はなかったであろう。とにかくこの場合 ἐν は考えにくいということである。しかし、前置詞 ἐν は自動詞自体が運動性を示す場合には "into" の意味を持ちうる。アポローニオスにはそのような例が一つだけある。

2. 924 - 925

ἐκ δὲ βαλόντες / πείσματ' ἐν αἰγιαλῷ, κτλ.

現在のところ、Platt の読み方が妥当と思われる。しかし、この読み方にも難点が無いわけではない。これによると、ἄστεος λιμήν への碇泊を勧められたあと (964 - 965)、直ぐアルゴナウタイはその港に入り、上陸してアポローンに犠牲を捧げたことになる。翌朝、彼らは二隊に分かれ、一方はディデュモン山に登り、もう一方は船を動かす。この場合、何故改めて船を Χυτὸς Λιμήν に入れる必要があるのか。地図によると (cf. F. Vian, E. Fitch)、

両者は反対方向へ向かうことになる。尤も、アポローニオスの叙述は簡明すぎる、というより少々乱雑である。この辺りの地形に関するアポローニオスの知識について詮索するのも妙な話であるが、最初の碇泊地に船を戻しておくほうが効率がよいと思われる節もある。次に、ἐν δ' という読みについてであるが、Parisinus gr. 2844（Z）という写本の余白に ἔνθ' と書かれている。この ἔνθ' は何を意味するのか。この写本は Vratislaviensis Rehdigeranus 35（W）の写しである。W は余白に沢山の異読が記入されているという点で特徴がある。それらの異読の中には出処の不明なものが含まれている。ἔνθ' もその種の異読の一つと言えようが、或いは誰かの推定であるかも知れない。何れにせよ、この ἔνθ' はテクストの別の姿を見せてくれるのである。つまり、ἔνθ' によって一つの定型句が姿を見せるのである。ἔνθ' ἄρα τοί γε である。アポローニオスは、ヴァリエーションを含めて、この定型句を 6 回使っている。しかも、常に詩行末に置く。ホメーロスには 4 例あるが、その中で詩行末に置かれるのは 1 回のみである（Ω 122）。これはアポローニオスの好みの定型句と言ってよい。この定型句は、二つのグループ又は二人の人間の行動をはっきりと対立させて叙述する場合に使われている。例えば、

    1. 912 – 915

πρυμνήσια δέ σφισιν Ἄργος
λῦσεν ὑπὲκ πέτρης ἁλιμυρεος. ἔνθ' ἄρα τοί γε
κόπτον ὕδωρ δολιχῇσιν ἐπικρατέως ἐλάτῃσιν.

985 – 986 行においても、ἔνθ' ἄρα τοί γε と読むことによって、τοί は εἰσανέβαν（985）の主語とは別の人々であることが判然とするのである。次に、987 行の προτέρου は Χυτοῦ Λιμένος 及び ὅρμου との assimilation による誤写と考えて、προτέρω と読む。そうすると、「それからその場所に居たもう一方の者たちは Χυτὸς Λιμήν の碇泊地から船を前方へと……」ということになる。ἄστεος λιμήν と Χυτὸς Λιμήν については、これらは同一のものと考えてみたい。Χυτὸς Λιμή は築港である。だからこれがこの都の港（ἄστεος λιμήν）であろう。更に言うなら、後に残ったヘーラクレー

スと若者たち (992-993) は未だ漕ぎ出していなかったのではないか。というのは、巨人たちが港の入口に岩を投げて邪魔をした (989-990) と述べられているからである。彼らは「船を漕ぎ出そうとしていた」と考えられる。そうすると、ἐξήλασαν ではなく、ἐξήλαον であったかも知れない。εἰσανέβαν (985), ἔβησαν (987), φράξαν (990) 等との assimilation によって ἐξήλασαν と誤写された可能性もある。以上のことを考慮に入れると、次の読み方も可能ではないだろうか。

ἔνθ' ἄρα τοί γε / νῆα Χυτοῦ Λιμένος προτέρω ἐξήλαον ὅρμου.

7.「アルゴナウティカ」第1歌 1159 – 1161 行

A. R. 1. 1159 – 1161
ἔμπης δ', ἐγρομένοιο σάλου ζαχρηέσιν αὔραις
αἳ νέον ἐκ ποταμῶν ὑπὸ δείελον ἠερέθονται,
τειρόμενοι καὶ δὴ μετελώφεον.

1161 καμάτῳ EM : καὶ δὴ Ω

　1161 行の読み方は校訂者たちの間で二転三転し、決着がつかない厄介な問題の一つである。伝えられている二つの読み方、καὶ δὴ と καμάτῳ は何ら共通点を持っていない。καὶ δὴ は現存の全ての写本が伝えるものであり、καμάτῳ は EM の λωφῶ の項 (571. 14) にある、アポローニオスのテクストからの引用と考えられる次の詩句に基づく。

τειρόμενοι καμάτῳ μετελώφεον.

さて、現存する全ての写本の元になっていると想定される写本 Ω、及び EM の中に引用されるアポローニオスのテクストとして使用されたと想定される写本 Ψ は共に想像上の一写本 X に源にしていると考えられている。EM は Et. Gen. を元にして作られた。つまり、X > Ψ > Et. Gen. > EM という図式になる。EM の編纂の年代は不確定であるが、1175 年にテサロニカの司教となったエウスタティウスが使用したと伝えられている。Et. Gen. は 9 世紀末に編纂されたらしい。Ω 系統か X 系統のどちらかの写本が、どこかの時点で故意にか偶然にか誤りを犯したということになる。

　この読みの採用については二転三転していると最初に述べたが、例えば、Brunk は καμάτῳ を、Seaton, Mooney は καὶ δὴ を採った。しかし、最近

は καμάτῳ のほうが好まれ再び採用されている（Fränkel, Vian）。καμάτῳ はそれだけの魅力と説得力を持つ。というのは、ホメーロスの詩句の中にまことに都合のよい例証があり、この読み方を援護しているからである。

P 745

τείρεθ' ὁμοῦ καμάτῳ τε καὶ ἱδρῷ σπευδόντεσσιν.

この詩行中の τείρεθ' … καμάτῳ をアポローニオスが利用したと推測されるのである。καμάτῳ はアポローニオスの文脈にもよく適合する。この文脈は次のようになっている。ドリオネス人たちの処に滞在していたアルゴナウタイは嵐の止むのを待ち、夜明け、海が静まると船を出し、終日櫂を漕ぎ続ける（1511 ff.）。夕方になり、河から激しい風が起こり、海上が波立った時（1159–1160）、彼らは「骨折りで」（καμάτῳ）「疲れ果てて」（τειρόμενοι）櫂を漕ぐのを「止めた」（μετελώφεον）（1161）、というように話が進行している。従って、καμάτῳ には文句の言いようがないのである。

それでは、καὶ δή についてはどうであろうか。この場合、καί が接続詞でないことは明白である。καὶ δή は少々唐突であって、文をぎくしゃくさせている感は否定できない。しかし、アポローニオスが καὶ δή とは書かなかったと断言するわけにはいかない面もある。

καὶ δή という小辞のセットにおいて καί の接続詞としての性格が無くなっている用例は既にホメーロスにある。或る事が起こっている瞬間を活き活きと描写する際に使われる。多分に感覚的であって、「ほら見てごらん」或いは「ほら！」などの意味に解される（e.g. Φ 421, μ 116）。しかし、一般的には文頭に立つ。アポローニオスの詩行では意味上も位置の点でもなじまないと言えよう。καὶ δή の用法の中で有力なのは、「そして既に」、「そしてその時までに」という意味の場合であろう。つまり、καὶ ἤδη と同じ意味に使われる場合である。ホメーロスの例を一つ挙げる。

O 251–252

καὶ δὴ ἔγωγ' ἐφάμην νέκυας καὶ δῶμ' Ἀίδαο
ἤματι τῷδ' ἵξεσθαι, ἐπεὶ φίλον ἄϊον ἦτορ.

この用法では、καί は接続詞の性格を残している。しかし、ἤδη という意味だけについて言うなら、アポローニオスの文脈に充分適合する。「風が起こり、海が波立った時、その時までに既に彼らは疲れ果て、(漕ぐのを)止めていた」ということになる。τείρειν の受動態が疲労の原因を与格で示すことなく独立的に使われるよう例はホメーロスにもある (e.g. Λ 801)。ところで、この καὶ δή = καὶ ἤδη は文頭より後ろに入るに従って概ね ἤδη と同じ意味に使われるようになる。その場合、概して副文節を導入する例が多い。歴史記述にこのような例は多い。例えば、

    Hdt. 9. 66. 3

        προτερέων δὲ τῆς ὁδοῦ ὥρα καὶ δὴ φεύγοντας τοὺς Πέρσας.

    X. Cyr. 2. 4. 17

        ὁπότε δὲ σὺ προεληλυθοίης σὺν ᾗ ἔχοις δυνάμει καὶ θηρῴης καὶ δὴ δύο ἡμέρας.

ヘーロドトスの例では、φεύγοντας という分詞節が導入されている。クセノポーンの場合は、ὁπότε の構文になっている。J. D. Denniston は文頭の καὶ δή = ἤδη の用例を古典期の劇詩人から集めている。

  以上のことを考慮に入れると、アポローニオスの場合、καὶ δή も非常に有望ということになる。καὶ δή = ἤδη という用例はホメーロスには残っていないが、アポローニオスがホメーロスの言語・用法を基調としながらも、それ以降の韻文と散文を広く渉猟し、その用法をも利用していることは周知の通りである。更に付け加えると、この καὶ δή の用例はアポローニオスにもう一つある。

    2. 1030 – 1032

        τοὺς παρανισόμενοι καὶ δὴ σχεδὸν ἀντιπέρηθεν
        νήσου Ἀρητιάδος τέμνον πλόον εἰρεσίῃσιν
        ἡμάτιοι.

これまでのところでは καὶ δή の可能性を探ってきたにすぎないが、それでは καὶ δή と καμάτῳ のどちらがアポローニオスの手になったのかという

点になると、決定的な根拠は見当たらない。一つだけ言えることは、文頭の και δή の例はアポローニオスに数多くあるが、文の中間に置かれる例は問題の例を除くと1例のみである、ということである。それ故、このような και δή は写本家を当惑させたことであろうと想像される。特に文の意味を理解しようとした場合には。従って、誰かが修正も施そうとしたならば、この詩行の και δή も容易にその対象になり得たであろう。この και δή には危険がいっぱいあったのである。翻って、καμάτῳ を και δή と修正するということは想像し難いのである。また、EM は Et. Gen. その他の辞典を元にして作られたのであるが、引用されている文は文脈を切り捨てた

　　　　τειρόμενοι καμάτῳ (or, και δή) μετελώφεον

のみである。しかも、引用の主眼は μετελώφεον にある。EM はアポローニオスからの引用に富んでいて、正しい読みを多く残していることも事実である。しかし、この場合、仮に最初の引用者が τειρομένοι και δή μετελώφεον と書いたとしても、次にこれを筆写する人にとって και δή は意味を成さないであろう。何故なら、この και δή は文脈の中にあって初めて理解し得る詩句だからである。και δή が韻律の点でも適合する καμάτῳ に直されても不思議ではない。これはホメーロスに現れる表現であり、アポローニオスはそのように書いたかも知れないからである。大辞典を筆写する際、引用文を全てそのテクストによって確認したのなら話は別である。何れにせよ、καμάτῳ が και δή と直される可能性より、και δή が καμάτῳ と直される可能性のほうがはるかに高いと言えよう。中世写本の読みは正しく伝えられたと考える余地は尚残っている。

8.「アルゴナウティカ」第1歌 1187行

A. R. 1. 1187
    αὐτὰρ ὁ *δαίνυσθαι ἑτάροις εὖ ἐπιτείλας*

    δαίνυσθαι ἑτάροις [-οισιν G] εὖ [οἷς E] Ω
    δαίνυσθαι ἑτάροις οἷς εὖ FN MRQC

　この詩行が伝承の過程で損傷を受けたことは明白である。というのは、ヘクサメトロンを構成する上で、長音一つもしくは単音が二つ欠けているからである。つまり、一文字あるいはそれ以上の文字が足りないのである。それは如何なる文字で、どの部分に入るのか。これがこのテクストの抱える問題である。

　先ず、詩行冒頭の αὐτὰρ ὁ は極めて一般的な文頭に立つ定型句であるので、疑いからは外される。次に、詩行末の εὖ ἐπιτείλας はホメーロスの次の詩行より借りたと考えられる。

    K 72
    ὣς εἰπὼν ἀπέπεμπεν ἀδελφεὸν εὖ ἐπιτείλας.

ἐπιτέλλειν はホメーロスに 7 例（全て能動形）あるが、常に詩行末に置かれる。アポローニオスはこの詩行以外に 2 回能動形を使用するが、その 1 例はホメーロスに倣っている (2. 1051)。以上のことから、少なくとも ἐπιτείλας は保証されると言えよう。この意味で F. Vian はテクストに次のように剣のマークを付す。

    αὐτὰρ ὁ † δαίνυσθαι ἑτάροις εὖ † ἐπιτείλας

テクストの損傷は δαίνυσθαι ἑτάροις εὖ の内部に起こったということであ

302

る。

　O. Schneider はこれを純粋に古文書学的に考えて、δαίνυσθαι を δαῖτ᾽ αἴνυσθαι の誤りと推理した。ΔΑΙΤΑΙ- の類似する音節の一つ ΤΑΙ が書き落とされたと考えたのである。つまり、haplography による誤写である。但し、このように考えても尚短母音一個分の文字が足りないので、更に ἑτάροις を ἑταίροις と修正した。

　　　　αὐτὰρ ὁ δαῖτ᾽ αἴνυσθαι ἑταίροις εὖ ἐπιτείλας

R. Seaton はこの案を採用する。αἴνυσθαι はホメーロスに 13 例ある。対格と共に「（武器を）手に取る」、「（武具を）はずす」という意味で使われることが多い。食事については、部分の属格と共に使われる例が二つある（ι 2 25, 232 ）。これは「食する」ではなく、「（チーズを）掴み取る」の意味に使われている。アポローニオスには 2 例（4. 162、680）あるが、食事との関連では使われていない。何れにしても、この推定はあまり受け入れられていない。この見慣れない句 δαῖτ᾽ αἴνυσθαι に対して、Koechly は δαῖτ᾽ πένεσθαι を提案した。この句はホメーロスの定型句である。詩行の結句として五つ用例がある。特に、次の詩句はアポローニオスに利用の機会を与えたかも知れない。

δ 683

　　　　σφίσι δ᾽ αὐτοῖς δαῖτα πένεσθαι /

ただ、πενε- と δαινυ- は写し間違えるにしても形の上で少し距離があるように思える。Koechly もこの場合やはり、ἑτάροις を ἑταίροις と修正しなければならなかった。テクストは次のようになる。

　　　　αὐτὰρ ὁ δαῖτα πένεσθαι ἑταίροις εὖ ἐπιτείλας

　さて、最も多くの議論を呼び、様々な推定を生む契機を作ったのは、Parisinus gr. 2846 という写本（F）の読みである。Mooney はこれを採用する。

　　　　αὐτὰρ ὁ δαίνυσθαι ἑτάροις οἷς εὖ ἐπιτείλας

この読み方は韻律を完全なものとする。これは N 及び M R Q C の読みでも

ある。この六写本は 15 世紀初頭のものであるが、何れも汚れのひどいものばかりである。ところで、M R Q C は E 写本に由来するものであるが、E は οἷς を有する代わりに εὖ を落としている。このことは写本伝承の過程で ἑτάροις の次で何かが起こったことを推測させるのである。また、ω 系統の写本で 14 世紀頃の G は ἑτάροις の代わりに ἑτάροισιν を持つ。これは、ἑτάροις の次に何かが欠けていると考えて、-ιν を補ったのであろうと推測される。

さて、F の読み方 ἑτάροις οἷς を少し検討してみると、一つの問題点に行き当たる。ホメーロスにおいては、この二語の組み合わせは殆ど常に οἷς ἑτάροισι のように逆の語順で使われているのである。アポローニオスの他例もほぼホメーロスに倣っている。但し、ホメーロスには一つだけ ἑταῖρον ἐὸν（Λ 602）という例がある。これが Hoerstel の修正案の根拠になっている。

αὐτὰρ ὁ δαίνυσθαι ἑτάροις ἑοῖς εὖ ἐπιτείλας

この場合、ἑοῖς は synizesis として読まなければならない。これは妥当な解決策のように見えるが、実は οἷς と共に ἑοῖς には難点が一つある。つまり、ヘクサメトロンにおける第四脚は弱音部であるので、ここに一音節語が置かれることは皆無に等しいのである。ここに Samuelsson の次の修正案が生まれる理由がある。

αὐτὰρ ὁ εὖ δαίνυσθαι ἑοῖς ἑτάροις ἐπιτείλας

H. Fränkel はこれを受け入れる。しかし、これは語順の大幅な入れ替えである。この大修正の根拠は、一つにはアポローニオスの εὖ δαισάμενοι（2. 496）という句（これは σ 408 に依拠している）であり、もう一つは ἑοῖς ἑτάροις というのがホメーロスの通常の語順であり且つアポローニオスもこれに倣っているからである。

次に、F. Vian も大幅な修正案を出している。

αὐτὰρ ὁ οἷς ἑτάροις εὖ δαίνυσθαι ἐπιτείλας

この推定はクウィントス・スミルナイオスの次の詩行が根拠になっている。

Q. S. 3. 526

αὐτὰρ ὁ γ᾽ οἷς ἑτάροισιν ἐπισπέρχων ἐκέλευσεν

クウィントスがアポローニオスの詩句を非常に頻繁に利用していることから、この詩行がアポローニオスの模倣かも知れないという、いわば逆推理である。

パリ本に話を戻したい。οἷς という読みであるが、これは別の疑問を引き起こすのである。つまり、οἷς は dittography の可能性もあるということである。ἑτάροις の -οις の二度書きである。勿論、逆のこと (haplography) も考えられるが、それは韻律の点 (弱音部のこと) で否定されよう。dittography によって生れた οις がその次に在った或る言葉を削除させた原因かも知れない。何れにせよ、ἑτάροις の次の何かが欠落したと思われる。それは一体何か。ἕθεν の可能性もある。

αὐτὰρ ὁ δαίνυσθαι ἑτάροις ＜ ἕθεν ＞ εὖ ἐπιτείλας

人称代名詞の属格が所有形容詞の代わりに使われることはホメーロス以来一般的である。アポローニオスの類例としては、οὗ ἕθεν ἀμφ᾽ ἑτάροιο (4.1471) がある。ἕθεν という形がホメーロスでは所有形容詞の代わりに使われる用例は残っていない。しかし、エウリーピデースの σέθεν … ἑταίροις (E. Cyc. 377–378) という詩句が類例となるであろう。また、ἑτάροις ＜ ἕθεν ＞ εὖ ἐπιτείλας のような過重な頭韻を踏むのもアポローニオスの好みとするところである。

参考文献

1. 辞典、文法書

I. Bekker, *Apollonii Sophistae Lexicon Homericum*, 1833 Berlin.

M. Schmidt, Ἡσυχίου τοῦ Ἀλεξανδρέως Λεξικόν, 1861 – 1862 Halle.

F. G. Sturz, *Etymologicum Graecae Linguae Gudianum*, 1818 Leipzig.

Th. Geisford, *Etymologicon Magnum*, 1848 Oxford.

A. Adler, *Suidae Lexicon*, 1928 – 1938 Leipzig.

H. Ebeling, *Lexicon Homericum*, 1880 – 1885 Leipzig.

A. G. Pauly & G. Wissowa, *Real-Encyclopädie der klassischen Altertumswissenschaft*, 1893 – 1978 Stuttgart.

F. Bechtel, *Lexilogus zu Homer*, 1914 Halle.

H. G. Liddell, R. Scott, and H. S. Jones, *A Greek – English Lexicon*, compl. 9th ed. 1940 Oxford.

M. Leumann, *Homerische Wörter*, 1950 Basel.

E. A. Barber, *Greek-English Lexicon A Supplement*, 1968 Oxford.

P. G. W. Glare, *Greek-English Lexicon Reviced Supplement*, 1996 Oxford.

H. Frisk, *Griechische etymologisches Wörterbuch*, 1954 – 1972 Heiderberg.

P. Chantraine, *Dictionnaire étymologique de la langue greque*, 1968 – 1980 Paris.

B. Snell, H. Erbse, *Lexicon des frügriechischen Epos*, 1955 – Göttingen.

R. Kühner – B.Gerth, *Ausführliche Grammatik der griechischen Sprache*, 1898 – 1904 Leipzig.

E. Schwyzer, *Griechische Grammatik*, 1939 – 1950 München.

J. D. Denniston, *The Greek Particles*, 2nd ed., 1954 Oxford.

P. Chantraine, *Grammaire Homérique*, 1958 – 1963 Paris.

G. P. Shipp, *Studies in the Language of Homer*, 2nd ed. 1972 Cambridge.

D. B. Monro, *A Grammer of the Homeric Dialect*, 2nd ed. 1891 Oxford.

2. テクスト・注釈
1) 古代叙事詩

Eustathii Archiepiscopi Thessalonicensis, *Commentarii ad Homeri Odysseam ad Fidem Exempli Romani Editi*, 2 vols., 1825 – 1826 Leipzig.

Eustathii Archiepiscopi Thessalonicensis, *Commentarii ad Homeri Iliadem ad Fidem Exempli Romani Editi*, 4 vols., 1827 – 1830 Leipzig.

H. Duentzer, *De Zenodoti studiis Homericis*, 1848 Göttingen.

A. Nauck, *Aristophanis Byzantii Grammatici Alexandrini Fragmenta*, 1848 Halle.

G. Dindorf, *Schoia Graeca in Homeri Odysseam*, 2 vols., 1855 Oxford.

L. Friedlaender, *Nikanoris ΠΕΡΙ ΙΛΙΑΚΗΣ ΣΤΙΓΜΗΣ Reliquae Emendatiores*, 1857 Berlin.

A. Ludwich, *Aristarchs Homerische Textkritik nach den Fragmenten des Didymos*, 2 Bde. 1884 – 1885 Leipzig.

A. Ludwich, *Homeri Odyssea*, 2 vols., 1889 – 1891 Leipzig.

A. Ludwich, *HomeriIlias*, 2 vols., 1902 – 1907 Leipzig.

W. Leaf, *The Iliad, 2 vols.*, 1900 – 1902 London.

D. B. Monro-Th.W. Allen, *Homeri Opera*, 5 vols, 1912 – 1920 Oxford.

Ameis-Hentze-Cauer, *Homers Ilias*, 8 vols., 1905 – 1932 Leipzig.

Ameis-Hentze-Cauer, *Homers Odyssee*, 4 vols., 1908 – 1920 Leipzig.

T. W. Allen-W.R.Halliday-E.E.Sikes, *The Homeric Hymns*, 1936 Oxford.

A. Rzach, *Hesiodi Carmina*, 1958 Stuttgart.

W. B. Stanford, *The Odyssey of Homer*, 2nd ed., 2vols., 1958 – 1959 London.

M. L. West, *Hesiod Teogony*, 1966 Oxford.

St. West, *The Ptolemaic Papyri of Homer*, 1967 Köln.

R. Merkelbach – M.L.West, *Fragmenta Hesiodea*, 1967 Oxford.

H. Erbse, *Scholia Graeca in Homeri Iliadem*, 7 Bde., 1969 – 1988.

F. Solmsen, R. Merkelbach & M.L.West, *Hesiodi Theogonia Opera et Scutum*.

Fragmenta Selecta, 1970 Oxford.

M. L. West, *Hesiod Works & Days*, 1978 Oxford.

P. von der Mühll, *Homeri Odyssea*, 1984 Stuttgart.

M. Davies, *Epicorum Graecorum Fragmenta*, 1988 Göttingen.

G. S. Kirk (ed.), *The Iliad : A Commentary*, 6 vols., 1985 – 1993 Cambridge.

A. Heubeck-S.West-J.B.Hainsworth (ed.), *A Commentary on Homer's Odyssey*, 3 vols., 1988 – 1989 Oxford.

H. van Thiel, *Homeri Odyssea*, 1991 Hildesheim.

H. van Thiel, *Homeri Ilias*, 1996 Hildesheim.

A. Bernabé, *Poetarum Epicorum Graecorum Testimoia et Fragmenta*, Pars I, 1996 Stuttgart et Leipzig.

M. L. West, *Homeri Ilias*, 2 vols., 1998 – 2000 Leipzig.

2) ヘレニズムの詩

J. A. Cramer, *Anecdota Graecae e Codd. Manuscriptis Bibliothecae Regiae Parisiensis*, 1841 Oxford.

R. F. Brunk, *Apollonii Rhodii Argonautica*, 1780 Strasbourg.

R. Merkel, *Apollonii Rhodii Argonautica*, 1853 – 1854 Leipzig.

E. Abel, *Orphica*, 1885 Leipzig.

G. W. Mooney, *The Argonautica of Apollonius Rhodius*, 1912 Dublin.

R. C. Seaton, *Apollonius Rhodius The Argonautica*, 1912 London.

A. S. Way, *Quintus Smyrnaeus The Fall of Troy*, 1913 London.

C. Wendel, *Scholia in Theocritum Vetera*, 1914 Stuttgart.

G. W. Mooney, *The Alexandra of Lycophron*, 1921 London.

J. U. Powell, *Collectanea Alexandrina*, 1925 Oxford.

M. M.Gillies, *The Argonautica of Apollonius Rhodius Book III*, 1928 Cambridge.

A. W. Mair, *Oppian Colluthus Tryphiodorus*, 1928 London.

参考文献

C. Wendel, *Scholia in Apollonium Rhodium Vetera*, 1935 Berlin.

B. Wyss, *Antimachi Colophonii Reliquae*, 1936 Berlin.

R. Pheiffer, *Callimachus*, 2 vols., 1949 – 1953 Oxford.

A. S. F. Gow, *Bucolici Graeci*, 1952 Oxford.

A. S. F. Gow, *Theocritus*, 2nd ed., 2 vols., 1952 Cambridge.

A. S. F. Gow & A.F.Scholfield, *Nicander The Poems and Poetical Fragments*, 1953 Cambridge.

A. Ardizzoni, *Apollonio Rodio Le Argonautiche Libro III*, 1958 Bari.

R. Keydell, *Nonni Panopolitani Dionysiaca*, 2 vols., 1959 Berlin.

W. Bühler, *Die Europa des Moschos*, 1960 Wiesbaden.

H. Fränkel, *Apollonii Rhodii Argonautica*, 1961 Oxford.

E. Maass, *Arati Phaenomena*, 1964 Berlin.

L. Mascialino, *Lycophronis Alexandra*, 1964 Leipzig.

A. Ardizzoni, *Apollonio Rodio Le Argonautiche Libro I*, 1967 Bari.

H. Fränkel, *Noten zu den Argonautika des Apollonios*, 1968 München.

F. Bornmann, *Callimachi Hymnus in Dianam*, 1968 Firenze.

A. Zimmermann, *Quinti Smyrnaei Posthomericorum Liber XIV*, 1969 Stuttgart.

D. N. Levin, *Apollnius' Argonautica Re-examined*, 1971 Leiden.

E. Livrea, *Apollonii Rhodii Agonauticon Liber Quartus*, 1973 Firenze.

J. Martin, *Scholia in Aratum Vetera*, 1974 Stuttgart.

F. Vian, *Apollonios de Rhodes Argonautiques*, Tome I, 1976 Paris.

F. Williams, *Callimachus Hymn to Apollo*, 1978 Oxford.

G. R. Mclennan, *Callimachus Hymn to Zeus*, 1977 Roma.

F. Vian, *Apollonios de Rhodes*, Tome II, 1980 Paris.

F. Vian, *Apollonios de Rhodes*, Tome III, 1981 Paris.

H. Lloyd-Jones et P.Parsons, *Supplementum Hellenisticum*, 1983 Berlin.

N. Hopkinson, *Callimachus Hymn to Demeter*, 1984 Cambridge.

W. H. Mineur, *Callimachus Hymn to Delos*, 1984 Leiden.

A. W. Bulloch, *Callimachus The Fifth Hymn*, 1985 Cambridge.

F. Vian, *Les Argonautiques Orphiques*, 1987 Paris.

R. L. Hunter, *Apollnius of Rhodius Argonautica Book III*, 1989 Cambridge.

A. S. Hollis, *Callimachus Hecale*, 1990 Oxford.

M. Campbell, *A Commentary on Apollonius Rhodius Argonautica III 1 – 471*, 1994 Leiden.

R. Glei – S.N.Glei, *Apollonios von Rhodios Das Argonautenepos*, 2 Bde., 1996 Darmstadt.

D. Kidd, *Aratus Phaenomena*, 1997 Cambridge.

J. Martin, *Aratos Phénoménes*, 2 vols., 1998 Paris.

K. Spanoudakis, *Philitas of Cos*, 2002 Leiden.

3．その他

K. Lehrs, *De Aristarchi Studiis Homericis*, 1882 Leipzig.

W. Schulze, *Quaestiones Epicae*, 1892 Gütersloh.

F. de Ian, *De Callimacho Homeri Interprete*, 1893 Strassburg.

U. v. Willamowitz-Moellendorff, *Euripides Herakles*, 1895 Göttingen.

E. Fitch, *Apollonius Rhodius and Cyzicus*, AJPh 33, 1912, 43 ff.

A. Platt, *On Apollonius Rhodius*, JPh 33, 1914, 1 ff.

A. Platt, *Apollonius Again*, JPh 34, 1918, 9 ff.

A. Platt, *Apollonius III*, JPh 35, 1920, 72 ff.

P. Cauer, *Grundfragen der Homerkritik*, 1921 – 1923 Leipzig.

U. v. Wilamowitz-Moellendorff, *Die Heimkehr des Odysseus*, 1927 Berlin.

M. van der Valk, *Textual Criticism of the Odyssey*, 1949 Leiden.

H. Erbse, *Homerscholien und hellenistische Glossare bei Apollonios Rhodios*, Hermes 81, 1953, 167 ff.

P. Maas, *Greek Metre*, 1962 Oxford.

M. van der Valk, *Researchs on the Text and Scholia of the Iliad*, 1963 Leiden.

A. Ardizzoni, *Per il testo di Apollonio Rodio*, RFIC 43, 1965, 54 ff.

A. Ardizzoni, *Per il testo di Apollonio Rodio*, RFIC 45, 1967, 44 ff.

R. Pfeiffer, *History of Classical Scholarship*, 1968 Oxford.

R. Schmitt, *Die Nominalbildung in den Dichtungen des Kallimachos von Kyrene*, 1970 Wiesbaden.

P. T. Stevens, *Euripides Andromache*, 1971 Oxford.

H. Erbse, *Beiträge zum Verständnis der Odyssee*, 1972 Berlin.

M. Campbell, *Three Notes on Alexandrine Poetry*, Hermes 102, 1974, 42 ff.

E. Risch, *Wörterbildung der homerischen Sprache*, 1974 Berlin.

G. Giangrande, *Scripta Minora Alexandrina*, 4 vols., 1980 – 1985 Amsterdam.

M. Campbell, *Echoes and Imitations of early Epic in Apollonius Rhodius*, 1981 Leiden.

A. Dyck, *The Glossographoi*, HSCP 91, 1987, 119 ff.

A. Rengakos, *Der Homerext und die hellenistischen Dichter*, 1993 Stuttgart.

A. Rengakos, *Apollonios Rhodios und die antike Homereklärung*, 1994 München.

T. D. Papanghhelis & A. Rengakos, *A Companion to Apollonius Rhodius*, 2001 Leiden.

あ と が き

　本書はこれまでに公表した論文をまとめたものである。ここに収録した論文は以下の通りである。

ロドスのアポロニオス（1）
　　『金沢大学教養部論集・人文科学篇 22 – 1』1984, 99 – 105.
ロドスのアポロニオス（2）
　　『金沢大学教養部論集・人文科学篇 23 – 2』1985、159 – 167.
ロドスのアポロニオス（3）
　　『金沢大学教養部論集・人文科学篇 24 – 2』1986、133 – 140.
アポロニオス・ロディオスの非ホメーロス語彙
　　『西洋古典学研究 XXXVII』（岩波書店）1989、67 – 77.
ロドスのアポロニオス（4）──非ホメーロス語彙の研究　その一──
　　『金沢大学教養部論集・人文科学篇 26 – 2』1989、89 – 98.
ロドスのアポロニオス（5）──模倣とホメーロス研究──
　　『金沢大学教養部論集・人文科学篇 32 – 2』1995、127 – 139.
ヘレニズムの詩におけるアリュージョンとホメーロス研究 1
　　『慶應義塾大学言語文化研究所紀要第 29 号』1997、33 – 48.
ヘレニズムの詩におけるアリュージョンとホメーロス研究 2
　　──コルキスの霧──
　　『慶應義塾大学言語文化研究所紀要第 30 号』1998、113 – 131.
ヘレニズムの詩におけるアリュージョンとホメーロス研究 3
　　『慶應義塾大学言語文化研究所紀要第 31 号』1999、55 – 74.
ヘレニズムの詩におけるアリュージョンとホメーロス研究 4
　　『慶應義塾大学言語文化研究所紀要第 32 号』2000、57 – 70.
叙事詩における言語表現の継承と模倣──Πληγάδες（A.R.2.549 – 597）

を例として——

 『古典古代における語彙と語法』(髙橋通男・西村太良編、慶應義塾大学言語文化研究所刊) 2000、83 – 119.

ヘレニズムの詩におけるアリュージョンとホメーロス研究 5
 ——アリスタルコス以前のホメーロス文献学（一）——
 『慶應義塾大学言語文化研究所紀要第 33 号』2001、93 – 108.

ヘレニズムの詩におけるアリュージョンとホメーロス研究 6
 ——アリスタルコス以前のホメーロス文献学（二）——
 『慶應義塾大学言語文化研究所紀要第 34 号』2002、27 – 45.

ホメーロスの言葉と詩人たちの解釈
 『西洋精神史における言語観の諸相』(中川純男編、慶應義塾大学言語文化研究所刊) 2002、91 – 111.

ヘレニズムの詩におけるアリュージョンとホメーロス研究 7
 ——アリスタルコス以前のホメーロス文献学（三）——
 『慶應義塾大学言語文化研究所紀要第 35 号』2003、69 – 84.

ヘレニズムの詩における古典の継承と解釈
 ——ホメーロスに関する二つの例——
 『論集　近現代社会と古典』、平成 10 年度～14 年度文部科学省科学研究費補助金　特定領域研究（A）118『古典の再構築』研究成果報告集 VIII, 2003, 89 – 96.

ホメーロスの言葉と詩人たちの解釈 II
 ——三つのハパクス・レゴメナ——
 『西洋精神史における言語観の変遷』(松田隆美編、慶應義塾大学言語文化研究所刊) 2004, 81 – 97.

　まとめるにあたって改めて手を加えた部分も少なくない。また、内容に従って自由に並べ替えた。最初の三つの論文は、アポローニオス研究を始めた頃に書いたものである。アリュージョンへの言及はあまり無いので、最後にま

とめた。

　本書の出版は、研究所の中川純男所長並びに所員各位の協力なしには不可能であった。この紙面を借りて感謝申し上げます。また、本書の性格上ギリシア文字の使用が非常に多く、編集をお願いした慶應義塾大学出版会の佐藤聖氏には大変なご苦労とご迷惑をおかけすることになってしまった。ここにお詫びとお礼を申し上げる次第です。

　2005 年　春

髙橋通男

テクスト索引

Aeschylus
    Eu.
        263   147
        700 – 702   102
        736 – 738   58
        827   62
    Supp.
        91 – 92   63
        794 – 796   224
        800 – 801   69
    Fr.
        158   207

Alcaeus
    249. 5   116

Alcman
    135   76

Anacreon
    388   103

Anaxagoras
    D – K II, 34. 19   147
    D – K II, 39. 1   147

Anthologia Graeca Palatina
    4
        3. 73   221
    5
        222. 3   135
        597. 2   135
        121. 1 – 2   109
    7
        123. 1 – 2   140
        430. 5   221
    9
        283. 5   221
        427. 4   222
    16
        94. 3   221

Antimachus
    28. 1   52
    94   76

Apollonius Rhodius

Argonautica
    1
        74 – 76   267
        102   81
        128   271
        172 – 173   168
        184   148
        253 – 255   102
        274 – 275   208
        298   81
        332 – 334   275
        335   117
        336 – 340   281
        423 – 424   114
        477 – 478   110
        536 – 541   122
        635   79
        671 – 672   78
        683 – 685   188
        689 – 692   285
        752 – 754   288
        755   288
        912 – 915   296
        914   44
        954   293
        964 – 965   293
        985 – 987   292
        1034 – 1035   103
        1067 – 1068   283
        1159 – 1161   298
        1187   302
        1228 – 1229   43
        1232 – 1233   178
        1280 – 1282   240
        1304 – 1305   214
        1326   94
        1328   45
    2
        48 – 50   208

137 – 138	82	881 – 882	54
299 – 300	44	885 – 886	168
321	17	1132	82
333	40	1231 – 1234	197
345 – 346	39	1313	102
364 – 365	14		
406 – 407	74	4	
541 – 546	244	12 – 13	55
549 – 559a	7	47	81
559b – 564a	13	50 – 53	255
564b – 573a	16	152 – 153	44, 258
573b – 578	22	557 – 558	214
579 – 585	26	647 – 648	160
586 – 592	29	681	82
593 – 597	33	766 – 767	114
609 – 610	25	837	115
648 – 649	91	865	81
656 – 657	41	900 – 902	171
660 – 668	92	922 – 923	226
696	55	927 – 928	261
732	44	1156 – 1157	82
740 – 751	203	1263	117
924	295	1268 – 1269	42
936 – 939	55	1270 – 1271	42
1030 – 1032	300	1309 – 1311	62
1055 – 1057	214	1457	148
1099	148	1537 – 1538	114
1128 – 1130	100	1573 – 1575	104
1204 – 1205	167	1671 – 1672	82
1264	44	1711 – 1718	227
1190 – 1191	40	1743 – 1744	232
		1750 – 1752	233
3		Fragmenta (Powell)	
45 – 50	249	12. 6	180
59 – 60	283	Apollonius Sophista	
185 – 186	181	3. 6	260
196 – 200	153	12. 3 – 4	116
200 – 203	252	16. 28f.	89
210 – 214	154	25. 16	198
281 – 282	103	64. 31	73
784 – 785	175	115. 31	234
854 – 857	256	129. 30	251
869 – 874	48	138. 28	134
876 – 885	46	Aratus	

77 – 79	200	
122	204	
522	177	
553	45	
816 – 817	108	
834 – 836	108	
877 – 879	108	

Aristias
　Fr. 6　　　　　　　　208
Aristophanes
　Av.
　　213　　　　　　　　147
　Lys.
　　656 – 657　　　　　　250
　Nu.
　　337　　　　　　　　147
　　1368　　　　　　　　207
Aristoteles
　Probl. 934a23　　　　　109
Arrianus
　Perpl. M. Eux. 25. 3　　39
Asclepiades Tragilensis
　FGH, I A, 12. 32　　　41
Athenaeus
　I, 12c – e　　　　　　　72
　I, 12e – 13a　　　　　　67
　II, 66c　　　　　　　　63
　VI, 264e – f　　　　　174
Bacchylides
　11. 64 – 66　　　　　　196
　17. 90 – 91　　　　　　113
Callimachus
　Ap.
　　17 – 24　　　　　　　137
　　82　　　　　　　　　115
　　514 – 517　　　　　　121
　Cer.
　　63　　　　　　　　　73
　Del.
　　304　　　　　　　　135
　　318　　　　　　　　115
　Dian.
　　15　　　　　　　　　55
　　45　　　　　　　　　55

110 – 112　　　　　　　51
162 – 163　　　　　　　55
230　　　　　　　　　117
237 – 243　　　　　　127
Jov.
　24　　　　　　　　　148
Lav. Pall.
　131 – 136　　　　　　57
E.
　5. 3　　　　　　　　117
　52. 1　　　　　　　109
Fr.
　18. 11　　　　　　　32
　37. 1　　　　　　　　50
　66. 1　　　　　　　231
　75. 25　　　　　　　50
　110. 52 – 53　　　　114
　186. 1 – 2　　　　　236
　202. 1　　　　　　　50
　222　　　　　　　　231
　239　　　　　　　　148
　260. 24 – 27　　　　97
　271　　　　　　　　52
　301　　　　　　　　56
　533　　　　　　　232
　677　　　　　　　　95
Cicero
　Div. ii. 30. 64　　　85
Cleon Siculus
　1 – 2　　　　　　　233
Demosthenes
　1. 16　　　　　　　287
E. Gud.
　15. 15　　　　　　　192
　405. 51　　　　　　235
EM
　31. 53　　　　　　　89
　41. 39 – 44　　　　　89
　63. 24 – 34　　　　94
　76. 8f.　　　　　　198
　85. 25　　　　　　　56
　274　　　　　　　　148
　371. 24　　　　　　211
　536. 1f.　　　　　　63

	567. 12	228		Supp.	
	601. 29	235		1038 – 1039	204
Euburus				Fr.	
	Fr. 106. 11 K – A	192		1113 – 1133	102
Euphorio			Eustathius		
	Fr. 40. 2	221		19. 45	72
Euripides				256. 5 – 8	72
	Alc.			634. 35f.	199
	103 – 104	213		665. 19f.	109
	546	204		905	243
	978 – 979	63		1164. 1ff.	134
	Andr.			1164. 28	135
	532 – 534	225		1285. 60ff.	211
	795	39		1367. 18ff.	149
	Ba.			1368. 11ff.	149
	55 – 56	102		1502. 25ff.	235
	Cyc.			1760. 20f	199
	46	40		1766. 57	176
	Hec.			1707. 50	172
	1075 – 1077	70		1927. 40	180
	HF		Herodotus		
	1148 – 1149	225		4. 85	4
	886	190		5. 77. 4	261
	Hipp.			9. 66. 3	300
	29 – 31	245	Hesiodus		
	1210 – 1211	21		Fragmenta	
	IA			305	134
	189	102		343. 10 – 12	62
	Ion			Opera et Dies	
	503 – 506	70		118 – 119	12
	IT			161 – 163	218
	241	39		215 – 216	43
	422	39		429 – 431	96
	Med.			435 – 436	102
	1 – 2	4		458 – 461	139
	431 – 433	4		535 – 536	96
	597	102		621	116
	623 – 624	204		644 – 645	113
	1263 – 1264	4		675	114
	1322	102		Scutum Herculis	
	Or.			207 – 208	195
	707	29		278	129
	Ph.			280	125
	1595 – 1599	189		Theogonia	

	7 – 8	149
	268 – 269	30
	319	195
	326 – 327	218
	696	117
	801	177
	895 – 896	58
	924	62
Hesychius		
	α 3400	199
	ε 2225	102
	λ 1124	228
	λ 1127	228
	ν 374	235
	ν 375	235
Hippocrates		
	Aph. 5. 59	192
	Art. 51. 40	192
Homerus		
	Ilias	
	Α	
	1 – 5	67
	46 – 47	99
	66 – 67	51
	359	27
	438	55
	445	155
	448	126
	481 – 482	40
	496	43
	514	63
	524 – 528	59
	526 – 529	58
	527	58
	558	63
	569	44
	Β	
	2	75
	14	44
	31	44
	68	44
	317 – 319	84
	419 – 420	90
	742	116

811	55
Γ	
33 – 35	24
38 – 42	188
Δ	
134 – 138	95
366	51
422 – 426	21
Ε	
6	55
80 – 81	289
776	155
877	283
880	81
Ζ	
42	29
178 – 182	193
182	195
508	55
Η	
57 – 66	105
198 – 199	286
Θ	
18 – 20	252
50	155
Ι	
514	44
553 – 554	110
573 – 574	10
612	14
646	110
Κ	
72	302
91 – 92	75
274 – 275	41
300 – 302	284
361	55
535	10
Λ	
94	28
198	51
307 – 308	21, 29
582	177
711	55

757	55	745	299
Μ		Σ	
281 – 283	241	346	62
49	32	567 – 568	123
462 – 463	99	569 – 572	118
Ν		Τ	
39 – 41	258	404 – 405	27
262	177	Υ	
269	286	8 – 9	56
424 – 426	213	341 – 342	155
648 – 649	268	361	286
808	15	Φ	
Ξ		177 – 178	33
175 – 177	249	489 – 490	11
242	75	524	155
253 – 254	112	Χ	
520 – 522	269	425 – 426	25
Ο		503 – 504	149
75 – 76	60	Ψ	
80 – 82	244	30 – 31	206
251 – 252	299	119 – 120	18
254 – 255	41	237	18
265	55	329	107
410	45	365 – 366	18
594 – 595	177	394	29
623 – 628	111	514	290
624 – 625	36	519 – 520	22
643	271	676 – 680	212
649 – 658	200	868	15
668 – 669	156	Ω	
716	30	40 – 43	68
Π		358	15
328 – 329	193	613 – 617	141
378	8		
519	28	Odysseia	
641 – 642	36	α	
646 – 651	268	22 – 25	51
762	44	β	
799 – 800	42	146 – 147	15
Ρ		427 – 428	40
85	177	γ	
212 – 214	246	176 – 178	35
264 – 265	11	245 – 246	247
744	45	293 – 294	223

436	51	138 – 139	112
δ		224 – 225	286
10 – 14	189	484 – 486	23
404 – 406	230	488 – 489	31
442	116	491 – 492	32
567	115	565	40
567 – 568	112	κ	
683	303	3 – 4	223
793	75	32	43
719 – 721	284	77	40
ε		78	43
313 – 314	35	87 – 90	9, 17
366 – 367	34	133	40
402	207	216 – 217	53
403	22	302 – 306	257
411 – 412	223	λ	
422	117	243 – 244	27
430 – 431	45	271 – 280	216
ζ		275 – 276	220
78 – 84	48	399 – 400	90
96 – 97	50	μ	
102 – 109	47	39 – 46	170
105	51	59 – 61	5
105 – 106	54	64	224
122	117	67 – 68	31
123 – 124	56	69 – 70	5
178 – 179	98	73 – 85	226
201 – 203	138	79	224
η		108 – 109	12
14 – 17	151	180 – 181	32
16 – 17	155	203 – 205	36
37 – 42	152	206	32
139 – 143	152	214 – 215	31
θ		224 – 225	12
221	186	228 – 230	11
264	131	234 – 236	8
435	62	238 – 239	21
ι		241 – 243	261
43 – 44	139	276	12
62	40	369	177
80	14	419	177
100 – 102	269	424	17
105	40	ν	
132	20	11 – 12	283

321

79 – 80	76		68 – 70	56
168 – 169	36		97 – 100	52
187	126		261	149
ξ			h. Hom.	
309	177		7. 4	79
310 – 312	194		9. 4	51
361 – 363	284		19. 30	56
π			27. 12	29
163	53		27. 8 – 9	107
368 – 371	269		28. 4 – 6	62
r 322 – 323	173		32. 10	10
τ			33. 13	15
188	55	Ibycus		
576	182		282(a). 25 – 26	139
υ		Lycophron		
13	209		283 – 285	215
16	211		491 – 492	215
297	62		670 – 672	171
φ			919	215
410 – 411	119	Moschus		
χ			4. 104	42
297 – 298	178	Nicander		
ψ			Al.	
128	32		15	221
ω			383	221
239 – 240	181		340	209
			446 – 447	221
Hymni Homerici			468	234
h. Ap.			485	234
6	29		582 – 583	192
308 – 309	62		Th.	
506	30		49	56
514 – 517	121		267	40
h. Cer.			349	56
431	51		421	117
272	55		478	40
298	55		Fr.	
h. Merc.			90	56
95 – 96	55	Nonnus		
110	117		D. 12. 79 – 81	146
241	76		14. 210 – 211	53
419 – 420	125		14. 272 – 273	146
449	76		43. 73 – 74	221
h. Ven.		Oppianus		

	H. 2. 583 – 584	210
	3. 456	44
[Orphica]		
	A.	
	344	40
	462	40
	689	42
	694 – 696	41
	737	40
Ovidius		
	Met.	
	6. 303 – 312	145
	12. 23	85
Pausanias		
	1. 21. 3	149
	9. 5. 10	222
Phanocles		
	1. 17	10
Pherecydes		
	FGH, F95	222
Philetas		
	2. 1 – 2	143
Pindarus		
	I.	
	2. 6	235
	8. 37 – 38	199
	O.	
	2. 38 – 42	218
	7. 35 – 37	62
	Pa.	
	2. 63	135
	P.	
	1. 14	95
	3. 32 – 33	195
	4. 208 – 209	38, 199
	4. 263	222
	9. 114	135
	Fr.	
	177d	222
Plato		
	Crat. 410b	116
	Lg. 776e – 777a	173
	Rep. 381e	248
	Theaet. 189e	248

Quintus Smyrnaeus		
	1. 293 – 306	150
	3. 37	19
	3. 526	305
	4. 351	42
	7. 540	42
Sappho		
	2. 10 – 11	113
	20. 9	113
	31. 6	179
	95. 11 – 13	240
Scholia		
	A. R.	
	1. 184	148
	1. 124 – 129c	272
	1. 275b	211
	2. 729 – 375	228
	2. 382 – 385b	228
	2. 554a	40
	2. 598 – 602b	40
	2. 750 – 751b	205
	3. 50	251
	3. 881	55
	4. 52	257
	E.	
	Ph. 61	222
	1598	192
	Hes.	
	Th. 319a	199
	Hom.	
	A	
	4a	73
	524c	60
	B	
	2b	77
	$2c^1$	77
	318	88
	$319a^1$	88
	$420a^1$	93
	797	93
	Γ	
	40b	191
	Δ	
	$137a^1$	102

137a²	102	572	135
E		614 – 617a	148
757b	88	614 – 617b	148
656a	135	Υ	
656b²	135	31	94
872	88	Ψ	
Z		30b	210
179	198	679a	220
H		679b	222
64a	109	Ω	
64b	109	69a1	73
64c	109	γ	
64d¹	109	245	248
64d²	109	293	228, 229
Θ		δ	
18a	254	404	235
Λ		567	116
71	40	ζ	
M		106	54
283a¹	243	201	147
283a²	243	η	
463a	103	15	169
471	93	41	169
N		143	169
41a	260	ι	
41b	260	43	147
426a	220	μ	
Ξ		43	172
57	93	ξ	
176a	251	311	198
O		Nic.	
626b	116	Th. 349b	56
663	204	S.	
Π		OC 127	199
329a	198	OT 176	199
329b	198	Simonides	
822a	221	542. 11	135
P		546	39
214a	248	599	76
Σ		Sophocles	
570a	134	Aj.	
570c¹	134	466 – 467	102
570d¹	134	829 – 830	69
571 – 572	134	Ant. 29 – 30	69

	OC 125–128	196
	OT 26–27	191
	175–177	196
	Ph. 290–291	102
	701–703	102
Suetonius		
	Aug. 65. 4	187
Suidas		
	ν 250	234
Theocritus		
	2. 38	117
	11. 43	207
	13. 22	39
	16. 53	42
	17. 22–25	233
	80	148
	104	62
	22. 9	117
	37	228
	25. 246	102
Timotheus		
	797. 107	116
Tryphiodorus		
	684	40
Valerius Flaccus		
	5. 399–402	162
	5. 465	163
Vergilius		
Aen.		
	1. 411–414	161
	1. 439–440	161
	1. 586–587	162
	6. 642–647	130
Xenophon		
An.		
	1. 8. 18	213
Cyr.		
	2. 4. 17	300
	3. 2. 20	286
	4. 3. 9	102

語彙索引

A

ἄβρομος	258f.
ἀγκών	14
ἄγονος	187ff.
ἀγρόμεναι	54
ἀγρονόμοι	54
ἀήτη	111ff.
ἀήτης	111ff.
ἀίδηλος	80ff.
ἀίζηλος	85ff.
αἰνότατον δέος	25
ἀλίαστος	90ff.
ἁλιμυρής	10
ἅλμη	18
ἀμαιμάκετος	193ff.
ἁμαρτῇ	121ff.
ἀμέγαρτος	90ff.
ἀμορβάδες	52
ἀνακλύζειν	9
ἀναπτύειν	21
ἀναχαλᾶν	29
ἀνωγή	11
ἀπαμείρειν	175f.
ἀποαίνυσθαι	175f.
ἀπόγονοι	230ff.
ἄποδες	230
ἀρετή	176
ἀρίδηλος	85ff.
ἀρίζηλος	84ff.
αὔειν	19
αὐίαχος	259
ἀχλυόεις	261f.
ἄψηκτος	249ff.

B

βαρύθειν	28
βληχρός	258f.
βραχεῖν	23
βρομεῖν	36

Γ

γάρ	275ff.

Δ

δαίς	67ff.
δαὶς ἐίση	71
δεδουπότος	212ff.
δέσμιος	252ff.
διεξελαύνειν	12
διερός	138ff.
διερὸς βροτός	145
διερὸς λίθος	144
δινήεις	9
δίς	32
δουπεῖν	213f.
δοῦπος	213
δροσόεις	240ff.
δυσπαλής	255ff.

E

ἔθειραι	78f.
εἰλύειν	99ff.
εἴλυμα	96ff.
εἰσωπός	200ff.
ἐλύειν	99ff.
ἔλυμα	96ff.
ἐντελής	58
ἐπικτυπεῖν	18
ἐπινεύειν	60ff.
ἐρέχθειν	206ff.
ἔρυμα	95ff.

Z

ζωή	176

H

ἥδυμος	74ff.
θελήμων	12
θῆλυς ἀήτης	115

I
ἰνδάλλεσθαι	246ff.

K
καὶ δή	298ff.
κάματος	298ff.
κατανεύειν	60ff.
καταρρεπές	34
καταφέρειν	25
κατεφάλλομαι	28
κατηρεφής	34
κατώψιος	244ff.
κέμας	51
κνυζηθμός	53
κοίλης ἁλός	36
Κυάνεαι	3
κυάνεος	262
κύλινδρος	35

Λ
λεπταλέος	129
λεύκη ⋯ ἄχνη	21
Λητωίς	51
λίνον	119ff.
λίνος	119ff.
λίς	224
λισσάς	225
λισσός	223ff.
λοίσθιος	13
λοξός	27
λωτόεις	241f.

M
Μάλεια	14
μάρπτειν	11
μέγας αἰθήρ	19
μελάνειν	104ff.
μελανεῖν	104ff.
μεταδρομάδην	289
μεταχρόνιος	30

N
νέποδες	230ff.

νέφος ὥς	18
νήδυμος	74ff.
νηξίποδες	230
νόος	176
νωλεμές	10

Ξ
ξυνιέναι	17

O
οἴγειν	14
ὁμαρτῇ	121ff.
ὀπή	202
ὀρέγειν	206ff.
ὀρεχθεῖν	206ff.
ὅσον σθένος	32
οὐραῖος	22
ὄχθη	20

Π
παλαιγενής	83
παλίνορσος	24
πεξαμένη	250f.
περιβρέμειν	19
περιγνάμπτειν	14
Πλαγκταί	3
Πληγάδες	3
πλημυρίς	24
πολυπῖδαξ	52
προπροκαταΐγδην	36
προτέρωσε	10
πρύμνηθεν	30
πρῷρα	11
πτοιεῖν	178ff.

P
ῥήσσειν	120ff.
ῥοχθεῖν	206ff.
ῥώομαι	142

Σ
σκολιός	8
σπῆλυγξ	20
σπιλάδες	9

στεινωπός	8
Συμπληγάδες	3
συνδρομάδας	3
συμδρόμοι πέτραι	3

Τ

τρηχύς	8

Υ

ὑψόθι	22
ὑψόσε	22

Φ

φόβος	9
φρύγιος	140

Χ

χαλᾶν	29
χύτο θυμός	14

Ψ

ψαύειν	22

Ω

ὤψ	202

髙橋通男（たかはし　みちお）
1940年生れ。東京大学大学院人文科学研究科
修士課程修了。
現在、慶應義塾大学言語文化研究所教授。
専攻は、西洋古典学。
主要論文
「アポロニオス・ロディオスの非ホメーロス語彙」
（『西洋古典学研究XXXVII』1989）
「ヘレニズムの詩におけるアリュージョンとホメーロス研究1」
（『慶應義塾大学言語文化研究所紀要第29号』1997）、他。

ヘレニズムの詩とホメーロス──アポローニオス・ロディオス研究

2005年3月31日　初版第1刷発行

著　者─────髙橋通男
発行所──────慶應義塾大学言語文化研究所
　　　　　　　　〒108-8345　東京都港区三田2-15-45
代表者─────中川純男
制作・発売所───慶應義塾大学出版会株式会社
　　　　　　　　〒108-8346　東京都港区三田2-19-30
　　　　　　　　TEL〔編集部〕03-3451-0931
　　　　　　　　　　〔営業部〕03-3451-3584〈ご注文〉
　　　　　　　　　　〔　〃　〕03-3451-6926
　　　　　　　　FAX〔営業部〕03-3451-3122
　　　　　　　　振替 00190-8-155497
　　　　　　　　http://www.keio-up.co.jp/
装丁─────髙橋えみ子
印刷・製本───株式会社太平印刷社
　　　　　　　　©2005 Michio Takahashi
　　　　　　　　Printed in Japan　ISBN 4-7664-1130-7

西洋精神史における言語観の諸相
Language, Culture and European Tradition

中川純男　編著

A5判／並製　230頁
ISBN4-7664-0916-7
定価2625円（本体2500円）

西洋精神史における言語観の変遷
Language, Culture and European Tradition II:
The Evolution of the Idea of Language

松田隆美　編著

A5判／並製　320頁
ISBN4-7664-1066-1
定価3150円（本体3000円）

発行所：慶應義塾大学言語文化研究所
発売所：慶應義塾大学出版会

表示価格は刊行時の定価です。